Christian Günther

Schlaufen

Christian Günther

Schlaufen

Roman

Bibliografische Information der Deutschen Nationalbibliothek:
Die Deutsche Nationalbibliothek verzeichnet diese
Publikation in der Deutschen Nationalbibliografie;
detaillierte bibliografische Daten sind im Internet
über http://dnb.dnb.de abrufbar.

Herstellung und Verlag: BoD – Books on Demand, Norderstedt

ISBN: 978-3-758373992

Zu diesem Roman

Wilhelminisches Gymnasium, Bordell, Bälle, 'Ich küsse Ihre Hand, Madame' - erste Stationen aus dem Leben Viktor Lipsheims, Sohn aus großbürgerlichem, jüdischem Hause.

Die Familie Lipsheim ist eine dreier deutscher Familien, deren Schicksal der Roman 'Schlaufen' nachzeichnet. Von 1900 bis 2000 ist jedem Jahr eine Momentaufnahme zugeordnet, die im regelmäßigen Wechsel einen Vertreter der jeweiligen Familie zur Hauptperson hat.

Für Familie Prensch, die zweite der Familien, wären einige solcher 'Snapshots': eine Berliner Hüttensiedlung und elfeinhalb Stunden Fabrikarbeit, der Steckrübenwinter, Stocherkahnfahrten, Bruchpilot Quax und der Bombenkeller, der erste VW-Käfer, Familienfeiern, WG-Querelen und Coming-Out. Der Flugbaumeister und Erprobungsflieger Kurt Prensch bildet das unumschränkte Oberhaupt dieser Familie. Obwohl er nie Mitglied der NSDAP wird, macht er dank seiner Fähigkeiten im 'Dritten Reich' Karriere. Nach dem Krieg setzt sich diese im Verteidigungsministerium fort. Seine Schwester Irmgard, einst gläubige Nationalsozialistin, beginnt ein neues Leben in der DDR.

Die dritte Familiengeschichte - die der aus Pommern stammenden Trelows - ließe sich zum Teil mit Hilfe folgender Stichworte skizzieren: Kuhmist und Kutschfahrten, Leben der Junker und Tod an der Front, Trümmerberlin, Wirtschaftswunder-Grillabend, '68 und

Kurschatten, Nervenzusammenbruch und Love-Parade. Friedhelm Trelow, pommerscher Landwirt, fällt im ersten Weltkrieg. Seine Frau heiratet einen Junker und wird Nationalsozialistin. Sein Sohn Rainer studiert in Berlin und lernt dort Lea Lipsheim kennen.

Nur an dieser Stelle kommt es im Verlauf des Romans zu einer Verbindung zwischen zwei der Familien. Rainer Trelows Liebe bleibt jedoch unerwidert. Und schließlich wird die Familie Lipsheim von den Nationalsozialisten im Konzentrationslager ermordet.

Nach 1945 besteht jedes dritte, der Familie Lipsheim vorbehaltene, Kapitel aus einer leeren Seite. Jede dieser leeren Seiten fordert zum Gedenken an die Ermordeten auf.

Erst Jahre nach dem zweiten Weltkrieg heiratet Rainer. Von den 60er Jahren bis in die Jetztzeit steht dann seine Tochter Lisa im Mittelpunkt des Geschehens.

In der Summe ergibt die Aneinanderreihung und Verknüpfung der Momentaufnahmen aus dem Leben dreier Familien, in die eine Vielzahl historischer Begebenheiten eingearbeitet ist, ein Jahrhundert-Panorama Deutschlands.

(Am Ende dieses Buches findet sich eine Familienübersicht.)

Wie langweilig! Durch den Fensterspalt drang kalte Luft ins Kinderzimmer. Viktor roch den Rauch der Kohleöfen. Auf dem Fensterbrett lag eine feine Rußschicht. Unten fuhr rasselnd eine Droschke vorbei. Wenn er jetzt dort drinnen auf den schmutzigen Polstern säße ..., nein, auch das wäre langweilig. Abenteuer müsste man erleben wie in Indianerbüchern. Obwohl er solche Bücher schon seit einiger Zeit nicht mehr las, beschloss er, wenigstens eine Art Kundschafter zu sein, der die Aufgabe hatte, sein Elternhaus zu erforschen.

Viktor begann mit dem Dachboden. Wie zu erwarten gewesen war, hing dort Wäsche an der Leine und tropfte. Daraufhin stieg er wieder in den zweiten Stock hinunter und ging leise den schmalen Flur entlang, bis er vor der nur angelehnten Tür des Dienstmädchenzimmers stand. Die Truhe für schmutzige Wäsche war aufgeklappt, und gerade segelte etwas Weißes hinein. Elli stand vor der Waschschüssel und wusch sich mit einem Schwamm unter den Achseln. Er sah ihre Brüste. Sie hatten lange dunkle Brustwarzen. Jetzt hörte er Herta hinter der Tür sagen, dass sie sich doch heute Morgen erst gewaschen habe. Elli antwortete, sie gehe tanzen. „Och! Und ich werd hier wohl den ganzen Abend mit Nadel und Faden sitzen." „Näh nicht liebes Mütterchen am roten Sarafan. Nutzlos wird die Arbeit sein, drum strenge dich nicht an." Plötzlich zerrte eine Hand Viktor ins Zimmer, Elli warf ihn aufs Bett und presste ihre Knie auf seine Oberarme, so dass er sich nicht befreien konnte. „Spionierst du mir nach?" Viktor wusste nicht, wohin er schauen sollte. Sie wand sich ein Handtuch um ihre Brust. Er fühlte, wie er rot wurde und wandte schnell den Blick zur geblümten Tapete. Nahe an seinem glühenden Ohr sagte Elli, dass er ja ganz rot sei, und mit einem Mal fühlte er ihren Mund auf seinen Lippen. Entsetzt riss er sich los, stürzte zur Tür, wischte sich den Mund und lief davon, während er die Mädchen lachen hörte. Wie von selbst und rasend schnell trappelten seine Füße die Stufen hinunter, die sie schon so lange kannten. Ein Stockwerk tiefer schaute er in sein Zimmer und wunderte sich gleichzeitig darüber, dass Ellis Mund einen bestimmten Geschmack hatte. Da standen die Spielsachen, mit denen er nicht mehr spielte, weil er schon lange zu alt dafür war, und da lagen die Bücher, die er nicht mehr las, weil er sie alle schon kannte. Nebenan, das hatte er oft genug beobachtet, lag seine Großmutter unter ihrem Federbett und starrte an die dunkler werdende Decke, bis Herta die Gaslampe über dem leeren Tisch angezündet hatte. Dann sah die Großmutter auf die flackernden Schatten. Viktor ging an der geschlossenen Tür vorbei und betrat einen großen Raum, der mit Teppichen ausgelegt war. Er wusste genau, welchen Ranken des Teppichmusters er folgen musste, um zu vermeiden, dass die Holzdielen darunter knarrten. Eine Zeit lang lauschte er den Frauenstimmen und dem gelegentlichen Klicken, mit dem eine Tasse auf die Untertasse zurückgestellt wurde. Von großen Topfpflanzen verdeckt, saß Viktors Mutter mit zwei Bekannten in einer Sitzecke vor den Erkerfenstern. Viktor pirschte sich noch dichter heran und sah durch die wächsernen Blätter, wie seine Mutter die Frisurenmode vorführte, indem sie ihre braunen Haare lose hochsteckte. Dann entfernte sie ihr Halstuch und schob die Ärmel ihres Kleids so weit hinauf, bis ihre weißen Unterarme frei waren. Eine der Besucherinnen sagte, dass jetzt cremefarbene Spitzenkleider à la mode seien, außerdem Mousselineüberwürfe. „Dazu lange Halbhandschuhe", schwärmte die andere Dame, „und schneeweiße Hüte mit Straußenfedern." „Staubfänger", meinte die Mutter. Nun ging es um Voraussagen für die nächste Saison, aber anstatt sich darüber den Kopf zu zerbrechen, wollte die eine Dame lieber eine heiße Schokolade mit Schlagsahne bei Hillbrich trinken. Doch nun stellte die Mutter fest, dass es bereits zu spät sei, um dorthin zu fahren. Viktor zog sich auf Zehenspitzen zurück und ging die Treppe zum Salon hinab, aus dem er die laute Stimme seines Vaters hörte. Zigarrenqualm stieg ihm entgegen. Die Schritte des Vaters stampften über das Parkett. Der Kaiser sei ein Dummkopf, rief der Vater entrüstet, wenn er dazu auffordere, dass sich deutsche Soldaten in China wie die Hunnen unter König Etzel benehmen sollten. „Keine Gefangenen. Rücksichtslos vorgehen! - Schwachsinn!" Der Gast gab zu bedenken, dass sich unsereins rechtzeitig mit gebotener Härte gegen die Aufständischen stemmen müsse, wenn ... „Unsereins? Papperlapapp! Diplomatie ist das jedenfalls nicht. - Noch einen Cognac, Appelrath?" Viktor stellte sich das Gesicht Appelraths vor. Der Compagnon seines Vaters hatte die Angewohnheit, die Backen aufzupusten, während er nachdachte. Dadurch schob sich sein kleiner Oberlippenbart so weit in sein Blickfeld, dass er schielend nur noch darauf glubschte. Dieses Bild sich auszumalen, wurde Viktor jedoch auch schnell fade, weshalb er ins Souterrain hinabstieg, von wo der Duft gebratener Zwiebeln heraufkam. Bald würde zum Nachtmahl gerufen, und von der dampfenden Küche aus würde der

Speisenaufzug kreischend hinauffahren. Viktor schaute von hinten auf den riesigen Leib der Köchin, die gerade, ohne ihn zu bemerken, einen Schnaps hinunterstürzte. Er fragte sich, wie sie zusammenzucken würde, wenn er sie erschreckte, und tat es im selben Moment auch schon. Sie warf das Schnapsglas fort und fuhr herum. Als sie ihn erkannte, bekreuzigte sie sich und stieß keuchend etwas von Kaiser und Vaterland hervor. „Der Kaiser ist ein Dummkopf", posaunte Viktor heraus, als ihn auch schon ihre Pranke packte. Unter den grauen Stoppeln ihres Damenbarts blies sie ihn mit Schnapsatem an: „Hübsch vorsichtig, Jungchen. Weeßt nich, wasse mit so eim Bürschchen machen, det seene Majestät beleidjen tut? Eener, war viel jünger als du, zeene, vom Jymnasjum jeschmissen hamse den." Damit stieß sie ihn fort und wandte sich wieder den prasselnden Bratkartoffeln zu.

1

Im Schlaf hatte sich Luise, Helgas kleine Schwester, wieder einmal breit gemacht und lag fast auf ihr. Mit schmerzendem Rücken kroch Helga aus dem durchgelegenen Bett. Eigentlich war es noch zu früh, um aufzustehen, aber sie war froh, wenn sie hier herauskam. Die Luft in dem niedrigen Raum war schlecht, sie roch nach altem Schweiß und den faulen Zähnen des Vaters, der in der Ecke schnarchte. Wie immer pfiff neben ihm die Mutter bei jedem Atemzug durch die Nase. Helga nahm den Beutel mit den Stullen und trat mit dem Wasserkrug in der anderen Hand vor die Hütte. Es war noch kühl, und die Sonne kam gerade erst in einer Lücke zwischen den Mietskasernen am Horizont hervor. Helga wusch sich das Gesicht, putzte sich die Zähne und spuckte auf einen kümmerlichen Busch.

Schon von weitem roch sie die Fabrik. Von den Becken, in denen sich die Lumpen zersetzten, stieg ein fauliger Geruch auf. Sie ging daran vorbei und gelangte zur Halle. In der Ferne war das Kreischen von Kreissägen zu hören. Schweigend stieg sie neben verschlafenen mürrischen Frauen in ihre Arbeitskleidung. Die Stechuhr klingelte. Ein Knirschen erfüllte die Halle, das waren die Mahlwerke. Stampfend und pfeifend spuckte die Maschine vor ihr Papierbögen aus. Helga musste unreine Exemplare aussortieren, indem sie an einem Hebel zog. Der Leimgeruch stieg ihr zu Kopf, und schon nach einer Stunde fragte sie sich, ob das Knirschen, das sie hörte, vom Mahlen ihrer eigenen Zähne kam. Der Lärm bildete Schlieren unter ihrer Schädeldecke. Er wuchs an, ebbte wieder ein wenig ab und nahm erneut zu, bis ihre Ohren schmerzten. Die heißen Maschinen verbreiteten den Geruch verbrannten Öls, das abgewetzte Gestänge, die blanken Kolben zuckten, und an den Gelenken klumpte Schmierfett wie an metallenen Knochen. Das weiße Papier blendete sie. Schmutzige Einschlüsse erinnerten sie an Sehnen oder Knorpel in zähem Fleisch. Fasern schwebten durch die Luft, bildeten Flocken. Staubteilchen stachen in der Nase. Stunde um Stunde hockte sie mit verspanntem Nacken vor der Maschine. Ihre Augen brannten, und teilnahmslos sah sie ihren Händen, die viele kleine Schnitte von den scharfen Papierkanten hatten, zu, wie sie sich hin- und herbewegten.

In der Pause aß sie ihre Stullen und alberte mit Henriette herum. Sie machten sich den Spaß, absichtlich mit vollem Mund zu sprechen. Einer der Männer vom Mahlwerk kam herüber und fragte, ob sie heute Abend zum Sommerfest gehen wollten. Sie schüttelten den Kopf, er rauchte schweigend seine Zigarette zuende und zog ab. Noch fünf Stunden, dann waren die elfeinhalb Arbeitsstunden geschafft, die drei Mark zweiundzwanzig Tageslohn verdient.

Jetzt brannte die Sonne senkrecht auf das Hallendach herab. Helga schwitzte und dachte an nichts, während sie das Auffächern der Blätter beobachtete und der heiße Wind aus der Maschine ihr ins Gesicht blies. Mit einer scharfen Klinge musste sie immer öfter aneinanderklebendes Papier lösen. Dauernd zog sie am Hebel, große Blöcke Ausschuss bildeten sich in den Drahtkörben. Der Vorarbeiter beobachtete sie und schrie etwas, das sie im Lärm nicht verstand. Nun griff er über ihre Schulter in die Maschine, riss etwas heraus, wie hatte sie das übersehen können? Plötzlich hatte sie Angst vor den sich drehenden Flügeln, den aufklaffenden Lamellen, den zuschnappenden Spalten und der niederstoßenden Presse. Sie bekam kaum noch Luft und merkte, dass sie keuchte. Von ihrem Platz aus konnte sie die große Uhr über dem Halleneingang nicht sehen, so dass ihr nichts übrigblieb, als auf das Schrillen der Sirene zu warten. Sie hoffte, dass es fast sechs war, aber die Sirene blieb stumm. Als sie schließlich doch losheulte, wankte Helga benommen in den Umkleidekeller. Sie hängte den Arbeitsanzug in ihren Spind und wusch sich an einem der Wasserhähne. Jette und sie gingen dann hinaus in die Abenddämmerung. Noch kreischten ein paar Schwalben am tiefblauen Himmel, und in Helgas Kopf vermischte sich ihr Schreien mit dem nachlassenden Lärm der Fabrik. Sie fühlte sich auf angenehme Weise leer. Doch dann, während sie am Kanal entlanggingen, musste sie mit einem Mal an zu Hause denken, an den schimpfenden Vater, die schuftende Mutter, die schreienden Geschwister. Das ewige Einerlei. Nein, dort wollte sie nicht hin! Sollte das ihr Leben sein? Sie schlug Jette vor, sich an die Uferböschung zu setzen. Es roch nach Sand, dürrem Gras und modrigem Wasser. Gelegentlich sirrte eine Mücke um sie herum, ohne sich zu setzen. Sie redeten ein bisschen. Plötzlich ließ sich eine lange Gestalt neben ihnen auf die Kiesel sinken. Es war Helmut, der Schnorrer, wie Jette ihn nannte, weil er nur selten Arbeit hatte. Helga fiel zum ersten Mal auf, wie blau Helmuts Augen in seinem braungebrannten Gesicht leuchteten. Eine Holzsammlerin schob einen voll bepackten Leiterwagen vorbei. Helga schaute auf Helmuts Mund, der an einem Grashalm kaute. Das Gras war mit rotgelbem Sandstaub überzogen. Helmut meinte, der Sand käme aus der afrikanischen Wüste. Er lag mit unter dem Kopf verschränkten Händen auf der Böschung und sah zum Himmel hinauf, an dem sich langsam eine schneeweiße Wolke bewegte. Seine Hose war etwas schmutzig. Ob sie zum Fest auf die Heide mitgingen, fragte auch er. Henriette lehnte ab, aber Helga dachte an zu Hause. Wozu sollte sie jetzt schon in der dumpfen Hütte sitzen? Warum nicht für den Augenblick leben? Wie ein Tier unter freiem Himmel.

Helmut begleitete sie am Kanal entlang. Nachdem Henriette abgebogen war, gingen sie schweigend nebeneinander weiter. Wozu auch reden? Sie kamen an Hofeinfahrten vorbei, aus denen spätes Teppichklopfen hallte.

Auf der Jahrmarktswiese schämte sich Helga unter all den herausgeputzten Frauen mit tiefen Dekolletés und korsettierten Taillen. Sie wollte nach Hause gehen, aber Helmut spendierte ihr ein Bier und sagte, sie sei die Hübscheste und solle sich nicht zieren. Weil sie durstig war, trank sie, obwohl es ihr nicht gut schmeckte. Der Lärm der Karussells, Schießbuden und einer Kapelle machte sie plötzlich schwindlig. „Mumpitz det Janze", sagte Helmut plötzlich. Er führte sie zu einer ruhigen Wiese. Die grünen Bäume stießen heftig ihre Düfte von sich. Ein Schmetterling entgaukelte. Sie merkte kaum, dass Helmut begonnen hatte, sie zu küssen, und schaute an seinem Ohr vorbei auf die Glühwürmchen, die nun wie Sternschnuppen über ihnen auftauchten; unter den wirklichen Sternen, die inzwischen hervorgekommen waren und von denen sie einen fallen und verglimmen sah. Sie wünschte sich etwas, hielt Helmut fest in ihren Armen und

wunderte sich, dass um die Liebe so viel Aufhebens gemacht wurde.

Als sie aufwachte, war Helmut fort. Das Gras war feucht
unter ihr, und ihr war kalt, obwohl seine Jacke über ihr
lag. Sie ordnete ihre Kleidung und machte sich auf den
Heimweg.

2

Es war Friedhelm, als senkte sich die Kruppsche Panzerplatte auf ihn, von der er im Kolberger Blatt gelesen hatte, und er schlug die Augen auf. Er hoffte, dass seine Mutter nebenan noch schlief. In der Dunkelheit trommelte der Regen an die Butzenscheiben. Ein Geschmack im Maul, als hätte er Gülle getrunken und dazu Kuhscheiße gefressen. Seit dem Tod des Vaters schlief die Mutter kaum noch, betete viel. Leise öffnete er die Tür und sah zu ihrem Bett hin. Mit großen Augen schaute sie ihn an. Er sagte ihr, sie solle sich noch ein wenig ausruhen, aber sie schien ihm gar nicht zuzuhören. Ihr verrunzelter Mund bewegte sich etwas, und als er die Tür wieder schloss, hörte er sie beten. Den Vater hatte bei der Arbeit auf dem Feld der Schlag getroffen. An einem warmen Sommertag, im letzten Jahr. Als sie ihn endlich im Haus hatten, war sein Körper schon ganz kühl. Er hatte ihn in eine Decke eingewickelt.

Vor der Tür räusperte er sich und spuckte aus. Ließ es sich in den Mund regnen, spuckte noch einmal aus und stapfte den matschigen Weg entlang zum Pferdestall. Der Wind zurrte von hinten an seiner Jacke, kam vom Meer. Pfiff um die beiden großen Getreidespeicher herum. Ob das hier etwas für eine junge Frau war? Helene war die Stadt gewöhnt. Um ihre Hand anhalten. Streletz, sein Geschäftspartner, würde nicht ablehnen, aber sie selbst vielleicht. Die Pferde schnaubten, als er sich ihnen näherte. Der Haarflaum in ihrem Nacken. Sie trug die Haare im Dutt. Der Pferdeknecht hatte noch nicht gefüttert. War wahrscheinlich noch betrunken. Wenn sie sie für ihn fallen ließe, ihre dichten schweren braunen Haare. Er gab den Pferden Hafer und hörte dem Mahlen ihrer Zähne zu. Ihre braunen Augen. Er striegelte einem Pferd das Fell. Kokett vielleicht, wie sie die seidigen Wimpern niederschlug, während sie ihm Tee einschenkte. Im Stall musste dringend ausgemistet werden. Gleich würde er den Knecht aus seiner Koje zerren. Einstweilen nahm er die Mistgabel selbst in die Hand und begann zu arbeiten, weil er sich dessen dumme Visage mitsamt der Schnapsfahne so lange wie möglich ersparen wollte. Er dachte an die Geschäftsbücher, die er gestern durchgesehen hatte. Ein guter Sommer war es gewesen. Sein erstes Jahr allein. Besonders der Weizen. Jetzt könnte er sich den Ivel-Traktor leisten, das mechanische Pferd. Mit Rohöl betrieben, zwei Zylinder, dreirädrig, gleich mit drei Pflugscharen zu bestücken. Das würde eine Ernte werden. Schon sah er Weizen im Wind wogen, gelbe Wellen, soweit das Auge reichte. Wenn es nur den Verwalter vom Nachbargut nicht gäbe. Diesem Wiesel stand die Raffgier ins Gesicht geschrieben. Noch schlimmer aber war der Junker, für den er arbeitete. Ein blasiertes Jüngelchen, das sich geckenhaft kleidete und ihn keines Blickes würdigte. Gelegentlich hatte er ihn in seinem eleganten Zweispänner gesehen, immer in Damenbegleitung. Der Geck mochte in seinem Alter sein, aber er poussierte wie ein liebestoller Jüngling, das rosige Schweinchengesicht mit dem auffallend roten Mund immer in Beißweite eines ihm zugeneigten, liebreizenden Öhrchens. Das Weib gibt sich doch für alles her, ist nichts als Körper, bereit zu sündigen. Wo der Mann Tat und Idee ist, ist das Weib Hingabe und Natur. Geschlecht. Ohne Charakter, wenn man mit Charakter wirklichen Charakter und nicht irgendeine Art

Wesen meinte. Er merkte, dass seine Gedanken in Kraut und Rüben schossen. Helenes hübscher Mund, die kleinen Zähne. War sie nicht rot geworden, als er sie nach ihren Plänen fragte? Was hatte sie geantwortet? Von Weser und sein Verwalter beanspruchten einen Teil seines Landes und beriefen sich auf alte Kaufurkunden. Sie bekamen den Hals nicht voll. Friedhelm brauchte jede Parzelle. Der andere hatte doch das Zehnfache an Boden. Seine Jagdpartien, Picknicks und Tanzgesellschaften. War Helene nicht auch nur ein Weib? Eines dieser Weiber? Nicht besser und nicht schlechter als die jungen Mädchen, mit denen sich von Weser die Zeit vertrieb. Nein, so war sie nicht! Unverdorben war sie, und er würde ihren Vater fragen und sie fragen, und wenn sie ja sagte, wie sehr würde es die Mutter freuen.

Vor allem wenn Enkelkinder das Haus belebten. So war ja doch alles leer. Es galt zu handeln. Er beschloss, den Pferdeknecht auf der Stelle zu entlassen, ging in den Anbau hinüber und weckte ihn. Es war genauso, wie er es erwartet hatte. Als er dem Säufer sagte, er solle seine Sachen packen, begann dieser zu wimmern und schwor, das würde nicht wieder vorkommen. Zu oft hatte er das schon gesagt, also blieb es dabei. Bis zum Ende der Woche müsse er seine Sachen packen und verschwinden. Da beschimpfte der Knecht ihn und wollte sogar mit zittriger Hand nach ihm schlagen. Aber Friedhelm packte ihn und hielt ihn fest. Und als er ihn so nah vor sich hatte, merkte er, dass er dem anderen kaum in das gedunsene Gesicht mit den verschmierten Augen sehen konnte. Das verstörte ihn, denn er fragte sich, warum das so war, und fand keine Antwort darauf. Also stieß er ihn von sich und ging hinaus. Dem Kutscher, einem vierschrötigen Mann, gab er Anweisung, dafür Sorge zu tragen, dass der Pferdeknecht noch heute vom Hof verschwinde. Den Lohn für diese Woche solle man ihm noch auszahlen.

Als er durch den Schlamm auf das Haus zupatschte, dachte er an die Mutter, die sich sicher schon für ihre Fahrt zur Kirche gerüstet hatte. Dort würde sie im klammfeuchten Dunkel niederknien und inbrünstig den Dunst des Weihrauchs in sich hineinsaugen. Er beschloss, ihrem Anblick aus dem Weg zu gehen und einen Rest Weizen, der noch in einem der Getreidespeicher lagerte, auf Schimmel und Pilzbefall zu untersuchen. Anfang nächster Woche würde er nach Rostock fahren und um die Hand des Mädchens anhalten. Außerdem würde er gegen den Junker einen Prozess anstrengen. Bis zum bitteren Ende. Dass man ihm Land wegnahm, durfte er sich nicht gefallen lassen.

3

'Ein Wink des Auges oder der Ausruf 'Achtung - Klasse!' müssen genügen, um die gesamte Schulordnung herzustellen. Die Schüler sollen ihre Füße parallel nebeneinander auf den Boden stellen. Auf ein Zeichen des Lehrers legen sie die Schulbücher geräuschlos auf ihr Pult, schließen die Hände und blicken den Lehrer an.' Dessen wichtigtuerische Visage, durch die sich ein Schmiss zog, konnte Viktor nur schwer ertragen. Ein Wink des Auges, das Auge winkte, ein winkendes Auge, wie sollte das gehen? Wedelte das Lid? Blinzelte Herr Brackensen? Herr Brackensen blinzelte tatsächlich, aber wohl eher vor Ergriffenheit. Diese befiel ihn bei seiner Darstellung des Deutsch-Französischen Krieges. So wie er es beschrieb, konnte es selbstverständlich nicht gewesen sein, dachte Viktor. Nichts war so, wie es beschrieben wurde. Eine Binsenweisheit, oft schon gedacht, und vielleicht allein deshalb schon falsch. Falsch aber auch dieser Gedanke. Mit der keineswegs neuen, ihn langweilenden Erkenntnis, wie müßig das ganze Geklimper im Kopf war, wandte er seine Aufmerksamkeit den langen schmalen Händen seines Nachbarn zu. Von deren Gestalt hätte man auf einen musischen, vergeistigten Charakter schließen wollen, doch wie sehr solch physiologische Äußerlichkeiten in die Irre führen konnten, davon hatte Viktor sich bis zum Überdruss ein ums andere Mal überzeugen können. Der Eigentümer dieser ausdrucksvollen Greifapparaturen war nichts anderes als eine hölzerne Marionette, deren energische Kinnlade sich wie bei einem Nussknacker senkte, worauf aus dem Spalt Lahmheiten daherknödelten. Dabei verfügte die Puppe über das, was man einen Charakterkopf nannte. Vielleicht war 'Kopf' etwas zu weit gegriffen, und man hatte es lediglich mit einem Charakterprofil zu tun. Sah man nämlich dem Mensch, das übrigens den Namen Hensel trug, in die Augen, entsprach die Wirkung beim Betrachter in etwa dem forschenden Blick auf zwei Glasmurmeln. Inzwischen hatte sich Brackensen den Krieg betreffend wieder einmal in Rage geredet, bronchiales Gedonner entrang sich seiner hühnernen Brust, Speicheltropfenkaskaden bestrichen die vorderen Reihen wie Sperrfeuer. Indem Viktor dem Lehrer zuhörte oder auf Hensels Hände sah, versuchte er, sich von zwei besitzergreifenden Gedankenketten abzulenken. Vergeblich. Vor etwa einem halben Jahr hatte seine Mutter begonnen, ihr Zimmer nur noch zu den Abendessen zu verlassen. Sie hatte nichts gegessen, nur den Vater mit bohrendem Blick angesehen und unverständliche Bemerkungen gemacht. Manchmal gezischte, verletzende Sätze. Der Vater war betroffen gewesen und hatte nicht gewusst, was er sagen sollte, was zu tun war. Und immer schlechter hatte sie ausgesehen, verändert, hatte ihr Äußeres vernachlässigt. Welch ungleich einnehmendere Erscheinung bot dagegen sein stets tadellos gekleideter Mitschüler Eugen Fogesch, den er auf der Bank hinter sich wusste. Genauso oft wie um die Mutter kreiste Viktors Denken um diesen Kameraden. Der schlanke Körper, vor allem die Eleganz jeder seiner Bewegungen und seiner Haltung begeisterten ihn. Vergeblich versuchte er, sein Idol nachzuahmen. Als er gemerkt hatte, dass ihm dies nicht gelang und niemals gelingen würde, weil er Fogesch nicht nur gleichen, nein, weil er Fogesch sein wollte, wandte er all sein Streben darauf, ihn zum Freunde zu gewinnen. Doch immer, wenn er irgendeine Gemeinsamkeit zwischen ihnen herzustellen sich bemühte, wurde ihm bewusst, wieviel ihn von Fogesch trennte, wie distanziert ihn jener wahrnahm. Dunkel fühlte er, dass er eine schroffe Zurückweisung von Fogesch nicht ertragen hätte. Er musste ihm nahe sein. Er träumte von ihm, lustwandelte Seite an Seite mit dem Auserwählten in einer elysischen Landschaft, verständigte sich mit ihm nur durch Blicke ...

Das andere war der Blick der Mutter, ihre zusammengekniffenen Lippen. Eine fremde Person. Schließlich war sie nicht mehr zum Nachtmahl erschienen, und erst da hatte ihn der Vater, über dessen Hilflosigkeit Viktor sich ärgerte, beiseite genommen und ihm erklärt, die Mutter sei krank. Als hätte er das noch nicht gemerkt! In dieser Zeit war er nach der Schule oft unruhig im Haus umhergeschlichen. Einige Male hatte er die Stimme der Mutter aus dem Zimmer gehört, sie rief etwas in großer Erregung, recht laut, doch verstand er es nicht. Einmal hatte er gemeint, seinen Namen zu hören und war in ihr dunkles Zimmer hineingegangen. Viktor! hatte sie gerufen. Viktor! rief sie.

„Lipsheim. - Herr Lipsheim!" Darf ich Sie bitten, einmal näher auf Bismarcks Verhalten in diesem Punkte einzugehen. Herr Brackensen fixierte ihn.

Starr hatte sie im Bett gelegen, die kleinen Hände ordentlich auf der Bettdecke, wie ein Kind.

„Bismarck, Lipsheim!"

Und ein merkwürdiger Geruch war im Raum gewesen, ein Geruch nach ... Viktor musste den Versuch abbrechen, sich zu erinnern, wonach es eigentlich gerochen hatte in der Stille hinter den zugezogenen Vorhängen, unter den schweren Portieren ... Herr Brackensen bedrängte ihn. Und weil Viktor sich nicht anders zu helfen wusste, erzählte er davon, dass Bismarck zum Frühstück für gewöhnlich fünfzig Austern gegessen hatte. Und einen ganzen Rinderbraten. Er wollte Fogesch nicht langweilig erscheinen. Doch dann hielt er inne und errötete, denn ihm wurde bewusst, dass derartigen Dingen in Fogeschs Sicht keinerlei Bedeutung zukam, sie waren stillos, er stand weit über ihnen ... Viktor fühlte, wie ihm ein wenig Schweiß unter den Achseln hervorlief, das gehörte sich nicht und war banal. Währenddessen war Herr Brackensen immer noch sprachlos. Erst als einige Mitschüler leise lachten, glühte sein Schmiss karmesinrot auf und unterhalb des bebenden Backenbarts böllerte eine Breitseite los. Während die Tirade auf ihn niederging, sann Viktor bereits wieder dem Geruch im Zimmer der Mutter nach. Das war nicht der Fliederduft, der sie sonst umgeben hatte; ein schweres Aroma war es gewesen, etwas geradezu Tierhaftes ... Das war die Mutter nicht mehr, in deren Rock er sein Gesicht gepresst hatte, dessen Duft und Weichheit ihn getröstet hatten. Kraftlos lagen ihre Arme an den Seiten, die Arme, die ihn einst weich umfangen hatten und deren Schutz er sich immer hatte anvertrauen können.

Viktor sah auf sein Pult hinab, eine Haltung, die als Beschämung deutbar war. Er war jedoch vollkommen geistesabwesend und hatte jene Sturmesnacht im April vor Augen, in der er aus dem Schlaf aufgeschreckt, aus seinem Zimmer gelaufen war, die Geräusche, den mächtigen Duft des Windes und der aufbrechenden Knospen ... Die Mutter konnte ihm nicht helfen, sie lag in ihrer Starre. Wie Blasen war etwas in seinem Kopf emporgestiegen, die Angst hatte ihn vorangetrieben, er hatte nicht mehr gewusst, was er tat, aber das Gefühl, außer sich zu sein, genossen, wie in einem Spiegel sah er sich durch den dunklen Flur in Ellis Zimmer laufen und zu ihr ins Bett kriechen, wo, während der Wind das Haus umtobte, im Schutz ihrer Arme eine dunkle Welle aufstieg und alles niederriss.

4

Helga nähte jetzt bei Ernst & Compagnie. Gestern Vormittag Taft, nachmittags Chintz. Heute Crème de Chine und Chiffon. Lila und rosa. Während die Stichel niederratterten, den Stoff durchlöcherten und mit Faden durchschossen, stellte sie sich vor, welche Herrschaften später einmal diese Stoffe tragen würden. Sie sah eine Dame ihren vom Mieder eingezwängten Leib in das kühle Gewand hüllen. Ihre faltige Hand schob sich aus dem Ärmel hervor, um nach einem Likörglas zu greifen. Zwei junge Adelsfräulein tauschten ihre Kleider, und die eine glitt mit ihren jungenhaft schmalen Armen in die aufgebauschten, gefältelten Schulterteile. Eine beringte Mannes-Pratze strich über den glänzenden, fleischgefüllten Stoff voller Besitzerstolz hin. Dem Eigentum saß außerdem eine große gereffte hellblaue Tüllschleife am Hals, Seidenbesatz wogte um Knöchel. Helga dachte an Irmchen, ihr kleines Töchterchen, das jetzt in ihrem Matrosenanzug bei den Eltern zuhause saß. Die blauen Jungs. Der Kaiser und seine Marine. Für einen Moment sah sie Irmchen an Deck eines Segelschiffes sitzen und musste lächeln. Labskaus. So, das Mündchen auf und noch ein Löffelchen. Kam ganz nach dem Vater, aber dick und zufrieden. Pausbäckchen anstelle von hohlen Wangen. Immerhin hatte er sie geheiratet. Eigentlich hatte sie ja gar nicht wollen, aber die Eltern hatten gedrängt. Ein gefallenes Mädchen. Die Hochzeit nur in Familie. Die Einzige, die sich freute, war ihre kleine Schwester Luise gewesen. Helmut betrunken, Vater dann auch. Hatten sich in die Wolle gekriegt. Immer mehr getrunken. Sie hatte sich draußen auf eine Bank gesetzt, mit den Händen auf ihrem gewölbten Bauch, und auf die Mietskasernen am Rand des Brachfelds gestarrt. Solange, bis alles weg war: die Kasernen, die paar krüppligen Pappeln, der blaue Himmel. Bis sie nur noch ihr Kind sah. Helmut bekam sie kaum zu Gesicht. Zu reden hatten sie nur über Geld. Manchmal brachte er ihr welches. Er trieb sich herum, arbeitete bei Gelegenheit. Sie hatte ja gewusst, dass er ein Taugenichts war. Aber das Schlimmste war das Geschimpfe der Eltern.

Helga sah zu Henriette hinüber, die vier Tische weiter an der Maschine saß. Zusammen hatten sie im Papierwerk gekündigt und hier in der Großnäherei angefangen. Jette war konzentriert bei der Sache und klemmte dabei wie immer die Zungenspitze zwischen den Vorderzähnen ein. Es sah dämlich aus, so dass Helga lächeln musste. In der Pause heute hatte sie Jette ihre rauen Finger gezeigt, an deren Spitzen sich die Haut pellte. „Hart sein im Schmerz, wie der Kaiser gesagt hat", fing die Freundin an, und prustend hatten sie zusammen Wilhelms Worte heruntergebetet: „Für tausend bittere Stunden sich mit einer einzigen trösten." - „Det ha' ick ja jemacht, und dabei is Irmchen rausjekomm." „Immer sein Bestes geben, wenn es auch keinen Dank erfährt." - „Deen Bestes haste ooch hinjejehm, wa?" "Wer das lernt und kann, der ist ein Glücklicher, Freier und Stolzer; immer schön wird sein Leben sein." - „Na, det wüsst ick aber." Jette hatte dann begonnen, vom Wertheim-Warenhaus in der Leipziger zu schwärmen. Sie war gestern gleich am Tag nach der Eröffnung hineingelaufen in das Riesenhaus mit dem Kuppelbaldachin und Markisen, hinein in das Gewirr der Gänge, in den Luxus, dort gab es alles, die vielen

Stockwerke hinauf, Jette hatte sich verirrt und am Ende fast geweint. Sie hatten dann überlegt, was sie dort kaufen würden. Kleider, einen neuen Kinderwagen und einen Porzellanhund.

Als Helga am Abend Irmchen mit zermatschten Kartoffeln fütterte, dachte sie immer noch an das Warenhaus Wertheim. Der Vater saß zwar vorwurfsvoll, aber ausnahmsweise einmal nicht schimpfend in seiner Ecke, und die Mutter ließ sie auch in Ruhe. Ja, Wertheim würde sie sich mal ansehen wollen, aber wozu eigentlich, wenn doch alles zu teuer für sie war. Und so jemand wie sie gehörte da sowieso nicht hin. Sie nahm Irmchen auf den Arm und wartete auf das Bäuerchen. Aber wenn sie sich fein anzog? Und vielleicht konnte sie ja doch eine Kleinigkeit kaufen? Man ist ja kein Unmensch. Man verdient doch sein Geld. Sie ging vor die Hütte und staunte über den Sommerabend. Leise begann sie für Irmchen zu singen: „Der Mann hat jelbe Zehne, sieht aus wie ne Hyene, hat ooch noch krumme Beene, keen Wunder, det ick jehne." Sie gab Irmchen einen Kuss auf die Backe und begann ein anderes Lied: „Wenn ick in deene Augen schau, wird gleich der Himmel veilchenblau, um mich is allet grau in grau, det is det Los der Ehefrau."

5

Sie nahmen den Einspänner. Sein Sohn lag in einem Tragekorb neben seiner Frau auf dem Sitz. Knirschend rollten die Räder unter der langen Reihe der Pappeln die Allee entlang. Ihre geheimnisvoll duftenden Blätter warfen flirrende Schatten auf den Schotterweg. Schaum flog vom Maul des Pferdes fort und klatschte gegen das Brett des Kutschbocks. Es war heiß, und die Flanken des Hengstes waren salzverkrustet. Friedhelm wandte sich kurz um und schaute zurück: Seine Frau sah zur Seite und beschattete mit der behandschuhten Hand ihre Augen. Wie er wusste, stand dort in der Ferne auf einem künstlich aufgeschichteten Hügel das Herrenhaus des Junkers. Es versetzte ihm einen leisen Stich, dass Helene danach Ausschau hielt. Ein Bauer am Wegesrand grüßte sie auf polnisch. 'Panstwo', verstand er und 'pagoda', sicher hatte der Mann die Herrschaften begrüßt und auch etwas zum Wetter gesagt. Warum sprach der nicht Deutsch? Bald würden die alle Deutsch sprechen müssen. Pommersch, wie in Schlesien Schlesisch. Schlesisch. Wullen m'r wieder tanza? Wer legt m'r sei Poatschla auf de Brust? Woher hatte er das nur?

Als sie die Wiese am Flüsschen erreicht hatten, bezogen sie einen Platz im Schatten der Kirschbäume. Er trug das Kind, die Decken und den Picknickkorb durch das zum Teil kniehohe Gras. Helene folgte ihm ängstlich und fragte, ob es hier viele Holzböcke gebe. Er wusste es nicht, sagte aber nein. Sie schien ihm nicht so recht zu glauben und musterte mit gerunzelter Stirn und zusammengekniffenen Augen die Gräser. Am Wasser rauschte das Schilf in einer leichten Brise. Das Kind schlief und träumte wohl, denn sein Mund bewegte sich saugend und die geschlossenen Lider flatterten. Die winzigen Händchen mit den fast durchscheinenden Fingern lagen halbgeschlossen und reglos an seiner Seite.

Schweigend aßen sie etwas kaltes Huhn und Petersilie. Dazu tranken sie von der Limonade, die die Haushälterin zubereitet hatte. Einmal nicht zu arbeiten, wie seltsam fühlte sich das an. Friedhelm trank einige Schlucke Weißwein und pustete Löwenzahn in Richtung seiner Frau. Die Samen sahen aus wie winzigkleine gerade Bäume mit wenigen dünnen weißlichen Zweigen. Sie umschwebten Helene und brachten sie zum Niesen, woraufhin sie schmollte. Friedhelm sah seine junge Frau genauer an: Wie zart sie war! Die recht dunklen Augen verrieten ihre Gedanken nicht. Ein paar Sommersprossen sprenkelten die kleine Nase, die rosafarbene Oberlippe wies in der Mitte eine Art Knospe auf. Das zeigte sich besonders deutlich, wenn Helene sie - wie jetzt - muckschend spitzte. Sie trug ein leichtes Sommerkleid. Weiß wie das Brautkleid. Eine Decke aus Schnee. Die Fläche glitzert und blendet. Der Schnee ist verharscht, die kristallharte Decke kratzt an den Fingerkuppen, die über sie hinstreichen, zerschneidet die Lippen, wenn man sie küsst. Doch er küsst sie trotzdem. Bis der Schnee schmilzt. Rosafarbener Marmor kommt darunter zum Vorschein. Kalt und nass liegt er vor ihm. Dann erkennt er das feine Aderngeflecht, das den Block durchzieht. Und während er sich noch wundert, wird der Stein plötzlich zu Fleisch. Fleisch, das beginnt sich zu winden. Das wächst, und in dem sich Mulden bilden, zwei Augen aufklappen ...

Ein sirrender Naturlaut. Er sah die Brust seiner Frau, an der das Kind saugte. Mit halbgeschlossenen Augen schaute er zu und bewegte sich nicht. Als das Kind satt war und aufgestoßen hatte, legte Helene es in den Korb zurück. Ihre Brust pendelte dabei etwas, und aus der Brustwarze lief noch ein wenig Milch. Er packte die Erschreckende um ihre schmale Taille, sah ihre weit aufgerissenen Augen, kümmerte sich nicht darum und umschloss mit seinem Mund Helenes feuchte Brust. Er schmeckte ihre süße Milch und versuchte, an der Warze zu saugen, da hörte er seine Frau seltsam wimmern und wurde im selben Moment zurückgestoßen. Sie sprang auf, bedeckte ihre Brust und lief taumelnd durch das hohe Gras davon. Erst am Flüsschen holte er die Weinende ein. Sie ließ sich nicht von ihm berühren und schlug um sich. Dann lief sie zum Kind zurück. Er folgte ihr.

6

Sie saßen bei Schadow in Steglitz. Wie üblich war in extenso über einige der Geschichtsprofessoren gespottet worden: über Professor Diehmel, der am Katheder ununterbrochen auf seinen vor ihm liegenden Tiroler-Hut starrte und in jeder seiner Veranstaltungen völlig unabhängig vom Thema bereits nach wenigen Sätzen auf sein Spezialgebiet, die Karolinger, kam, zu denen er Vorlesungen und Seminare wegen seines übergroßen Wissenstands schon seit langem nicht mehr halten konnte. Und auch über Professor Krohl, der jegliches freie Sprechen vermied und alles monoton, langsam und umständlich von bereitgelegten Blättern ablas. Viktor hatte ausgemalt, wie er auf ebendiese Art zu Hause seine Frau begrüßte: Gu - ten A - bend Ver - ehr - te - ste. Er - folgt das Es - sen zu der ge - wöhn - li - chen Stun - de ?

Mit einem Mal schien jedoch der Gesprächsfaden gerissen. Durch den Rauch, der im Mansardenzimmer hing, sah Viktor zu Grüpp hinüber, der am Fenster saß, in die Dunkelheit hinausschaute und wieder einmal träumte. Grüpp, den er noch im vorigen Semester am wenigsten beachtet hatte, war ihm inzwischen der liebste von den dreien. Jeder von ihnen entwickelte sich in eine andere Richtung. Schadow beschäftigte nur noch die militärische Sicht der Dinge, und Markwart hatte sich die Gedanken seiner Corpsbrüder zu eigen gemacht. Für lebhafte Auseinandersetzungen, wie Viktor sie liebte, und wie es sie früher gegeben hatte, fehlte es nun an einer gemeinsamen Grundlage.

Viktor dachte an zu Hause. Der Mutter ging es besser. Ihre treueste Freundin besuchte sie gelegentlich und hielt sie bei Törtchen und Tee auf dem Laufenden, vor allem was Klatsch und Mode betraf. Danach allerdings war Mutter einige Male so angestrengt gewesen, dass nach Doktor Schnelle, dem unangenehm soldatischen Hausarzt, hatte geschickt werden müssen. Der Vater war froh über Mutters Genesung und arbeitsam wie gewohnt. Wenn Viktor seine Eltern zum Abendessen oder am Sonntag zum Frühstück traf, langweilte er sich schnell, weil nur über Unwesentliches gesprochen wurde. Dies hatte zugleich aber auch etwas Beruhigendes, denn bedeutete es nicht, dass es keine ernsten Familienschwierigkeiten gab?

Während Viktor sich bemühte, Schadow nicht zuzuhören, der sich in Begeisterung hineingeredet hatte über das deutsche Heer, dachte er an seinen ehemaligen Mitschüler Eugen Fogesch. Manchmal sah er ihn in der Universität -, er studierte Philosophie und schien von einem bohèmehaften Kreis umgeben ... Nun aber war der Gastgeber dazu übergegangen, die Haltung des deutschen Heeres in Südwestafrika zu rühmen. Das reichte Viktor jetzt: von wegen 'Schutzgebiet'! Das deutsche Militär begehe Verbrechen gegen die einheimische Bevölkerung, stellte er fest. Innerhalb der deutschen Grenze würden alle Hereros erschossen, habe General von Trotha letztes Jahr in einem Aufruf verlauten lassen, auch Frauen und Kinder. Ob sie so etwas gutheißen könnten? Markwart fragte provozierend, was es sie denn anginge, wenn dort irgendwelche Hottentotten ihr Leben ließen. Daraufhin schwieg Viktor.

Erst nach einer Weile kam das stockende Gespräch wieder in Gang, als Markwart davon erzählte, wie er versucht hatte, eine der wenigen Kommilitoninnen anzusprechen. Sie wäre vor Angst erstarrt, hätte ihn nicht angesehen, sich entschuldigt und wäre davongelaufen. Das könne er gut verstehen, äußerte sich überraschend Grüpp, der sich bis dahin nicht beteiligt hatte. Die jungen, behüteten Frauen wüssten doch, dass viele von uns schon von den Vätern ins Bordell geführt worden seien. Für sie seien wir Tiere. Markwart entgegnete, dass er nicht so viel in die Frauen hineingeheimnissen solle. Frauen wollten nicht verstanden, Frauen wollten besessen werden, das sei alles. Und Führung sei es, was sie bräuchten, fügte Schadow hinzu. Wieder zum Fenster hinaussehend sagte Grüpp höhnisch, dass sie wohl deswegen mit viel älteren Männern verheiratet würden, die sich die Hörner schon abgestoßen hätten.

Kurz darauf fing Schadow unvermittelt von der ʻFranzosenkrankheitʼ an und erzählte von einem Studenten, dem der Syphiliserreger vom Rückenmark aus das Gehirn erweichte. Dieser sei wie üblich mit Quecksilber eingerieben worden, woraufhin ihm sämtliche Zähne und Haare ausgefallen seien. Am Ende habe sich der Student mit letzter Kraft aus dem Fenster zu Tode gestürzt. Wenigstens habe der nicht zu den Homosexuellen gehört, urteilte Markwart und zog über den Stadtkommandanten Kuno Graf Moltke her. Viktor, den das kaum interessierte, überkam plötzlich die Sehnsucht nach seinen Büchern. Abrupt stand er auf, verabschiedete sich und ging.

Angestrengt starrte Helmut in die verschwimmende Dezemberdämmerung. Die Kälte trieb ihm Tränen in die Augen. Seine Schritte klopften seltsam auf dem gefrorenen Boden. Jetzt war hier schon niemand mehr unterwegs. Die Leute hatten sich in ihren Hütten verkrochen. Es roch nach verbranntem Holz. Kohlenknappheit. Die Hände hatte er in die Taschen seines dünnen Jacketts gesteckt, um sie ein wenig aufzuwärmen. Alles an ihm war kalt, wie tot kam er sich vor, nur in seinem Magen spürte er ein Brennen, das kam vom Schnaps. Wann hatte er seinen letzten gehabt? Er konnte schon wieder einen brauchen. Aber eigentlich war er es leid, diese ertränkten Tage, diese abgesoffenen Wochen, von denen er nichts mehr wusste und nichts mehr wissen wollte. Betrunkene Handlungen tauchten in seinem Kopf auf. Missgestaltete Schlangenwesen, die sich unter der Oberfläche eines brackigen Weihers drängten und mit einem Licht angeleuchtet wurden. Er sah sich selbst, wie er als Betrunkener war, und der Anblick quälte ihn. Wenn er doch nur schon tot wäre. Oder tausend Jahre schlafen, das wollte er. Schreckliche Dinge. Er versuchte, sich die Erinnerung daran zu verbieten. Nicht zurückblicken, das hielt er nicht aus und musste gleich an Schnaps denken. Nach vorne schauen! Hier musste die Hütte doch irgendwo sein. Er hielt nach den zwei Lichtlein Ausschau, den feinen Vorhängen. Aber die Hütten und wenigen Lichter hier sahen doch alle gleich aus. Oder war er schon zu betrunken? Er hätte irgendetwas essen sollen, um den Geschmack in seinem Mund zu vertreiben. Sie würde es sicher sofort riechen und ihn beschimpfen. Als er daran dachte, begann er sich nach einem weiteren Glas zu sehnen. Sie hatte ja recht, vor allem jetzt, wo das zweite Kind von ihm da war. Warum hatte sie ihn überhaupt noch einmal rangelassen? Das verstand er nicht. Obwohl es mit der Sauferei ja erst seit dem Streik so schlimm geworden war. Ohne Arbeit, da fiel ihm eben nichts Besseres ein. Und im Mai, als es in der Holzfabrik weitergegangen war, hatten sie ihn nicht mehr genommen. Seine Hände waren zu Klauen erstarrt, Vogelklauen, dachte er und stellte sich vor, wie er Helga damit über das Haar strich. Oder noch furchtbarer: Wie er mit seinen kalten Krähenklauen versuchte, den Sohn aus dem Bettchen zu heben. Nicht weit war eine Kneipe. Ob Helga ihm etwas Geld geben würde?

Das war doch die Hütte. Er sah zum Fenster hinein und wirklich: Da saß sie, ihre schönen Haare hingen über ihren vorgebeugten Hals, und nähte wie immer. Etwas zog ihm die Brust zusammen, als er sie so da sitzen sah, und die Scham trieb ihn fort, vorbei an der niedrigen Tür. Aber dann blieb er doch stehen, ging die wenigen Schritte zurück. Klopfte, nahm sich zusammen, bemühte sich um Haltung. Ihre Mutter öffnete die Tür, ließ ihn aber nicht gleich hinein, fragte erst nach hinten, ob sie ihn sehen wollte. Ihre stumpfen Knopfaugen schienen ihn gar nicht anzusehen. Dann ging er ein paar Schritte hinter der Schlurfenden her, roch ihre muffigen Kleider, bemerkte den Geruch nach gekochtem Kohl und den vertrauten Dunst von Schnaps. Der kam vom Vater, der schwer atmend in der Ecke lag und wohl eine Erkältung mit seinem einzigen Hausmittel bekämpft hatte. Der weiße Bart ragte empor, und Helmut musste sich vorstellen, wie der Alte

Frau und Töchter geprügelt hatte, seine Frau mit der Hand, die Kinder mit dem Riemen. Dann war die jüngere Tochter gestorben. Helga warf ihm einen kurzen Blick zu und vertiefte sich wieder in ihre Näharbeit. Natürlich durchschaute sie ihn. Sicher hatte er ein gerötetes Gesicht und diesen etwas glasigen Blick, den sie so hasste, den sie schon an ihrem Vater immer gehasst hatte. Aber der fraß jetzt sein Gnadenbrot in seiner Ecke. Helmut merkte, wie angespannt seine Nerven waren und stand ganz steif in der Mitte des Raums, um das Zittern, das in ihm ausbrechen wollte, zu unterdrücken. Die Geräusche schmerzten ihm in den Ohren. Die Mutter kramte und klapperte. Wie um ihn zu ärgern, schepperte sie mit einem Blecheimer und zerrte dann rumpelnd einen Kübel mit eingeweichten schmutzigen Windeln über den Boden. Er starrte auf Helgas Rücken, wartete und konnte nur an den rettenden Schnaps denken. Nun fing auch noch die kleine Irmgard an, um ihn herumzuspringen und auf ihn einzuplappern. Ihre geflochtenen Zöpfe hingen wie zwei Taue herab. Sie erzählte wohl von der Mädchenschule, dass sie jetzt wie die Jungs Grammatik und Mathematik lernte, und Helmut erinnerte sich, dass er irgendwo gelesen hatte, die Herzensreinheit und Gemütstiefe deutscher Frauen und Mädchen solle dadurch nicht beeinträchtigt werden. Er sah auf die gestärkte Bluse, an der Helga nähte. Wie ein ausgestopfter Schwan lag sie vor ihr, die vielen Reihen roter Knöpfe wie Blut im Schnee. Schneewittchen über den sieben Bergen bei den sieben Zwergen. Nun schrie auch noch der Säugling. Helmut warf einen Blick in seine Richtung, sah aber nur zwei fuchtelnde Ärmchen. Vielleicht erwartete Helga, dass er hinüberging und versuchte, seinen Sohn zu trösten. Aber er stand wie angewurzelt, das alles wurde ihm zuviel. In seinem Kopf gingen Bilder und Gedanken durcheinander. Er sah Federboas und plötzlich ganz deutlich die ehebrecherische Kronprinzessin Luise mit ihrer Boxernase, den auseinanderstehenden Augen, dem schmalen Mund. Auf ihrem Riesenhut waren Federn, und dort türmte sich auch eine Art Vorhang auf, zusammengerollt wie eine Schlange, den sie hinunterlassen konnte, wenn sie ihre Ruhe haben wollte. Helga war inzwischen aufgesprungen und, ohne ihn anzusehen, zum Kind gelaufen. Hier würde er heute kein Geld bekommen. In Gedanken ging er schnell die Ausschänke durch, vielleicht konnte er in einem doch noch einen kleinen Kredit bekommen. Er räusperte sich, sagte etwas mit belegter Stimme, machte sich von Irmgard los, die an seinem Ärmel hing, und verließ schnell den Raum. Während er draußen mit unsicheren Schritten und ohne zurückzusehen davonging, erschien ihm die Kälte an seinen heißen Ohren einen Moment lang fast angenehm. Doch so sehr sie ihm dann auch in die müden Knochen fuhr, von dem Engegefühl in seiner Brust lenkte ihn nur der Gedanke an eine Schenke im Tiergarten ab, wo er vielleicht noch einen Schnaps anschreiben lassen konnte.

8

Sofort als er aufwachte, wandte er sich suchend um. Helene lag in dem Bett neben dem seinen und schlief. Durch den Vorhangspalt sickerte Morgendämmerlicht in das geräumige Schlafzimmer des neuen Hauses. Er hatte es ihretwegen gebaut, weil sie nicht mit der Mutter zurechtkam, die allein im alten Haus nebenan wohnen geblieben war. Letztes Jahr war es fertig geworden. Es hatte ihn in arge Geldnöte gebracht. Arbeiten, das war alles, was half, das war alles, was er konnte, aber es würde nicht reichen. Wahrscheinlich musste er einen Teil seiner Felder verpachten, vielleicht sogar verkaufen. Er beugte sich über die Schlafende. Ihr Gesicht war ganz entspannt, die etwas aufgeschwollenen Lippen waren nicht wie sonst in den Mundwinkeln herabgezogen. Sie wirkte zufrieden. Wie leicht war alles, wenn sie schlief. Im Grunde war er froh, dass sie nicht wie die anderen Landwirtsfrauen mit ihren Männern gemeinsam in aller Frühe mit ihm aufstand. Nun bewegte sie sich, winkelte einen Arm an und legte ihren Kopf in die Beuge, das aufgelöste Haar umflutete das Kissen, ihr warmer Duft stieg zu ihm auf. Begierde regte sich in ihm, und er stellte sich vor, wie er sich zu ihr legte. Sie würde erschrecken, und gefallen würde es ihr auch nicht. Jetzt murmelte sie etwas, das er nicht verstand. War es ein Name? Wovon träumte sie? Vom Junker etwa, der sie so beeindruckte, den sie, als er in Kolberg war, besucht hatte, wenn er glaubte, was seine Mutter ihm zugeflüstert hatte, vom Junker, dem er vielleicht sogar sein Land verkaufen musste? Niemals. Da ginge er noch eher zum Juden. Seine Frau gehörte ihm.

Und wenn es wahr war, dass sie zu von Weser hinübergefahren war, würde er ... Arbeit. Arbeiten. Die beste Ablenkung, sagte er sich und ging am Kinderbett vorbei, wo sein Sohn ruhig schlief. Sie hatte ihm ein Kind geboren, aber wer sagte, dass es wirklich sein Kind war? Er musterte das Gesicht, das unter dem kleinen Federbett hervorlugte. Fünf Jahre. Warum bestand sie darauf, dass das Kind in ihrem Zimmer schlief? Wenn er sie besitzen wollte, musste er leise sein, um das Kind nicht zu wecken. Oft sagte sie auch, das Kind schlafe noch nicht. Er verglich die Nase des Kindes mit seiner Nase, den Mund mit seinem Mund, Stirn mit Stirn, Kinn mit Kinn und, obwohl er nicht so recht wusste, wie er selbst eigentlich aussah, fand er in den Zügen des Kindes nur seine Frau. Ihm ähnelte das Kind nicht, stellte er fest und versuchte sich das Gesicht des Junkers vorzustellen, aber es gelang ihm nicht. Er brachte Ruhe in seine Gedanken, indem er an die Arbeit dachte, die auf ihn wartete. Leise ging er die Treppe hinunter. Seit längerem schon hatte er ihre Blicke bemerkt, die zu von Wesers mächtigem Herrenhaus hinüberwanderten. Glaubte sie, dass er das nicht sah? Kaum ein lobendes Wort hatte sie zu ihrem neuen Haus gesagt, zu dem Heim, das er doch nur für sie gebaut hatte. Immer wenn er darauf zu sprechen kam, meinte er zu sehen, wie ihr Mund spöttisch wurde. Zu Besuch bei diesem Laffen. Sie hatte es nicht zugegeben. Er hätte sie umgebracht. Vielleicht log sie. Aber in dem Verhör, dem er sie unterzogen hatte, hatte sie sich nicht widersprochen. Obwohl er ihr Fallen gestellt hatte, so getan hatte, als habe sie ihm erzählt, sie habe in den Tagen seiner Abwesenheit einen Brief an die Eltern geschrieben. Dabei hatte sie ihm berichtet, den Mädchen beim Einkochen der

Himbeeren geholfen zu haben. Verwundert berichtigte sie ihn. Den Brief habe sie doch erst geschrieben, als er schon wieder zurück gewesen sei, nein, sie habe Himbeeren eingeweckt. Ihre unaufgeregten Antworten hatten ihn beruhigt, aber nur für kurze Zeit, denn dann war ihm der Gedanke gekommen, ihre Ruhe wäre unnatürlich gewesen, sie hätte böse werden, von ihm enttäuscht sein, weinen müssen. Gerade ihre Gelassenheit war verdächtig und konnte daher rühren, dass sie sich auf seine Befragung innerlich vorbereitet, sich ihre Antworten zurechtgelegt hatte ... Nur die Arbeit konnte die Gedanken, die in seinem Kopf kreisten, in eine andere Richtung lenken. Aber als er vor die Tür trat und in die milchig graue Dämmerung unter dem bedeckten Himmel starrte, wusste er, dass er an diesem Tag nicht aus seinem Gedankenkäfig hinauskommen würde. Das alte Haus war leer, seine Mutter war schon zur Kirche aufgebrochen. Friedhelm begann, einen Knecht, der vor der Scheune eine Sense geschliffen hatte, herumzukommandieren. Ließ ihn Gerätschaften umräumen, damit Ordnung entstand. Es bereitete ihm Genugtuung, und er dachte daran, wie es wäre, wenn er seine Frau so in der Gewalt hätte, bis er bei einem kurzen Blick in das Gesicht des Knechts dessen freches Grinsen sah. Dieser Jerzy dachte sich wohl seinen Teil. Das war doch der Kerl, der es mit der Melkerin trieb. Obwohl er es nicht gesehen hatte, hatte er plötzlich vor Augen, wie die beiden im Stroh übereinander herfielen. Sprach kaum Deutsch, der verdammte Polack. Den würde er Mores lehren. Deutschtum. Die strenge Ostmarkenpolitik von Bülows - völlig richtig. Die polnischen Blagen weigerten sich, ausschließlich Deutsch in der Schule zu sprechen. Und deren Eltern gingen dafür zwei Jahre ins Gefängnis. Dickköpfe. 50000 Kinder im Streik. Preußen muss durchgreifen. Er befahl dem Knecht, Sandsäcke, die er noch zum Bau einer Terrasse verwenden wollte, in einer anderen Ecke der Scheune aufzuschichten. Helene machte jetzt sicher ihre Morgentoilette und ließ sich von der Haushälterin Kaffee zubereiten. Dem Polacken würde das Lachen schon noch vergehen. Friedhelm überwachte die Arbeit des Mannes. Sie langweilte sich, das wusste er genau. Außerdem hatte sie es oft genug gesagt. Natürlich war das Leben auf einem Hof eintönig und einsam. Selbst ihm kam es oft so vor, aber man durfte dem nicht nachgeben. Doch mit wem konnte sie schon sprechen, außer mit den Bediensteten. Er mied die Feste, die gelegentlich auf den umgebenden Gütern gefeiert wurden. Wenn er mit sich ehrlich war, hatte er Angst davor, denn er wusste, dass er in Gesellschaft unbeholfen wurde und fürchtete Helenes Verachtung. Wann sollte er zu ihr ins Haus gehen? Wenn er ihr in dieser Verfassung gegenübertrat, führte das nur zu Vorwürfen seinerseits. Seine Stimme würde in die Höhe klettern, während er ihr Vorhaltungen machte. Dabei zeigten diese Verdächtigungen nur sein Misstrauen. Und was war das für eine Liebe, die den anderen des Verrats für fähig hielt? Eine Liebe, die auf tönernen Füßen stand. Und die vielen Kleinigkeiten, die er alle in Bezug zu sich und ihrer Ehe setzte, die er bis in den letzten Winkel auszudeuten versuchte. Wenn sie ihn ohne ein Lächeln begrüßte, schossen ihm wieder alle möglichen Gedanken durch den Kopf. Dass sie ihn nicht liebte. Ja, das vor allem. Sie liebte ihn nicht. Dass sie ihm zwar gestattete, sie zu besitzen, dass sie ihn aber nicht liebte. Dessen war er sich sicher. Und wenn er klobig vor ihrer Schönheit stand, würde er sich wieder all seiner Schmutzigkeit bewusstwerden und an seine Schnüffeleien in ihren Briefen und persönlichen Sachen denken. Aber musste sie ihn nicht so lieben, wie er war? Hässlich, schmutzig, nicht lustig und eifersüchtig? „Los! Keine Müdigkeit vorschützen!", rief er. Und weil er sah, mit welcher Gelassenheit der Knecht die Säcke von einer Ecke in die andere trug, und sich selbst sah, wie er dumm dabeistand, und weil er hoffte, er werde mit anstrengender Arbeit seinen ruhelosen Kopf betäuben können, packte er nun mit an.

9

Schadow verknöchert, Markwart ein Schwein. Grüpp, der einzige, mit dem Viktor sich wirklich noch verstand, war nicht mitgekommen. Viktor sah die befreundeten Kommilitonen jetzt wie in einem grellen Licht: Schadow und Markwart hatten alles Jugendliche abgestreift. Ersterer hielt sich nur noch soldatisch steif und hatte sich eisern feste Meinungen zugelegt, die er mit knarrender Stimme und seltsam zuschnappendem Unterkiefer von sich gab, Letzterem lief immer ein wenig Speichel aus dem infolge eines Schmisses nach unten verlängerten Mundwinkel, den er sich mit einem Läppchen abtupfte. Zudem zeigte der Corpsstudent selbstgefälliges Gehabe und tätschelte sich fortwährend irgendwie drohend den Bierbauch.

Die Huren saßen auf abgewetzten Fauteuils und zwei Sofas. Die Mehrzahl rauchte und schaute die Neuangekommenen teilnahmslos an. Sie waren nachlässig in Seidenmorgenmäntel oder Chalats gehüllt, die ihre Körper unzureichend bedeckten. Jede Bewegung gab kurze Blicke auf das Dekolleté, ihre Unterwäsche, die Beine oder sogar das nackte Fleisch oberhalb des Strumpfbands frei. Es war warm im Salon und roch erstickend nach verschüttetem Sekt, von Parfüm überdecktem Schweiß und Zigarrenrauch. Die Madame war vor ihnen hergeschritten. Ihre Taille wirkte wie von den Pranken eines unsichtbaren Kraftmenschen zusammengedrückt, und sie setzte Fuß vor Fuß wie eine junge Ballett-Elevin. Als sie sich umwandte, erschrak Viktor aber über ihr Gesicht. Es ähnelte einem verschrumpelten Bratapfel, dem an nahezu beliebiger Stelle zwei Augen und ein Mund aufgemalt worden waren. Madame klatschte in die Hände, und im Hintergrund erhob sich missmutig schnaufend eine beleibte Frau in viel zu engem Serviererinnenkleid. Sie walzte heran und fragte, was für Getränke gewünscht seien. Markwart orderte die Hausmarke, und sie trollte sich. Viktor dachte darüber nach, wieviel lieber er jetzt in Fogeschs eleganter Wohnung gewesen und den fesselnden Gedankenflügen des Freundes gefolgt wäre. Inzwischen hatte Markwart eine der Prostituierten herübergewinkt, indem er gebieterisch auf den Platz neben sich zeigte. Kaum saß sie neben ihm, streichelte er ihr kurz den Hals, griff sie dann plötzlich grob im Nacken und zog ihren Kopf in Richtung seines Schoßes. Viktor wandte den Blick zur Seite auf Schadow, der mit grimmiger Miene zu ignorieren versuchte, dass sein übergeschlagenes Bein immer wieder seltsam zuckte. Wiehernde Stuten erdrückte sein Schenkel. Im selben Augenblick drang ein Zischen zwischen Madames künstlichen Zähnen hervor, das Markwarts Benehmen rügte. Der Salon sei nicht der Ort für so etwas, sagte sie und wies ihn an, auf ein Zimmer zu gehen. Markwart kniepte ihnen zu und zog das etwas bockende Mädchen, das ihn anscheinend kannte, die Treppe hinauf. Während Viktor die Frauen anschaute, von denen ihm keine gefiel, dachte er an die vielen Geschichten, die ihm Onkel Leo, der Bruder seiner Mutter, erzählt hatte. Der kleine, quicklebendige Onkel Leo, der wie ein Akrobat wirkte, hatte seit seinem Bankrott vor einigen Jahren bei ihnen gewohnt. Nach einem heftigen Streit mit Viktors Vater zog er nun aus. Eine der Frauen, die Viktor mit ihrer fürchterlich forcierten Lache abstieß, ging mit Schadow hinauf. Zu der Auseinandersetzung war es gekommen, weil der Vater ganz entgegen seiner gewohnten Art insistiert hatte, der Onkel trage die alleinige Schuld am eigenen Ruin. Daraufhin hatte der Onkel dem Vater unlautere Geschäftspraktiken vorgeworfen, was diesen nur hatte lächeln lassen. Infolge dieser Reaktion noch gereizter, hatte der Onkel den Vater beschuldigt, der eigentliche Grund für das Nervenleiden seiner Ehefrau, seiner geliebten Schwester Emilie, zu sein. Bevor er eingezogen sei, wäre in diesem Haus doch nie gelacht worden. Emilie habe keinmal unter einem ihrer Zustände leiden müssen, seitdem er bei ihnen wohne. Mit plötzlich ganz leiser Stimme hatte der Vater ihn daraufhin des Hauses verwiesen, und als der Onkel auf sein Zimmer gegangen war, hatte des Vaters zitternde Hand, etwas, was Viktor nie zuvor gesehen hatte, die Hand von Leos Mutter, die erstarrt am Tisch saß, gesucht. Eine der Huren zog ihren Mund beim Rauchen unangenehm schief. Vielleicht vertrugen sich Onkel und Vater ja wieder, dachte Viktor. Die Nachbarin der Schiefmäuligen hatte Ringe unter den Augen. Abwechselnd knabberte sie an ihren Fingernägeln und hustete. Die Geschichten und bizarren Geschäftspläne des Onkels, sein munteres Wesen würden sicher auch dem Vater sehr fehlen. Andererseits wollte Viktor selbst in jedem Fall bald eine eigene Wohnung beziehen. Und wie würde die Mutter damit fertigwerden? Ach, wer konnte schon in die Zukunft sehen. Die einzige der Frauen, die ihn ansah, hatte etwas Strenges an sich. Vielleicht weil ihre dunklen Haare so eng an den Kopf gesteckt waren. Oder weil sie auf dem Sofa saß, ohne sich anzulehnen?

Während er hinter ihr die Treppe hinaufging und bemerkte, dass sie nicht nach Parfüm roch, dachte er daran, dass es ja nun ein Medikament gegen die Syphilis gab. Wie hieß es noch? Salvarsan? Die Frau führte ihn in ein düsteres Zimmer, zündete eine Petroleumlampe an und zeigte ihm, wo er sich waschen sollte. Die Seife roch nach Fett. Als er sich wieder von der Waschschüssel umwandte, hatte sie sich schon ausgezogen, und er sah, dass sie wenig Brust und breite Schultern hatte. Im Bett dachte er an Elli, das Dienstmädchen seiner Eltern. Wie anders doch die wenigen Male mit ihr gewesen waren. Kurz darauf hatte sie das Haus verlassen. Ellis tastende Lippen und ihre starke Zunge. Hier wurde nicht auf den Mund geküsst.

Viktor zog sich an. Aber er ging noch nicht, obwohl dafür Extrabezahlung gefordert wurde, denn er wollte Markwart und Schadow nicht mehr begegnen. Also setzte er sich auf einen Stuhl und wartete. Und weil das stille Warten ihm unangenehm wurde, erzählte er dem Mädchen, das bald in Halbschlaf fiel und nur ab und an knurrte, vom Studium. Dass die Gegenwart mehr in die Geschichtsbetrachtung einbezogen werden müsse, dass man versuchen solle, die Zeiten einander gegenüberzustellen, um Aufschlüsse über allgemeine Gesetzlichkeiten menschlichen Lebens zu erhalten und Ähnliches. Und während er so redete, betrachtete er die jungenhaften Schultern der inzwischen Schlafenden. Dann fiel ihm auf, dass ihre strenge Frisur in Unordnung geraten war, und verwundert fühlte er, wie sehr er sie plötzlich begehrte.

10

Herr Sterig, der stellvertretende Leiter der Nähabteilung, bemühte sich höchstpersönlich zu Helga, um die umgenähten Kleidungsstücke abzuholen. Mit herausgedrücktem Hinterteil stand er in der Tür und spitzte streng den Mund. Sodann ließ er sich von Helga einen Stuhl ans Fenster rücken, den er misstrauisch beäugte und vorsorglich mit dem Taschentuch abwischte.

„Sie sind noch nicht fertig, Frau Prensch?" fragte er tadelnd Helga, die still weiternähte. „Ja nun, ein paar Minuten Zeit, das ist noch einzurichten." In einer Ecke spielten ruhig die Kinder. Etwas beleidigt, weil niemand ihm Beachtung schenkte, räusperte Herr Sterig sich laut. Die Nähmaschine ratterte. Mit beständigem Treten auf die eiserne Platte hielt Helga das Schwungrad in Drehung. Herr Sterig schaute auf ihren Fuß und auf den sich bewegenden Rock. Dann zog er ein mit Schleife versehenes Paket aus seiner Tasche. „Gestatten, Ihnen eine kleine Aufmerksamkeit meinerseits ..."

Helga dankte und nähte weiter.

Enttäuscht und unruhig stand Herr Sterig auf und trat zu den Kindern hinüber. „Schön spielt ihr."

„Wir spielen nicht", gab Irmchen zurück. „Ich mache Hausaufgaben und Kurt arbeitet."

Lächelnd besah Herr Sterig sich die Arbeit des Kleinen. „Nun, Madamchen, Arbeit kann man das wohl nicht nennen, was der kleine Mann da macht." Mit großartiger

Geste zog er nun zwei Bonbons aus der Tasche und hielt sie den Kindern vors Gesicht. „Wie sagt man da?" Das Mädchen sah ihn aber frech an und sagte, nein danke, sie möge keine Bonbons. Der kleine Junge schaute erst gar nicht von seinen Holzklötzen auf. Derart zurückgewiesen, stolzierte Herr Sterig zurück, baute sich in steifer Haltung hinter Helga auf und starrte auf den flaumigen Haaransatz in ihrem Nacken. Jetzt erzeugte er ein trockenes Reibgeräusch, indem er sich die Hände rieb, so als wollte er eine Rede beginnen. Doch dazu kam es nicht, weil Helga ihre Arbeit beendet hatte, sich umdrehte und ihn ansah. Daraufhin zog Herr Sterig seine Taschenuhr hervor, sah darauf und steckte sie wieder ein. Er kniff die Lippen schmal zusammen und blickte streng. Helga öffnete die Schokoladenverpackung und rief die Kinder. Irmchen schaute nur böse herüber und sagte, sie möge keine Schokolade. Aber Kurtchen kam und nahm eines der feinen Täfelchen in seine kleine Hand. Herr Sterig erzählte ein wenig unzusammenhängend von seinem Garten, man könne dort hervorragend Kaffee trinken und abends dann in die Oper, das hätte sie doch bei ihren Verhältnissen mit einem solchen Mann ... Helga fragte, wie er das meine. Ja nun, ihr Mann sei doch arbeitslos und, das sei doch bekannt, ein ... Da fiel sie ihm ins Wort und verteidigte Helmut, obwohl sie ihn schon seit Monaten nicht mehr gesehen hatte und er damals übel heruntergekommen gewesen war. Was könne denn Helmut dafür, wenn er wegen der Tabaksteuer wie über 50000 Arbeiter in der Zigarrenherstellung seine Stelle verliere? Und warum wohl so viele streikten, wie erst letzte Woche in Moabit, wo der Polizeipräsident die Streikenden von

Polizisten habe verprügeln lassen? Neuneinhalb Stunden pro Tag, sechs Tage in der Woche, das reiche doch wohl.

„Wertes Fräulein", hob Herr Sterig herablassend an zu sprechen, „Sie werden doch nicht allen Ernstes behaupten wollen, Polizeipräsident von Jagow ..."

Just in diesem Moment verlor Kurtchen sein Gleichgewicht und plumpste gegen die Beine Herrn Sterigs. Mit seinen zarten Händchen, die allerdings voller geschmolzener Schokolade waren, umklammerte er die Bügelfalte und zog sich fröhlich glucksend daran hoch. Als Herr Sterig entsetzt aufsprang, war der helle Stoff bereits mit braunen Flecken übersät, woraufhin er das Kind beschimpfte. Dieses hatte ihm aber schon achtlos den Rücken gekehrt und watschelte wieder zu seinen Klötzen. „Abscheulich!" rief er unter anderem immer wieder. Zur gleichen Zeit meinte er, das Mädchen über ihren Aufgaben kichern zu hören. Er verbat sich das entschieden, merkte dann aber an Helgas Blick, dass er seiner Wut wohl etwas zu freien Lauf gelassen hatte, und versuchte, über seinen Ausfall hinwegzuspielen. „Sehen Sie sich das an", bat er mitleidheischend. „Das wird sicher einiges kosten." Doch keiner der Anwesenden machte Anstalten, etwas zu unternehmen. Ja, niemand schien ihm überhaupt zuzuhören. So saß er da, verstimmt an seinen Flecken schabend, bis mit großem Lärm die Mutter zur Tür hereinkam. Seit der Vater still und betrunken in seiner Ecke gestorben war, ging es ihr - zumindest körperlich - besser. Sofort als sie das Malheur sah, bedrängte sie den Herrn, er solle seine Hose ausziehen. Schließlich kam Herr Sterig ihrer Bitte nach. Während sich auf seinen staksigen, weißen Beinchen eine Gänsehaut bildete, fuhrwerkte die alte Frau mit einer solchen Gewalt an der Hose herum, dass ihm angst und bange wurde. Gleichzeitig kochte sie noch „eine gute Tasse" Kaffee, die sie ihm mit vielen Worten der Ehrerbietung vorsetzte. Herr Sterig hatte das brodelnde Gefäß kaum zum Munde geführt, als er sich das widerwärtige Gebräu schon wieder auf die Weste spuckte. „Ja, das schmeckt", meinte die Mutter zufrieden. Herr Sterig war sprachlos. Offensichtlich war die Alte geisteskrank. Hastig fuhr er in seine nasse Hose, die, wie er nebenbei feststellte, völlig durchlöchert war und lief grußlos hinaus. „Du solltest dich wirklich an diesen Herrn halten", sagte die Mutter und leerte den Kaffeepott in einen Blumentopf mit verkümmerter Pflanze.

Helga hörte ihr nicht zu, sie war in einen Tagtraum versunken, in dem sie den Anblick ihrer an Keuchhusten sterbenden Schwester Luise, die stinkenden Hütten und Mietskasernen hinter sich gelassen hatte, die vielköpfigen Familien, die zusätzlich Schlafburschen und Kostgänger aufnehmen mussten, um die Miete zahlen zu können.

„Mutti?" fragte Irmchen, „Ist es möglich, dass ich morgen krank bin und nicht zur Schule gehen kann?" Damit weckte sie Helga aus ihrem Tagtraum auf, in dem sie gerade mit Jette, die durch ihre Heirat zu Wohlstand gelangt war, im neuen Eispalast an der Potsdamer auf Schlittschuhen übers Eis geglitten war.

„Ja, es ist möglich."

„Und was ist ein Furunkel?"

„Warum willst du das denn wissen?"

„Der Kaiser hat doch eins."

Helga erklärte es ihr, und Irmgard beschloss, keines haben zu wollen.

11

Die Ameisen liefen aufgeregt herum, weil Rainer ihnen ein Blatt in den Weg gelegt hatte. Bald jedoch wurde er des Zusehens überdrüssig. Er kniff die Augen zusammen, denn der gelbe Sand blendete ihn im grellen Sonnenlicht. Ihm war heiß, und die ungewohnte Hose zwickte an der Hüfte. Er stand aus der Hocke auf, ging zu einem Kiesbett, das im Schatten lag und setzte sich auf die kühlen kleinen Steine. Bei jeder Bewegung knirschten sie unter ihm. Er hörte seine Mutter unweit in einem Pavillon lachen. Zu Hause lachte sie nie. Aber das Lachen gefiel ihm nicht. Es war nicht ihr wirkliches Lachen, nicht wie das Lachen, das er von früher kannte. Als der Vater und sie noch miteinander sprachen. Das war noch vor der Zeit gewesen, an die er sich noch besser erinnern konnte, wo sie immer kurze Antworten gab, die den Vater böse werden ließen, bis er sie anschrie.

Der Vater war nach Berlin gefahren. Er hatte gesagt, dass es wegen der Hitze eine schlechte Ernte geben würde. Warum hatte er nicht zu Hause bleiben können? Und warum musste die Mutter ihn unbedingt zu diesem blöden Schloss mitnehmen, wo keine anderen Kinder waren? Sie hatte ihm diese unbequeme dicke Hose angezogen und sich sehr lange fein gemacht. In der Kutsche hatte sie ihn keinmal angesehen und immer wieder an ihre Haare und Ohrringe gefasst. Und als sie vor diesem langweiligen Haus mit diesem langweiligen Garten ausgestiegen waren, hatte sie dem Besitzer des Hauses ihre Hand im Handschuh so entgegengestreckt, dass er sie küsste. Zum Glück nicht wirklich, das hatte er genau gesehen. Der

Mann war groß, viel größer als der Vater und hatte ein breites blasses Gesicht mit ganz roten Lippen. Gut, dass diese dicken nassen Lippen Mutters Handschuh nicht berührt hatten. Das wäre eklig gewesen.

Dann waren alle ins Haus gegangen, zum Teetrinken, und die ganze Zeit hatte die Mutter nur noch den Mann angelächelt und sich überhaupt nicht um ihn gekümmert. Rainer versuchte mit ein paar Kieselsteinchen die kleine Apfelsine zu treffen, die über ihm am Baum hing. Alle Steinchen verfehlten das Ziel, verschwanden im Dunkelgrün der Blätter, fielen auf der anderen Seite wieder hinunter und blieben irgendwo auf dem Sandweg liegen. Ein blauer Schmetterling flog vorbei. Rainer, der das Nichtstun nicht mehr aushielt, folgte ihm. Erst flatterte der Falter um einen Busch herum, dann quer über den Weg und verschwand hoch über einer kratzigen schwarzen Hecke. Als Rainer sich durch die pieksenden Äste geschlängelt hatte, war von dem blauen Schmetterling nichts mehr zu sehen. Er hockte sich unter ein Spalier mit hellgrünen Ranken. Gleich hinter der Rankenwand musste der Pavillon sein, denn die Stimme seiner Mutter war ganz nah. Sie sprach von einem Urlaub in einem Seebad, von Wind, Wellen und Sonnenschirmen, und wie gern sie wieder einmal einen solchen Urlaub machen würde. Dann seufzte sie. Der Mann sagte, dass es für die Polen jetzt zum Glück nicht mehr so leicht sei, deutschen Grundbesitz aufzukaufen. Daraufhin sprach die Mutter wieder vom Seebad, von der Gesellschaft, der Promenade, der Garderobe, von Schwimmanzügen und Sand. Der Mann redete über Turnvater Jahn in der Hasenheide und sagte so etwas wie 'Mensch Sahne in Kohl-Porree-Sahne'. Die Mutter säuselte etwas Unverständliches. Dann war es still. Wie konnten die Erwachsenen nur solche langweiligen Gespräche führen? Rainer, der fragen wollte, wann sie endlich abfuhren, ging um das Spalier herum: Der Mann hatte seine Lippen auf die der Mutter gepresst und drückte ihren Kopf gegen einen der hölzernen Pavillonpfeiler. Der Mann sah ihn und richtete sich auf. Die Mutter schrak hoch, ihr Mund glänzte feucht.

„Was kuckt er denn so böse?" fragte der Mann. Die Mutter nestelte an ihren Haaren und sagte, er langweile sich sicher. Der Mann fragte ihn, ob man denn hier nicht gut spielen könne. Rainer blickte verstockt zu Boden.

„Antworte dem Freiherrn, Rainer."

„Magst mich nicht, was?"

Rainer antwortete nicht. Der Mann lachte, und die Mutter fragte ihn böse, was er hier wolle. Rainer traute sich nicht zu fragen, wann sie endlich abfahren würden, und die Mutter schickte ihn ungeduldig weg, er solle doch im Haus eine Limonade trinken.

Am Haus setzte sich Rainer auf die unterste einiger großer Steinstufen und starrte auf den ewigen gelben Sand. Er sah, dass eine Harke gerade Rillen darin hinterlassen hatte. Er hatte keine Lust, in das Haus zu gehen und um ein Glas Limonade zu bitten. Er merkte gerade, dass ihm zum Weinen zumute war, - Papa hatte er auch weinen gesehen, einmal, allein in der Küche, nach einem Streit mit der Mutter -, als plötzlich ein weißes Hündchen um die Ecke schoss und zu ihm lief. Die Ohren flappten fröhlich, als es um ihn herumhopste, und die rosa Zunge hing aus dem kleinen Maul. Er konnte es streicheln. Als es genug hatte, stand es auf und schüttelte sich. Rainer warf ein paarmal ein Stöckchen, aber das Hündchen war nicht interessiert. Die glänzenden schwarzen Augen sahen ihn noch kurz an, dann wandte es sich ab und sah woanders hin, als hätte es nichts mehr mit Rainer zu tun. So stand es noch eine halbe Minute, dann lief es weg.

12

Von der Empore, auf der Viktor stand, schien der gigantische Kristalllüster zum Greifen nah. Die Hunderte glitzernder Lichter verschmolzen, wenn er die Augen etwas zusammenkniff, zu einer gleißenden Sonne. Betrachtete man den Lüster jedoch genau, sah man die Trauben aus zu Kugeln erstarrtem Glas, die Kristallketten und -tropfen, die Tränen, in deren glatt geschliffener Oberfläche sich schon so viele Menschen gespiegelt hatten. Welche Mühe musste es bereiten, einen solchen Leuchter herzustellen und zurechtzuknüpfen? Und wie beschwerlich war wohl das Saubermachen? Wenn man ihn zu Boden ließe, verwirrte sich das Geordnete, verschlängen sich die Fäden ineinander, bildeten sich Knoten, und der Lüster läge auf dem Parkett wie ein Ungetüm aus klirrendem Eis, aus Splittern und Pailletten. Aber noch hing er dort unter der hohen Decke des Ballsaals. Um ihn stieg graublauer Zigarrenrauch, der an verbranntes Schießpulver erinnerte, in Wolken auf und sammelte sich unter der Holztäfelung. Und während Viktor ihn anschaute, dachte er an seinen letzten Besuch bei Eugen Fogesch. Er hatte sich bei ihm nicht mehr wohl gefühlt. Die Wohnung war ihm wie die Kulisse für eine Dauerinszenierung erschienen. Leblos hatte alles an seinem Platz gestanden, wie gemalt. Und unter seiner schönen Maske hatte der Freund starr und lauernd gesessen und abgewartet. Vielleicht weil Viktor aus Anspannung, um das Gefühl der Fremdheit zu überspielen, das im Lauf des Abends immer stärker geworden war, zu viele Zigaretten geraucht und ihn ein Schwindelgefühl ergriffen hatte, schien ihm Eugens

Gesicht oder dessen Maske mit einem Mal verändert. Die Maske hatte jetzt etwas Afrikanisches, Wildes, der Mund war in harter Lederhaut wie ein Saugrüssel hervorgestülpt, und die Augen lagen ganz tief, nur ein schwarzes Onyxglänzen, wenn sie Viktor abmaßen, zeigte, dass dort Leben war. Wenn er an Eugens Gesicht dachte, wurde ihm immer noch unheimlich, und, um sich abzulenken, ließ er seinen Blick über die Menge schweifen. Da glänzten schwarze Zylinder und dort blankgewichste Schaftstiefel der Militärs. Unter den Zylindern funkelten Monokel und plusterten sich Schnauzbärte auf. Über den Stiefeln bauschten sich Reiterhosen, so dass Oberschenkel fett und Hinterteile wie ausgebeult wirkten. Stöcke klackten, Degen schlugen gegen Waden, und auf Orden fiel pürierter Lachs. Unter Blumenbeet-Hüten verschwand eine herausgepulte Schnecke oder ein Stück Torte in aufklappenden Maulwurfslöchern. Eine Kapelle spielte Walzer, eine dünne Person löffelte dazu genau im Dreivierteltakt Schokoladencreme, andere tanzten.

„Hören Sie mal zu, mein lieber Assessor, Duellverweigerer kann die preußische Armee nicht gebrauchen." „Ganz meine Meinung, Herr Oberst." „Das war doch kein Militärarzt, ein Feigling war das und sonst nichts!" „Wie hieß er doch gleich?" „Was interessiert Sie das denn? Wollen Sie sich etwa auch noch den Namen dieses Kneifers merken?" „Keineswegs, ich dachte nur ..." „Ich muss doch sehr bitten, Herr Assessor!" „Könnte man in so einem Fall nicht das Kriegsrecht ...?" „Was reden Sie denn da, Mensch?" „Aber ich ..." „Na, jetzt fangen Sie nicht mal gleich zu stottern an, Assessorchen. Sie sind mir ja ein scharfer Hund. Habe natürlich auch an Füsilierung gedacht. Leider nicht machbar."

Viktor wandte sich von den beiden Herren ab. Der Assessor erinnerte ihn vom Aussehen etwas an seinen Vater, nur schwatzte der Vater keinen solchen Unsinn daher.

Während des vergangenen Weihnachtsfests hatte der Vater zum ersten Mal mit ihm über Geschäftsprobleme gesprochen. Zugleich stolz darauf, dass der Vater ihn ins Vertrauen zog, und voller Angst, dass vielleicht der Firmenruin bevorstand, hatte Viktor ihm zugehört. Ihm war aufgefallen, dass sich der Vater verändert hatte. Um seinen Mund, der sonst immer flach im Gesicht gelegen hatte, war etwas Weiches gewesen. Sie hatten nah beieinandergesessen, etwas das früher nicht denkbar gewesen wäre. Aus der Nähe betrachtet, waren auch die Augen des Vaters für ihn zum ersten Mal wirklich zu sehen gewesen unter den Brillengläsern. Sie waren braun und hatten einen warmen Glanz. Von dem, was der Vater erzählt hatte, hatte Viktor nicht viel verstanden, auch nicht recht zugehört. Das andere war ihm wichtiger gewesen und hatte ihn ganz in Anspruch genommen. Nur so viel war klar geworden, dass der Vater traurig über seinen Compagnon Appelrath war, der ihn betrogen hatte. Die Einzelheiten des Betrugs, die der Vater ihm erläutert hatte, waren Viktor entfallen, bis auf die Tatsache, dass sich Appelrath mit dem größten Feind des Vaters zusammengetan hatte. Der Schaden hatte vom Vater mit Hilfe einiger Geschäftsfreunde begrenzt werden können. Nie hatte sich Viktor seinem Vater so nahe gefühlt wie in diesen Stunden, während der wiedergekehrte Onkel auf dem neuen Grammophon unter dem Weihnachtsbaum immer dieselben wenigen Schallplatten abgespielt hatte.

Viktor schob einen der schweren Vorhänge beiseite, - als Kind hatte er sich gern in solch samtenen Stoff gewickelt -, zog ihn hinter sich wieder zu und trat in dunkler Abgeschiedenheit an das hohe Fenster. Durch das kalte Glas, auf dem sich sein Atem niederschlug, blickte er auf die dünne Schneeschicht, die über dem Zufahrtsweg, den Ästen der Bäume, Hecken, Statuen und dem leeren Springbrunnen lag. Er dachte an den kalten Blick des Professors, als er ihm sein Promotionsvorhaben unterbreitet hatte. Der Professor hatte das Thema kategorisch abgelehnt, die Missbilligung hatte seine Stimme sogar kreischen lassen. Schließlich hatte er Viktor mit geradezu barmherziger Geste ein anderes Thema vorgeschlagen und zu verstehen gegeben, dass bei ihm nichts anderes in Frage komme.

Als Viktor wieder hinter dem Vorhang hervortrat, hatte er das Gefühl, als beobachte ihn jemand. Verwunderlich wäre dies nicht gewesen, mochte sein Verhalten doch den merkwürdigen Eindruck gemacht haben, als habe er sich hinter dem Vorhang verstecken wollen. Neuartige Ansätze wünsche er nicht, hatte der Professor zuletzt noch gesagt. Bedrückt von diesen Gedanken lenkte Viktor sich ab, indem er die Damenwelt betrachtete. Wangen glühten unter Puder, Röcke wogten. Brüste zeichneten sich unter Stoffen ab oder schienen sich durch Ausschnitte, deren Saum das bebende Fleisch spannte, befreien zu wollen. Ein junges Mädchen ging auf ihn zu und sah ihn an, und ihm war, als sei sie es gewesen, die ihn vorhin beobachtet hatte. Doch sie schritt beschwingt an ihm vorbei und schlug im letzten Augenblick die Augen nieder. Viktor war nur aufgefallen, dass sich ihre feinen Nasenflügel gehoben und wieder gesenkt hatten wie bei dem kleinen

Hasen, den er als Kind gehabt hatte. Er folgte ihr, stellte sich neben sie ans Buffett. Gleich sollte das Silvesterfeuerwerk beginnen. Alles lief zu den Fenstern, vor denen die Vorhänge zurückgezogen worden waren. Unter den wenigen, die an der Tafel stehen blieben, waren Viktor und das Mädchen. Als die einleitenden Böllerschüsse ertönten, sah sie ihn an und sagte, dass sich ihre Familien kennten. Er verstand, dass sie Rahel hieß, den Familiennamen hatte er sofort wieder vergessen, denn er war jetzt ganz hilflos. Während er das Gefühl hatte, in ihren Augen zu ertrinken, musste er sich zusammennehmen, um mit seinen Lippen nicht ihren Mund zu suchen, so sehr zog es ihn zu ihr hin. Sie hörten die dumpfen Schläge des Feuerwerks und sahen ein Flackern auf den Wänden im abgedunkelten Saal.

Später gewährte Rahel ihm sogar einen Walzer, und - anders als sonst - merkte er nicht, welch schlechter Tänzer er war. Kurz darauf half er der Erhitzten an der Garderobe in ihren Pelz und begleitete sie nach draußen. Ein wenig Dampf stieg von ihnen beiden auf, während sie in der Kälte auf die Droschke warteten. Dann stieg sie ein, und die Pferde zogen den Wagen davon.

13

Jette sah sehr proper aus und ihr Gatte stand gut im Futter. Helga traf die beiden am Potsdamer Platz, um ins Café Astoria zu gehen. Sie ging sonst nie ins Café. Das Ehepaar überlegte, wo es sich setzen sollte. Schließlich kamen sie unter einer Topfpalme zu sitzen. Jette sah wirklich sehr proper aus. Schniekes Kleid, schöne Schuhe, eleganter Hut. Hatte Bäckchen bekommen. Na, wennse dem Dicken immerfort kochen musste. Dicke sind gemütlich, sagte man ja. Der hier nich. Hantierte mit der Karte herum, als wollte er einen Zaubertrick vorführen. Kuckte dauernd auf seine Uhr. Helga hätte ihm sagen können, dass noch keine Minute vergangen war. Sie sah sich die Kellner an. Diese Uniformen mussten ja kneifen, davon verstand sie was. Jettchen, na ja, Jettchen war's ja eigentlich nicht mehr, auch nicht Jette, Henriette, so musste sie sie jetzt wohl nennen, sah sie so komisch an.

„Wo ist denn dein schönes Schwarzes?"

Sprechen konnte sie also doch noch. „War doch nich für mich jeschneidert." Warum fragte die denn sowas? „Meenste, det was ick anhab, passt hier nich?"

„Na jaaaa ... das Schwarze, das du da ..."

„Jetzt hör doch mit dem Schwarzen auf! Sowas könnt ick doch nie bezahlen, weeßte doch." Jette ließ immer noch nicht locker, und das regte Helga jetzt plötzlich auf. „Genierste dich für mich, oder was? Wenn du was Bestimmtes damit sagen willst, dann ..."

„Was möchten Sie denn trinken?" wurde Helga jetzt doch tatsächlich von der Plautze unterbrochen.

Kaffee, natürlich, was denn sonst? Dämliche Frage. Im Café trinkt man eben Kaffee. Und alles andere war doch sowieso viel zu teuer. Außerdem, was der fragte, das sollte der Kellner fragen. Trotzdem antwortete sie ihm artig: „Kaffee." Braves Mädchen. Man soll ja auch nicht gleich unhöflich sein.

„Der Kaffee hier ist aber nicht herausragend." Dabei blies er traurig die Backen auf. „Hauptsache, er ist aus Kaffeebohnen gemacht", sagte Helga, weil ihr nichts anderes einfiel. Wurde aber nicht weiter beachtet. Auch jut.

„Ich überlege, ob ich etwas zu mir nehmen soll", verkündete Jette plötzlich.

'Ja, dann überleg du mal', hätte Helga beinah gesagt, 'aber überleg nicht zu lang, könntest dabei ja Hungers sterben.'

„Wie wärs denn mit gebratener Leber, das magst du doch, Liebes, mit Zwiebelchen und Äpfelchen?" flötete der Commerzienrat, oder was er war.

Aber Henriette zierte sich. „Leber, das isst man doch ..., da könnte man ja ..."

„Und was ist mit Pferdefleisch?" fragte Helga, der ein bisschen schwindlig vom Kaffee war, einfach mal in die Runde und hatte gleich zwei vor Abscheu verzogene Visagen vor den Augen. Dabei hatten sie und Jette schon Pferdefleisch gegessen. Jetzt salbaderte der Gatte vom Café Astoria. Dass es eins der Spitzencafés in ganz

Europa wär. Die Einrichtung. Modernste Maschinen. Henriette hing an seinen Lippen. So dolle fand Helga das eigentlich nicht hier. Nüscht Sensationelles. Jetzt fing er vom Eigenheim an. Eigentlich drei Stöcke, waren aber nur zweie. Ätsch! Dann sah Helga den beiden ein bisschen beim Essen zu. Sie hatte schon Spannenderes gesehen. Mund auf, Klappe zu, das wars schon. Insgesamt betrachtet wurde ihr langweilig, und sie fragte aus purem Zeitvertreib - sie hätte auch von der neuen U-Bahnlinie Wilmersdorf bis Dahlem reden können - , wie sie die Geschichte mit Krupp fanden. Dass Krupp spioniert hatte.

„Wer sagt das?" fragte der Göttergatte sofort scharf, hörte sogar mal auf zu kauen.

„Zeitung", sagte sie.

„Ach wo, die Sau Liebknecht! Und Sie ..., Sie ... sind ..."

„Ja, was bin ich?"

Er hatte sogar die Kuchengabel weggelegt. War ja auch schon fertig. Geschmeckt hatte es wohl.

„Viktoria Luise und der Herzog von Braunschweig", sagte Henriette ohne Zusammenhang. „Das geschmückte Berlin. Die Säulen am Brandenburger Tor ..." Sie versuchte zu schlichten, das musste man ihr zugutehalten.

„Aber das ist der doch völlig gleichgültig", raunzte die Plautze. „Zahlen!" Großspurig wollte er Helgas Rechnung übernehmen. Machte so eine herablassende Geste mit seiner dicken Börse. Widerlich. Natürlich ließ sie ihn nicht für sich bezahlen. Da wurde er wirklich wütend. Brüllte sie an, dass ihr die Spucke nur so um die Ohren flog. Ekelhaft, aber das war nicht das Schlimmste. Denn sie sah auch mal zu Henriette hinüber. Und da merkte sie, dass die alte Freundin lächelte. Die freute sich darüber, wie ihr Menne sie zusammenstauchte. Und, Helga konnte nicht sagen, ob's vielleicht am Kaffee lag, jedenfalls sah sie plötzlich nicht mehr Henriettes Gesicht, weder früher noch jetzt, das war Mutters Gesicht, wie sie tot war. Die Augen zu. Der eingefallene Mund. Um den Kiefer hatte Helga einen Bindfaden gebunden, sonst klappte er auf und dann sah man ihre kaputten Zähne. Und die Zunge, die krumme Zunge. Nich die Krumme Lanke. Jetzt war es wieder Henriettes Gesicht. Das neue. Nun sah sie wieder die tote Mutter. Dann wars wieder Henriette.

„Sehen Sie mich an, wenn ich mit Ihnen spreche", schrie ihr Mann jetzt und machte eine Bewegung, als wolle er sie am Kiefer greifen.

Sie war aber noch nicht tot, da gab es noch keinen Bindfaden: Helga scheuerte ihm eine. Da packte er sie an den Schultern, rüttelte sie und schrie in einem fort. Und wie er so rüttelte, - Helga dachte schon, es würde nie aufhören, hatte sich fast schon daran gewöhnt, man konnte sich ja an alles gewöhnen -, da tippte ihm ein Herr ganz sachte auf die Schulter. Das leichte Klopfen genügte, und der Commerzienrat wachte auf. Ließ Helga los. Und Henriette, Jette, Helgas alte Freundin Jettchen sah sie noch nicht mal an und ging einfach mit ihm weg. Ging auch ganz anders als früher. War wirklich nicht mehr Jettchen und auch nicht Jette. War eine andere. Nahm sie nicht in die Arme und wollte nichts von Irmchen, ihrem Patenkind, wissen. Wollte sie nicht mehr kennen. Henriette irgendwer. Und wie Helga ihr so hinterhersah, fiel ihr auf einmal der Kavalier wieder ein. Mein Retter, dachte sie und sah ihn sich an. Dachte, einmal wieder schwach sein. Beschützt werden. Aber von dem? Von einem, der jetzt mit irgendwie schmieriger Stimme schmalzte.

Draußen leuchtete die Leuchtreklame: Bimms dir die Händ mit Abrador. Er redete irgendetwas. Wieder schwach sein. Die hellen Lichter. Eigentlich hörte sie ihm ja gar nicht zu. Er interessierte sie ja auch nicht. Da waren andere Geschichten und Gesichter, die Mutter, Helmut, den sie zuletzt gesehen hatte, als er im Rausch vorbeitorkelte. Sie hatte genug damit zu tun, diese Gesichter abzuwehren. Ob Irmgard gut auf Kurtchen achtgab? Was redete der Mensch denn die ganze Zeit? Und seine Stimme klang, als ob er sie verstellte. Wieder einmal schwach sein ... Aber mit dem da? Der da auf sie einredete? Nee, das verging schon wieder.

14

Es gab Tage, an denen er keine Anordnungen treffen konnte. Da sah er seine Frau schon beim Erwachen, ja schon im Traum in den Armen von Wesers. Sie kam nur noch nach Hause, um den Sohn zu sehen. Rainer war ihr ähnlich. Deshalb konnte Friedhelm den Anblick des Sohns, der meist traurig über einem Buch saß, nicht ertragen und ging ihm aus dem Weg. Ruhelos streifte er über seinen Besitz. Das Feld, der Wald, die Weide waren öd, das Gras, die Blätter grau. Die Knechte und Mägde wollte er nicht sehen. Es strengte ihn an, denn er wusste, dass man ihm seine Verzweiflung ansah, und das machte ihn unsicher. Am liebsten hätte er still für sich auf dem Feld gearbeitet, wo sich alles in Handgriffe auflöste und der Schweiß in den Augen brannte. Eine endlose Reihe immergleicher Bewegungen, das, dachte er, würde ihn von seinen sich endlos wiederholenden Gedanken ablenken. Aber er hatte andere Dinge zu tun. Der Hof war immer noch überschuldet und genauestes Verwalten notwendig. Nur hielt es ihn nicht über den Papieren. Eine Kälte wehte ihn vom Weiß der Seiten an, und die schwarze Schrift flatterte wie Krähen darüber hin. Dann stürzte er ohne Mantel hinaus in den Wind, den auch sie jetzt sicher hörte - wie eine Katze im Bett des Junkers schnurrend. Manchmal gelang es dem Brausen und Pfeifen, seine Gedanken zu übertönen. Gelangte er aber zufällig in ein Dorf und kehrte vor Kälte zitternd bei jemandem ein, hörte er in der plötzlichen Stille wieder die eigene Stimme, die seine Frau und sich selbst anklagte. Erst war sie nur leise, doch je mehr die Wärme in seine

Glieder zurückkehrte, desto deutlicher hörte er sie wieder. Sie liebt dich nicht. Sie hat dich nie geliebt. Warum konntest du sie nicht glücklich machen? Überhastet brach er dann auf.

Nebenbei bemerkte er, dass ihm die Haare ausgingen, und war es zufrieden. Er freute sich geradezu, dass er sich veränderte. Der Verrat seiner Frau war es, der das mit ihm tat. Der bog ihm den Rücken und faltete ihm das Gesicht, so dass er sich gebeugter hielt und alt aussah. Seht, was aus mir geworden ist! Das hat meine Frau mir angetan!, so rief es manchmal triumphierend in ihm. Die graue Haut und der erloschene Blick, das alles kommt von ihr. Wie ein bockiges Kind wiederholte er sich das. Aber war da nicht doch der leise Verdacht, dass das alles in ihm lag? Schon immer so in ihm angelegt gewesen war und zum Ausbruch hatte kommen müssen? Von Anfang an hätte man es ihm ansehen können. Und Helene hatte es gesehen. Er war nicht wirklich ein Gutsbesitzer. Er war nur ein Bauer, nein, auch ein Bauer war er nicht, ein Versager, ein niemand war er. Das war es, was Helenes herabgezogene Mundwinkel ihm immer gezeigt hatten. Ihr verwaistes Ankleidezimmer betrat er nicht mehr, aber wenn die Sehnsucht nach ihr zu stark wurde, zog es ihn doch zu Rainer hin. Dann saß er mit dem Elfjährigen im Zimmer. Sprechen konnte er nicht mit ihm. Worüber hätte er denn sprechen können? Über nichts als seine Mutter, denn nur das war in seinem Kopf, aber dort drehte sich alles, Gutes, vor allem jedoch Schlechtes, und das war nichts für ein Kind. Im Übrigen schien auch Rainer nicht über seine Mutter sprechen zu wollen. Also saßen sie schweigend, und Friedhelm sah seinen Sohn an, bis der böse wurde. Doch so sehr er seine Aufmerksamkeit dann auf die Zeitung oder auf das, was er gerade in den Händen hielt, zu lenken versuchte, immer wieder zog es seinen Blick zu seinem Sohn hin, bei dem er einen Abglanz seiner Mutter suchte. Nie ertrug er die Anspannung lange. Dann lief er überstürzt aus dem Haus hinaus. Mit seiner gottesversessenen Mutter konnte er schon lange nicht mehr sprechen. Im Grunde wollte sie von ihm auch nichts hören. Genau so wenig wie er von ihr. Seit nunmehr fünfzehn Jahren saß sie in ihrem schwarzen Witwenkleid da und betete.

In den Dörfern glaubte er, das Gespött der Leute zu sein. Konnte der Hahnrei den Junker nicht zum Duell fordern? War er nicht satisfaktionsfähig? Er meinte, die Leute in seinem Rücken tuscheln und lachen zu hören. Manchmal wenn er durch den Schlamm der Dorfstraßen stapfte, hielt er sich die Ohren zu, damit er nichts hörte. Er war erschöpft, und es hätte ihn zu sehr getroffen, wenn er auch nur ein einzelnes Lachen im Rücken gehört hätte. Es war vor allem das Warten auf ein solches Lachen, das ihm zusetzte.

Er merkte gar nicht, wie die Jahreszeiten wechselten. Im Sommer brachte er in seinen Gedanken ganze Tage auf von Wesers Schloss zu. Das Einhängen der Zeigefinger in den Ohrlöchern war ihm zum Tic geworden, obwohl es ihm inzwischen gleichgültig war, wenn die Dörfler über ihn lachten. Sie sagten, er sei irre geworden. Seit Helene den Sohn auf ein Internat gegeben hatte, sah er sie gar nicht mehr. Die Augenblicke, in denen er sie wiedergesehen hatte, weil sie Rainer besuchte, waren die schrecklichsten gewesen. Unwiderstehlich hatte es ihn zu ihr gezogen, obwohl er wusste, dass es aussichtslos war, dass sie ihn verabscheute, aber doch hatte er sich ihr ängstlich genähert, weil er nicht anders konnte. Aber schon den ersten, den kleinsten, den winzigsten, den behutsamsten seiner Schritte auf sie zu, hatte sie mit Abscheu bemerkt und ihm verwiesen. Dann war der Hass in ihm aufgelodert, und um ihn nicht hinauszuschreien, hatte er das Zimmer verlassen müssen. Aber aus dem Haus war er nicht gelaufen, sondern hatte atemlos an der Wand gelauscht. Jeder Laut zwischen ihr und Rainer, der von drüben kam, war ihm wie ein zärtlicher Laut erschienen, den er in sich aufgesogen hatte, um davon wenigstens den süßen Schmerz zu haben.

Selbst so etwas würde nun nicht mehr vorkommen. Nun umgab ihn Leere. Von dem, was gleichzeitig in der Welt geschah, hatte er keine Vorstellung. Den Leuten, die etwas erzählten, während er vorübereilte, hörte er nicht zu. Er hatte keinen Sinn mehr für Erzählungen. Andere Menschen, Worte, was sollte er damit? Die zwei Menschen, auf die es ihm ankam, hatten ihn geflohen, und Worte bedeuteten gar nichts. Sie waren ja schon von Anbeginn gesagt gewesen. Die Zeitung las er schon lange nicht mehr. Sein Sohn schrieb ihm kurze Briefe aus dem Internat, die so hilflos wirkten, dass sie ihn zum Weinen brachten. Er ließ sich gehen, vernachlässigte die Arbeit, sprach mit niemandem, verwahrloste geradezu.

Den Kriegsausbruch nahm er als Zeichen. Sofort meldete er sich freiwillig und regelte notdürftig die weitere Verwaltung des Guts.

Die Kompanie, der er zugeteilt war, wurde an die Ost-
front geschickt.

15

Der goldene Engel der Siegessäule sah aus, als würde er sich gleich auf Viktor herabstürzen. Vor dem Bahnhof wurde eine ungeheure Menge Soldaten von ihren Frauen verabschiedet. Es gab immer noch genug Freiwillige. Aber kein Jubel mehr wie zu Kriegsbeginn. Frauen wollten nicht von den Mündern ihrer Männer lassen und weinten dabei. Nervös griff Viktor in die Innentasche seines Jacketts und vergewisserte sich, dass das Attest von Dr. Wittkopf noch da war. Diesmal reichte es allein nicht mehr aus. Er musste sich der Untersuchungskommission stellen. Schauspielern. Der Doktor hatte ihm gesagt, was einen Zitterer ausmachte. Übersteigerte Körperspannung bis ins letzte Glied hinein, den Krampf bei gesteuerten Bewegungen in Zittern umsetzen. Nicht zu dick auftragen. Glaubwürdig gegen die Symptome ankämpfen, gelegentlich durchaus beherrscht und ruhig wirken. Insgesamt aber einen niedergeschlagenen Eindruck machen. Fortwährend wachsam sein. Und nicht erleichtert seufzen, wenn endlich als untauglich eingestuft. Das war schon einigen zum Verhängnis geworden. Viktor probte in Gedanken noch einmal seine Rolle, die er zu Hause hinter verschlossener Tür und vor dem Spiegel einstudiert hatte. Seine Frau wusste, dass er gegen den Krieg war. Dass er sogar simulierte, um nicht Soldat werden zu müssen, konnte sie höchstens ahnen.

Er betrat das mächtige Sandsteingebäude, in dem es seltsam nach Leder roch. Durch ein kleines Loch im Glasfenster fragte er den Pförtner, wo die Musterung stattfinde und wurde in den zweiten Stock verwiesen. Dort wartete er mit anderen in einem kleinen Zimmer. Einer war auffallend bleich, ein zweiter atmete sehr laut, und bei einem dritten traten die Augen basedowsch hervor. Wahrscheinlich alles Simulanten wie er. Durch eine weiße Tür, die so dick lackiert war, dass sie nass wirkte, wurde einer nach dem anderen zur Untersuchung hineingerufen.

Als Viktor an der Reihe war, trat er vor und reichte dem Arzt die Bescheinigung. „Das kennen wir schon", sagte dieser und gab das Papier an den Schreiber weiter. „Machen Sie sich frei." Ein prüfender Blick traf Viktor, der daraufhin nun wirklich ein Zittern in sich spürte, das aus ihm hinauswollte. Der Arzt beugte ihm die Gelenke und blies ihm dabei seinen schlechten Atem ins Gesicht. Dann näherte er sein Gesicht dem Unterleib und besah ihn sich. Gleichzeitig rief er Stichworte zum Schreiber hinüber. Viktor fragte sich unter den Achseln schwitzend, ob das alles nötig sei. Schließlich wusch sich der Arzt an einem kleinen Waschbecken die Hände, wandte sich um und warf ihm einen eindeutig geringschätzigen Blick zu, der zeigte, dass er ihn für einen Feigling hielt. „Nicht wehrtauglich", schnarrte er mit drohender Stimme. „Vorübergehend."

Auf dem Rückweg standen die großen Bürgerhäuser unbelebt an der Straße. Zedern und Kiefern ragten dunkel über sie hin. Manches Haus war fast ganz hinter blühenden Hecken verborgen. Nirgends war ein Mensch zu sehen. Viktor schritt über verwittert graue Platten auf die Villa seines Schwiegervaters zu. Ein etwas klobiger Bau mit großem Balkon. Er stapfte über den Rasen um die Villa herum. Hinten standen die Türen des Wintergartens offen. Er ging die wenigen Stufen zur Veranda hinauf, legte die Hand auf einen Steinknauf, glatt wie ein Stück Fett, und sah von dort aus in den Garten hinunter, wo zwischen zwei Kirschbäumen eine Hängematte befestigt war. Sicher hatte dort bis vor kurzem seine Frau leicht schaukelnd gelesen. Er schaute zum Anbau hinüber, in dem er mit seiner kleinen Familie wohnte. Das waren wohl früher einmal die Unterkünfte der Bediensteten gewesen. Jascha Grüntal hatte es ihnen dort recht gemütlich eingerichtet, obwohl sich Rahel in den zwei Jahren seit ihrer Hochzeit immer wieder über die Feuchtigkeit, die vom Gras und aus den Büschen aufstieg, über die Mücken im Sommer und die Kälte im Winter beschwerte. Ausnahmsweise hörte Viktor jetzt weder seine kleine Tochter schreien, noch drang das Klavierspiel seiner Frau durch die angelehnten Fenster. Vielleicht blickten sie zusammen in ein Bilderbuch oder spielten mit den hölzernen Tieren. Er betrat den Salon und fand diesen leer. Viktor wollte Theaterkarten abholen, die Herr Grüntal für Tochter und Schwiegersohn besorgt hatte. Im Treppenhaus sah er nachdenklich noch einmal zum Garten hinunter, zu einer freien, etwas abgetretenen Fläche. Dort hatten sie ihre jüdische Hochzeit gefeiert. Seine Frau und ihre ganze Familie hatten darauf bestanden. Er meinte, noch die aufschluchzenden Fideln zu hören, mal traurig und dann wieder lustig. Auf dem Absatz im ersten Stock wäre er fast mit Frau Grüntal zusammengestoßen, die mit Tempo um die Ecke bog. Sie war eine große, etwas füllige Frau mit roten Haaren, die es liebte, sehr enganliegende, glitzernde Kleider zu tragen. Bevor er noch etwas sagen konnte, hatte Valeria ihn schmatzend auf beide Backen geküsst, sich bei ihm eingehakt und zerrte ihn nun die Treppe hinunter. Ob er etwas Tee und Biskuits wolle, fragte sie, und bevor er antworten konnte, klatschte sie schon laut in die fetten beringten Hände. Dabei bewegte sie den Körper wie eine Bauchtänzerin, und um die Hüften erzitterte es. Forschend sah sie ihn an und klimperte dann kokett mit ihren stark getuschten Wimpern. Wie immer fühlte Viktor sich von ihr durchschaut und knetete sein Knie. Ihr tat es wie immer leid, ihn in Verlegenheit gebracht zu haben, also tätschelte sie ihm den Unterarm, brachte ihre dicken bemalten Lippen in die Nähe seines Ohrs und fragte mit tiefer, fast anzüglicher Stimme, wie es denn mit dem Eheleben stehe. Viktor erschauerte. Er wusste inzwischen, dass das nur ihre Art war, sich nicht allzu sehr zu langweilen, aber dennoch schaffte sie es jedes Mal, ihn sein Hemd nassschwitzen zu lassen. Sie fand ihn wohl irgendwie anziehend, aber er hatte tatsächlich Angst, dass sie plötzlich auf die Idee käme, an seinem Ohr zu knabbern oder sonst etwas zu tun. Jetzt rettete ihn der Schwiegervater, ein arabisch aussehender kleiner Mann, dünn und sehr elegant, der mit einem Mal zwischen den Flügeltüren stand. Sofort ging sie auf ihn zu und bezirzte ihn, was ihm sehr gefiel, ohne dass er es sich anmerken ließ. Mit einer fast anmutigen Geste überreichte er Viktor die Billets und versuchte ihn gleich in ein Gespräch über finanzielle Transaktionen zu ziehen. Während sie Tee tranken, lenkte Valeria das Gespräch dann in andere Bahnen. Sie spottete gern über Leute aus der höheren Gesellschaft, verulkte sie, indem sie sie nachäffte. Auch Reichskanzler Bethmann Hollweg gehörte zu ihrem Repertoire. Viktor verglich oft wider Willen seine Eltern mit denen Rahels. Wie steif doch sein Vater gegen Herrn Grüntal und wie abgestorben doch seine Mutter gegen Valeria wirkte. Dennoch ... Es wurde ihm zu viel, und schnell stürzte er den heißen Tee hinunter.

Im Anbau fand er seine Frau im Badezimmer; herausfordernd beachtete sie ihn gar nicht und betrachtete nur ihr Gesicht im Spiegel. „Geh!", sagte sie, aber er blieb. „Haben sie dich aussortiert?" Er bejahte, woraufhin sie, immer weiter sich selbst im Spiegel musternd, ihn übertrieben jammernd bemitleidete. Es sei ja so traurig, dass er kaum laufen könne, geschweige denn ein Gewehr abfeuern, doch tapfer trage er sein Los, alles in ihm schreie ja nach Tat, aber zur Stummheit verdammt, entringe sich seiner Kehle nur ... und so weiter. Da brach es aus ihm heraus. Sie habe ja gar keine Vorstellung davon, was hier vorgehe. Wie manipuliert sie alle seien. Die Presse habe französische Angriffe frei erfunden, um das deutsche Vorgehen zu unterstützen. Während er mit Emphase redete, hatte er das unbestimmte Gefühl, als hörte Rahel ihm gar nicht zu.

„Sprich etwas leiser, du weckst das Kind", sagte sie tatsächlich, - gewiss nur, um ihn zu ärgern. Darauf ereiferte er sich weiter: Was das denn für deutsche Intellektuelle seien, die Annexionsforderungen stellten? Selbst angeblich liberale Politiker wie Stresemann verträten solch eroberungswütige Meinungen. Rahel neckte ihn, fragte, was ihr kleiner Drückeberger denn bloß kompensiere und brachte ihn auf diese Weise völlig in Rage. „Und die Schweinerei der Giftgasangriffe!" schrie er. Warum man denn nicht gleich ganz Frankreich und Russland unter Gas setze?

„Ja, warum denn nicht, Liebling?" hauchte sie, schmiegte
sich an ihn und erinnerte ihn in diesem Augenblick unangenehm an ihre Mutter. „Wenn erst einmal alle tot sind,
ist der Frieden doch da."

16

Helga stand in der Schlange vor einer Fleischerei. Vergewisserte sich immer wieder ihrer Fleischmarke. Die Frauen hatten Tücher um die Schultern geschlagen, denn es war kalt. Die hinter ihr sagte, sie sollte die Lücke nicht zu groß werden lassen. Tatsächlich stellte sich im selben Moment eine freche Göre in Irmgards Alter vor Helga in die Reihe, als hätte sie schon immer da gestanden. „Vordrängeln jibts nich", rief die Frau hinter Helga und zerrte das Mädchen an den Haaren beiseite. „Hinten anstellen!"

Langsam rückten sie vor.

Schließlich sah Helga die Metzgerin. Die schrie jetzt eine junge Frau an: „Sie sind doch det Dienstmädchen bei Familie Cramm. Für Sie jibts nüscht mehr. Vorhin war denen ihr Fahrer da und denn der Järtner. Det nenn ich Horten, und det jibts hier nich!" Eine Frau gab dem Mädchen einen Stoß in Richtung Tür. „Scher dich zu'n Herrschaften zurück. Da kriegst jenuch zu fressen!" Unter dem Geschrei der Wartenden zog sie ab. „Die kenn ich, die Cramms. Ha, det freut mich!" sagte die Frau vor Helga. „Denen wer'n se nämlich jetzt ihre beeden Luxushunde abmurksen. Fressen zuviel Fleisch, die Köter. Ha' ick in der Zeitung jelesen, jilt überall, Anordnung von oberster Stelle. Da wird Frauchen aber flenn."

„Und wir kriegen dann das Hundefleisch verkauft."

„Wenn man det Fett janz wechnimmt, denn schmeckt et nich nach den Viechern, jlooben Se mir."

„Und det Fett soll ooch jut jejen Lungenentzündung sein, mit Einreim und so.“

Die Metzgerin klatschte Helga ein winziges Stück Fleisch mit gelbem Fett auf Packpapier.

Draußen lief ein halbverhungerter Hund hinter ihr her.

Vor der Fettstelle dasselbe Bild. Die Frauen standen die halbe Straße hinunter. Ein Stück Butter und ein kleiner Topf Margarine mussten eine Woche für Kurtchen, Irmgard und sie reichen. Butter für die Schulbrote, Margarine zum Anbraten. Kartoffeln hatte sie kaum noch. Stanken auch schon. Nur Kohlrüben. Vor ihr redeten zwei über ihre Arbeit in der Munitionsfabrik. Alberten herum, tuschelten unanständiges Zeug über die Granaten und Patronenhülsen, die sie füllten. Bei dem Männermangel macht sich doch jede Frau ihre eigenen Gedanken, warme Gedanken, meinte die eine. „Weeß jar nich mehr wie det Ding aussieht“, klagte die andere und lachte. Einige der Frauen lachten mit. Helga würde wohl auch bald in einer Waffenfabrik arbeiten. Das Papierwerk machte zu. Sie dachte an Helmut. Der hatte zwei Karten von der Front geschrieben. Da konnte er wenigstens nicht trinken. Die erste war krakelig gewesen. Helga hatte sie kaum lesen können. Verworren. Irgendwas von Eisenkrallen und Hasen, die im Geschützlärm friedlich durch Bombentrichter hoppelten. Die zweite kam aus dem Lazarett. 'Ruhig hier. Kann wieder schlafen. Der Schock zieht seine Krallen langsam aus mir heraus', der Satz war durchgestrichen aber zu lesen gewesen. 'Viele Grüße Helmut'.

Zu Hause bastelte Kurtchen Schwalben und spielte Luftkrieg. Der Junge aß schlecht, vertrug die Rüben nicht. Helga dachte daran, ob sie Henriette um Essen fragen sollte. Aber sie wollte nicht betteln. Und von Jette hatte sie ja seit Jahren nichts gehört. Sie briet das Stück Fleisch an. Irmgard schaute versunken ins brutzelnde Fett. „Warum wird das Blutige braun, Mutti?" Helga antwortete, sie wisse es nicht. „Ist das auch bei einem Schorf so?" „Was fragst du denn da, Irmgard?" Sie sah auf die weiße Scheitellinie, die den runden Kopf ihrer Tochter teilte. Kurtchen erzählte vom Unterricht in der Schule. Er war beim Handgranatenwerfen gut gewesen.

17

Ein gefrorener Acker. Morgengrauen. Sie lagen im Feldrain. Die Kälte steckte als unerträglicher dumpfer Schmerz in den Knochen. Neben ihm im Graben schlotterten Glaum, Schmidt und Ettscheidt. Plötzlich begann Schmidt mit klappernden Zähnen zu sprechen: „Um das Spital haben Apfelbäume gestanden, und Hummeln sind in langen brausenden Linien auf die weiße Ebene gestürzt. Es gab Lampione. Es gab Mond."

„Gleich gibts Haue", sagte Ettscheidt, aber Schmidt fuhr fort: „Wir hatten einen Kameraden aus Bornholm. Er wurde verrückt, als nach einem Gewitter aus einem nassen Fliederbusch ein Dutzend Nachtigallen plötzlich mit Gesang ... Überall ist der Tod. - Ich will nicht sterben, ich will nicht ..."

„Halt's Maul!" schnauzte Ettscheidt ihn an, und Schmidt war still.

Friedhelm sackte immer wieder im Schlaf zusammen. Jedes Mal wurde es anstrengender aufzuwachen. Gerade war er General Mackensen gewesen, hatte die große Fellmütze mit dem Totenkopf und den gekreuzten Knochen darauf getragen und Partisanen erschießen lassen. Zufrieden hatte er zugesehen, wie die Kugeln die schmutzigen Gesichter der Bulgaren zerrissen, wie ihre Leiber noch in der Grube zuckten. Er hatte sich den weißen Schnauzbart gekrault und mit Wehmut an den Schlachthof gedacht, den er als Kind gesehen hatte. Dann hatte er sich den Bart mit schwarzer Verwesung eingewichst, um unerkannt zu bleiben. Er war aufgewacht, weil ihm Läuse an der Schläfe unter dem Helm zusetzten. Hatte sie mit tauben Fingern zu knacken versucht. Sah kaum etwas im grauen Licht. Seine schmutzigen Hände nicht und auch nicht die Laus. Die Müdigkeit saugte ihn wieder nach unten. Er sah Helenes Gesicht, ihren weißen Körper, sie trug einen Unterrock aus Papier. Er schlug sie mit einem Stock. Schreckte auf. War beruhigt, als er Ettscheidt hocken und scheißen sah. Jetzt sah er Rainer durchs Haus laufen und hörte seine Kinderstimme. Dann wurde ein schwarzes Tuch, das Tuch, das Mutter immer trug, über einen Vogelbauer gelegt.

„Hier, friss noch was, bevor's losgeht."

Er war froh, dass Ettscheidt ihn wachrüttelte, klaubte etwas kaltes Fleisch und erstarrtes Fett aus der Konservenbüchse. Verschluckte es. War zu müde, sich zu kratzen. Er hätte ihnen schreiben sollen. Da fielen die ersten Schüsse, ein Heulen pfiff in der Luft, und eine Granate zerbarst krachend in der Nähe. Schmidt saß stumm im Graben und starrte in die falsche Richtung, die Richtung, aus der sie gekommen waren. Im Lärm sah Friedhelm aus dem Augenwinkel, dass Glaum sich in die Hose gegriffen hatte und sich selbst befriedigte. Eine Stimme gab kreischend Befehl vorwärtszurücken. Friedhelm kroch aus dem Graben und lief auf den Acker. Plötzlich nahm es ihm alle Luft, und liegend sah er zum grauen Himmel hinauf. Er konnte sich nicht bewegen, etwas war in sein Rückgrat eingedrungen. Jetzt war es mit einem Mal ganz still. Vielleicht kam heute die Sonne noch heraus.

18

Viktor wartete vor der Tür des Professors. Ein paar Büsten standen im schummrigen Licht. Er hätte nicht sagen können, welche Geistesgrößen sie darstellten. Die in die Sockel eingravierten Namen hatte er nie gelesen. Der Professor ließ ihn warten. Hatte einer ein fliehendes Kinn? Keiner hatte ein fliehendes Kinn. Gorillastirn? Denkerstirn. Keiner hatte keine Nase. Wahrscheinlich saß der Professor beschäftigungslos, aber missgünstig lächelnd in seinem Ledersessel. Es war schwieriger gewesen, den Termin zu bekommen, als es hätte sein dürfen. Immerhin arbeitete Viktor als Dozent an der Fakultät, also für den Professor. Nun öffnete sich langsam die Tür, und der Kopf der ergebenen Sekretärin erschien. „Herr Professor Schmitten lässt bitten." Ja, bitten; deswegen war er hierhergekommen. Die Verlängerung seiner Dozentur, im Grunde eine Selbstverständlichkeit, und die Erhöhung seiner wöchentlichen Stundenzahl, das war es, was es zu besprechen galt. Wie er es nicht anders erwartet hatte, fand er den Professor in die Lektüre eines Schriftstücks vertieft. Professor Schmitten sah nicht auf. Viktor blieb regungslos an der Tür stehen und verhielt sich vollkommen ruhig. Er hatte festgestellt, dass das in diesem Spiel die gebotene Taktik war. Nichts irritierte den Professor so wie die Lautlosigkeit, und Viktor freute sich jedes Mal darüber, wie der vorgeblich Vertiefte, unsicher, ob überhaupt jemand im Raum war, schließlich gehetzt aufsah. Dem folgte wie gewöhnlich das Schauspiel überraschten Erkennens. „Dr. Lipsheim?" Professor Schmitten war ein eitler Mann. Dumm, doch durchtrieben. Er hielt sehr auf Umgangsformen und war Frauen gegenüber auf eine Weise charmant, die Viktor anwiderte. Seine geäderten Hängebäckchen stupsten ans Halstuch, das er trug, um sich einen bohemienhaften Anstrich zu geben, und zwischen dem wohlfrisierten Silberhaar und den Tränensäcken lugten seine Augen listig hervor. Mit lässiger, wie vor dem Spiegel einstudierter Geste offerierte er ihm einen Sitzplatz und wartete dann wortlos ab. Auch dieses Verhalten war Viktor bekannt. Er wusste, dass dem Professor auf geschickte Art geschmeichelt sein wollte. Also bedankte er sich zuerst einmal für die ihm gewährte Zeit, was der Professor mit huldvollem Nicken entgegennahm. Doch Viktor war bewusst, dass dies noch nicht reichte. Es hieß, gleich zu Beginn der Koryphäe auch auf wissenschaftlicher Ebene gebührenden Tribut zu zollen. Zu diesem Zweck war er noch einmal die neueste Publikation eines Schmittenschen Gegners durchgegangen und bezichtigte diesen nun des Plagiats. Seine Thesen seien zum großen Teil älteren Veröffentlichungen des Professors entlehnt. Auch dieses nahm Professor Schmitten wohlwollend zur Kenntnis. Während er sprach, war es Viktor klar, dass der Professor seine Vorgehensweise durchschaute. Zweifellos hatten schon etliche Universitätskarrieristen die gleichen Schmeichelwege beschritten. Das änderte jedoch nichts daran, dass es notwendig war, so zu verfahren. Nun erst kam er auf sein Anliegen zu sprechen. Dies fiel ihm nicht leicht, weil der Professor es für schlau hielt, ihn unausgesetzt fast amüsiert anzuschauen und kein einziges Wort zu sagen. Als Viktor seine Bitten, denn um nichts anderes handelte es sich ja, vorgebracht hatte, trat Stille ein. Die hochgezogenen Augenbrauen des Professors stellten unausgesprochen die Frage, ob Viktors Vorsprache nun ein Ende gefunden habe, und machten gleichzeitig deutlich, dass von zwingender Folgerichtigkeit der Gedankenführung nur schwerlich die Rede sein konnte. Wieder ließ der Professor Zeit vergehen, bevor er seine ersten gewichtigen Worte sprach. Der rheinische Singsang, dessen er sich dabei befleißigte, machte Viktor insgeheim ganz rasend. Es treffe sich gut, dass er, Doktor Lipsheim, sein Anliegen eben jetzt vorbringe. Obwohl in diesen Zeiten voller Verhängnis, darin stimmte ihre Geschichtsvorstellung wohl überein, gänzlich anderes, Naheliegenderes vielleicht doch bevorzugte Behandlung verdiente. Viktors schlechtes Gewissen ließ ihn an Grüpp denken. Wieder sah er dessen Mutter in Tränen ausbrechen. Und im Ministerium arbeitete Markwart noch immer daran, dass Siebzehnjährige ins Feld geschickt wurden, Siebzehnjährige, die dann unter anderem Schadow aus sicherer Entfernung befehligte. Man solle, sagte Professor Schmitten, nur einmal der Männer im Felde eingedenken. Wie bisher bei jedem Zusammentreffen brachte der Professor das Gespräch unweigerlich auf die tapferen Soldaten, um Viktor zu zeigen, dass er ihn für einen Feigling hielt und verachtete. Viktor war sich sicher, dass der Professor gegen ihn intrigierte und dass er es war, dem er einen erneuten Musterungstermin zu verdanken hatte. Als noch junger Mann, die Stimme des Professors klang unverhohlen böse, wolle er sich naturgemäß hervortun, er verstünde das. Wieder ein taktisches Schweigen. Gepaart mit scheinbarer Gedankenversunkenheit, die dann plötzlich abgelöst wurde von einem Sich-wieder-der-unerbittlichen-Welt-Zuwenden. Wie gesagt, habe es sich gut getroffen, dass er um einen Termin gebeten habe. Denn, hier machte der Professor eine Kunstpause, die Universität, und nun bekam seine Stimme einen hämischen Beiklang, sei darin übereingekommen, die Dozentur für neuere Geschichte zeitweilig auszusetzen. Seine Forschungen weiterzuführen, bleibe ihm selbstverständlich unbenommen, obwohl es zurzeit vielleicht Wichtigeres gebe, doch das könne er vermutlich nur ungenügend beurteilen. Darüber hinaus müsse Viktor Verständnis dafür haben, dass keine Aussagen über eine eventuelle Wiederanstellung gemacht werden könnten. Die Zeiten ... Und mit diesen Worten und einem Hilflosigkeit und Schmerz vorgebenden Schauspielerblick entließ der Professor ihn.

Zwischen den Säulen trat Viktor hinaus auf die Allee. Die Lindenblätter rauschten, wurden von Automobilgeknatter übertönt und rauschten immer noch. Beim Gehen atmete er die frühherbstliche Luft tief ein. Als er in belebtere Seitenstraßen gelangte, fiel ihm wieder einmal auf, dass überall Frauen und Kinder, jedoch kaum Männer zu sehen waren. Ein paar Invaliden humpelten vorbei, und einige Alte bettelten, doch sonst umgaben ihn nur Frauen. Frauenschlangen standen vor den wenigen offenen Geschäften, am Tag hundertfünfzig Gramm Brot pro Kopf hatten die Militärs der Regierung diktiert, Frauenschlangen, Schlangenfrauen im Zirkus, nein, Zirkus fiel aus, weil die Tiere verhungert waren. Frauen versuchten am Straßenrand ihre armselige Habe zu verkaufen. Frauen fuhren die Straßen- und U-Bahnen. Frauen arbeiteten in den Fabriken. Frauen mit müden Gesichtern und fadenscheinigen Kleidern. Frauen mit fettigen Haaren und Umhängetüchern. Frauen in Witwenkleidern. War Grüpp verheiratet gewesen? Frauen mit laut knurrendem Magen und eingefallenen Wangen. Mollige waren auch darunter, mollig wie Valeria, die aber das Haus nicht mehr verließ, weil es ihr peinlich war. Frauen mit schief getretenen Schuhen. Frauen, die nach Kernseife oder scharf nach Schweiß rochen. Frauen, die keiften, und Frauen, die schwiegen. Frauen, die sanft ein paar Worte sagten. Und alle schienen die wenigen Männer anzusehen, als erhofften sie sich etwas. Aber nur kurz, nur im Vorübergehen, denn alle hatten etwas zu tun. Kinder sammelten Lumpen, Papier, Flaschen und alte Glühbirnen. Das alles gab Sammelmarken. Die Kinder trugen Beutel gefüllt mit Frauenhaar. Für zehn Gramm eine Marke. Alle taten etwas. Nur er tat nichts.

Zu Hause küsste er flüchtig seine Frau. Sie durchlief gerade eine hässliche Phase, hatte Pickel um den Mund und hängende Brüste. Ein säuerlicher Milchgeruch stieg von ihr auf. Außerdem trug sie eine unvorteilhafte Frisur. Seine zweite Tochter schrie in der Wiege. Er sah ihre kleinen Händchen über dem Rand fuchteln. Rahel hob das Kind heraus und er sah das rote knautschige Gesichtchen. Jetzt nahm ihn Lea bei der Hand und zog ihn ins Kinderzimmer. Dort setzten sie sich zu den Puppen auf den Boden. Lea spielte Mutter und legte eine Puppe wie einen Säugling in den kleinen Kinderwagen. Viktor kam sich unbeholfen vor, als er eine andere Puppe in den Wagen hineinsehen und freudig piepsen ließ. Lea war ganz ins Spiel vertieft, mit ernster Miene legte sie dem Kind ein Taschentuch als Windel an und schniefte dabei vor Anstrengung. Sie sagte dem Vater, dass sie einen Spaziergang machten. Jetzt seien sie bei den Großeltern, sagte sie und machte die ängstliche Art von Viktors Mutter nach: „Hier zieht es. Das arme Kind wird sich erkälten." Er musste lachen, und eine angenehme Müdigkeit ergriff ihn. Lea merkte nicht, dass ihm immer wieder die Augen zufielen, und plapperte munter weiter. Dann hörten sie den Gong, der zum Abendessen rief. Seine Eltern und Onkel Leo waren zu Gast. Letzterer war nur ein Schatten seiner selbst. Pergamenten und stumm. Valeria versuchte ihn aufzuheitern, indem sie ihn neckte. Immer wieder drohte sie ihm, noch mehr Bratkartoffeln mit Zwiebeln auf seinen Teller zu laden. Schließlich gelang es ihr, Onkel Leo so weit zu bringen, dass ihm der Kragen platzte. Er schrie sie an, sie solle doch ihre meschuggenen Kartoffeln als Stuck an die Decke pappen. Valeria bog sich daraufhin vor Lachen, vor allem freute sie sich wohl, dass sie ihn zum Sprechen gebracht hatte. Fast hätte sie die Schüssel fallenlassen. Sie musste sich sogar mit ihrem Arm auf Onkel Leos Schulter stützen und japste ihm mit ihrem großen roten Mund ins Ohr, bis auf seinem Gesicht endlich ein Lächeln erschien. Danach wurde geraucht, und Viktors Vater begann mit gewählten Worten und sorgenvoll gerunzelter Stirn vom Kriegsgeschehen zu sprechen. Die deutschen Luftangriffe auf London und Paris seien von Übel gewesen. Die Mutter wollte etwas über die Toten allgemein sagen, musste jedoch nach wenigen zittrigen Worten abbrechen, weil sie sonst geweint hätte. Jascha Grüntal, der vielleicht meinte, etwas gegen die aufkommende triste Stimmung unternehmen zu müssen, saugte an seiner Zigarre, blies Qualm hervor und berichtete, dass er ins Prothesengeschäft eingestiegen sei. Nun griff Rahel ihren Vater an, er verdiene am Krieg, rief sie, er mache Gewinne durch die Leiden der Soldaten. Grüntal entgegnete zornig, mit den künstlichen Armen und Beinen helfe er den Soldaten ja gerade, wenn er in diesem Feld investiere ... „Ach", wischte Rahel seine Argumente mit einer ungestümen Handbewegung fort, „es ist doch immer das gleiche. Das alles ist zum Speien. Hindenburg und Ludendorff sind doch nichts als Metzger, die Futter für ihren Fleischwolf suchen."

„Also, junge Dame. Vom militär...", begann Viktors Vater beschwichtigend einzuwenden, wurde aber von Rahel mitten im Wort abgeschnitten. Sie war aufgesprungen:

„Was sagt denn dieser Bluthund, dieser Pudeldoof? In Berlin laufen immer noch junge Leute frei herum. Muss besser ausgekämmt werden. Strenge Zucht! Und das, wo der Krieg doch schon lange verloren ist!"

„Aber, Kind", beschwichtigte Valeria ihre Tochter, „die Regierung hat doch schon längst erklärt, dass sie zum Frieden bereit ist."

„Täuschung des feindlichen Auslands, wie Ludendorff selbst gesagt hat. Du verstehst ja gar nichts!" Nach diesen Worten verließ sie mit energischen Schritten das Esszimmer. Viktor war stolz auf seine Frau, er bewunderte, mit welcher Vehemenz sie ihren Standpunkt vertrat. Zudem stimmte er mit ihr überein. Ihm gegenüber nickte auch Leo und betrachtete den Rauch, der von seiner Zigarette aufstieg. Valeria, der das alles gar nichts ausmachte, schnorrte von Leo eine Zigarette, sog ein und kokettierte mit ihrem Husten.

19

Helmut war aus dem Krieg zurückgekehrt. Helga hatte sich erschrocken, als er eines Nachmittags mit einem kleinen Koffer vor der Tür stand. Sein Gesicht hatte etwas Verschlagenes. Vielleicht weil sein Mund sich schiefzog, wenn er sprach. „Was glotztn so?" fuhr er sie an. Beim Schießen wäre ihm der Gewehrkolben in den Mund zurückgestoßen. Er stellte seinen Koffer ab. Sagte, er wolle sich irgendwo eine Bleibe suchen. Helga konnte ihm gar nicht ins Gesicht sehen und war froh, dass er gleich wieder ging.

Dann besetzten USPD und Spartakisten das Zeitungsviertel. Sie verschanzten sich hinter Barrikaden aus Zeitungen und schossen auf die Regierungstruppen. Die gingen sogar mit Panzern vor und schlugen den Aufstand nieder. Helmut tauchte wieder auf. Er war angetrunken und prahlte damit, bei der Bürgerwehr zu sein, die auf Seiten der Regierung kämpfte. Quatschte was von 'Dolchstoß', hätte Hindenburg gesagt. Mit lautem Schreien zeigte er Helga und den Kindern, wie er die 'Bolschewisten' abgeknallt hatte. Als er sah, dass sie ihn nicht recht beachteten, führte er vor, wie man einen Gegner mit dem Bajonett absticht. Irmgard ging hinaus, und Kurt blieb in 'Der rote Kampfflieger' vertieft. Der Anblick ihres Mannes, der im Bauch eines vorgestellten Feindes herumbohrte, und der Schweißgeruch, den er verbreitete, ekelte Helga. „Trinker nehmen die also auch."

Helmut richtete sich auf und stellte sich vor sie. „Was willst du damit sagen?"

Sie konnte seinem Blick nicht standhalten und sah zu Boden. „Das weißt du selber", sagte sie leise.

„Was weiß ich selber? Bist du etwa auch so eine Linke? Bist wohl für diese Judensau? Die Judensau Luxemburg! Die gehört an die Wand gestellt und erschossen!" Er sah sie lauernd an. „Du hast doch nicht etwa vor, am Sonntag diese dreckige Jüdin zu wählen, oder?" Er lachte gekünstelt auf. „Da gibt man den Frauen zum ersten Mal das Wahlrecht und was machen sie? Wählen die Bolschewiken!" Er sah sich im Zimmer um. „So ist das also." Plötzlich riss er Kurt das Buch aus der Hand. „Dir werd ich zeigen, dass man seinen Vater zu respektieren hat!" Kurt hob das Buch auf, setzte sich in eine Ecke und wartete gelassen ab. Helmut musterte Helga und ihren Sohn mit einem Blick, den er wohl für bohrend hielt. „Ihr werdet schon noch sehen!" Er schlug die Tür hinter sich zu.

Helga sah zu ihrem Sohn hinüber. Kurt las einfach weiter. Irmgard kam herein, mit ihr der frische Geruch und die Kälte der Winterluft. „Hier stinkts." Sie öffnete das Fenster. Es war dunkel im Zimmer geworden.

„Du wirst dir die Augen verderben", sagte Helga in Richtung ihres Sohns.

„Kenn das Buch sowieso auswendig", antwortete der nur.

Mutter und Tochter zündeten die Lampen an, wuschen noch etwas Geschirr ab und stellten es zum Trocknen in den Holzständer, den Kurt gebaut hatte. Dann setzten sie sich wieder an die Näharbeiten.

„Erzähl uns doch mal wieder was von den Flugzeugen“, forderte ihn die Mutter auf, „von dem mit dem schönen Namen, wie hieß es doch?“

„Albatros D III, meinst du das? Ist jetzt schon veraltet. Die Fokker D-VII, über 200 Stundenkilometer. In so einer wäre der Rote Baron nicht abgeschossen worden. Die hätten ihn niemals gekriegt. Aber in dem alten Dreidecker ...“ Er klappte das Buch zu, postierte sich am Fenster. Dünn und hochaufgeschossen. Starrte zum düsteren Himmel hinauf. „Da werden mal so viele Flugzeuge wie Tauben oder sonst Vögel rumfliegen.“

„Iss noch ein Brot mit Schmalz, Kurtchen.“

„Ja, Muttchen“, antwortete er und grinste.

Die Familie war zu Bett gegangen. Mutter und Tochter lagen im Doppelbett mit dem hohen dunklen Kopfende, Kurt wie üblich auf der Pritsche neben der Tür, zum S gekrümmt, weil sonst seine langen Beine unter der Decke hervorragten. Gerade war ihnen warm geworden, und die Gedanken und Bilder im Kopf vermischten sich angenehm mit dem leisen Pfeifen des Winds und wurden von ihm mitgetragen auf den Schlaf zu, als plötzlich ein Mann brüllend im Raum stand. Er hielt ein Stemmeisen in den Händen, und der Türriegel baumelte abgerissen am Rahmen. Jetzt erkannten sie, dass es Helmut war, aber sie verstanden ihn nicht und drückten sich nur an die Wand. Er schrie, sie sollten Licht machen. Helga huschte an dem Schwankenden vorbei und zündete schnell die Petroleumlampe an. Sein Gesicht war blau angelaufen, der

Mund stand offen. Gestank nach Schnaps und Erbrochenem zog herüber. Aber er war bester Laune. Ließ die Stange fallen und brabbelte. War mit Kameraden von der Bürgerwehr feiern gewesen. Was wohl? Ja, was wohl? Die hatten das Versteck der Hinkenden und vom Liebknecht ausgehoben in Wilmersdorf. Dem Generalstabsoffizier übergeben. Im Hotel Eden vom Militär verhört. Tüchtig was druff mit dem Gewehrkolben. Kommt aber noch besser. Auf der Fahrt durch den Tiergarten, in den Wagen beide erschossen. Hatte ein Kamerad gehört. Helmut griente triumphierend. „Den Soldaten jebührt wirklich'n Orden." Rief „det muss jefeiert wer'n!" und taumelte zur Tür. Von dort versuchte er, Helga anzusehen, aber seine Augen gehorchten ihm nicht mehr und wanderten ziellos umher. „Und dir Möchtejern-Spartakistin willick noch eens sarn. Denk jenau nach, wen de wählst." Johlend verschwand er.

Kurt reparierte den Türriegel. Sie lagen noch lange wach.

20

Sie hatten Rainer gezwungen, mit auf die Jagd zu reiten. Ein Knecht hatte ihn wie eine Feder hochgehoben und in den Sattel gesetzt. Unsanft hatten ihm schwielige Pranken die Zügel in die Hand gedrückt. Er sollte zeigen, dass er schon ein Mann war. Angstvoll klammerte sich Rainer an den tonnenartigen Leib des Pferds. Er war ein schlechter Reiter. Die aufgerichteten Ohren des Tieres wendeten sich nach hinten, als wollten sie ihn böswillig aushorchen. Ein gereiztes Schnauben und ein ungeduldiges Schütteln des knochigen schweren Kopfes. Rainer sah das Weiße am Rand der rollenden Augen. Das Leder würde aus seinen schwitzenden Händen rutschen. Er blickte zum Landauer, in dem seine Mutter und der Junker saßen. Wie immer seit der Heirat vor zwei Jahren hatte sie ihr Köpfchen schiefgelegt und lächelte ihren Mann an, als habe er gerade etwas Geistreiches oder Hübsches zu ihr gesagt. Hatte er jedoch nicht, denn er sprach kaum mit ihr. Rainer hasste diese Schauspielerei seiner Mutter. Er wandte den Blick von ihr ab und schaute verdrossen auf eine dicke Dame, die neben ihm ritt. In ihrem gelblichen Kleid hing sie auf dem Pferderücken wie ein großer Klacks Kartoffelbrei, der immer platter wurde. Ihre Bäckchen hoppelten im Trabetakt mit. Sie versuchte Anschluss zu halten an ihren Mann, der sein Hinterteil so aus dem Sattel lupfte, als wolle er Blähungen entweichen lassen. Vielleicht hatte dieser Anblick Rainers Pferd angeregt, jedenfalls furzte es gerade, da schrie die korpulente Dame auf. Sie hing jetzt am Bauch ihres Pferdes, fast wie ein Kosack in einer

Zirkusvorstellung. Sie schrie erneut, doch ihr Gatte schien sie nicht zu hören. Vielleicht war seine Prinz-Heinrich-Mütze zu fest auf Specknackenwellen und Segelohren vertäut. Jemand anders bändigte schließlich das in der Gangart Schritt befindliche Biest. Kaum stand es, ließ sich die Dame völlig entkräftet ins Gras plumpsen. Unter gutem Zureden wurde die haltlos Weinende in eine Kutsche gesetzt und nach Hause verfrachtet. Zwei Bockwürste, am Zipfel aus der Pelle gequetscht, zwei rosafarbene Herren in engen Uniformen also, ereiferten sich über die Nacktänze in Berlin. Verschweinlichung. Skandalös. Deutschland. (*Leiser*) Übrigens Bordell. Die neue Kleine. Hö hö hö. Ihre Pferde verstanden wohl 'Hü hü hü' und gingen durch. Mit einem Fuß im Steigbügel hängend wurden die Herren außer Sichtweite geschleift. Nun schnappte Rainer Fetzen einer Unterhaltung zweier Damen in einer Kalesche auf. Sie sprachen über einen neu entwickelten Schleifenknoten, ein neues, nicht kneifendes Korsett, lebende Bilder im Varieté und einen Regenschirmhut. Apart. Famos. Vulgär. Bizarr.

In der Ferne sah Rainer nun den Saum des Waldes und hörte das Trommeln und Schreien der Treiber. Aus dem Gestrüpp sah er Vögel aufflattern, und erste Schüsse krachten. Mit einem Mal hatte er das Bild seines Vaters vor Augen. Er wendete das Pferd, das ihm erstaunlich bereitwillig gehorchte und ließ es laufen, wohin es wollte. Zurück in Richtung Stall wahrscheinlich. Das Gesicht seines Vaters. Die immer aufeinander gepressten Lippen. Wie der Vater wohl gestorben war? Hatten die Schüsse geknallt wie jetzt? Ein Gedenkblatt war mit der Todesnachricht gekommen. Ein schöner Engel breitete seine großen weißen Flügel über einen Gefallenen. Hielt einen

Zweig Eichenlaub über das friedliche Gesicht. Der Soldat lag da, als träumte er, die rechte Hand auf dem Herzen, die Beine übereinandergeschlagen. Zum Gedächtnis des Leutnant Friedhelm Trelow. Er starb für das Vaterland am 12. Dezember 1917. So stand es da.

Lärmend war die Jagdgesellschaft zurückgekehrt. Rainer hatte von einem Fenster aus beobachtet, wie einer der Herren seine prall gefüllte Jagdtasche stolz einem der Bediensteten überreichte. Ein paar Hasenläufe baumelten heraus, und Rainer dachte daran, wie im Innern der Tasche die vielen weichen toten Tiere übereinander lagen. Der Hase über dem Rebhuhn über der Wachtel über dem Eichhörnchen über der Taube. Blutiges Fell, blutige Federn, noch warme Körper. Klein, schlaff, tot.

Beim Essen kam er nicht weit von Mutter und Stiefvater einer ausgehungert wirkenden Dame gegenüber zu sitzen. Er sah, wie sie mit der Zunge eine Auster an ihren Gaumen drückte und wie ihr Adamsapfel beim Schlucken auf- und niederstieß. Mit ihren langen Zähnen zermalmte sie kleine braungebrannte Wachteln, die auf einen Haufen aufgeschichtet vor ihr lagen. Knochen spuckte sie in ihr Taschentuch. Auf ein Stück Zungenwurst strich sie Gänseleberpastete, und Rainer sah eine große Kuhzunge und eine schreiende Gans, die gestopft wurde. Neben ihm beschnüffelte ein Mann einen triefenden Käse, hieb sich ein Stück ab und mümmelte darauf herum, sein Atem pfiff dabei stoßweise durch die Nasenlöcher. Als er den Mund öffnete, zogen sich darin Käsefäden lang, und Gestank brandete Rainer entgegen. „Meinen Sie nicht auch, Verehrteste", er sprach mit der ausgehungerten Dame, die gerade bei lebendigem Leib rotgekochten Krebsen die Köpfe abbiss, „dass dieser Noske ruhig mit Kapp an einem Strang hätte ziehen können?" Die Angesprochene knackte den Panzer, besah ihn sich und lutschte ihn aus. „Ist doch eigentlich auf unserer Seite", fuhr er fort, „denken Sie doch nur an letztes Jahr. Der Tötungsbefehl. Die sofortigen Hinrichtungen." Damit beendete er seinen Beitrag, stürzte sich auf eine Pyramide von Weinbergschnecken, bohrte und zog die verschrumpelten Leiber aus ihren Gehäusen. Ein elegant gekleideter Herr mit zierlichen Händen erzählte von seinen Kriegserlebnissen. „'Halt! Wer da! Parole?!' Meine zwanzig Gewehre fegten ihre Geschosse in das Wäldchen. 'Stopfen!' Wir hörten die Klagen der Verwundeten. Ein Späher zeigte sich. 'Schießt ihn kaputt!' Er hatte einen Schuss ins Auge bekommen. Das Geschoss hatte beim Austritt die Schläfe durchbohrt und den Rand seines Stahlhelms zerschmettert, den ich als Trophäe an mich nahm." Während er berichtete, schnitt der eitle Herr wie ein Präparator einige Stücke von der Schweinskopfsülze ab und betrachtete sie interessiert. „Aus der Wiese stiegen fremdartige Rufe und Schmerzensschreie auf. Die Stimmen erinnerten an die Laute der Frösche, die man nach einem Gewitter in den Wiesen hört. Ein paar Tage später zog es mich nächtens noch einmal auf das Schlachtfeld. Aus einem Gestrüpp drang ein leises zischendes und sprudelndes Geräusch. Ich stieß auf zwei Leichname, die infolge der Hitze zu einem gespenstischen Leben erwacht schienen. Die Nacht war schwül und still; ich stand lange Zeit wie gebannt vor dem unheimlichen Bild." Rainer sah zu seiner Mutter hinüber, die zu ihrem Ehemann aufschaute und gleichzeitig Mayonnaisesalat in sich hineingabelte, den sie sich immer wieder vom Kinn wischen musste. Er dachte daran, dass sie seinen Vater niemals so angeschaut hatte, 'queesig' und 'nücksch' hatte sie ihn immer genannt. Von Weser schmähte gerade wieder einmal den Minister Erzberger. „Äußerst ärgerlich, dass der lobenswerte Fähnrich diesen Vaterlandsverräter, diesen Schuldigen des Schmachfriedens nicht getötet hat. Deutschland leidet, Deutschland ist in Not." Rainer wusste nicht, wie es dazu gekommen war, aber plötzlich stand er am Tisch, und schrie in Richtung von Wesers: „Dann fressen Sie nicht soviel!". Damit lief er davon. Hinter sich hörte er noch empörte Ausrufe, dann Gelächter. Mit heißem Gesicht lief er durch die leeren oberen Flure und stellte sich vor, er sei das Medium aus dem Film Doktor Caligari, den er in Kolberg gesehen hatte. Der bleiche willenlose Mörder, der sich nachts aus seiner Truhe erhebt, über schiefe Dächer und Straßen wandelt und Menschen umbringt. Durch eine flackernde Petroleumlampe wurde sein unruhiger Schatten vor ihn auf den Boden und an die Wände geworfen.

21

Viktor und Rahel hatten die Kinder der Aufsicht des Mädchens überlassen. Es würde ihnen das Abendbrot zubereiten und sie dann zu Bett bringen. Sie sahen sich einen Film im Marmorhaus an: 'Der müde Tod' - „Ein heiterer Titel", hatte Viktor ablehnend gescherzt, aber schließlich hatte Rahel ihn überredet. Wie üblich, wenn sie ausgingen, waren sie zu spät weggegangen, weil Rahel sich sehr sorgfältig schminkte. Viktor fragte sich, für wen sie das tat. Er nahm sie doch kaum noch wahr. Nun saßen sie im Dunkel, das Bild flackerte wie eine Kerzenflamme, ein Klavierspieler fabrizierte unheimliche Akkorde, und aus Gewohnheit legte Viktor den Arm um seine Frau, die gespannt zur Leinwand starrte. Er sah nur ihre glänzenden Augen. Jemand ging durch eine Friedhofsmauer, als sei sie aus Luft. Viktor dachte darüber nach, dass seine Hand den Arm Rahels spürte, aber doch auch wieder nicht. Fast war es, als sei auch sie aus Luft. Die Liebenden im Film! Nach einer Weile nahm er seinen Arm wieder fort, weil die Geste bedeutungslos schien. Selbst die Liebe konnte sich gegen den Tod nicht retten. Jede Liebe musste sterben. War es das, was der Film sagte? Auf jeden Fall war Viktor nach der Vorführung traurig. Doch vielleicht war er, ohne es zu merken, auch vorher schon traurig gewesen.

Nun saßen sie bei vertrauter Langeweile im Kabarett Größenwahn, wo keine Vorstellung mehr erwartet wurde.

„Bist du betropetzt?" fragte Rahel ihn, und um ihr zu beweisen, dass er nicht betrübt war, obwohl es eigentlich stimmte, erzählte er ihr einen Witz, den er aber im Verlauf der Erzählung als unpassend erkannte. „'Ich habe eine glänzende Partie für Sie', sagt der Heiratsvermittler. 'Nur einen Fehler hat das Mädchen: Sie schielt ein wenig.' 'Das macht mir nichts aus.' 'Und hinken tut sie auch ein bisschen.' 'Was schadet das?' 'Ja - Jungfrau soll sie auch nicht mehr sein.' 'Das ist doch ganz egal.' 'Wieso ist Ihnen eigentlich alles egal?' 'Wie soll es mir nicht egal sein? Ich nehm sie ja nicht.'"

Rahel lachte nicht. „Du bist betropetzt."

„Betropetzt. Betropetzt! Seit wann redest du denn so?"

„Lass mich doch so reden, wie ich will."

Viktors Blick wanderte im Lokal umher. Einige Frauen liefen hier mit der neuen Bubikopf-Frisur herum. Rahel hatte wohl seine Blicke auf die kurzen Haare der Damen gesehen und fragte, ob sie sich auch so frisieren lassen sollte. Er sah sie an und versuchte zu verbergen, dass sie ihm leidtat. Wie egal es ihm war, wie sie aussah. Und sie gab sich auf rührende Weise Mühe, ihm zu gefallen. Ja, antwortete er geistesabwesend, versuchte kurz, sie sich mit Bubikopf vorzustellen, unterließ es dann aber lieber. Wann hatten sie das letzte Mal zusammen im Bett gelegen, fragte er sich. Als es so heiß gewesen war, das musste im Juni gewesen sein. So lange war das schon her. Hatte sie gerade eine Frage gestellt? Nein, sie erzählte nur den Film nach. Sie wirkte angeregt durch die vielen Menschen und den Trubel. Ihre lebhafte Art. Ganz im Hier und Jetzt. Warum hatte das plötzlich - und seit wann eigentlich? - den Reiz für ihn verloren? Viktor erschrak selbst über seinen lieblosen Blick. Mit einem Mal tat sie ihm wieder leid in ihrem unvorteilhaften zipfligen Kleid mit den Raffungen, das sie selbst für so elegant hielt. Er brachte es kaum fertig, sie anzusehen. Wie eifrig sie den Film kommentierte, der ihr so gut gefallen hatte. So begeistert war sie, dass sie gar nicht merkte, dass er ihrem Blick auswich und kaum etwas sagte. Er fühlte sich passiv und melancholisch. Nur nicht zu melancholisch, denn dann würde sie fragen, was denn mit ihm sei. Und was sollte er dann sagen? Dass er an allem zweifelte. Unsicherheit vertrug sie schlecht, und er wollte ihr den Abend nicht verderben. Wieder hatte er nicht aufgepasst. Jetzt sprach sie vom Mord an Erzberger, verfluchte die rechtsradikalen ehemaligen Offiziere, die ihn beim Spazierengehen im Schwarzwald verfolgt, totgeschossen und sich mit Hilfe der Organisation Consul ins Ausland abgesetzt hatten. Feiglinge! Einen ehrlichen Mann, der immer das Beste gewollt hatte, der von einem deutschen Gericht gedemütigt worden war, der ... Viktor kannte diese Tirade, und obwohl er Rahels Ansicht teilte, verspürte er keine Lust, etwas dazu zu sagen, eben weil er die Tirade bereits kannte, im Übrigen kannte sie seine Meinung ja ebenfalls. Seine Gedanken wanderten zur Universität und er fragte sich, ob er Anfang nächsten Jahres endlich die Venia Legendi erhalten würde. Er kam sich schäbig vor, als er merkte, dass er mit seinem Denken nur um die eigene Person kreiste und versuchte schuldbewusst, den Faden ihres Gesprächs aufzunehmen. Aber Rahel sprach gar nicht mehr, wie ihm nun auffiel. Ihre Augen blickten an ihm vorbei, ihr Gesicht war erstarrt. Viktor drehte sich um. Onkel Leo geleitete eine Dame an einen Tisch. Das war schon verwunderlich genug. Aber noch dazu war die Dame Rahels Mutter. Das war Valerias üppiger Körper, das waren ihre roten Haare, ihr amüsiertes Schnaufen, ihr rauchiges Lachen. Und Onkel Leo, der wie Viktor jetzt einfiel, in letzter Zeit viel heiterer gewesen war, spielte mit großem Vergnügen den Kavalier, gab ihr Feuer, berührte ihre Hand. Viktor wandte sich wieder seiner Frau zu, auch um nicht aufzufallen. Rahels Gesicht wirkte verstört, die Züge waren in Unordnung geraten. Offenbar konnte sie die Augen nicht von den beiden lassen. Wieder tat sie ihm leid. Aber wie konnte er ihr helfen? Er sah zu, wie sie nun die Wut auf ihre Mutter packte. Mit zusammengekniffenen Lippen zischte sie, das sei unerträglich, nicht mitanzusehen, sie gehe jetzt. Doch als sie aufstanden, kam die lebenslustige Valeria strahlend auf sie zu. Sie gab ihrer widerstrebenden Tochter einen Kuss. „Und wo ist Papa?" fuhr Rahel sie ungestüm an.

„In der Firma, nehme ich an", antwortete ihre Mutter betont gleichgültig.

Wortlos stürmte Rahel an ihr vorbei dem Ausgang zu. Viktor blieb nichts anderes übrig, als ihr zu folgen. Er sah im Hinauslaufen noch einmal zurück: Betroffen stand Onkel Leo neben dem kleinen Tischchen.

22

Ein paar Augenblicke lang waren alle still. Unter dem Kahn gluckste leise das Wasser. Sie glitten an einem Birkenwäldchen vorbei. Hellgrün, darüber Sehnsuchtsblau. Helga und Kurt saßen nebeneinander auf der Holzbank. Sie beugte sich über die Armlehne und tauchte eine Hand ins grüne, kühle Wasser. Es spiegelte den hellen Himmel und ihren Schatten, in dessen Dunkel Schlingpflanzen zu sehen waren, die dort wie Bäume standen. Sachte berührte sie deren Wipfel. Um ihre Hand entstanden zwei Wellen, die auseinanderliefen, fort von ihr, zum Heck. Sie folgte ihnen mit dem Blick und wandte sich dabei um, bis sie den Bootsführer sah, der dort hinten stand: ein älterer Mann im weißen Hemd mit hochgekrempelten Ärmeln, der mit einer Stange in den Grund stieß und so das Boot vorwärtsbewegte. Sie näherten sich einer Brücke, über die Sonntagsausflügler flanierten. Kurt hatte sich neben ihr an die Rückenlehne sinken lassen, den Kopf in den Nacken gelegt und sah in den Himmel. Sie ließ ihren Blick über die Leute im Kahn schweifen: Frauen in Sonntagskleidern, feingemacht und mit Topfhut wie sie selbst, viele Kinder, kaum Männer. Zwei Knaben probierten mit lautem Rufen aus, ob es unter der Brücke ein Echo gab. Es gab keins. Helgas erste Stocherkahnfahrt auf den Armen der Spree.

Sie betrachtete ihren Sohn neben sich: sommersprossig und schlaksig. Wie er so in den Himmel sah, erinnerte er sie an Helmut. Helmut, der mit unter dem Kopf verschränkten Händen zu einer schneeweißen Wolke hinaufgesehen hatte. Vor vielen Jahren an einem heißen Tag am

Wasser. Sie legte ihre Hand auf seine, und Kurt richtete sich auf. Er gähnte, streckte seinen langen Körper und schaute der Mutter ins Gesicht. Ihre grauen Augen, Pagenschnitt, Topfhut. Die Mutter eben. Er sah auf das trübe Wasser, und ein Modergeruch, der heraufstieg, erinnerte ihn an den Teich, in dem er Molche gefangen hatte. Wie reglos die braunen gesprenkelten Körper, schmal mit geschlängelter Rückenflosse und kleinen Füßen mit Schwimmhäuten im Wasser geschwebt hatten. Im Einweckglas hatte er sie nach Hause getragen, wo es ihnen schlechter und schlechter ging, bis die Mutter ihn überzeugt hatte, dass es besser wäre, sie wieder auszusetzen.

„Das Pfund Butter zu siebzig Mark. Wer kann sich das denn leisten?" „Die Raffkes. Unsereins jedenfalls nicht." „Diese Inflation. Schlimmer kanns ja kaum noch werden." „I wo, das schlimme Ende kommt noch, sag ich Ihnen." „Recht haben Sie, wenn erst der Winter kommt, wirds wohl noch weniger Kohlen geben als im letzten Jahr." „Man könnte schon jetzt mit dem Holzsammeln anfangen. Sehen Sie mal, was da zwischen den Bäumen rumliegt."

Helga schaute zum sandigen Ufer hinüber. Die kleinen Blätter der Birken flirrten im Licht, und die Nadelbüschel der Kiefern zeichneten sich klar vom blauen Himmel ab und glänzten. Sie dachte an eine Autofahrt durch den Grunewald. Sah den offenen Wagen vor sich, in dem Rathenau durch den Wald gefahren war, die Verfolger, das Feuer aus einer Maschinenpistole, das Werfen einer Handgranate, den toten Minister.

„Was meinen Sie, wer das Wiederholungsspiel gewinnt?" „Wie?" „Nürnberg oder der HSV?" „Ick weeß nich. Der Bessre soll jewinn. Aber meen Mann war vielleicht sauer, det kann ick Ihnen sarn."

Hoffentlich hatte Peter das Schmirgelpapier besorgen können. Die Tragflächen des Flugzeugs mussten ganz glatt sein. Kurt stellte sich vor, wie es aus seinen Händen vom Hügel aus in die Luft über der Senke glitt, eine langgezogene Kurve flog und weich im Gras landete ...

„Wieso war Ihr Mann sauer?" „Ja, der hat sich doch det erste Spiel anjesehn." „Ach so." „Und der hat doch nich jewusst, det es een zweetes Spiel jibt." „Ja, ja, war zwei zu zwei." „Hätt er det jewusst, hätt er sich det Jeld sparen könn, vastehnse?" „Schon, aber das hat doch keiner gewusst." „Ja, aber er sagt ja, wenn er es jewusst hätt." „Und? Geht er hin?" „Wohin?" „Na, zum Spiel." „Ach so. Nee, natürlich nich. Aus Protest."

Helga sah in Kurts Gesicht, es wirkte glücklich, ein Lächeln kräuselte die Mundwinkel. Ein ähnliches Lächeln wie Irmgard. Aber Irmgard lächelte selten, war immer ernst über ihre gemeinsame Näharbeit gebeugt. Wie vereinzelt und schwächlich doch die ersten Bartstoppeln am Kinn ihres Sohnes standen. Hübsch sah das nicht gerade aus. Aber es erregte ein zärtlich mitleidiges Gefühl in ihr. Jetzt horchte sie in sich hinein, ob da noch ein Bild war, an das sie zurückdenken musste, oder ein Gedanke, den sie denken musste. Dann sah sie auf all diese Menschen hier in diesem Boot, hier auf diesem Fluss zwischen diesen Bäumen unter diesem Himmel, und es war wie ein Aufwachen aus einem Traum. Kaum konnte sie nun erwarten, dass der Kahn anlegte, so voller Lebenslust war sie. Sie fühlte so sehr, dass sie lebte, dass sie wildfremde Menschen hätte umarmen mögen. Stattdessen umarmte sie auf dem Steg ihren Sohn, dem es wohl peinlich war, dass ihn seine Mutter küsste und sich bei ihm einhakte. Aber das machte ihr gar nichts aus. Vergnügt zog sie ihn über den Schotterweg, immer in Richtung S-Bahn-Haltestelle.

Sie genossen das Ruckeln, den Fahrtlärm, waren müde und ließen sich stehend, zwei Hände in der Halteschlaufe, herumwerfen. Wie aus warmen Fellen kam es aus den Wäldern. Die weichen Schauer. Malaiengelb. Cognacbraun. So müde. Die Müdigkeiten.

Als sie die Stiege zu ihrer Wohnung in der Mietskaserne hinaufstiegen, hörten sie schon seine betrunkene Stimme. „Gib deinem Vater einen Kuss." Die Tür stand offen, und ein Geruch nach Branntwein kam ihnen entgegen. „Nimm mich in die Arme." Sie mussten in der Küche sein. „Bald lieg ich in der Erde." Er hatte Irmgard in die Ecke hinter den Tisch gedrängt. „Komm, Kind!" Weinend wich sie ihm aus.

„Was soll das hier?" fuhr Helga ihn an. Irmgard lief hinaus.

Er sah Helga an und lachte. Es war kein schönes Lachen. „Frau und Kinder", hustete er hervor. Langsam ging er auf Helga zu. „Versteht mich nicht", stammelte er mit schwerer Zunge, „was?" Er sah beide an. „Auf dem Rücken liegen, im Dreck oder Gras, egal, nackt, egal, und alles dreht sich. Als ob man im Spülwasser in den Abfluss kreiselt. Alles." In seinen Mundwinkeln hing Spucke, die schütteren Haare klebten auf seinem roten Kopf.

Die gelb verfärbten Augen sahen durch sie hindurch, dann fing der Blick sich wieder. „Aber ihr." Da ergriff es ihn schwer, und die Wehleidigkeit des Betrunkenen ließ ihn nicht weitersprechen. Er wollte Helga umarmen, aber sie stieß ihn zurück. Da beschimpfte er sie als Rote und Rathenau als „Judensau". „Ham abgeknallt die Judensau,", rief er und nahm eins von Kurts selbstgebauten Flugzeugen. Er wollte es, seinen Sohn dabei ansehend, an der Tischkante zertrümmern, aber Helga hielt seinen Arm fest. Da schlug er sie mit dem Handrücken über den Mund. In diesem Moment packte Kurt ihn, zerrte ihn mit großer Kraft bis zur Wohnungstür, stieß ihn hinaus und schlug die Tür zu. Helmut schrie noch irgendetwas und trat gegen die Tür, dann kam ihm wohl wieder der Schnaps in den Sinn. Mit angehaltenem Atem lauschten sie hinter der Tür, wie seine schwerfälligen Schritte im Treppenhaus widerhallten und verklangen.

23

Weiß auf Grün zog sich der Graph dahin. Verließ das angedeutete Achsenkreuz. Verschwand im Nichts, kam aus dem Nichts. Die Koordinatenwerte, wenn man von links nach rechts las, erst negativ-positiv, dann positiv-negativ. Aber warum sollte man von links nach rechts lesen? Es gab keinen Anfang und kein Ende. Alles war gleichzeitig. Eine Hyperbel, über den Nullpunkt gespiegelte Parabelhälfte. Das Bild einer Funktion f. Doch was war diese Funktion eigentlich? Eine Handlungsanweisung? Ein Zuordnungsspiel? Es schien, als habe sie einen Charakter. Jede Kurve hatte einen Charakter. In einem anderen Sinn als das bei Menschen der Fall war. Denn es gab identische Kurven, aber keine identischen Menschen. Selbst eineiige Zwillinge verhielten sich verschieden. Also waren sie verschieden. Die Funktion f von x. Eine Adlige. Darf ich vorstellen: die Komtess F von X, Felicitas von Xylophon. Rainer musste lächeln. Er stellte sich die Komtess vor, wie sie schlangenartige Bewegungen machte, um dem Bild der Funktion zu entsprechen. Ein Strich in der Landschaft. Arme abgemagerte Komtess. Fütterte man sie mit zunehmenden Werten, nahm sie ab, entzog man ihr Werte, nahm sie zu. Gab man ihr ein Mittel, sank das Fieber, setzte man es ab, stieg die Körpertemperatur wieder. Aber wie wäre das mit Kartoffeln? Er dachte an Pantüffelsupp und dann an Pellkartoffeln mit Quark, und das Wasser lief ihm im Munde zusammen. Wunderbare Pellkartoffeln, goldgelb und heiß mit Butter, die über ihnen zerliefe oder mit kühlem Quark und frischem Dill ... Gab man der Komtess Kartoffeln, wurde sie dünner, nahm man ihr Kartoffeln weg, legte sie zu. Ideal in dieser Zeit, wo kaum jemand genug Kartoffeln hatte. Doch die Komtess ... Man wanderte den Zahlenpfeil entlang, und sie machte ihre Verrenkungen. Keineswegs kapriziös, im Grunde langweilig, weil in jedem Punkt berechenbar, aber doch unverständlich. Sollte jemand anders aus ihrem Charakter schlau werden. - Nein, halt! f Strich von x, die Differentialgleichung, konnte noch Anhaltspunkte über das Wesen der Komtess liefern. Die Ableitung - die Steigung der Kurve an einem bestimmten Punkt, wie konnte ein Punkt eine Steigung haben? - ergab bei der Komtess nur negative Werte. Wenn man den Zahlen- als Zeitpfeil las, war ihr Verlauf, der Verlauf ihres Lebens ein einziges Gefälle sozusagen von Geburt an, das sich in der Mitte ihrer Existenz verlangsamte, ja ganz stockte, ein einzelner glücklicher Moment, um sich dann wieder bis zum freien Fall zu beschleunigen. Rainer bemerkte, dass der Professor inzwischen die gesamte Tafel mit Formeln und Gleichungen bedeckt hatte. Vermutlich ging es um Elektrodynamik. Rainer verstand nichts. Er würde den Stoff zu Hause aufarbeiten müssen. Zumindest den Versuch machen. Mit sorgenvoller Miene packte er schon einmal sein Heft in die Tasche. Der Hörsaal roch staubig, die Pultreihen stiegen steil an. Nur Männer saßen hier. Zwar gab es einige Frauen in seinem Studienjahr, aber sie besuchten offenbar nicht diese Vorlesung. Während Rainer zum Professor, der gerade seinen Vortrag beendet hatte, hinunterschaute, knurrte sein Magen. Niemand der Kommilitonen um ihn herum schien es gehört zu haben. Sie absolvierten alle ein Ingenieursstudium wie er, und er fand sie langweilig. Sie begeisterten sich für Maschinen und bastelten in jeder freien Minute an elektrischen Apparaten herum. Püterige Nieselpriems. Das waren die meisten von ihnen jetzt schon. Und am Ende des Studiums alle. Ohne ein Wort mit jemandem zu sprechen, ging er hinaus. Auf den großen Treppen merkte er erst, wie schwach er war. Ihm war schwindlig, er konnte kaum denken, und wenn er an etwas dachte, dann war das nur Essen, alles andere war ihm egal. Gleichzeitig war er so müde, dass er sich am liebsten in eine Fensternische gelegt hätte.

Draußen schleppte er sich die Straße entlang. Dabei bereitete es ihm seltsamen Spaß, die Füße über den Bürgersteig schleifen zu lassen. Ob man die hellen flachen Hüte essen konnte, die Männer und Frauen trugen? fragte er sich und konnte ein Lächeln nicht unterdrücken. Das Lächeln wurde gegen seinen Willen immer breiter und breiter, bis es wehtat. Er blieb vor einer geschlossenen Suppenküche stehen und sah, wie eine schwarzgekleidete Frau mit einer langen Kelle Suppe in mitgebrachte Schüsseln füllte. „Eins zwei drei vier fünf Millionen, meine Mutter, die kauft Bohnen, zehn Milliarden kost' das Pfund und ohne Speck, du bist weg", sagte eine Stimme neben ihm. Sie gehörte einer jungen Frau, die ebenfalls durch die Fensterscheibe der Suppenküche sah. Seine Knie wurden jetzt zittrig und weich, und er ließ sich auf das kalte Sims sinken. Sie setzte sich neben ihn. Er wunderte sich gar nicht so sehr darüber. „Im Sommer konnt ich mir noch Sauerampfersuppe machen. Hab mir manchmal sogar grüne Heringe oder Kuttelfleck geleistet. Nur 5000 hat der damals gekostet." Die Absätze ihrer Schuhe waren abgetreten. Sie hatte die Beine übereinandergelegt. Sie zeigte viel Bein, merkte er, als sein Blick zu ihrem ausgefransten Rocksaum hinaufwanderte.

Rainer sah sie an: Sie nagte sich gerade den Lippenstift von der aufgesprungenen Unterlippe. „Ich weiß, wo man ein Brot für nur acht Milliarden bekommt. Gehen wir." Hatte sie Geld? Sie würde ihm Brot abgeben. Wozu nach Hause gehen? Dort in der Stube lag nur noch ein kleiner trockener Kanten Brot auf dem Tisch. Den müsste er erst einmal einweichen. Ergäbe drei Löffel Brotsuppe. Davon würde er sowieso nicht satt. Wann endlich kam das Paket von seiner Mutter? Sie wusste doch, wie schwierig es in Berlin war. Das letzte war vor einer Woche gekommen, und obwohl er sich alles eingeteilt hatte, war es schon seit gestern aufgegessen. Er erinnerte sich daran, dass er den Junker hatte ermorden wollen, aber natürlich lebte der noch - und feister denn je. Das Mädchen ging vor Rainer her, um Ecken herum, über einen kleinen Hügel, kürzte durch Hinterhöfe ab. Einmal drehte sie sich um und sah ihn prüfend an.

Plötzlich standen sie am Ende einer langen Schlange. Sie ging nach vorne, kam wieder zurück und zog ihn am Arm um eine Ecke. Dort saßen sie auf einem Mäuerchen und warteten. Die Sonne war untergegangen, der Himmel wurde düsterblau, ein Blaubeerhimmel, wenn man ihn doch essen könnte. Es war kalt. Ihr Gesicht leuchtete nur noch als heller Fleck. Sie hatte sich die dunklen Haare auf einer Seite hinter das Ohr gestrichen, sichelförmig kurvten sie bis zum Mundwinkel. Er wollte sie nach ihrem Namen fragen, aber vergaß es wieder. Ein hagerer Mann ging an ihnen vorbei, und Rainer bildete sich ein, es sei der Vater, der jetzt sagte: 'Lat di dat nich begriesmulen un mäk mi kein Maföken'. Dann durchstöberte er Müll, der in einer Ecke lag.

„Draußen auf den Äckern machen sie jetzt Nachlese. Da wird nachts Schutzpolizei aufgestellt, damit niemand klaut. Kartoffeln und Rüben", sagte das Mädchen.

Endlich kam ein Mann. Sie gab ihm Geld, er zog einen Laib Brot unter der Jacke hervor und gab ihn ihr. Sie teilte das Brot und drückte es Rainer in die Hand. Der biss hinein, doch sein Mund war zu trocken, er konnte es nicht schlucken, er kaute und kaute, es dauerte sehr lange, bevor er es endlich hinunterbrachte. „Ist schwer, nicht? Wir brauchen Wasser. Hier gabs doch irgendwo ne Pumpe." Sie nahm seine Hand, er hatte einen stechenden Schmerz in der Brust, weil er einen Brotklumpen zu schnell geschluckt hatte, und sie zog ihn durch einen Hof hindurch und um ein paar Ecken herum, bis sie vor einer großen Handpumpe standen. Der dicke Schwall überschwemmte sein ganzes Gesicht, Rainer trank und konnte den in der Speiseröhre feststeckenden Brocken hinunterspülen. Das Mädchen lachte über ihn, während sie Brot kaute. Er schlang das Brot hinunter, ohne etwas zu schmecken. Immer weiter, immer weiter, bis es weg war. „Jetzt bekommen wir gleich Bauchschmerzen", sagte das Mädchen, und er roch aus ihrem Mund zum ersten Mal den süßen Brotgeruch. Ihre Augen waren ganz nah und dunkel. „Willst du mit mir kommen?" Rainer erschrak und stammelte, er habe keine Zeit. Sie gingen die Straße entlang. Die Laternen brannten.

„Na, Lissi", rief plötzlich jemand aus einem Hauseingang, „wie geht das Geschäft?" Das Mädchen blieb stehen, und Rainer ging ein Stück weiter. Sie machte ein paar Schritte auf den dunklen Eingang zu und begann, mit jemandem zu schimpfen. Während Rainer schnell davonging, machten ihm erste Bauchkrämpfe zu schaffen.

24

Jascha Grüntal ging mit einem Kistchen teurer Zigarren im Salon herum. „Die sollen meine guten Zigarren nicht rauchen." Er klappte den Flügel auf und sah hinein. „Warum musst du denn dauernd diese Soirees veranstalten?", sprach er seine Tochter an.

„Papa", unterbrach Rahel die Anweisungen, die sie gerade dem Dienstmädchen gab, „seit wann hast du Angst um deine Zigarren?"

Ihr Vater aber murmelte nur „Wo könnten sie sicher sein? Ach, am besten ich nehme sie gleich mit auf mein Zimmer." Er ging hinaus.

„Ilse, denken Sie an die Handschuhe", sagte Rahel.

„Seit Tagen denk ick an nüscht anderes."

„Werden Sie nicht frech. Und jetzt gehn Sie und sagen in der Küche, dass sie mit den Kanapees anfangen sollen." Rahel platzierte eine Schale mit Nüssen auf dem Flügel. Ihre Mutter kam herein, sah die Schale, nahm sie dort weg und stellte sie auf ein Tischchen.

„Warum räumst du mir hinterher, Mama?"

„Was willst du mit Nüssen auf dem Flügel."

„Was willst du mit einem anderen Mann?"

„Was wohl? Aber ich habe keine Lust, über dieses Thema zu sprechen."

„Du hast ihn doch nicht etwa wiedergesehen?"

In diesem Augenblick trat Viktor ein. Beim Anblick Valerias hatte er das Bild Onkel Leos vor Augen, der nach der kurzen Affäre mit ihr seit einem Jahr nur noch trübsinnig im Lipsheimschen Hause saß: Kein einziger Witz kam ihm mehr über die Lippen, so dass sogar Viktors dauerniedergeschlagene Mutter ihn zu trösten und aufzuheitern versuchte. Aber selbst bei halbwegs lustigen Geschichten blieb Onkel Leos Gesicht gänzlich ausdruckslos. Mit versteinerten Zügen hörte er sich die Worte seiner Schwester an und starrte auf die Wände mit den bräunlich gemusterten Tapeten. Eigentlich starrte er auf die hellen Flecken, wo die Bilder gehangen hatten, die sein Schwager im letzten Jahr während der Inflation hatte verkaufen müssen.

„Wie nett, dass du dich auch einmal sehen lässt", begrüßte ihn seine Frau.

Viktor fiel nichts ein, was er dem Vorwurf in ihrer Stimme hätte entgegensetzen können.

„Du möchtest dir wohl einen guten Platz mit Aussicht auf Madame Perenski sichern. Vielleicht gelingt es ihr ja, dich länger als eine Viertelstunde auf meiner Soiree zu halten. Ich gebe zu, Sie sieht wirklich entzückend aus ..."

„... aber zeigt beim Singen zu viel Zahnfleisch", brummte Valeria.

„Du weißt, wie mir der ganze Zirkus auf die Nerven fällt", sagte Viktor lahm.

„Aber als ich mit den Abenden anfing ..."

„Habe ich mich verstellt. Da sitzt man, hört auf das Husten, Füßescharren und eine Musik, muss aufpassen, dass die Kinnlade nicht runterhängt und der Sabber auf den Frack tropft. Und danach Häppchen, und jeder sagt wieder seine Sätze auf.“

„Was ist daran so schlecht?“ bemerkte Valeria und verließ den Raum.

Rahel sah ihn seltsam an. „Liebst du mich?“

„Was ist denn das jetzt für eine Frage?“

Sie musterte ihn, und er sah sie an. Hatte sie sich sehr verändert? Der Mund war härter, wenige vereinzelte graue Haare, die nicht weiter auffielen ... Aber sie hatte etwas verloren.

„Auch eine Antwort“, sagte sie, wandte ihm den Rücken zu und zurrte an einer Stehlampe herum. Er wusste, dass er jetzt hätte zu ihr gehen und sie in die Arme nehmen müssen, aber er fühlte sich kraftlos und blieb stehen, wo er war.

„Lea hat nach dir gefragt“, sagte sie.

Leise ging er hinaus.

Beide Töchter neigten ihre pagenfrisierten Köpfe über ein Blatt Papier. Lea erklärte etwas und Emma hörte ihr versunken zu. Ihre kleinen Ohren, die hell durch das dunkle Haar schimmerten, standen etwas von ihrem großen runden Kopf ab. Die Lider waren schwer, das Mündchen stand ein wenig offen. Lea legte ihrer kleinen Schwester einen Arm um die Schulter und drückte sie an sich. Emma kuschelte sich an sie. Dann sah sie ihren

Vater, zeigte auf ihn und sagte wie im Schlaf 'Papa'. „Papachen!" Lea hüpfte vor ihm auf und ab, sie wollte ihm wohl auf den Arm springen, aber traute sich nicht recht. Ihre kurzen Zöpfe wippten. Mit ihren elf Jahren war sie schon so groß wie ihre Großmütter. Emma kam langsam auf ihn zugetapst und hielt sich dann an seinem Jackett fest. Lea zeigte ihm ihre tintenblauen Hände. „Guck mal, Papa. Wie fleißig ich mit den Hausaufgaben war."

„Ich auch." Emma zeigte ihren kleinen blauen Daumen.

„Aber du gehst doch noch gar nicht zur Schule, Emm."

„Doch, bald."

„Wir führen dir jetzt ein Theaterstück vor", rief Lea und verschwand hinter der hölzernen Wand des kleinen Kasperletheaters. Von da rief sie nach ihrer Schwester, die sich müde in Bewegung setzte und ihren etwas pummeligen Körper hinter die Holzwand schob. Der Kasper sang ein Lied, marschierte seines Weges und hielt einen Knüppel in der Hand. Das Krokodil saß einfach nur in der Ecke. „Wohin des Weges?", meckerte der Kasper.

„Nach Hause", piepste das Krokodil.

Viktor hörte, wie Lea ihre Schwester anzischte: „Nein! Doch nicht nach Hause! Du musst sagen. Ich will kleine Kinder fressen."

Das Krokodil sagte: „Ich habe keinen Hunger."

„Aha! Du bist satt! Also hast du die Kinder schon gefressen! Da! Da! Und da!" Kasper schlug auf das Krokodil ein, das stumm und bewegungslos dahockte. „Stirb!"

Aber ergeben und mit fast traurigem Blick ertrug das Krokodil die Schläge des Kaspers.

„Leg dich auf den Rücken, mach das Maul auf und stirb!"

Folgsam drehte sich das Tier auf den Rücken und öffnete langsam das Maul.

Das Kindermädchen kam, und bald waren beide Schwestern in ihren Schlafanzügen. Als Viktor ihnen den Gutenachtkuss gab, murmelte Emma schon etwas im Halbschlaf. Lea schaute ihn mit großen dunklen Augen, Rahels Augen, an. In ihrem Mundwinkel klebte ein wenig Zahnpasta. Viktor ging in den Salon hinunter.

Im Nacken verdrehte Herren, Monokelblitze. Nicht wahr, meines Erachtens, in der Tat. Ruckhaftes Vorknicken des Oberkörpers. Dampfplaudern. Viktor hatte keine Lust, mit jemandem zu sprechen. Schon gar nicht wollte er in einem dieser Grüppchen stehen. Dort stand man nur, weil man sich sicherer fühlte. Gleichzeitig schaute man sich aber vor Langeweile um, ob man nicht zu einem anderen Grüppchen überlaufen konnte. Amüsiert sah er, wie Rahel eifersüchtige Blicke auf ihre Mutter warf, die völlig ungezwungen jemandem gerade einen Tanzschritt zeigte. Gleich darauf hatte Rahel ihn erspäht und zerrte ihn vor einen Theaterkritiker. Aber der Journalist und er stellten schnell fest, was sie schon vorher gewusst hatten: dass sie sich nichts zu sagen hatten. Rahel funkelte ihn böse an. Sie meinte wohl, er gebe sich keine Mühe. In wenigen Minuten würde zum Konzert gerufen. Nun kam Valeria auf ihn zu. Sie hatte einen leichten Schwips. Viktor sah es daran, dass auf ihren Wangen rote Flecke lagen und dass sie sich noch mehr als gewöhnlich in den Hüften wiegte. Eine gefährliche Stimmung, in der es ihr Spaß machte, ihn zu piesacken. Diesmal versetzte sie ihm einen Stich, indem sie ihn gar nicht beachtete und nur im Vorüberrauschen sagte: „Versteck dich doch gleich hinter der Topfpalme."

Viktor hatte genug. Als das Konzert begann, nahm er seinen Mantel und verließ das Haus. Auf dem Potsdamer Platz sah er hinauf zu dem hohen neuen Verkehrsturm. Rot, weiß, grün, die Ampeln. Da oben saß ein Polizeibeamter und telefonierte.

'Tausend süße Beinchen'. Irgendwie hatte er gewusst, dass er hier in der Revue landen würde. Der Laden brummte. Knabenhafte Wesen schwenkten ihre Beine wie auf einer Parade. Viktor langweilte sich. Statt auf die Bühne schaute er lieber auf ein Mädchen, das Tabak und Streichhölzer verkaufte. Ihre kurzen blauschwarzen Haare hingen ihr nur auf einer Seite bis zum Wangenknochen, ihr langer ausrasierter schwanengleicher Nacken beugte sich über ihren Bauchladen. Viktor stellte sich vor, wie er ihren Hemdkragen öffnete und schnippste mit den Fingern.

25

Sie gingen an dem großen, grauen Gebäude entlang. Mächtige Steinquader bildeten Simse unter den Fenstern. Hinter milchigen Scheiben zeichneten sich Apparaturen ab. Am Eingang zum Krankenhaus schlug ihnen der süßliche Geruch von Desinfektionsmitteln entgegen. Er übertünchte etwas anderes, Abstoßendes, das mit Verfall und nackten Körpern zu tun hatte, von dem Kurt nichts wissen wollte. Der Geruch flößte ihm eine leise Angst ein und Übelkeit. An der Pforte fragten sie nach Helmut Prensch und wurden auf ein Zimmer im zweiten Stockwerk verwiesen. Kurt hielt sich auf der Treppe hinter Irmgard und der Mutter. Fast gab er sich den Anschein, als gehöre er nicht dazu und sei nur zufällig hierher geraten. Er sah auf die ordentliche Sonntagskleidung der beiden, ihre schwarzen Strümpfe, und beobachtete, wie die klobigen Schuhe seiner Schwester die Stufen hinaufstapften, daneben die kleineren der Mutter. Der Stationsflur war dunkel, die Decke niedrig, etwas stank. Und immer dieser süße Geruch. Es war ganz still. Eine Krankenschwester kam auf sie zu. Ihre Gummisohlen schmatzten leise, quietschten sogar einmal. Sie führte sie zu einem Zimmer, öffnete die Tür und ging hinein. Vorsichtig folgten sie ihr. In zwei Reihen standen die Betten. Ein paar blasse Gesichter starrten sie an. Ein alter Mann wurde wohl von einer Verwandten mit Brei gefüttert. Sie redete flüsternd auf ihn ein. Eine Gestalt zitterte unter der Bettdecke. Ein Mann stöhnte wie mechanisch, ein anderer wimmerte leise. „Herr Prensch", rief die Schwester, „wir haben Besuch." Nun erst merkte sie, dass dieser

Patient gar nicht im Saal war. Sein Bett fehlte. Sie schob die Besucher wieder hinaus, schloss die Tür und gab ihnen Zeichen, ihr zu folgen. Sie ging vor ihnen die Treppe hinunter und führte sie in einen Seitenflügel. Dort lag der Vater allein in einem kleinen Zimmer, das nach Urin roch. Man konnte ihn kaum erkennen, so aufgeschwollen war sein Gesicht. Die Lider waren prall und grün angelaufen. Um den offenen Mund herum, durch den er hechelnd atmete, sah er aus wie ein Affe. Irmgard konnte gar nicht hinschauen, merkte Kurt. „Herr Prensch. Besuch." Der Mann im Bett bewegte sich nicht. „Ich lasse Sie jetzt mit ihm allein." Kurt sah über das Bett hinweg durch das Fenster auf eine Wand mit Lüftungsklappen. „Helmut", sagte die Mutter. „Deine Kinder sind hier." Sie sprach laut, aber ihre Stimme zitterte etwas. Keine Antwort, nur das flache schnelle Atmen weiterhin. Die Mutter trat an das Bett heran und schaute ihrem Mann ins Gesicht. Dann öffnete sie die Tür des Nachtschränkchens, das neben dem Bett stand. Dort lagen, offenbar hastig hineingeworfen, ein Paar abgetretene Schuhe und ein schmutziger Beutel aus Leinen. In den Beutel war seine Jacke hineingestopft. Außerdem fand sie darin eine zerfledderte Zeitung und einen angefaulten Apfel. Als sie die Jacke faltete und über das Fußende legte, fielen zwei Kastanien heraus und kullerten über den Boden. Irmgard hob sie auf und behielt sie in der Hand. Jetzt berührte die Mutter seine Stirn mit dem Handrücken, und er schlug die Augen auf. Das Weiße darin war braungelb. Er stammelte etwas von Juden und verlangte nach Wasser. Er erkannte sie nicht, sah sie kaum. Die Mutter versuchte, ihm etwas einzuflößen, doch viel rann daneben. Dass Hitler in Berlin sei, flüsterte er undeutlich, der räume schon auf. Das wiederholte er einige Male, die Augen schlossen sich, und er keuchte nur noch. Sie standen da und warteten, ob er noch einmal aufwachte, ob noch etwas geschah. Irmgard machte dieses Gesicht, Kurt kannte es von früher, als sie Kinder waren, das Gesicht kurz bevor sie heulte. Er dachte an die Fliegerschule. Bald säße er im Zug. Und heute Abend wäre er schon in der Kaserne. Wann hatten sie wohl ihre ersten Flugstunden? Er musste so schnell wie möglich mit der Theorie fertig werden. Die Krankenschwester kam wieder herein und bat sie zu gehen. Über den Zustand des Kranken könne sie nichts sagen. Der Arzt sei erst am Nachmittag wieder da. Die Mutter sagte, dann werde sie in ein paar Stunden noch einmal wiederkommen.

Sie gingen zur S-Bahn-Haltestelle. Dort warteten sie auf die Bahn, die Kurt zum Bahnhof Heerstraße bringen sollte. Die Mutter gab ihm noch Ratschläge. Zum ersten Mal fiel ihm auf, wie klein sie war, wie faltig ihr Gesicht schon war, und wie alt ihre Hände aussahen. Und streng sah sie aus, biss den knittrigen Mund zusammen. Irmgard hatte schon den ganzen Weg über leise geweint. Es war wohl wegen des Vaters. Ihre breiten Schultern zuckten immer noch, und sie gab kleine schnaufende Geräusche von sich. Kurt befürchtete, dass sie ihr tränenverschmiertes Gesicht an das seine drücken würde. Aber mit herabhängenden Armen stand sie hilflos da. Als die Bahn endlich kam, zog ihn die Mutter zu sich herab und küsste ihn auf die Wange. Er umarmte die schluchzende Schwester und klopfte ihr unbeholfen auf den Rücken. Sie drückte ihm noch etwas in die Hand. „Ich komme ja bald wieder“, sagte er lächelnd und stieg ein. Von drinnen sah er zu den zwei Gestalten hin. Die Mutter schien durch den Waggon hindurch auf etwas dahinter zu sehen und die Schwester winkte. Erst an der nächsten Haltestelle merkte er, dass er eine Kastanie in der Hand hielt.

Ein Soldat stieg zu. Heeresuniform. Schneidig. Kurt merkte, dass er mit der Kastanie in der Hand spielte und kam sich wie ein kleines Kind vor. Er würde ein berühmter Flieger werden. Sah sich hinter dem rotierenden Frontpropeller. Hörte den Lärm der Motoren. Kontrollierte die Armaturen. Raste los. Hob ab. Stieg auf. Er konnte es kaum erwarten, endlich auf der Fliegerschule zu sein. Disziplin zeigen, exerzieren, Fleiß. Theorie so schnell wie möglich. Und dann die Praxis. Erst einmal mit dem Lehrer hinauf. Übung macht den Meister. Hoch über die Städte, das Land. Höher. Über die Wolkendecke, wo nur die Sonne schien und der Himmel immer blau war. Dorthin ins Blaue!

Er nahm seinen Koffer und stieg am Bahnhof aus. Er ahmte die Haltung und den zackigen Schritt des Soldaten nach. Sein Zug fuhr in einer Viertelstunde auf Gleis fünf. Als er den Bahnsteig betrat, lief ihm ein Mädchen entgegen. Es war Anna. Sie umarmte ihn und hing sich an seinen Hals. Er musste sie sachte abschütteln. Sie sah ihn mit ihren großen braunen Augen an und fragte ihn, ob er an sie denken werde. Natürlich, antwortete er. Wann er wiederkomme? Er wisse es noch nicht. Wenn er komme, würden sie wieder Schlittschuhlaufen gehen und tanzen. Er müsse es versprechen. Was solle er ihr versprechen? Na, dass sie tanzen gingen. Sie habe ein Hängekleid gesehen. Das würde sie nur für ihn kaufen. Wie sie sich das leisten könne? Sie habe gespart. Er solle nicht so böse kucken. Er kucke nicht böse. Warum er so kalt sei? Er sei nicht kalt. Ob er sie liebe? Als er nicht gleich antwortete, begann sie zu weinen. Sie sah hässlich aus, wenn sie weinte. Vielleicht hätte sie nicht geweint, wenn sie gewusst hätte, wie hässlich sie dann aussah. Fast wie ein Kräuterweib. Verhutzelt. Er liebe sie doch, oder? schluchzte sie und sah ihn mit ihren großen braunen Augen an, die nun tränenblind waren. Ja, versuchte er sie zu beruhigen, aber es half nicht. Es schüttelte sie, und sie presste ihren Kopf an seine Brust. Ihre lockigen schwarzen Haare kitzelten ihn im Gesicht. Er fühlte, wie ihre Tränen ihm das Hemd durchnässten. Er sah sich um, ob Leute sie beobachteten. Du liebst mich nicht, schniefte sie dann, wischte sich die kleine Nase und schmollte. Vielleicht versuchte sie, niedlich zu erscheinen. Doch, beschwichtigte er sie. Und weil sie ihn so seltsam ansah, begann er über die Fliegerschule zu sprechen. Über seine Pläne, das Pilotenzeugnis, die Flugzeuge, das Fliegen. Dass es schon immer sein größter Wunsch gewesen sei zu fliegen. Dass er fleißig sein werde. Hinauf. Disziplin. Ins Blaue. Exerzieren. Propeller. Wolken. Berühmt. Für Deutschland. Uniform. Vaterland. Er versuchte, die Begeisterung von vorhin wiederzufinden, aber es gelang nicht recht. Während er in Annas trauriges Gesicht sah, hörte er sich selbst reden, und das verdarb es. Sie wandte sich ab und ging den Bahnsteig entlang, bis er sie nicht mehr sah. Vielleicht war es besser so.

Kurz darauf sang im Abteil ein Mitreisender vor sich hin 'Auf Java sind die Mädchen braun', und Kurts Laune besserte sich schlagartig.

26

Dass er überhaupt noch einen schönen Traum träumen konnte! Zwar hatte Rainer keine Erinnerung an Einzelheiten mehr, aber alles war ganz klar und einfach gewesen, und er wachte mit einem Glücksgefühl auf. Wie selten er frohgemut erwachte! Im Übrigen zerfiel die glückliche Stimmung sofort wieder. Die ewig gleichen, trübsinnigen Gedanken, seine steten Begleiter, schienen sich seiner erinnert zu haben und bedrückten ihn wieder. Er hatte sich auf Prüfungen vorzubereiten und war hoffnungslos im Rückstand. Das zu bewältigende Pensum wurde Tag für Tag umfangreicher, es war nun bereits so gewaltig, dass es im Grunde gar keinen Sinn mehr hatte, überhaupt damit anzufangen. Also würde er das Lernen wohl auch heute so lange hinausschieben, bis er zu müde war und nur noch angsterfüllt und voller Selbstverachtung ins Bett kriechen konnte. Das Bett, das er seit Monaten frisch beziehen wollte, aber nicht bezogen hatte. Die verdreckte Stube, in der alles durcheinander lag, so dass er sich nur hüpfend darin fortbewegen konnte. Auch an diesem Morgen hatte er nicht genug Kraft, mit dem Aufräumen zu beginnen. Weil er den Anblick seines Zimmers nicht ertragen konnte, zog er sich schnell an und verließ hastig seine Behausung. Beim Ankleiden, das eher ein Überstreifen irgendwelcher Sachen war, vermied er wie üblich jeden Blick in den Spiegel, denn die eigene Fratze erfüllte ihn mit dem größten Abscheu.

Im Postkasten fand sich ein Brief seiner Mutter. Das hatte noch gefehlt. Seit sie und ihr Junker der Nationalsozialistischen Partei angehörten, faselte sie nur noch von Adolf

Hitler. Auf die wenigen lieblosen Worte an ihn, die sie gelegentlich beifügte, konnte er verzichten. Rainer hatte nicht übel Lust, den Brief ungeöffnet wegzuwerfen. Weil aber gerade kein Abfallkübel in Reichweite war, steckte er ihn ein. Auf der Straße das Übliche: Leute, Lärm, Berliner Luft. Er wollte ein paar Schrippen kaufen, merkte aber, dass er kein Geld in der Tasche hatte. Vielleicht hatte die Mutter ja ein paar Rentenmark in den Umschlag gelegt? Also riss er den Umschlag auf: Nüscht - wie die Eingeborenen hier sagten. Also keine Schrippen, und wo er den Brief nun schon geöffnet hatte, konnte er das Geschreibsel ja mal eben überfliegen. Sie waren in Weimar gewesen, aber nicht wegen Goethe, sondern wegen Reichsparteitag, Hitler mit gestrecktem Arm, Tausende im Vorbeimarsch, großer Jubel, blablabla. Thyssen unterstütze die Partei schon seit Jahren. Dann ein paar Worte an ihn: Ob er sich das monatliche Geld auch gut einteile? Darauf wieder Gesülze über die NSDAP. Rainer warf den Brief fort. Während er weiterging, sah er wieder die Lehrbücher vor sich, die in seinem Zimmer mit aufgeklappten Mäulern wie Krokodile warteten um zuzuschnappen, um ihn zu verschlingen. Mit Gleichgesinnten hätte man sich in angenehmer Runde den Stoff abfragen können, aber er gehörte keinem Freundeskreis an. In ganz Berlin kannte er nur einen einzigen Menschen, mit dem ihn etwas verband: Georg. Sie waren auf dem besten Weg, Freunde zu werden, er wusste nicht recht, vielleicht waren sie es schon. Sie hatten einander alles Mögliche aus ihrem Leben erzählt. In der Universität waren sie ständig zusammen. Er bewunderte Georg. Seine Ruhe und den klaren Verstand. In Georgs Gegenwart fühlte Rainer sich wohl. Und er war stolz darauf, dass Georg so viel Zeit mit ihm verbrachte. Rainer hob den Blick vom Bürgersteig, auf den er während des Gehens ständig gestarrt hatte. Er fasste einen Entschluss. Er würde jetzt sofort zu Georg fahren. Nur der konnte ihm helfen. Ein Doppeldeckerbus brummte vorbei. Fuhr der in Georgs Richtung? Er wusste es nicht. Außerdem war der Bus ja nun schon weg. Er würde die Straßenbahn nehmen. Ach ja, er hatte kein Geld. Also zu Fuß. So weit war es ja nicht. Georg wohnte beim neuen Funkturm.

Als die Stahlgitter über ihm aufragten, war Rainer erschöpft. Die Freude aber, bald dem Freund gegenüberzustehen, war mit jedem Schritt gewachsen. Mit dem vorerst letzten war er allerdings in einen Hundehaufen getreten. Der Kot war orange, klebte in den Rillen seiner Schuhsohle und stank. Während Rainer versuchte, sie mit einem Stöckchen herauszukratzen, verspotteten ihn einige Schulmädchen. Eine hielt sich die Nase zu und quäkte „Iiiih!". Die anderen prusteten los und krümmten sich vor Lachen. „Barfuß weiter!" rief die Rädelsführerin jetzt. Rainer zog den Schuh wieder an und machte ein Paar vorsichtige Probeschritte. „Oh, er kann ja gehen", kommentierten die Schülerinnen und schauten sich übertrieben erstaunt an. „Achtung! Gleich kommt er!" kreischten die Mädchen in gespielter Angst und taten so, als liefen sie vor ihm weg. Rainer aber scherte sich nicht darum, die Vorfreude auf den Besuch bei Georg gab ihm die Kraft, nicht unter ihrem Hohn zu leiden. Zielstrebig ging er an ihnen vorbei, ohne sie auch nur eines Blickes zu würdigen.

Rasch näherte er sich Georgs Wohnung. Schon konnte er in der Ferne den Hauseingang erkennen. Doch was war das? Eine Gruppe junger Leute trat dort auf die Straße. Leute, die er vom Studium kannte - der lange Weizker, der dicke Büchs -, und in ihrer Mitte Georg! Es fuhr ihm wie ein Stich ins Herz. Sie scherzten und lachten. Ach, könnte er doch auch so sein! Er merkte, dass er eifersüchtig war. Der kleine Peter Luchs lief voraus. Rainer versteckte sich in einem Hofeingang und wartete mit angehaltenem Atem. Er hörte ihre Stimmen. „Was gibst du dich eigentlich mit diesem öden Pommer ab?" „Er klebt sich halt an mich", sagte Georg. „Es ist schon recht lästig." In diesem Moment sah Rainer das Profil des Freundes vorbeigleiten, und ihm schossen die Tränen in die Augen. „So einen Holzbock müsste man durch Schikane entfernen", hörte er noch einen anderen sagen. „So wie's die Studenten im Sommer mit diesem jüdischen Hindenburgverunglimpfer gemacht haben, diesem Professor Lessing." „Das wär zuviel der Ehre. Einfach eins ..." Rainer verstand nichts mehr. Er ließ alle Vorsicht außer Acht und trat aus seinem Versteck hervor, um ihnen hinterherzusehen. Der lange Weizker hatte Georg einen Arm um die Schulter gelegt. So bogen sie um die Ecke.

Ein leichter Regen setzte ein. Der Regen hörte auf. Er war nicht mehr vorhanden. Der Weg hörte auf. Dieses Enden ließ aber den Weg nicht verschwinden, sondern dieses Aufhören bestimmte den Weg als diesen vorhandenen. Rainer ging zurück. Wieder am Funkturm vorbei und am breitgetretenen Hundehaufen. Die Schulmädchen waren weggegangen. Mehrfach überquerte er Straßenbahnschienen. Ein Weichensteller schwenkte seine Eisenstange und beschimpfte ihn, weil er beinahe unter eine Tram geraten wäre. Rainer beachtete den Mann nicht weiter. Er kam in eine belebtere Gegend, Leute drängten an ihm vorbei. Eine Frau, von der er erst nur die staubigen Schuhe sah, stellte sich ihm in den Weg. Ob er einsam sei, fragte sie. Sie knabberte an einer Haarsträhne, die sichelförmig bis zum Mundwinkel kurvte, und ihre Unterlippe war aufgesprungen. Sie starrte ihn prüfend an. „Kenn wa uns nich?" Sie trug lange Handschuhe, die bis über die Armbeuge reichten und ein schmuddeliges Hängekleid. Völlig unpassend für den Nachmittag, wie selbst Rainer merkte. „Nicht dass ich wüsste." „Preis ist Verhandlungssache." „Nein danke", sagte er hastig und ging schnell weiter.

Kurz darauf stand er vor dem Capitol. 'Altheide heilt's Herz', las er die Reklame über dem zweiten Stock des langgestreckten Gebäudes und durchquerte die Reihe der Taxen. Man zeigte 'Die Geheimnisse einer Seele' mit Werner Krauß. Er hatte davon gehört. Ein Mann hat Angst vor Messern und leidet unter Impotenz. Er wird durch Psychoanalyse zu Kindheitserinnerungen zurückgeführt und geheilt. Rainer sehnte sich nach dem dunklen Kinosaal. Wie gern hätte er sich in einen Sessel sinken lassen und alles vergessen! Er durchforschte noch einmal seine Taschen: Sie waren so leer wie zuvor. Er meinte, drinnen Klavierspiel zu hören, aber das konnte auch der Verkehrslärm sein. Noch einmal schaute er sich die Filmphotos an, die am Eingang hinter Glas hingen. Während er die Frau betrachtete, die neben ihrem Mann im Bett saß und ihm zuhörte, wurde ihm mit einem Mal klar, dass er die Frau von vorhin kannte. Es war die Frau, die er vor einigen Jahren getroffen hatte, als er nichts zu essen gehabt hatte. Sie hatte Brot besorgt und mit ihm geteilt. Jetzt erinnerte er sich wieder an alles. Auch damals war sie schon Prostituierte gewesen. Rainer wollte sie wiedersehen und ihr sagen, dass sie sich kannten. Sich gemeinsam der Vergangenheit erinnern, des kleinen Stückchens gemeinsamer Vergangenheit. Er wunderte sich ein wenig über sich selbst, aber er ging tatsächlich nicht weiter nach Hause, sondern die wenigen Straßen zurück. Zuerst fand er sie nicht, doch dann sah er sie. Sie saß etwas abseits von der Menge auf einer Treppenstufe. Er ging auf sie zu und sprach sie an. Langsam hob sie den Kopf und schaute zu ihm auf. Er erschrak, so sehr war ihr Gesicht verändert. Die Augen sahen durch ihn hindurch, und ihr Mund stand offen. Er erzählte ihr, wie sie sich getroffen hatten. Aber es schien, als höre sie ihm gar nicht zu. Sie erkannte ihn nicht. Der Kopf sank ihr auf die Brust, es sah so aus, als schliefe sie. Ihr linker Handschuh war etwas herabgerutscht, Rainer sah dort ein wenig Blut und begriff erst in diesem Moment, dass sie eine Morphinistin war. Er wusste nicht, was er tun sollte. Würde sie hier sterben? Er dachte an das Brot, das sie gegessen hatten. War sie es wirklich? Er tippte sie sacht an die Schulter. „Lass mich in Ruh", murmelte sie nur. Rainer ließ sich in ihrer Nähe auf die Treppenstufe sinken.

27

„Spielst du mit uns wieder Waisenhaus?"

Emmas rundes Gesicht sah zu ihr auf, und Lea erinnerte sich, wie sie letztes Jahr vor den Kleinen die strenge Waisenhausleiterin gespielt hatte. Die Kleinen hatten wirklich Angst vor ihr gehabt. Sie hatte sie Näharbeiten machen lassen und im Garten herumkommandiert. Felix, ein Nachbarjunge, hatte Schläge mit einer Weidenrute auf die Handfläche bekommen. Es hatte Lea Spaß gemacht. Auch den anderen, obwohl sie Angst hatten. Wie die Tränen aus Felix' Augen gekullert waren und wie er sich die Hände an der Hose gerieben hatte. Nun schämte sich Lea für diese Spiele.

„Macht euren Kinderkram alleine." Sie ging zu den Sträuchern am Zaun vom Nachbargrundstück und spähte auf die Terrasse. Oh, da war er ja! Olaf Nostell. Er war entschieden süß. Groß, mit strahlend blauen Augen und blonden Locken. Er trug elegante Kleidung und saß auf einem Gartenstuhl. Was machte er gerade? Vielleicht ... Konnte es denn möglich sein, dass ...? Ja. Nein. Ja, wirklich: Er machte nichts. Wenn sie sich nun zu ihm setzte, als sei es das Natürlichste von der Welt, was würde er machen? Würde er sich mit ihr unterhalten? Aber dazu müsste sie erst über den Zaun klettern. Das sah nicht gut aus, und wahrscheinlich blieb sie hängen. Das wäre wenig damenhaft. Mit zerrissenem Kleid konnte sie ihm unmöglich gegenübertreten. Schon bei dem Gedanken wurde sie rot. Sie bog ein paar Zweige zur Seite, um besser sehen zu können. Er machte tatsächlich nichts. Er saß einfach da. Wie alt er wohl war? Mindestens vier Jahre älter als sie. Rasierte er sich schon? Ja, denn sein Kinn sah glatt und weich aus. Und er hatte ein Grübchen. Ob es sich anfühlte wie die Mulde bei einem Apfel? Ach, seufzte sie innerlich, wie schön er ist! Wunderschön. Sie hätte noch stundenlang so dastehen können, wenn nicht plötzlich jemand „Ist doch langweilig" gesagt und damit alles zerstört hätte. Sie hätte heulen können. „Hast du mich etwa die ganze Zeit beobachtet?" zischte sie.

Emma nickte. „Du bist wohl in den Blödmann verknallt."

„Was fällt dir ein, ihn so zu nennen."

„Blödmann. Hallo Blödmann!", rief Emma laut zu den Nachbarn hinüber.

Lea stürzte sich auf sie und hielt ihr den Mund zu. Aber obwohl Emma viel kleiner war, kämpfte sie ziemlich gut. Die Schwestern wälzten sich im Gras. Emma leckte ihr an der Hand, und Lea gab ihren Mund frei. „Olaf und Lea!", krähte Emma. Lea packte ihre kleine Schwester am Hals, würgte und schüttelte sie, aber Emma lachte nur. In diesem Moment klatschte die Mutter in die Hände und befahl ihnen aufzuhören.

„Du weißt ja gar nicht, was Emma gemacht hat."

„Schluss jetzt!", rief die Mutter.

„Immer bist du auf Emmas Seite", beklagte sich Lea. Die Mutter schien darauf zu warten, dass sie fortfuhr. „Du hast Emma viel lieber als mich", schrie Lea und sah im selben Augenblick das Gesicht von Olaf, der am Zaun stand und sie verwundert anschaute. Laut aufheulend lief sie ins Haus und warf sich in ihrem Zimmer aufs Bett.

Als das Kopfkissen von Tränen durchweicht war, zog sie schniefend ihr goldenes Tagebuch unter der Bettdecke hervor, pulte den Schlüssel aus dem Versteck im Stoffbären heraus und öffnete das Schloss. Sie las noch einmal die letzten Sätze ihrer letzten Eintragung. 'Er ist soooo süß. Ist das die Liebe? Ja, ich glaube, ich liebe ihn.' Ein Schleimfaden hing ihr aus der Nase. Sie wischte ihn mit dem Ärmel weg und begann zu schreiben. 'Es ist aus! Olaf hat mich schreien und heulen gesehen. Wie kann er so jemanden lieben? Und an allem sind nur Emma und Mama schuld. Sie sind gemein!!! Ich kann sie nicht mehr ertragen. Ich fühle mich fremd in dieser Familie. Sie sind dumm, und sie verstehen mich nicht! Sie wollen mich auch gar nicht verstehen, das ist das Schlimmste. Wenn ich mich mit Schlafmittel vergiften würde, dann würde es ihnen leidtun. Sie würden um mein Bett herumstehen und weinen. Olaf auch. Ich werde Emmas Lieblingspuppe in den Abfall schmeißen. Meine Beine sind nicht hübsch, wie Mama gesagt hat, als ich sie das letzte Mal gefragt habe. Sie lügt! Und sie sagt sowieso nur 'hübsch', nicht 'schön''.

Erschöpft legte sie das Tagebuch fort und ging zum Fenster. Unten im Garten spielte Emma mit ihren kindischen Freundinnen Ball. Lea fühlte, dass sie nie wieder zu ihnen gehören würde und seufzte vor Wehmut. Sie streifte die Träger ihres Kleids hinunter, stellte sich vor den kleinen Spiegel und betrachtete ihre Brüste. Ohne hatte sie besser ausgesehen, fand sie. Sie betastete sie. Wuchsen sie noch? Sollte sie sich die Haare unter den

Achseln schneiden? Die wurden ja immer länger. Es war einmal eine namens Lea, genannt die Zottelhündin. Sie ging auf zwei Beinen, trug Kleider und war ein Mensch, aber eigentlich war sie doch eben eine Zottelhündin. Lea streifte das Kleid wieder über und ging im Haus herum. Auf der Treppe kam ihr der Vater entgegen und fragte sie, was das denn vorhin für ein Geschrei gewesen sei. Sie zuckte nur mit den Schultern und wich ihm aus. Sollte er sich nur wundern. Das war ihr egal. Sie konnte ihm nicht mehr in die Augen sehen, seitdem sie wusste, was er im Bett mit Mama machte. Sie fand das ekelhaft. Nackt. Sie hatte ihn einmal nackt gesehen, seinen Penis. Sie stellte sich an das kleine Fenster, durch das sie zum Nachbarhaus hinübersehen konnte. Vielleicht ging Olaf ja an einem Fenster vorbei oder kam noch einmal raus.

Lea hörte die Stimmen der Eltern unten im Flur. „Du könntest dich ruhig etwas mehr in den Haushalt einbringen“, sagte die Mutter in schneidendem Ton. „Ist es nicht genug, dass ich hier bin und euch ernähre?“ „Ha!“ „Was soll das ‚Ha‘ heißen?“, fragte der Vater. „Wer ernährt denn hier wen, Herr Lipsheim?“ „Das Geld scheint dich ja sehr zu beschäftigen.“ „Du weißt, dass es nicht so ist.“ „Warum hältst du es mir dann immer wieder vor?“ „Und von wegen ‘hier’? Du bist gar nicht hier, du bist bei deiner Schickse!“ „Rahel! Wir haben das besprochen. Nicht vor den Kindern!“ „Ach, jetzt fallen dir die Kinder wieder ein. Du schleichst dich aus dem Haus und kommst wieder, stinkst nach ihrem Parfüm, ihrem abscheulichen Parfüm, das du ihr wahrscheinlich geschenkt hast.“ „Ich bitte dich, Rahel ...“ „Ach, geh! Geh doch zu diesem Flittchen.“ Die Tür fiel ins Schloss, und Mama brach in Tränen aus.

„O Tannenberg, o Tannenberg, ein Nationalgeschmetter“, sang die Großmutter spöttisch, als sie zum Abendbrot herunterkam. „Der Hindenburg ist schon vergreist, wirst seh’n, wie er ins Grab uns reißt.“ Dann sah sie ihre Tochter, schaute ihr ins Gesicht und begann auf ihren Schwiegersohn zu fluchen, bis die Mutter sie beschwichtigen musste. Mama sah sehr traurig aus und aß wenig. Lea aß genau so wenig. Nur Emma futterte wie üblich und fragte dann gleich, ob sie noch ein bisschen weiterspielen dürfte. Die würde sich wundern, wenn sie merkte, dass ihre Puppe weg war.

28

Das Fliegen war jetzt schon Routine. Ein flaues Gefühl im Bauch, wenn der Vogel durchsackte. Der Blick von oben. Was noch? Geruch nach verbranntem Öl, Lärm, Kälte. Vordringliches Ziel: sichere Landung, wie Stehr, der scharfe Hund, ihnen immer wieder einbellte. Unangenehmer Schreier, das. Taifun nannten sie ihn. Hochgegürtet. Zum Glück klein, denn wenn er loswetterte, spuckte er Kurt nur auf die Uniform.

Der Jahrgang trat vor der Baracke an, stand stramm und marschierte dann geschlossen zur Kantine: Essen fassen. „Weggetreten!" Dickarsch Henz war wie immer der erste an der Ausgabe. Verfolgte genau, wie sich die Kelle in die Suppentonne senkte. Machte Mundbewegungen dazu, als ob er Speichel sammle. Laschke hatte gesagt, er warte jedesmal darauf, dass Dickarsch wie eine Riesenfliege ätzenden Verdauungsschleim auf den Fraß spuckte, um ihn zu zersetzen und dann einfach aufzuschlürfen. Schwupp. Wenn der Koch eine Breitseite von der Säure abkriegte, umso besser: Nachschlag schwupp. Doller Tühnbüddel, dieser Laschke. Und essen konnte der. Setzte sich schlank zum Essen hin und stand dick wie eine schwangere Wanze wieder auf. Sie hockten sich an einen der langen Tische und inspizierten den Fraß: Was Verkochtes mit Fasern. Grau in Grau. Monn vermutete Graupen mit Rindfleisch. Monn, dessen Adamsapfel genauso aussah wie seine Nase. Es hieß, als er betrunken schlief, hätte ihm jemand Nasenlöcher draufgemalt. Musste lustig ausgesehen haben. Henz, der die Pampe im Eiltempo mampfte, schwärmte mal wieder vom Flug der

'Bremen': „Die einmotorige Junkers, ich sag's euch, auf die ist Verlass. 35 Stunden. 6750 Kilometer!"

„Wie oft willst du uns die Geschichte denn noch erzählen? Det Janze kenn wa doch schon auswendig", brummte Monn schlechtgelaunt.

„Aber wie unbequem das war!"

„Is doch im Prinzip nüscht anderes als was der Eiserne Justav jemacht hat."

„Nee", sagte Laschke, „Henz hat schon recht. Da auf dem Flug hats vor allem eine ganz knifflige Sache gegeben. Ich weiß nicht, ob du davon gehört hast, Henzchen. Der Freiherr von .... - wie hieß er noch mit vollem Namen?"

„Ehrenfried Günther Freiherr von Hünefeld."

„Richtig. Der wollte sich rasieren. Eingepinselt war er schon, da stellt er fest, dass er sein Rasiermesser vergessen hat. Na, was macht er wohl? Stand alles in der Zeitung, sogar mit Lageskizze. Er klettert aus der Luke, kriecht nach vorn zum Propeller und streckt da sein Kinn so rein, dass ihn die messerscharfen Schnittblätter balbieren. Das musst du dir mal vorstellen."

Henz rülpste. „Blödsinn. Gib mir lieber was von deinem Brei."

„Halt! Die Geschichte geht noch weiter. Nach dem Abprotzen merkt er nämlich, dass auch kein Klopapier an Bord ist und will's ähnlich machen. Aber leider konnt' er seine Kimme nicht richtig justieren." Sie lachten.

„Sowas könnte deinem Hintern nur guttun, Dickarsch“, sagte Monn.

„Nenn mich nicht so! Wirst schon sehen, ich werd mal wie Udet auf der Zugspitze landen. Außerdem sollt ihr nicht über die Atlantik-Helden spotten. Man könnte denken, ihr seid keine Patrioten.“

„Halt doch einfach die Schnauze, Dickarsch! - He, Prensch!“ Monn schnippte vor Kurts Augen.

Kurt sah ihn an: „Melde gehorsamst: Anwesend.“

„Übst im Geiste wieder die Rolle mit Drehung, wa? Bist ja’n patenter Kerl, aber is det nich doch’n bisschen ville?“

„Kann nicht schaden. Aber eigentlich überleg ich, wie der Opel das mit der Rakete schaffen will.“

„Lass das man dem seine Sorge sein.“

„He, Kurt“, fragte Laschke jetzt, „machste mir auch so Einlagen, wie du sie dir zurechtgebastelt hast.“

„Hat unser Witzbold etwa Fußaua?“, höhnte Monn, Nase und Adamsapfel auf Laschke gerichtet. Laschke sah ihn an und sagte dann ganz ruhig: „Ich stell mir gerade vor, wie du mit einem zweiten Schnäuzer aussähst.“

Monn stand auf, sagte drohend „du wirst schon noch sehen“ und ging.

Betreten saßen sie da, bis kurze Zeit später die Klingel schrillte.

In dieser Nacht wurde Kurt von Lärm geweckt. Sie holten Laschke aus dem Bett und zerrten ihn in den Waschraum. Kurt stand auf und wollte dazwischengehen, aber einer, den er nur vom Sehen kannte, versperrte ihm den Weg. Laschke kriegte sein Fett mit verknoteten nassen Handtüchern weg. Als Monn mit seinen Helfern wieder abgezogen war, half Kurt dem Stöhnenden ins Bett. „Hättst dir das mit den Schnäuzern verkneifen sollen."

Er konnte dann lange nicht einschlafen und dachte, was er sonst nie tat, an Anna, die er nicht wiedergesehen hatte, und daran, wie sein Vater gestorben war.

29

Rainer überlegte, ob er eine Zeitung kaufen sollte. Er war so abgeschnitten vom Leben. Das Studium ein Einerlei, die Kommilitonen kannte er kaum. Dachte er an Georg, fühlte er sich immer noch verletzt ... Vielleicht war ja in der Zeitung eine Veranstaltung angezeigt, zu der er gehen konnte, um sich von sich selbst abzulenken. Vor ihm am Kiosk standen zwei Herren und unterhielten sich. „Hat man eigentlich etwas davon gehört, ob die zwei Millionen aus der Diskonto-Bank wieder aufgetaucht sind?"

„Ach, von den zwei Brüdern, die den Tunnel gegraben haben?"

„Nee, von den zwei Schwestern im Paddelboot."

„Wollen Sie mich verulken?"

„Ja, aber davon mal abgesehen: Die Polizei konnte den Brüdern ja nichts beweisen."

„Aber sie waren's doch."

„Einmal die Berliner Illustrirte, bitte." Der Herr mit Melone schlug die Zeitung gleich auf.

Rainer versuchte ihm über die Schulter zu sehen.

„Revue oder Kino?", fragte der andere.

„Hier! 'Ich küsse Ihre Hand, Madame' im Universum. Der soll gut sein. Ein Tonfilm. Da werd ich wohl heute Abend mit meiner Frau reingehen."

„Das Lied ist schön.“

„Ja, ja, ein Tango“, sagte der Mann mit Melone und drehte sich ruckhaft zu Rainer um. Er hatte schwimmbadblaue Augen und eine Kartoffelnase. „Mitlesen: 'n Pfennig die Zeile“, schnarrte er.

Rainer lächelte nur und ging weg. Er hatte Lust bekommen, sich auch wieder einmal unter die Kinogeher zu mischen. Außerdem hatte er das neue Universum-Lichtspielhaus noch nicht gesehen. Also machte er sich auf den Weg dorthin.

Das Lichtspielhaus hatte einen eiförmigen Grundriss. Von vorne sah es aus wie etwas, das mit angelegten Flügeln - Arkaden, Fensterreihen - auf den Betrachter zuflog. Hinter den großen Leuchtbuchstaben über dem Eingang ragte ein schmaler Quader in die Höhe, an dessen Stirnseite ganz oben die ufa-Raute in den Himmel stand. Rainer starrte das Gebäude an und umrundete es einmal. Dann kaufte er eine Eintrittskarte. Kurz darauf stand er in dem weiten inneren Oval. Mehr als tausend Plätze staffelten sich in parallelen Bögen. Die Balkonade schwang sich freitragend um das Halbrund. Breite Lichtbahnen erleuchteten den Saal von der Decke. Vielfältiges Murmeln stieg empor. Der geschlossene Samtvorhang wirkte wie ein stillstehender goldgleißender Wasserfall. Rainer blieb unter den Logenrängen stehen und beobachtete die Menschen. Es gefiel ihm, dass sie sich extra feingemacht hatten und wie erwartungsvoll sie sich setzten. Er suchte seinen Platz und tat es ihnen nach. In der Reihe vor ihm tuschelten zwei Mädchen und tranken Limonade durch

Strohhalme. Die Dunkelhaarige seufzte und erzählte etwas von ihren Eltern. Die stritten nur noch, soviel Rainer verstand. Die Mutter machte dem Vater Szenen wegen einer anderen Frau und weinte viel. Während Lea - so nannte ihre Freundin sie - sprach, spielte sie nervös an ihrem Pferdeschwanz herum. Das Licht ging aus. Rainer sah ihren hellen Nacken und geschwungenen Schulteransatz. Lea wandte sich einmal kurz um. Kirschblüte in der Dämmerung. Er beugte sich etwas vor, um die beiden zu belauschen. Greta, die andere, sprach von ihrem ersten Kuss. Man müsse den Kopf schräg halten, sonst stießen die Nasen aneinander. Daraufhin näherte Lea ihren schräg gelegten Kopf dem Gesicht der Freundin. „Zeigst du es mir?" hörte er sie flüstern. Ihre Mandelaugen glänzten. Die Lippen der Freundinnen berührten sich leicht, wenn Rainer das richtig erkennen konnte. Der Film begann. „Die Lippen gehen dann wie von selbst auf, und man kaut ein bisschen herum." „Zeigst du mir das auch?" „Jetzt nicht", zischte Greta und fuhr dann fort: „Wenn das langweilig wird, steckt man sich gegenseitig die Zunge rein." „Was? Wie schmeckt denn das?" „Da schmeckt man nicht viel." „Und wenn der andere Zwiebeln gegessen hat?" Greta antwortete nicht. Beide Freundinnen waren nun vom Film gefesselt. Rainer gelang es kaum, das Geschehen auf der Leinwand zu verfolgen, weil er nur auf Lea achtete. Im Film ging es um Liebe. Worum sonst sollte es auch gehen? Einmal sagte Lea ihrer Freundin etwas ins Ohr, und Rainer merkte in diesem Moment verwundert, wie sehr er sich wünschte, die Freundin neben ihr zu sein. Immer weiter beugte er sich vor, so weit, bis er meinte, den Duft ihrer Haare zu riechen. Sie bemerkte ihn nicht.

Der Film war zu Ende. Ineinander gehängt gingen die Freundinnen inmitten der Menschenmenge in die Sommernacht hinaus. Rainer folgte den beiden zur Bushaltestelle. Im Bus saßen die beiden oben, hatten sich die Arme um die Schultern gelegt und sagten kaum etwas.

Beinahe hätten sie ihren Halt verpasst und stürzten fast die enge Treppe hinunter. Rainer schaffte es gerade noch, hinter ihnen auszusteigen. Sie waren in einer ruhigen Villengegend. Die Mädchen gingen vor ihm eine Allee entlang. Leise sangen sie 'Ich küsse Ihre Hand, Madame'. Die Bäume dufteten und rauschten. Rainer sah hinauf. Eine Laterne beleuchtete Grün und blasse Blüten. Gelber Staub lag auf dem Kopfsteinpflaster. Lea schaute zu ihrer Freundin empor, deren blondes Haar glitzerte. Sie küssten sich die Hand und verabschiedeten sich. Die Freundin ging weiter, und Lea verschwand durch ein kleines Gartentor. Rainer lehnte sich an den Zaun und sah ins Dunkel hinein. In einem Anbau ging Licht an. Durch das dunkle Blattwerk hindurch sah er, wie ihr Schatten über die Zimmerdecke huschte. Sie zog sich aus und hüpfte vielleicht auf einem Bein, während sie in ihr Nachthemd schlüpfte. Als das Licht verlosch, umrundete er einmal das Haus und ging dann die Allee wieder hinunter.

30

Die Reitschule lag in Schmargendorf. Sie gingen durch ein kleines Waldstück, dessen sandiger Boden mit Birken und Kiefern bestanden war. Lea war stolz auf die Gruppe ihrer Verehrer: Gisbert von Lohschütz, ein gutaussehender, schlaksiger Mitschüler in geschmackvollem sommerhellem Leinen, versuchte zu ihrer Rechten Konversation zu machen. Aber sie hörte ihm kaum zu und genoss stattdessen das Gefühl, der Mittelpunkt des von ihr angeregten Ausflugs zu sein. Links schritt Peer neben ihr her. Sein markantes Kinn vorgereckt, hoch über der weißen Hemdbrust. Sie hatte ihn im Tanzkurs bei Madame Tauber kennen gelernt. Wie sehnlich wünschte sie sich, einmal mit ihm zu tanzen und sich dabei an seinen bewundernswert männlichen Körper zu schmiegen, doch er gehörte schon zu den Fortgeschrittenen. Die Blätter rauschten. Vögel zwitscherten. Wie sehr das Singen diese Piepmätze langweilen musste! Immer wieder das gleiche. Lea warf einen Blick zurück: Ihre Freundin Greta stapfte ein paar Schritte hinter ihr den Weg entlang. Etwas abseits die schmollende Emma. Lea hätte ihre kleine Schwester ja lieber nicht dabeigehabt, aber es hatte sich nicht vermeiden lassen. Ganz hinten trottete dieser komische Rainer. Eines Tages hatte er vor der Tür gestanden und den Eltern angeboten, Gartenarbeit für sie zu machen. Sie wusste gar nicht mehr, warum sie dem den Ausflug überhaupt vorgeschlagen hatte. Er war zu alt für die Gruppe. Außerdem der untersetzte Körper und gelind watschelnde Gang, zu denen das schmale Gesicht mit der krummen Nase nicht so recht passte. Obendrein trug er ein scheußlich kariertes Hemd, das noch dazu nicht richtig im Hosenbund steckte, was ihm aber niemand sagte.

Peer hob den starken Arm und wies voraus: „Da drüben ist der Eingang", dröhnte seine Stimme in Leas Ohren. Mitunter wirkte er doch recht tumb.

Der Reitlehrer hatte einen buschigen Schnauzbart und gelbe Augen. Lea versuchte kurz, ihn zu mögen, aber gab es schnell auf. Wozu auch? Auf dem Ausritt würde er sie ja nicht begleiten, das hatte Peers Vater so eingerichtet. Jeder von ihnen musste nun ein Formular ausfüllen. Als Herr Schnauzbart Lea ihren Bogen gab, stieß sie der scharfe Schweißgeruch ab, der unter seiner schwarzen Weste aufstieg. Mit seinen klobigen Händen, die ungeheuer schwer aussahen und deren Fingernägel schwarzrandig waren, wie Lea auffiel, sammelte er die Papiere ein und beäugte sie misstrauisch. Dann verschwand er im Stall und führte ihnen die Pferde eins nach dem anderen zu. Emma bekam als einzige ein Pony, dem sie etwas ängstlich die Mähne streichelte. Anstandslos ließ sie sich vom Schnauzbart in den Sattel heben. Während die anderen bereits aufsaßen, schaute Lea noch das ihr zugeteilte Pferd an. Es gefiel ihr ganz und gar nicht. Die anderen, so schien ihr, hatten schönere und vor allem viel friedlichere Pferde. Ihres glubschte sie schief und mit zornigem Weiß im Auge an, schnaubte bösartig und kaute ungehalten auf der Trense herum. Lea machte einen unentschlossenen Schritt auf das Tier zu. Es tänzelte etwas und drehte ihr jetzt seinen gewaltigen Hintern zu. Vielleicht wollte es ausschlagen? Nein. Der Schimmel hob nur den Schwanz, und Lea musste voller Ekel mitansehen, wie aus seinem After braune Pferdeäpfel hervorkamen und ihr vor die Füße fielen. Sie sprang schnell zurück, der süßliche Gestank nahm ihr fast den Atem, und der Reitlehrer lachte. Weil sie die anderen nicht noch länger warten lassen wollte, näherte sie sich wieder dem Pferd. Es spitzte die Ohren. Lea begann, beruhigend auf das Tier einzusprechen. Es richtete die Ohren nach hinten aus, ortete Lea und hob einen Huf. Ihr fiel auf, dass sie ihrem Ton an Pferdes statt auch nicht getraut hätte. Nun trat der Schnauzbart von hinten an sie heran und wollte sie auf den Schimmelrücken hieven, doch sie verbat sich das. Offensichtlich eingeschnappt, hielt ihr der Mann nun nicht einmal mehr den Steigbügel fest, weshalb ihr Fuß ein ums andere Mal das baumelnde Ding verfehlte. Um die Balance zu halten, musste sie außerdem auf einem Bein hopsen, was sicher einen unglücklichen Eindruck auf die anderen machte. Schon fühlte sie Zorn in sich aufsteigen. Schon wollte sie schreien oder das Pferd treten, - aber vielleicht trat es zurück? -, da war es ausgerechnet Rainer, der ihr in den Sattel half. Zeit ihm zu danken, blieb nicht, denn das Ross setzte sich sofort in Bewegung. Während aber die anderen Pferde brav loszockelten, versuchte ihr Viech, sie gleich am nächsten Zaun abzustreifen. Es quetschte Lea das rechte Bein ein und ließ es dann an den Holzlatten entlangschrammen. Lea biss die Zähne zusammen, um nicht zu schreien. Sie hörte den Bärtigen mit der Zunge schnalzen, woraufhin sich das Pferd sofort vom Zaun entfernte. Bestimmt hatte er das Miststück so dressiert. Mit schmerzendem Bein blieb Lea ein wenig hinter den anderen zurück und musste zusehen, wie Peer und Gisbert mit Greta scherzten. Bei diesem Anblick spürte sie ein Ziehen um die Augen und über den Wangen, das Tränen ankündigte. Sie bezwang es und drückte ihrem Gaul die Fersen in die Seiten, aber er wollte partout nicht schneller gehen. Plötzlich griffen ihre Hände nach vorne ins Leere, und wie ein schneebedeckter Steilhang lag der Hals des Schimmels tief unter ihr. In böser Absicht hatte er überraschend den Kopf hinabgebeugt. Reflexhaft fing sie ihren Sturz ab und stemmte sich mit letzter Kraft von der Mähne wieder in eine aufrechte Sitzhaltung. Nun ritt Rainer neben ihr, stumm wie ein Fisch oder ein Stück Holz. Warum kümmerten sich weder Gisbert noch Peer um sie? Selbst Greta wandte sich nicht einmal um. Und Emma hing so schlaff auf ihrem Pony, als sei sie eingeschlafen. So ritten sie ein bisschen. Leas feuchte Hände trockneten etwas, und sie stellte fest, dass der Lederzügel stank. Rainer zeigte ihr, wie man lenkte, gab sich einen Ruck und versuchte ihr ein wenig von seiner Kindheit zu erzählen. Das kam aber so lahm, schleppend und unzusammenhängend heraus, dass Lea sehr langweilig dabei wurde. Während sie weghörte, bemerkte sie erstaunt, wie seltsam das Pferdefell von nahem aussah: fremd, unmenschlich, tierisch. Zudem klang der tonnenförmige Körper hohl, wenn man dagegen klopfte.

Endlich hatte dieser für sie enttäuschende Ausritt ein Ende. Die anderen standen schon am Gatter der Pferdekoppel. Ihre Schwester machte das typisch mürrische Gesicht. Dieser Rainer stand da wie bestellt und nicht abgeholt. Ohne etwas zu sagen, stellte sich Lea zu Gisbert und Peer, die sich offenbar immer noch glänzend mit Greta unterhielten, und kam sich doof dabei vor. Teilnahmslos sah sie zu, wie eine graue fleckige Pferdebremse sanft auf einem von Peers starken Armen landete. Sie warnte ihn nicht und beobachtete, wie sich die gemeißelten

Gesichtszüge Peers plötzlich verzerrten. Ein Wimmern entrang sich seinen Lippen. Zwar fiel das Insekt jetzt plattgehauen und kraftlos in den Kies, doch der Koloss wankte und fletschte vor Schmerz hilflos die ebenmäßigen Zähne. Einen Moment lang frohlockte Lea, musste dann jedoch hilflos zusehen, wie Greta ein Tuch mit kühlendem Parfüm zärtlich auf die Bissstelle drückte.

Auf dem Heimweg im Bus besaß Emma die Frechheit, Olaf, ihren Nachbarn, 'Leas alten Schwarm' zu nennen, und es gab einen Riesenstreit deswegen. Dann blockierte eine Gruppe marschierender Nationalsozialisten die Straße, so dass sie mit dem Bus in der Hitze festsaßen. Der Busfahrer betätigte nicht einmal die Hupe, die Idioten gefielen ihm wohl.

Zu Hause hob sich Leas Laune, als sie sah, dass für alle Schnittchen vorbereitet waren. Mit Heißhunger verspeiste sie Kanapees. Obwohl Emma ihr einige der besten wegschnappte, war Lea plötzlich sehr fröhlich. Es störte sie auch kaum, dass sich ihre Mutter auf Gisbert und Peer stürzte. Mama redete schrill auf die beiden ein. Vielleicht hatte sie etwas Alkohol getrunken. Sie klimperte mit den Augen und stellte doofe Fragen, vermutlich versuchte sie zu flirten, aber die zwei Männer wichen immer weiter zurück und warfen hilfesuchende Blicke zu Lea herüber, die diese aber aus Rache nicht beachtete. Jetzt sprach Mama ironisch über ihr Lieblingsthema, ihren Mann, den Professor, der ja so schwer arbeite, dass er nicht einmal wüsste, was seine Arbeit eigentlich sei. „Und du sprichst so viel von Papa", entgegnete Lea, „obwohl du nicht einmal weißt, wer er eigentlich ist." Daraufhin entstand eine kleine Diskussion. Vom

Stimmenlärm angezogen, kam nun noch die Großmutter herunter und wollte tanzen. Bevor sie aber einen der beiden Kandidaten zu fassen bekam, hatten diese vollends entsetzt das Hasenpanier ergriffen und sich im Hinauslaufen mit fadenscheinigen Ausreden entschuldigt. „Nu, wo ist dein Poussierstengel von Mann?" fragte Valeria ihre Tochter.

„Hör auf damit, Mama", zischte Rahel.

„Warum denn?"

„Weil du mir auf die Nerven gehst und ich sonst von Leo anfange."

„Leo", schwärmte Valeria, „Leo Löw. Klingt das nicht wunderbar? Das ist doch der einzige aus der ganzen Familie deines abwegigen Mannes, der Humor hat. Der alte Lipsheim sitzt mit Schlaganfall im Rollstuhl und mümmelt wie ein Hase, die Frau leidet unter der schwarzen Galle und liegt den ganzen Tag im dunklen Zimmer, und der Sohn, na, den kennst du ja besser." Rahel, die das alles schon öfter gehört hatte, war einfach weggegangen.

„Schöner Gigolo, armer Gigolo", sang Valeria nun und summte dann weiter, weil sie den Text vergessen hatte. „Uniform passé, Liebchen sagt: Adieu", fiel ihr wieder etwas ein, während sie sich Rainer näherte, der auf einem Sofa saß. Sie ließ sich neben ihn plumpsen und sang leise weiter: „Schöne Welt, du gingst in Fransen. Wenn das Herz dir auch bricht, zeig ein lachendes Gesicht. - Würden Sie mir bitte ein Lachsschnittchen reichen, junger Mann?" Rainer tat dies, und Lea, die ihn beobachtet hatte, wunderte sich, dass er sich in diesem Tohuwabohu

wohlzufühlen schien. Nichtsdestotrotz hatten sie sich, -
als die Großmutter und alle anderen bald darauf gegangen waren -, wenig zu sagen. Weil Lea nichts Besseres
einfiel, bat sie ihn, ihr ein Käseschnittchen zu holen und
war bass erstaunt, als er sagte, sie solle es sich selbst holen. Sie blieb aber sitzen. So saßen sie eine Weile einfach
nur da. Lea hatte keine Lust zu sprechen. Rainer sah sie
lange an. Sie hatte aber keine Lust, ihn anzusehen. Also
schloss sie die Augen und gähnte so lang, bis er sich endlich verabschiedete.

31

Ein freies Wochenende. Über plattes Land. Kurt stieg am Lehrter Bahnhof aus. Soweit er sah, hatte sich Berlin in den paar Monaten seit seinem letzten Besuch nicht verändert. Früher Nachmittag. Bevor er nach Charlottenburg zu Mutter und Schwester fuhr, wollte er noch ein wenig spazierengehen. Auf den Straßen jede Menge hübsche junge Dinger, meine Herrn! Kaum war er um einige Ecken gebogen, traf er auf seinen alten Freund Peter. Mit dem hatte er seinerzeit Modellflugzeuge gebaut. Kleine Welt, lange nicht gesehen, Zeit vergeht. Sie setzten sich in eine manierliche Kneipe namens Alt-Berlin und tranken Fassbrause. An den schiefen Blicken des Wirts störten sie sich nicht. Der tunkte seinen Walrossbart dann auch brav wieder in seinen Kübel mit Molle. Die Fassbrause wirkte auf Peter wie Quasselwasser. Erst erzählte er von seiner Arbeit im Architekturbüro und landete dann irgendwie bei den Nationalsozialisten. „Machen die Straßen unsicher", sagte er. „Beschissenes Pack."

„Na na, immer langsam", meinte Kurt, „so schlimm wird's wohl nicht sein."

„Hast du 'ne Ahnung!", rief Peter. „Die prügeln, wo sie können. Und wenn's nur das wäre! Habt ihr bei euch da in der Fliegerschule Zensur oder was?"

Kurt war der Eifer seines alten Bekannten unangenehm.

„Die schnappen sich Juden und Kommunisten. Hast du nichts davon gehört, dass ein Trupp von NSDAP-Mitgliedern am jüdischen Neujahrsfest Juden misshandelt hat. Von den Schlägern sind jetzt gerade viele verurteilt worden. Dieses 'Heil'-Gebrüll im Parlament, zum Kotzen! Scheiß H's! Hitler, Hindenburg, Hugenberg!"

„Vergiss doch mal die Politik."

„Du hast gut reden. Wie soll ich die Politik vergessen, wenn's hier auf den Straßen knallt?"

Kurt sah auf seine Armbanduhr. „Ich muss los. Hast du Telefon?"

Peter gab ihm seine Telefonnummer und machte zum Abschied die gleiche Handbewegung, die er schon als Kind gemacht hatte.

Zu Hause setzte die Mutter Kurt Kohlrouladen vor. Sie schimpfte wegen der Verspätung und weil sie das Essen hatte warmhalten müssen. Dann aber setzte sie sich ihm gegenüber und legte die wie verbrüht aussehenden Hände übereinander. „Nun erzähl mal, Junge."

Also kramte er ein paar lustige Geschichten hervor, zum Beispiel die mit Laschkes Maus. „Ist natürlich verboten, aber der Laschke nimmt seine Maus auf allen Flügen mit. Trixi, so heißt sie, steckt in seiner Montur und schläft. Letzte Woche kommt er aber in ein Gewitter: schlechte Sicht. Fliegt er also durch die donnernden schwarzen Wolken und denkt, wirst schon irgendwo wieder rauskommen. Da spielt die Trixi plötzlich verrückt. Krabbelt aus dem Kragen und beißt ihn ins Ohrläppchen. Er will sie verscheuchen und reißt dabei die Maschine zur Seite. Wumms! sausen sie um Haaresbreite an einem

Kirchturm vorbei. Der Höhenmesser war defekt. Also hat Trixi ihm das Leben gerettet. Sie wird bei uns jetzt wie eine Heilige verehrt, und Laschke verleiht sie, wenn er nicht fliegt."

Während er erzählte, war Irmgard nach Hause gekommen. Jetzt gab sie ihm einen Kuss. Seltsam, wenn Geschwister sich küssten. Sie kam aus der Schneiderstube und berichtete stolz, dass die anderen Frauen sie immer riefen, wenn ihre Nähmaschinen ausfielen. Kurt fragte sich, warum sie, die sich doch selbst jedes Kleid schneidern konnte, so unvorteilhafte Kleidung trug. Kleidung, die ihre männlich breiten Schultern, ihre ausladenden Hüften und säulenartigen Beine noch betonte. Kein Wunder, dass sie keinen Freund fand. Irmgard bedankte sich für das Geld, das er regelmäßig schickte. Ob er auch glaube, dass es mit der Wirtschaftskrise erst besser werde, wenn die Nationalsozialisten das Ruder übernehmen würden. Kurt dachte an Peter und schüttelte den Kopf. Er merkte verwundert, dass er dessen Meinung teilweise übernommen hatte. Aber warum auch nicht? Vorher hatte er ja gar keine Meinung gehabt.

„Aber die tun wenigstens was", ereiferte sich Irmgard.

„Ja, Marschieren, davon hab ich genug, und Juden zusammenschlagen."

„Wer sagt das?"

„Liest du keine Zeitung?"

„Die Juden sind doch selbst schuld gewesen. Warum müssen sie immer provozieren? Die wollen sich nicht anpassen. Die sitzen auf den höchsten Posten und steuern unser ganzes Land. Und wohin steuern sie es? In den Abgrund, nirgends sonstwohin. Was wollen die denn eigentlich hier? Schau dir doch mal an, wie viele Arbeitslose es hier gibt.“

Kurt hörte nur mit halbem Ohr zu, denn in Gedanken war er jetzt, wie so oft in letzter Zeit, bei der DO-X, seinem Lieblingsflugzeug. Was für ein Anblick musste es gewesen sein, als sich das Riesenflugboot zum ersten Mal vor zwei Jahren aus dem Wasser des Bodensees gehoben hatte. Und nach der Erprobungsphase jetzt die Erfolge. Das größte und stärkste Flugzeug der Welt, von der Rorschacher Werft der Dornier-Flugwerke gebaut ...

Die Schwester sprach immer noch über die Juden. Wo seien denn die blonden Deutschen? Sie würden an den Rand gedrängt. Auf der Straße, das müsste er selbst zugeben, sehe man überall schwarzhaarige, dunkle Gesichter, Zigeuner, die wer weiß wo herkämen ...

Kurt sah in ihr breites, herzförmiges Gesicht. Die Bäckchen hatten sich vor Eifer rot gefärbt. Zwölf Motoren mit je 558 PS, Spannweite 48 Meter, Höchstgeschwindigkeit 240 Stundenkilometer. Zugelassene Personenlast: 100 Passagiere. Drei Decks, gesonderte Schlafräume für Fluggäste ...

Jetzt schimpfte die Mutter auf die Politiker. Brüning sei ein Wendehals, mal mit dem und mal mit dem, aber Hindenburg wäre genauso schlimm, weil er das Spiel mitspiele ...

... Die sechs riesigen Doppelpropeller oben auf der durchgehenden Tragfläche. Es kam ihm vor, als hörte er ihr unablässiges gewaltiges Dröhnen und säße in der geräumigen Pilotenkanzel darunter mit 180-Grad-Blick aus den großen Fenstern ...

Die Mutter klagte inzwischen über das Ziehen in den Knochen, sie könne noch eine halbe Stunde nach dem Aufstehen kaum die Finger bewegen, so steif seien die Gelenke, und abends seien die Füße so geschwollen, dass ...

... Er sah, wie das Flugboot in der Luft hing, die schlanke Schnauze, die lange Reihe der runden Sichtfenster für die Passagiere, die drei Streben, die auf jeder Seite die Tragfläche stützten ... Kurt erhob sich vom Küchentisch. Ihm war eingefallen, dass er noch mit Kameraden verabredet war. Er sah, wie enttäuscht Mutter und Schwester waren. Wer wusste schon, was sie sich gedacht hatten. Aber da ließ sich nichts machen. Verabredung war Verabredung. Sollte er etwa sein ganzes freies Wochenende hier in der Küche sitzen?

Draußen atmete er froh die frische Herbstluft ein. Von den Unfällen hatte er der Mutter wie immer nichts erzählt. Er wollte sie nicht beunruhigen. Dabei hatte es einen Kameraden erwischt, verklemmtes Höhenruder wurde vermutet, mangelhafte Wartung vielleicht. Sie hatten sich zur Abschreckung das Wrack mit den verstreuten Leichenteilen drumherum ansehen müssen. Im Übrigen dachte er, während er zur S-Bahn ging, bald an anderes. Von Kämpfen auf der Straße keine Spur. Konnte man sich auch nur schwer vorstellen. Sicher hatte der gute Peter etwas übertrieben. Er setzte sich ans Fenster und streckte die Beine von sich. Sie fuhren an der Spree entlang. Ihm fiel auf, wie schnell es dunkel geworden war.

Er sah auf das glitzernde Wasser. Seltsam, dass es viel heller war als der Abendhimmel. Wie konnte das sein? Spiegelte es den Himmel nicht? Der düstere Himmel und das quecksilbrige Wasser. Ein Geräusch wie in einem Maschinenraum umgab ihn jetzt, während sie sich der Oberfläche näherten. Die Fläche bewegte sich, als sei irgendetwas darunter. Er meinte Schlingpflanzen zu erkennen, die ihre Arme schwenkten, aber mit einem Mal waren es Hände, die still auf dem Wasser lagen, sehnige Hände, Hände, die er irgendwoher kannte, aber nicht erkannte. Er lag auf einem Teppich, der über dem Wasser schwebte und betrachtete sie. Dann schaute er auf das Schlingpflanzenmuster des Gewebes, tauchte hinein und sah in plötzlicher Stille eine zusammengekrümmte Frau im Badeanzug durch die Schwärze wirbeln und fallen wie ein Blatt. Er saß in einer Arena und schaute zu, wie auf dem kleinen Sandkreis dressierte nackte Menschen Hundekunststückchen vorführten. Es war nicht wirklich komisch, aber er lachte doch ein bisschen mit, bis er sah, dass da etwas im Sand lag. Es war die Turmspringerin im Badeanzug, die nun von jemandem am Bein gepackt und wie ein aufgeplatzter Sack voller zerbrochener Knochen hinausgeschleift wurde.

Jemand rüttelte ihn aus seinem Traum. Die Bahn stand wohl schon lange an der Endstation, und man hatte ihn übersehen. Er kaufte eine Fahrkarte. Ein Betrunkener sah ihn an, hob den Finger, trug mit wichtiger Miene vor: „Die Liebe ist ein Zeitvertreib. Man nimmt dazu den Unterleib" und wankte weiter. Für das Kameradentreffen war es schon zu spät. Die hatten nun schon so viel getrunken, dazu hatte er keine Lust. Er fuhr nach Hause.

Die Wohnung war ganz still. Mutter und Schwester schliefen schon. Er ging in die Küche und stellte den Wasserkessel auf das Feuer. Er setzte sich auf die Fensterbank, wartete und schaute in den Nachthimmel hinauf. Zwischen den Hauswänden konnte man nur einen kleinen Ausschnitt sehen. Das Wasser kochte, und er nahm es vom Gas. Es beruhigte sich wieder. Dann füllte er ein wenig losen Tee in eine Tasse, goss Wasser darauf und rührte um. Während er wartete, sah er zu, wie der Wasserdampf aufstieg und immer neue Formen bildete. Im Schein, den eine Laterne von draußen hereinwarf, verfolgte er, wie sich die Schwaden in der Luft auflösten. Er sog den Dampf und den Duft des Tees in sich ein und genoss die Wärme in der Nase und an den Händen. Vorsichtig probierte er einen Schluck. Dann nahm er die Tasse mit in sein Zimmer und stellte sie auf das Nachttischchen. Die Schwester hatte ihr Zimmer geräumt und das Bett frisch bezogen. Er zog sich die Uniform aus, schlüpfte unter die kühle Decke, griff sich ein Buch. Die Buchstaben ergaben keinen Sinn. Er sah durch sie hindurch etwas anderes. Hin und wieder trank er einen Schluck Tee. Er legte das Buch weg. Spiegelndes Wasser und darauf ein Flugboot, dessen Schatten sich mit den kleinen Wellen bewegte.

32

Ihre schönen Augen. Ihr Blick, wenn sie ihn anlächelte. Das war aber nur selten geschehen, weil er so ernst war. Wann hatte sie ihn zum letzten Mal angelächelt? ... Rainer sah auf etwas, aber er sah es nicht. Jetzt sah er es wieder: das Innere eines Filmprojektors. Die Laufwalzen, glänzenden Klapphebel ... An ihrem achtzehnten Geburtstag hatte sie ihn kaum angesehen, nicht angelächelt, und das, obwohl er ihr Rosen, die dufteten, und eine Kamera geschenkt hatte, die er selbst repariert hatte. Leas helles rundes Gesicht, das niedliche Kinn ... Er schraubte die verschmorte Tonlampe aus der Fassung. Ihre schönen Lippen, rosafarben, die ihn nie berührt hatten. Warum spielte sie mit ihm? Oder spielte sie gar nicht? War das ihr Wesen? So wie sie an ihrem Geburtstag gewesen war? Dieses Kokettierende. Jeden hatte sie angestrahlt, all ihre ewigen Verehrer eingeladen, für jeden hatte sie ein Wort übriggehabt, außer für ihn, ihn hatte sie nur spöttisch-herablassend bei der Geschenkübergabe angesehen und teilnahmslos bei der Verabschiedung. Rainer merkte, wie ihm die Erinnerung daran die Brust zusammenschnürte, und spürte Zorn gegen diese Person aufsteigen, die ihn nicht zur Ruhe kommen ließ. Hier stand er in einem Breslauer Kino, dreihundert Kilometer von Berlin entfernt, und dachte an sie, vermisste sie, träumte von ihr und ärgerte sich über sie. In diesem muffigen Vorführraum. Neben diesem Projektor. Und was machte er schon? Er war Ingenieur, und alles, was er tat, war Tonlampen auswechseln. Er nahm eine neue Tonlampe aus dem Koffer. Ihre süße Stupsnase, ein paar Sommersprossen ... Eine tiefe

Verzweiflung ließ ihn in der Bewegung innehalten, denn wieder hatte er das Bild vor Augen, wie sie an ihrem Geburtstag diesem Gisbert einen Kuss gegeben hatte. Ihre Lippen hatten diesen, diesen ... Wie konnte sie ihm so etwas antun? Er verstand sie nicht! „Aber sie liebt mich eben nicht", sprach er mit sich selbst. Die Tonlampe passte nicht. Er hatte die falsche Größe gewählt. Und wenn schon, dachte er. Dann liebte sie ihn eben nicht. Aber er liebte sie. Vielleicht liebte sie ihn ja doch oder vielleicht eines Tages. Er wollte mit ihr zusammensein. Ihre Lebhaftigkeit, wenn sie etwas erzählte. Nicht so dröge wie er. Wenn er von einem Geschehnis berichtete, schlief er ja beinahe selbst dabei ein. Er dachte daran, wie sie von ihrer Großmutter erzählte, als sie allein im Wintergarten gesessen hatten und der Regen gegen die Scheiben prasselte. Ihre weißen Zähne in der Dämmerung, wie sie sie in einen Apfel schlug. Aber dann war ihre Mutter gekommen und hatte sich ein wenig über ihn lustig gemacht. Sie habe ihn schon von draußen gesehen, wie er dasitze, und habe gedacht, ein ausgestopfter Pinguin sei zu Besuch. Obwohl das im Grunde beleidigend war, machte es ihm nicht viel aus.

„Wie lange soll das denn noch dauern, Trelow?" schrie sein Chef jetzt. „Sind Sie in dem Kabuff krepiert? Machen Sie mal'n Probelauf!"

Rainer montierte hastig die Tonlampe und legte den Film ein. Da eine Schleife, hier ein wenig Spiel, da herum, noch eine Schlaufe, den Filmstreifen dort entlangführen, die Zähne in die Perforation drücken, noch eine Schlinge ...

„Wird's bald?!"

Er schaltete den Apparat ein, und ein knattriges Brummen begann. Die Filmrollen ruckten an und drehten sich. Die Lampe warf ihr helles Licht durch den laufenden bräunlichen Streifen, strahlte flackernd in den Zuschauerraum hinein. Der Film riss. Peitschend wurde ein loses Ende von der sich schnell weiterdrehenden Rolle einige Male gegen den Projektor geschlagen. Er schaltete die Maschine ab und griff zum Klebegerät. Er wusste, was jetzt kommen würde. Da wurde auch schon die Tür aufgestoßen, und März stand hinter ihm.

„Zuwenig Spiel", brüllte er. „Wie oft muss ich Ihnen das denn noch zeigen? Und Tempo, Herr Ingenieur!" März riss ihm das Klebegerät aus der Hand und beugte sein rot gedunsenes Gesicht mit dem grauen Bürstenhaar über die zwei Filmenden.

Viermal war er bei Lea zu Hause eingeladen gewesen, davon war das Sitzen im Wintergarten am schönsten gewesen. Solange sie allein dort zwischen den Pflanzen gesessen hatten. Sie hatte ihm ein Photoalbum der Familie gezeigt. Wie sie als kleines Kind ausgesehen hatte. Kaum Haare, aber derselbe Blick. Während er auf den herabgebeugten Rücken seines fluchenden Chefs sah, versuchte er sich ihr Gesicht vorzustellen. Doch er sah nur Einzelnes: Augen, Nase, Mund, die Sommersprossen, die Haare, das Kinn ... Es gelang ihm nicht, all diese Einzelheiten zusammenzubringen und mit Leben zu füllen. Obwohl er wusste, wie sie sprach, wie sie lachte, blieb sie undeutlich, immer wenn er sie sich vorstellen wollte. Und ohne Ton.

„Zweiter Versuch", riss ihn März, der inzwischen den Film schon wieder eingelegt hatte, aus seinen

Bemühungen. Diesmal klappte es, und der Chef ging, nicht ohne ihm noch einige Worte gesagt zu haben. Es war ein Harry Piel - Film. So wie der müsste man sein. Mut, Schwung, Abenteuer. Damit konnte man ein Mädchen beeindrucken.

„Was ist denn? Wollen Sie da oben verschimmeln?“ März steckte seinen Kopf zur Tür herein. „Machen Sie aus. Der Ton ist doch in Ordnung. Aufräumen, zack zack! Und vergessen Sie den Koffer nicht wieder!“

Rainer ging an der Oder entlang in Richtung der südlichen Außenbezirke. Bis sechs würde er es zu Fuß zu Artur Brzmi schaffen. Brzmi, sein einziger Bekannter in Breslau, hatte ihn zu sich eingeladen. Im modrigen Dunkel unter einer Brücke, über die eine Straßenbahn dumpf hinwegdonnerte, sah er sich wieder neben Lea sitzen, während ihre Schwester eine Art Ausdruckstanz zu Klavierbegleitung vorführte. An jenem Abend hätte er fast nach Leas Hand gegriffen. Wenn sie nur einmal wirklich allein gewesen wären -, aber bei den Lipsheims und Grüntals war ja immer Betrieb. Jeden Augenblick konnte jemand zur Tür hereinplatzen. Dauernd wurden Fragen und Antworten durchs Haus gerufen. Wie sollte man bei solcher Unruhe eine Liebeserklärung machen? Rainer ging unter den kleinen zurechtgestutzten Bäumen der Uferpromenade entlang. Das Gehen lenkte ihn etwas von seinen Gedanken ab, dachte er, dachte aber gleich darauf, dass er aufs Postamt laufen und sie anrufen könnte. Mehrmals am Tag hatte er sich das schon vorgenommen. Doch nachdem er einmal angerufen hatte und sie nicht dagewesen war, hatte er gemerkt, wie enttäuscht und eifersüchtig er war. Sie war unterwegs und amüsierte sich irgendwo. Er dachte Tag und Nacht an sie, und sie dachte noch nicht einmal wirklich an ihn, wenn er bei ihr war. Wie musste es dann erst sein, wenn er fort war? Aus den Augen, aus dem Sinn! Das war es. Unerfreuliche Gedanken, unerfreuliche Gefühle: Angst, ins Nichts anzurufen, Schuld, denn er rief ja nicht an, und Zweifel, ob es denn wirklich Liebe sei, wenn man sich nicht einmal traute anzurufen.

Artur umarmte ihn, klopfte ihm auf den Rücken und zerrte ihn in seine stickige dunkle Hinterhofwohnung. Seine Frau stand mit dem Kind auf dem Arm am Herd und briet kleine Fischchen in Fett. Es war das erste Mal, dass Rainer Arturs Frau sah. Er wusste nicht, wie er sie grüßen sollte. Die beiden Männer setzten sich an den Küchentisch. Artur schenkte zwei Gläschen Wudka ein. „Auf die Frauen", rief er, und sie leerten die Gläser. Artur war ein umtriebiger kleiner Mann, ein Alleskönner, der aber nur etwas machte, wenn er Lust dazu hatte. Unter anderem hatte er schon als Schausteller im Zirkus, Elektriker und Fremdenführer gearbeitet. Die letzte Arbeit hatte er verloren, weil sich einige Touristen beschwert hatten, er habe ihnen nur erfundenen Quatsch erzählt und sei betrunken gewesen. Rainer kannte ihn, weil er ihm gelegentlich ein paar Aushilfsarbeiten in Berliner Kinos vermittelt hatte. Sie aßen die Fischchen in der fettdunstigen Küche. Die Frau fragte ihn etwas in gebrochenem Deutsch. Er antwortete. Das Kind aß wenig und spielte still mit einer der übriggebliebenen kleinen Schwanzflossen. Rainer schaute auf das ärmellose Kleid von Arturs Frau. Schwarze Achselhaare über dem geblümten Stoff. Artur und er tranken noch ein paar Schnäpse, und Rainer merkte, wie Maschas Züge sich verhärteten. Während sie abräumte, sprang ihr Mann auf und klatschte in die Hände. „Wir gehen spazieren", rief er in Richtung seiner Frau und drängte Rainer so schnell hinaus, dass dieser sich kaum von Mascha verabschieden konnte. Als er vom Hof aus noch einmal zum Küchenfenster blickte, meinte er ihren Kopf hinter der Scheibe zu erkennen. Bald war er aber von all dem und auch von seinen Gedanken an Lea abgelenkt. Das lag am Schnaps und an den Kapriolen, die Artur auf der Straße machte. So sprach er zum Beispiel einfach eine Frau an und stellte ihr Rainer vor. Während die Frau sich von ihm abwandte und Rainer anschaute, ging er in den Handstand. Als sich die Frau dann wieder umdrehte, hatte sie an Stelle eines Gesichts plötzlich ein paar Fußknöchel, die aus herabgerutschten Hosenbeinen ragten, vor den Augen. Sie gab einen kleinen überraschten Aufschrei von sich, und Artur lief auf den Händen um sie herum. Dabei machte er ihr Komplimente und versuchte, sie zu einem Gläschen zu überreden. Die Frau aber beachtete die schwankenden Knöchel nicht weiter und stöckelte entrüstet davon.

Nachdem Artur ihn durch mehrere Kellerkneipen geschleppt hatte, war Rainer schließlich so betrunken, dass er ihm von seiner unglücklichen Liebe zu Lea erzählen wollte. In diesem Augenblick sprang Artur aber von seinem Hocker, sagte, er müsse nach Hause, und war verschwunden. Rainer fand mühsam den Weg zu der heruntergekommenen Pension, in der er wohnte. Weil es ihn vor seinem winzigen Zimmer mit dem muffigen Bett und einem Bild des Papsts an der Wand grauste, setzte er sich unten in den Aufenthaltsraum. Wenn er die Augen schloss, kreiste es in seinem Kopf. Deshalb stierte er auf ein paar staubige Topfpflanzen und eine kleine Gießkanne daneben. Plötzlich durchströmte ihn ein warmes Gefühl von Wehmut und Sehnsucht nach Lea. Nichts von Schuld, Angst und Eifersucht. Schwerfällig stand er auf und tapste in die kleine Nische, wo auf einem Tischchen ein Telefonapparat stand. Als er das Fräulein vom Amt um eine Verbindung nach Berlin bat, merkte er, wie schwer seine Zunge war. Lea war sofort am Apparat. Das überraschte ihn so, dass er zuerst einmal keine Worte fand. Dann sagte er seinen Namen und fragte, wie es ihr ginge. Sie antwortete nicht und fragte, ob er betrunken sei. „Ein bisschen", gab er zu und hörte ihr verächtliches Schnaufen. Was er wolle? Er stellte sich vor, wie sie die schwarze Hörmuschel an ihr Ohr presste und mit der kurzen Schnur spielte. Ihm fiel nichts ein, also erkundigte er sich lahm nach ihrer Familie. Alle wohlauf, entgegnete sie knapp. Wie gern hätte er jetzt seinen schwindligen Kopf an ihre Schulter gelehnt! Ob es etwas Neues gäbe? Ob das ein Scherz sein solle? fragte sie zurück, und er kam sich dumm und bäurisch vor. Aber jetzt sprach sie über Politik. Dass die Nationalsozialisten bestimmt die Wahlen gewinnen würden und dass das eine Schweinerei sei. Sie könne das Geschnarr dieses Wichtigtuers Hitler über Arbeitsplätze auf der Scholle und seine rollenden R's nicht mehr ertragen. Ebenso dieser sich vor dem Mikrophon windende Wurmfortsatz Goebbels. Ob er die Parodie von Kaspar Hauser in der Weltbühne gelesen hätte? Hatte er nicht. Aber was sollte er antworten? Ja oder nein? Hauptsache, sie sprach weiter mit ihm. „'Hitler und Goethe'. Der Schulaufsatz von einem Hitlerjungen?", fragte sie, „wo drinsteht: Goethe war nicht knorke?"

„Könnten wir nächste Woche nicht mal ins Kino gehen?"

„Ach, was ich Ihnen erzähle, interessiert Sie wohl nicht sehr? Während es Straßenkämpfe und mehr als fünf Millionen Arbeitslose gibt und eine Partei, die ‘Juda verrecke’ schreit, an die Macht kommt, wollen Sie ins Kino gehen? Entschuldigen Sie, aber Sie sind ein Esel.“ Sie legte auf.

Mit offenem Mund lauschte Rainer dem Tuten in der Leitung, während ihm Tränen in die Augen stiegen.

33

„Was? Schon zurück?" Rahel sah ihn angriffslustig an, und Viktor versuchte, seinen Ärger zu unterdrücken. Eigentlich hätte sie fühlen müssen, dass mit ihm etwas nicht in Ordnung war, aber sie ließ nicht locker. „Sonst kommst du dienstags doch immer erst kurz vor Mitternacht", wunderte sie sich in übertriebenem Ton und schaute schauspielernd auf ihre Uhr. „Und jetzt ist es erst kurz nach ein Uhr mittags." Sie tat das alles nur, um ihn zu reizen. Weil er nichts sagte, blickte sie wieder in die Zeitung, zerknüllte sie jedoch gleich darauf. „Ich kann den Mist nicht mehr lesen. Ist ja immer das Gleiche. Hitler hier, Hitler da. Wie bei Hase und Igel. Vielleicht sind es ja auch zwei Hitlers. Oder noch mehr." Als sie merkte, dass er auch darauf nicht reagierte, kehrte sie zu ihrer Stichelei zurück. „Hat dich dein Liebchen etwa versetzt? Armer Viktor."

„Hör auf", sagte er betont ruhig.

Aber offenbar konnte sie sich nicht bremsen, denn sie hackte weiter auf ihn ein. „Na vielleicht lässt es sich ja morgen einrichten."

Viktor riss endgültig der Geduldsfaden. „Jetzt sei still. Wenn du dich selbst hören könntest ... Der Dekan hat mich beurlaubt. Ich hatte bis zuletzt gehofft, dass ... aber ... Meine Lehrtätigkeit an der Universität ist beendet. Bist du nun zufrieden?"

„Ha!" rief sie spöttisch aus, „das war doch zu erwarten. Was hast du denn gedacht?"

Jetzt wurde Viktor ernstlich wütend. „Wie immer weißt du natürlich alles besser. Mitgefühl aber ...“

„Dass ich nicht lache! Du erwartest von mir Mitgefühl? Wein’ dich doch bei deiner Geliebten aus. Du lässt dich hier nie blicken und ...“

„Schon gut, schon gut. Ich hab ja verstanden.“ Viktor winkte ab und wollte die Treppe hinaufgehen. „Entschuldige“, hörte er seine Frau murmeln, stieg aber langsam weiter Stufe um Stufe empor. Plötzlich sah er Rahel am Fuß der Treppe stehen. Sie fragte, ob er nicht mit seinen Töchtern und ihr gemeinsam zu Mittag essen wolle. Er nickte und ging in sein Arbeitszimmer.

Als er eine dreiviertel Stunde später das Esszimmer betrat, saßen alle schon bei Tisch. Auch die Schwiegereltern, mit denen er seit geraumer Zeit jede Begegnung vermieden hatte, was vor allem daran lag, dass er Valerias Temperament fürchtete. Seine Töchter sahen ihn seltsam aufmunternd an, also wussten es alle.

„Haben sie dich also rausgeschmissen“, resümierte Valeria.

„Valja“, besänftigte der zurückhaltende Schwiegervater seine Frau.

„Zahlen sie dir wenigstens noch dein Geld?“

Viktor nickte.

„Das ist ja wohl auch das mindeste. - Was sind das für Zeiten?“ seufzte sie nun. Dann wallte es wieder in ihr auf. „Aber bald werden sie dir das Geld streichen, und was dann?“

Jascha legte ihr seine schmale Hand auf den Arm. „Not werden die unsern nicht leiden müssen."

„Aber wie soll denn das weitergehen?" rief Valeria.

„Ich weiß es nicht", antwortete Jascha leise und sah ratlos in die Suppe. „Ich hoffe, der Schreihals wird sich nicht lange an der Macht halten."

„Und wer will ihn absetzen?" fragte Rahel.

Viktor sah seine Frau an und ihm fiel der bittere Zug auf, den sie um den Mund herum bekommen hatte. Sie hielt seinem Blick nicht stand und wandte den Kopf mit einer trotzig ruckhaften Bewegung ihrem Vater zu. In diesem Moment sah er sie zum ersten Mal als eine Verlassene, ja als eine Verstoßene, und sie tat ihm leid. Gern hätte er ihr ein nettes Wort gesagt, doch nun raufte Emma theatralisch ihr Haar und machte ihrem Unmut Luft: „Könnt ihr nicht mal von was anderem reden?" Viktor sah auch sie in einem anderen Licht als gewöhnlich. In ihrem sechzehnjährigen Gesicht lag etwas Unglückliches verborgen. Vielleicht litt sie, weil sie unbewusst fühlte, dass Lea - nicht sie - seine Lieblingstochter war. Und ihre Schwester? Die hatte kaum zugehört, wahrscheinlich wieder einmal von einem Film geträumt, aber stimmte Emma nun zu. „Ja! Es ist doch Frühling, Mai ..."

„Im wunderschönen Monat Mai ...", unterbrach Viktor sie, ohne zu wissen, was er eigentlich sagen wollte. „Im wunderschönen Monat Mai, als viele Bücher brannten und mich die braunen Schergen von der Universität verbannten. Im wunderschönen Monat Mai, als alle

Schlächter sangen. Da haben sie an Fahnenstangen die ersten Juden aufgehangen."

„Das ist ja schrecklich, Viktor. Wo hast du das denn gehört? Nun isst du einmal mit uns und musst gleich ..."

„Ich kann auch gehen, wenn es das ist, was du willst."

„Darin bist du ja geübt. Das ist alles, was du kannst."

„Kinder", ermahnte Valeria Tochter und Schwiegersohn nun, „wenn ihr euch schon streiten müsst, dann geht irgendwohin, wo wir euer Gekeif nicht hören."

„Na, geh schon zu ihr, zu deiner, deiner ..." fauchte Rahel. Valeria klatschte gebieterisch in die Hände, so dass ihre schweren Unterarme wackelten, aber ihre Tochter beachtete sie nicht. Viktor erschrak über den Hass in den Augen seiner Frau, die schrie: „Ja, ja, ich weiß! Es ist noch zu früh für das Madamchen! Aber denk nicht, dass ich es zulasse, dass du es dir hier gemütlich machst. Dann musst du dich halt in ein Café setzen und dir da die Zeit bis zu deinem Tête-à-tête vertreiben."

Viktor warf noch einen kurzen Blick auf die traurigen Gesichter seiner Töchter und ging schnell hinaus.

Wenn er es auch nicht wahrhaben wollte: Im Grunde hatte ihn seine Frau durchschaut. Sie kannte ihn, sie hasste ihn und wahrscheinlich liebte sie ihn noch immer. Es war wirklich noch zu früh. Anke und er waren erst um sieben verabredet. Vielleicht wäre er nun sogar in ein Café gegangen, wenn Rahel ihm nicht gesagt hätte, er solle es tun. Jetzt verbot es ihm der Trotz. Also ging er in einen kleinen Park, der sich in der Nähe von Ankes

Wohnung befand. Dort lief er eine Weile im Kreis herum wie in einem Käfig. Schließlich setzte er sich auf eine Bank und starrte auf herabgefallene Kastanienblüten, die bräunliche Flecken hatten. Alles bekam braune Flecken: Blütenblätter, faulende Früchte, Unterhosen und Lebensläufe. Er dachte an Anke. Wie schon oft fragte er sich, was ihn in ihre Arme trieb. Es war der Gegensatz, der ihn reizte und der nur im Bett aufzuheben war. Aber in letzter Zeit hatte er den Eindruck gehabt, dass es nicht mehr so gut ging zwischen ihnen. Und was blieb dann übrig? Er wischte diese Gedanken fort. Es war sieben Uhr, und er machte sich auf den Weg. Sie war nicht da. Oder öffnete nicht. Er sah zu ihren Fenstern hinauf. Nichts. Er klingelte noch einige Male. Ging um den Häuserblock, versuchte es wieder. Gab auf. Entrüstet stürmte er los, - sie hatte ihn versetzt! -, verlor allen Antrieb, irrte nur noch durch die Gegend, fühlte sich verlassen. Er war allein. Er vermisste die wenigen Menschen, die er kannte. Und sein tröstliches Arbeitszimmer vermisste er auch. Seine Gedanken liefen im Kreis. Der Dekan hatte ihm noch nicht einmal die Hand geschüttelt. Seine Sekretärin hatte ihn bei der Verabschiedung kühl angesehen. Er war dort nicht mehr erwünscht. Wenn er zurückdachte, war Anke in den letzten Monaten immer abweisender geworden. Hatte er die Zeichen nicht zu lesen verstanden? Sie wollte nichts mehr von ihm wissen, dessen war er sich jetzt sicher. Und zu Hause war auch kein Platz mehr für ihn. Rahel hasste ihn, und die Töchter waren ihm letztlich fremd. Er war allein. Immer wieder endeten seine Gedankengänge bei dieser Erkenntnis und riefen Selbstmitleid hervor. Aber hatte er das alles nicht verdient? Inzwischen war es dunkel geworden. Ein unheimliches Stampfen ließ ihn innehalten. Das ferne Brausen von Menschengeschrei war zu hören. Trommeln. Ein rötlicher Schein lag über den Hausdächern. Er wollte den Massenauflauf umgehen und bog in eine Seitenstraße ab. Als er die nächste Kreuzung erreichte und die breite Straße hinabschaute, sah er aber dennoch den riesigen Fackelzug der Nationalsozialisten vorüberziehen. Die Uniformierten marschierten in Reih, Glied und Gleichschritt, mit den gestreckten Beinen Raum weghackend. Der Zug glitt vorwärts wie das Kettenband eines ungeheuren Panzers. Nun blieben sie stehen, über ihren Köpfen hingen die Fahnen an Stangen wie riesenhafte Fledermäuse. Jubelnde Zuschauer umgaben die Blöcke. Von weitem sah das Ganze etwa so aus wie eine Bakterienkultur im Agar-Agar-Glas. Wieder ging Viktor in eine Seitenstraße hinein und versuchte, über Umwege seine Richtung ungefähr beizubehalten. Auf diese Weise geriet er in ein Netz von kleinen Straßen, die er nie zuvor betreten hatte. Er hatte sich verirrt und folgte schließlich der erstbesten größeren Straße in der Hoffnung, so in eine ihm bekannte Gegend zu gelangen. Die Straße mündete in eine Allee. Hier war der Fackelzug entlangmarschiert. Fackelstümpfe und Flugblätter lagen unter den Bäumen, Flaggen waren an Laternen gebunden. Er roch Rauch. Vor ihm weitete sich die Allee. Der Rauch trieb ihm jetzt Tränen in die Augen. Dann sah er das Feuer. Mal beleuchtete es die Gebäude des großen Platzes mit flackerndem Licht, mal hüllte es sie in Rauchschwaden. Lastwagen standen in der Nähe, von Menschentrauben umgeben. Bücher wurden abgeladen, zum Feuer getragen und hineingeworfen. Viele junge Leute waren dabei. Mehr als einmal meinte Viktor, Ankes blonde Haare aufglänzen zu sehen. Die Hakenkreuze auf den Armbinden sahen bedrohlich aus, wie Schrauben, die sich in ihn hineindrehen wollten, die Löcher bohrten, wirbelnd Fleisch ausschälten. Viktor sah ins Feuer. Es zog ihn seltsam an, und er ging näher heran. Funken stoben und brennende Fetzen stiegen zum schwarzen Himmel hinauf, Ascheflocken sanken nieder. Er trat auf ein Buch und hob es auf: Jakob Wassermanns 'Caspar Hauser'. Er behielt das Buch in der Hand. Jemand zupfte ihn am Ärmel. Er erkannte Berg, eine ehemalige Hilfskraft an der Universität, und wollte ihn begrüßen. Aber Berg zog ihn schnell mit sich, und sie ließen das tosende Feuer hinter sich. Viktor hatte den unauffälligen Studenten nie recht beachtet. Nun aber merkte er, wie froh er war, nicht mehr ganz allein zu sein. Auch wenn er nur stumm neben dem ehemaligen Mitarbeiter herging.

„Lehren Sie noch?", fragte dieser nun.

Viktor schüttelte den Kopf.

„Sie können Ihre Beurlaubung ja als Ehre betrachten. Kantorowicz, Hirschfeld, Tillich, Franck, Hertz - alle beurlaubt."

Sie gingen weiter. An einer dunklen Ecke knöpfte Berg wortlos seinen Mantel auf: Die Innentaschen steckten voller Bücher. „Ich rette, was ich kann: Döblin, Tucholsky, Brod, Heinrich und Thomas Mann, Werfel, Zweig, Feuchtwanger, Schnitzler ..."

Viktor wollte ihm den Wassermann geben.

„Nein, nein. Behalten Sie das nur. Ich hab es schon." Und mit diesen Worten verschwand Berg in einer Seitenstraße.

Viktor verbarg das Buch in der Innentasche seines leichten Frühlingsmantels und ging hastig weiter auf das U-Bahn-Zeichen zu, das in der Ferne leuchtete.

34

„Prensch zum Gruppenleiter!"

Kurt überquerte den Hof. Vom Exerzierplatz war Gebrüll zu hören. „Rühren!" Wie immer wenn er diesen Befehl hörte, stellte er sich vor, wie die Soldaten mit ihren Gewehren in der Gulaschkanone rührten ... Kurt trat ins Dienstzimmer und salutierte. Gruppenleiter Könske grüßte mit gestrecktem Arm: „Heil Hitler!" Dann fummelte er an seiner Brille herum und sah in seine Akte. Jetzt biss er in den Metallbügel und ließ die Brille kurz baumeln. „Unnoffzier Prensch, Ihre Akte enthält durchaus zufriedenstellende Bewertungen ..." Könske fixierte ihn und strich dabei mit dem Ende eines Brillenbügels um ein Nasenloch herum. „Kurz:" Könske straffte sich, steckte den Bügel ins Nasenloch und zog ihn sofort wieder heraus. Kurt konnte nicht erkennen, ob ein Popel daran haftete. „Wie alle Ihre Kameraden sollten Sie Parteimitglied sein."

„Ich werde es mir überlegen, Herr Gruppenleiter."

„Nein. Dazu hatten Sie lange genug Zeit. Sie machen morgen Meldung."

„Jawohl, Herr Gruppenleiter."

„Und Prensch. Merken Sie sich: Ohne Parteibuch ist es für Sie aus mit dem Fliegen. Wegtreten. Heil Hitler!"

Sie saßen auf der Stube. Wegen der Hitze und Laschkes Füßen hatten sie das Fenster geöffnet, der Mücken wegen das Licht nicht eingeschaltet. „Warum stellst du dich so an?" Henz wischte sich den Schweiß aus dem Nacken. Laschke lag auf dem untersten Etagenbett und starrte auf das über ihm. In der Dunkelheit war Henz nur ein sackförmiger Schemen in der Ecke: „Schau uns doch an. Wir sind in der Partei und sind immer noch dieselben."

„Du ja nicht. Sagst doch selber, du hättst abgenommen."

„Na ja, das stimmt nicht ganz, ich habs vor, ich muss ja auch, die lassen mich sonst nicht mehr fliegen."

„Also stecken wir doch in derselben Klemme: Du möchtest nicht wirklich aufs Vielessen verzichten, und ich will nicht in die Partei eintreten."

„Aber das ist doch viel leichter als Fasten", sagte Henz traurig. Sie schwiegen eine Weile. Laschke schlief vielleicht. „Schau", ließ Henz immer noch nicht locker, „die Partei kann dir doch ganz egal sein."

„Eben. Die könn' doch nur Autobahnen bauen."

Laschke gähnte und streckte sich. „Vielleicht kommt unser Kamerad nicht aus ner erbsenguden Familie."

„Erbsengut?" fragte Henz.

„Hab mich versprochen. Meinte erbgesund. Und überprüft."

„Fürn Urlaub", spottete Kurt, „geht ihr zum KdF-Wart. - 'Kraft durch Freude'. Dass ich nicht lache."

„Ja, was machste denn, wenn sie dich rausschmeißen?"

„Flugbaumeister lernen.“

„Geht das denn?“

„Warum soll das denn nicht gehen? Bei Dornier. Und dann kann ich endlich Flugboote bauen.“

„Träum weiter“, sagte Laschke, „ich könnt ja nicht aufs Fliegen verzichten.“

„Was macht Trixi eigentlich?“ fragte Henz.

„Schläft. Tief und fest.“

„Prensch zum Gruppenleiter!“

„Heil Hitler!“ Könskes Brillengläser blitzten.

Kurt wartete darauf, dass der Gruppenleiter an seiner Brille zu knabbern anfing. Aber er tat es nicht. Stattdessen begann er in schneidendem Tonfall zu sprechen: „Hätte Ihr direkter Vorgesetzter nicht für Sie gutgesprochen, würde ich Sie jetzt nicht einfach entlassen, sondern einem Verhör unterziehen. Sie haben sich despektierlich über die Partei geäußert. Ja, jetzt bekommt er es mit der Angst, da werden ihm die Knie weich, was? Ich will hier nicht ins Einzelne gehen, habe Besseres zu tun. Ich sage Ihnen nur eins, Prensch. Leute wie Sie müsste man festsetzen. Leute wie Sie widern mich an. Machen Sie, dass Sie wegkommen.“

Der Zug war noch nicht da. Kurt nahm seinen Koffer und trat in den winzigen Laden, der an das kleine Bahnhofsgebäude angebaut war. Immer wieder fragte er sich, wer ihn verraten hatte. Henz oder Laschke?

Die alte Verkäuferin unterbrach ihr Gespräch mit dem Postboten und fragte, was es sein dürfe.

- Oder hatte es doch jemand anders getan, jemand der irgendwann einmal eine unvorsichtige Bemerkung von ihm aufgeschnappt hatte.

„Nun, nun?" drängte die Verkäuferin.

„Ich schau mich nur um", sagte er.

„Das ist kein Museum hier, sonst würd ich Eintritt verlangen."

„Ist ja schon gut."

„Was ist gut? Davon, dass Sie hier rumkucken, hab ich nichts. - Wirklich, Herr Streg ..." wandte sie sich wieder dem Postboten zu, „ich habs ja immer gesagt, kastrieren soll man diese Schweine, die machen es wieder und wieder", sie rang die Hände. „Aber jetzt weht ein neuer Wind. Die wissen mit solchem Vieh umzugehen. Wissen Sie noch? Der Kinderschänder, den sie so lange nicht gefasst haben, der hier in der Gegend, im Moor ...?"

- Henz und Laschke schienen traurig beim Abschied gewesen zu sein.

„Vollkommen richtig", räusperte sich der Postbote.

„Und endlich tut man auch mal was gegen die Geisteskranken und macht sie unfruchtbar und die Dorftrottel. Wenn die Kinder in die Welt setzen, so wie die eine, die immer im Nachbarort rumrannte, wissense noch? Das ist doch unwertes Leben. Na zum Glück sind ja beide gestorben."

Kurt verließ das Lädchen.

„Solche ham wa gerne", hörte er noch.

Auf der Straße waren Schweine verladen worden. Eine Gruppe Jugendlicher stand um den vergitterten Anhänger herum. Blass, käsigweiße Arme und Beine: schulentlassene Stadtjugend, die neuerdings ein Landjahr absolvieren musste. Hier war wohl ein Heim in der Nähe, in dem ihnen Leiter durch Zucht und Bewegung bei der Charakterbildung und Körperschulung halfen. Eins der Schweine war offenbar im Anhänger geblieben und wollte nicht raus. Der Bauer befahl den Oberschülern, das Schwein da herauszutreiben, aber die trauten sich nicht recht. Einer wollte es mit einer Rübe locken, zeigte sie ihm, aber das Schwein machte keinerlei Anstalten, darauf zuzulaufen. Ein anderer ging um den Anhänger herum und piekte dem Schwein kurz mit einem Stock ins Hinterteil. Da schrie das Schwein so entsetzlich, schrill und dann gurgelnd, dass alle zurückwichen. Der Bauer verlor die Geduld und blaffte einen aus der Gruppe an: „Du! Rein da! Das Viech rausscheuchen!" Die anderen atmeten auf, erleichtert, dass es sie nicht getroffen hatte. „Komm, Gert. Mehr als dich anspringen und dir die Kehle durchbeißen kann es nicht." „Still!" rief der Bauer zur Seite und schnauzte Gert an: „Na, wird's bald!" Mit vorsichtigen Schritten näherte sich der Junge dem Anhänger. „Nicht so ängstlich. Das Viech merkt das", schrie der Bauer. Aber der Junge blieb bei seinen kleinen Schritten. Langsam ging er die kurze Holzrampe hinauf. Jetzt krächzte er etwas. Offensichtlich wollte er beruhigend auf das Tier einwirken, aber das Schwein bewegte sich unruhig. Der Junge betrat den Anhänger. Das Schwein beobachtete ihn. Der Junge schob einen Fuß vor und scharrte dabei durch das Stroh. Das Schwein grunzte warnend. Der Junge streckte beschwichtigend den Arm etwas vor und wollte den anderen Fuß nach vorn schieben, da schoss das Schwein los. Es fegte im Schweinsgalopp um den Jungen herum, der wie gelähmt stehengeblieben war. Nun stand es reglos vor ihm und blockierte den Ausgang. Seine Schnauze berührte fast die nackten bleichen Knie. Die lang- und weißbewimperten Augen schienen teilnahmslos vor sich hinzublicken, lauerten aber doch auf die kleinste Bewegung. „Schiet. Das Schwein hat ihn", sagte jemand. Der Junge versuchte, sich nicht zu bewegen, fing aber jetzt heftig zu zittern an. „Und das Viech hat Zeit", meinte ein anderer. „Lass dich nicht unterkriegen, Gert", rief ein dritter. Aber Gerts bebende Lippen verzerrten sich, verzweifelt schluchzend schnappte er nach Luft. Er traute sich nicht einmal, seine Hand vor das Gesicht zu heben und stand einfach heulend da. Die Tränen kullerten ihm über die Backen und fielen ins Stroh. Das Schwein zeigte keine Regung. Völlig unbeeindruckt starrte es auf Gerts zitternde Knie. Kurt beobachtete den Bauern, der alles grinsend mitangesehen hatte. Jetzt aber trat der mit wenigen schnellen Schritten von hinten an das Schwein heran, packte es beim Ringelschwanz und zerrte das jämmerlich schreiende Tier vom Anhänger. Als er es losließ, rannte es, die kurzen Beinchen flink bewegend, von allein die andere Rampe hinauf und verschwand bei den anderen im Viehwaggon. „Ihr wollt doch Schinken essen", rief der Bauer und schob die Eisentür zu. Die Jungen kletterten auf den Anhänger, der Bauer stieg auf den Traktor. Kurt sah noch, während die Gruppe über die staubige Landstraße wegfuhr, wie jemand dem immer noch weinenden Jungen auf den Rücken klopfte. Hinter ihm setzte sich jetzt der Viehwagon in Bewegung.

Die Fachhochschule lag in einer Kleinstadt. Die Ansässigen sprachen einen zischelnden Dialekt. Er bezog ein kleines Zimmer zur Untermiete. Die Vermieterfamilie bestand aus Vater, Mutter, Tochter und Sohn. Er aß gegen Geld mit ihnen zu Mittag. Der Vater trug die Haare über Schläfen und Ohren kurzrasiert soldatisch. Die Mutter trug meist eine große weiße Schleife vor der Brust. Während sie die Suppe mit der Kelle austeilte, sprach sie vom Eintopf. 'Einmal pro Woche', das habe auch die Partei gesagt. Der Sohn blieb unauffällig, vielleicht hatte er Angst vor dem strengen Vater. Allerdings wippte er manchmal mit einem Bein, was Kurt störte. Hilde, die Tochter, gefiel ihm sehr. Sie hatte gerade das Gymnasium beendet und sollte im Herbst ihr Haushaltsjahr antreten. Ihre blauen Augen blitzten ihn munter an. Wenn er von der Werkstatt, in der er sich Geld zu seinen Ersparnissen dazuverdiente, zurückkam, fand er sie meist vor dem Volksempfänger im Wohnzimmer sitzen. Sie lauschte der leisen Musik und errötete, wenn er sie ansprach. Gelegentlich erzählte er ihr vom Fliegen und von den Flugzeugen. Zum Beispiel vom Dornier-Wal Flugboot, das im Atlantik auf einem zur Fluginsel umgebauten Dampfer zwischengelandet war. Hildes Wangen glühten; sie hörte so gebannt zu, dass sie kaum zu atmen schien, nur ihre Nasenflügel klappten auf und zu fast wie bei einem Häschen.

35

An der Rezeption hatte man Rainer gesagt, er werde erwartet, und in Richtung des Aufzugs gedeutet. Gehorsam war er dem Fingerzeig gefolgt und hatte sich in die Kabine begeben. Erst als sich die Türflügel zuschoben, hatte er die breite Treppe im Hintergrund gesehen, die er viel lieber benutzt hätte. So stand er nun dem uniformierten Aufzugfahrer gegenüber, der durch ihn hindurchstarrte. Der Zeigefinger einer behandschuhten Hand drückte einen Knopf. Der Motor summte laut, der Boden erzitterte, ein Ruckeln war zu spüren und die Wände knarzten ein wenig. Etwas rastete ein.

Froh, dass er den Käfig verlassen konnte, trat er auf den Gang hinaus und schritt den endlosen grauen Läufer entlang.

Seine Mutter öffnete. „Sieh an, du lebst noch." Ihr Gesicht hatte sich sehr verändert. Es wirkte fast wie das eines Mannes: Ein feiner Flaum stand über der gebräunten Haut, das Kinn war vorgeschoben, und die Kaumuskeln wölbten sich, wenn sie, wie es in fast regelmäßigen Abständen geschah, die Zähne zusammenbiss. Außerdem hatte sie sich angewöhnt, in Redepausen die Zunge zwischen den gespannten Lippen hindurchzustoßen. Sie trug ein Kostüm aus dunkelgrünem dicken Loden. Im Hintergrund sah Rainer ihren Mann in einem Sessel sitzen. Seine fette Gestalt umgab ein schwarzer Mantel aus dünnem Gummi. Das Gesicht hing ihm wie feuchter Gips um den Totenschädel. In der modrigen Leichenblässe lagen die Augen umgeben von roten Höfen. Sie beobachteten

Rainer, doch von Weser saß weiter regungslos. Die Mutter stellte sich neben den Sitzenden und legte ihm die Hand auf die Schulter. Nun fixierten ihn beide. Dann schritt die Mutter energisch zu einem Koffer und überprüfte das Schloss. Sie beugte den runden Kopf, der wie eine große angemalte Kastanie wirkte, die der weiße Strich des Mittelscheitels halbierte. Sie sagte, dass sie in einer Stunde einen Termin hätten und fragte ihn, wie er denn gekleidet sei, ob er das angemessen finde. „Setzen wir uns doch", schlug sie vor. „Gleich muss ich einen Pagen für das Gepäck rufen. Willst du dich nicht setzen? Wie lange haben wir uns nicht mehr gesehen? Warum bist du denn nie ...? Wie du ja weißt, nehmen Bertram und ich regen Anteil an der Bewegung." Rainer sah die Mutter wie ein fremdes Tier an. Sie merkte das wohl und zurrte, um abzulenken, an einem weißen Stick-Tischdeckchen herum. Fast tat sie ihm leid, aber bevor er etwas sagen konnte, begann sie vom Parteitag in Nürnberg zu schwärmen, von dem sie gerade kamen: das Zeppelinfeld voller Menschen, die riesigen roten Fahnen über den Tribünen, die Standarten mit Hakenkreuz und mit die Flügel spreizendem Adler. Deutschland erwache. Der Führer. Die Wehrpflicht. Der Arbeitsdienst. Die SS-Totenkopfverbände in ihren schwarzen Uniformen. Sie schaute auf die Uhr. „Ich muss den Gepäckträger ... Wir haben wollen die Hauptstadt der Bewegung besichtigen, aber das machen wir dann das nächste Mal, nicht wahr, Bertram?" Von Weser beachtete sie jedoch nicht, sondern nagelte mit seinem kalten Blick Rainer weiterhin fest. Rainer fuhr es durch den Kopf, dass er selbst seine Mutter so ansah wie dieser Mann ihn. „Und das Blutschutzgesetz, dafür war es wirklich höchste Zeit. Wie viele Juden wollen sich hier durchschlawinern, indem sie Arier heiraten. Mit dem ganzen Schmutz ist jetzt Schluss. Erinnerst du dich an Frau Klenning? Die kennst du doch. Die hat so einen Jud ... Aber jetzt muss ich wirklich den Gepäckträger ...“ Sie lief zum Telefon, nahm den Hörer ab und bestellte einen Gepäckträger. Nun griff sie in ihre Handtasche und kam auf Rainer zu. Er wich ein wenig zurück, doch die Mutter fasste ihn mit einer Hand am Arm und drückte ihm mit der anderen einen Geldschein in die Hand. Erwartete sie einen Dankes- oder Abschiedskuss? Rainer konnte den Blick ihrer hellen Augen nicht ertragen, er erschien ihm völlig fremd und geradezu irr. Er senkte beschämt den Kopf; nicht einmal etwas zu murmeln, gelang ihm. In diesem Moment klopfte es, ein Page trat ein und streckte den Arm zum deutschen Gruß. Die Mutter nahm Haltung ein. Der Junker blieb sitzen und lächelte, wie es Rainer aus dem Augenwinkel schien, beifällig. Doch noch bevor die Mutter den deutschen Gruß erwiderte, lief Rainer, eigentlich ohne zu wissen, was er tat, hinaus, den Gang entlang, die Treppe hinunter, aus dem Hotel hinaus auf die Straße und die Straße hinunter. Atemlos keuchend, mit einem Blutgeschmack in der Kehle, öffnete er schließlich die Hand und sah auf den Geldschein. An der nächsten Ecke legte er ihn einem Bettler in den Hut. An einer Pumpe wusch er sich die Hände.

Lea öffnete ihm die Tür, und Rainer war gleich ein wenig beleidigt, weil sie sich nicht zu freuen schien. Allerdings war er so oft bei Lipsheims zu Gast, dass er zu einer Art

Hausfreund geworden war. Ein Hausfreund, der sozusagen zum Inventar gehörte.

Die übliche Runde war zum Tee im Salon versammelt. Während Lea und Emma an ihren Tassen nippten und ihren Gedanken nachhingen, stritt ihre Mutter einmal mehr mit der Großmutter über die Ausreise.

„Nach Palästina?", rief Valeria. „In die Wüste und Staub fressen, nein danke. Rot wie ein gekochter Krebs, schweißnass wie ... wie ein ... Rollmops durch den Sand rollen, das Knirschen zwischen den Zähnen, der Wind heult, die Kamele heulen ...“

„Ich hab mir ein Hebräisch-Buch gekauft“, sagte Emma.

„Und? Kannstes lesen?“

„Nein, es ist ja zum Lernen.“

„Und? Lernstes?“

„Noch nicht.“

„Na siehste. Dummes Gekritzel mit Kringeln und Punkten, nichts weiter.“ Die Großmutter wandte sich Rainer zu. „Was meinen Sie dazu?“

Rainer errötete. „Ich ... kann ...“

„Und England, Mutter?“ unterbrach ihn Rahel.

„Ach, da ist man immer nass. Entweder es regnet oder die Einheimischen spucken einen an - mit der Zunge zwischen den Zähnen. Oder beides zugleich und dann noch Nebel. Brrr ...“ Sie schüttelte sich. „Nein. Jetzt hör mal auf, Kind. So schlimm wird's hier schon nicht werden. Sind doch alles Menschen."

„Eben. Das ist es ja gerade."

„Selbst dein Vater ist nicht so pessimistisch. Zwar erkundigt er sich gelegentlich ein wenig bei Geschäftsfreunden im Ausland, aber er meint auch, dass der Spuk hier bald ein Ende haben muss. Und dein Mann hat sich doch auch ganz passabel eingerichtet mit seinen Privatvorlesungen hier im Haus."

„Viktor kann es sich seiner kranken Eltern wegen nicht vorstellen fortzugehen." Rahel sah Rainer fragend an. „Was glauben Sie denn? Wird es für uns noch schlechter werden?"

Er musste an seine Mutter denken und wich ihrem Blick verlegen aus. „Ich glaube ... ja ... aber ich kann mir nicht vorstellen ..."

„Lass doch den Herrn Ingenieur in Ruhe, der hat anderes im Kopf."

„Großmutter!" rief Lea entrüstet.

„Abwarten und Tee trinken", sagte Valeria und befahl mit einem energischen Kopfnicken der vor sich hinträumenden Emma, die Tasse des Gastes zu füllen.

„Nimmst du ihn mit zu deinem Maler?" fragte Emma ihre Schwester mit einem hinterhältigen Lächeln.

Ein Kloß bildete sich in Rainers Kehle.

Lea warf ihrer Schwester einen hasserfüllten Blick zu. „Eigentlich wollte ich ..."

„Man bringt doch nicht einfach unangemeldete Gäste mit. Und bitte grüß ihn von mir", kam Rahel ihrer Tochter zu Hilfe.

Rainer fielen wieder einmal die harten Züge um den Mund von Leas Mutter auf. Frau Lipsheim wurde von Mal zu Mal magerer und hielt im Sitzen Kopf, Hals und Oberkörper so betont aufrecht wie eine Balletttänzerin. Er sah kurz zu Lea hinüber, ihr gleichgültiges Gesicht gab ihm einen Stich, und er fühlte wieder einmal, dass er nicht dazugehörte, dass ihn eigentlich niemand hier mochte. Außer der Großmutter vielleicht, die jetzt sagte: „Gäste? Ist doch nur einer. Und ist der Mann nun ein Maler oder ist er kein Maler? Wenn er wirklich ein Künstler ist, wird er schon mit einem Gast mehr fertig werden. Also geht schon."

Lea zog eine Flappe, stand auf und ging zur Garderobe.

Rainer verabschiedete sich und folgte ihr langsam und unschlüssig.

„Nun mach schon!" Sie ließ sich nicht von ihm in den Mantel helfen, und schweigend gingen sie los.

Lea hatte keine Lust zu reden: nicht auf dem Weg zur Haltestelle, nicht in der Straßenbahn und nicht, als sie dann wieder zu Fuß unterwegs zum Atelier des Malers waren. Und wie so oft wusste Rainer nichts zu sagen.

Im Treppenhaus roch es nach kaltem Stein und Katzenpisse. Der Maler öffnete. Er hatte einen eckigen Kopf mit wenig Haar, große dunkle Augen und einen breiten

Mund. Erfreut zog er Lea mit kräftiger Hand in den Flur hinein. Dort roch es nach Ölfarbe, Terpentin und Zigarettenrauch. Mit Lea, die er am Arm hielt, ging er voraus in einen großen Raum mit großen Fenstern. Die vergoldete Kuppel einer Kirche warf helle Reflexe des Sonnenuntergangs auf den dunklen farbverkrusteten Holzboden. An zwei der hohen Wände lehnten Dutzende großformatiger Bilder, von denen man allerdings nur die Rückseite sah: zwischen Holzlatten aufgespannte graue Leinwand. Ein paar Stühle standen herum und in einer dämmrigen Ecke zwei Sofas. Auf einem davon, das erkannte Rainer erst jetzt, saß eine junge Frau, die nur schwach mit dem Kopf nickte, als sie sah, dass Rainer sie bemerkt hatte. Sie wirkte etwas trübsinnig, und Rainer fragte sich, ob sie missgestimmt war, weil er sie nicht beachtet hatte. Ohne das Wort an sie zu richten - das traute er sich nicht -, setzte er sich auf das andere Sofa und fühlte sich schuldig an ihrem Zustand und am Schweigen, das zwischen ihnen lastete. Hilfesuchend schaute er auf Lea, doch die schien nur noch Augen für den Maler zu haben. In seinem eleganten grauen Anzug, dessen Jackettschöße allerdings mit Farbe beschmiert und dessen umgeschlagene Beine bekleckst waren, stand dieser leicht breitbeinig vor ihr und sah sie gutgelaunt an. Rainer fühlte, wie die Eifersucht ihm bereits das Herz beengte, als Paul, der Maler, sich plötzlich abwandte und sagte, er habe heute den zweiten Flügel eines Triptychons fertiggestellt. Wie jeder Künstler hatte er nicht viel anderes im Kopf, als jedem X-beliebigen seine Werke zu zeigen. Er drehe seine Bilder immer um, damit er sie nicht dauernd sehe, denn das sei nicht gut, sagte er jetzt, fasste ein sehr hohes, schmales Bild von hinten und stellte es vor sie hin: Ein verschlagen aussehender Hoteljunge in Uniform führte eine kriechende Frau neben sich her, im schattenhaften Hintergrund saß ein Paar in der Loge und schaute zu. Der Mann im schwarzen Abendanzug war von der Frau abgewandt und ähnelte dem Maler. Der schien gar nichts über sein Bild hören zu wollen, klatschte in die Hände und sagte, das müsse gefeiert werden. Er habe noch eine Torte und eine Flasche Sekt im Kühlschrank. Daraufhin verschwand er in der winzigen Küchenecke. Während sie es rumpeln hörten, richtete die trübe junge Frau das Wort an Lea: „Ein wenig plump, meinen Sie nicht?"

„Aber wie sollte es anders sein?" fragte Lea nur kurz zurück und räumte ein Tischchen frei, indem sie die Sachen einfach auf den Boden stellte.

Die andere war ganz in ihre Missstimmung versunken, als der Maler alles balancierend hereinkam. Sie tranken Sekt, der Maler aß die Torte und war der Einzige, der sprach. Aber immerhin, das musste Rainer zugestehen, redete er nicht von seiner Kunst. Stattdessen schwärmte er vom Fernsehen, dem Medium der Zukunft. Er sei jetzt schon einige Male in einer Fernsehstube gewesen und habe sich das Programm angesehen, das dort von halb neun bis zehn gezeigt werde. Mit Fernsehansagerinnen, Filmen und Wochenschau. Das erste reguläre Fernsehprogramm der Welt. Plötzlich wurde er traurig: „Das einzig Gute. Aber das hätte man auch ohne die Scheißkerle erfunden. Und so gut ist es auch wieder nicht. Fanfaren. Der Führer. Gequak; auch da. Riefenstahl. Körper. Insektenmenschen." Alle schwiegen. Von der blauen Himmelsschwärze hob sich die nun völlig schwarze Kuppel ab.

Der Maler stand auf, schaltete eine Stehlampe ein und zog die Vorhänge zu. Lea fragte, ob er Schallplatten hätte. Ein Lächeln glitt über sein breites Gesicht, und er schob einen Stapel Leinwände beiseite, so dass ein Grammophon zum Vorschein kam. Er setzte die Nadel auf, und eine wilde Musik erklang. Lea fragte mit großen Augen, ob das Jazz sei. „Neger-Musik", sagte der Maler, nahm sie bei der Hand und begann mit ihr zu tanzen. Rainer sah, wie er sie an sich presste und dass es ihr Spaß machte. Jetzt warf er ihren zarten Körper durch die Luft, so dass Rainer meinte, ihr Jauchzen über den schreienden Trompeten und Klarinetten zu hören. Es quälte ihn, den beiden zuzusehen. Er saß neben dem Kegel gelben Lichts und bemühte sich wegzuschauen, weg von den zwei dunklen Körpern, die sich über den bekleckerten Boden schoben. Die erstarrte Frau auf dem anderen Sofa mochte er aber auch nicht ansehen. Also musste er zu Boden sehen, auf eben den bekleckerten Boden, über den ihre Füße tanzten und sich hartnäckig in sein Gesichtsfeld schoben. Rainer fragte, wo die Toilette wäre.

Dort, in dem schlauchartigen Raum, übertönte er mit der tosenden Spülung die Musik, wartete und hoffte vergebens, sich zu beruhigen. Als er aber in der festen Absicht, sofort zu gehen, auf den Flur hinaustrat, fasste Lea ihn am Arm und zog ihn mit sich fort. Sie schien entrüstet. Rainer erhaschte noch einen Blick auf den Maler im Hintergrund, dann waren sie schon im Treppenhaus.

Einige Etagen tiefer, die Musik war nur noch ganz entfernt zu hören, brach Lea in Tränen aus.

36

Auf dem Weg ins Kino sah Lea in einem belebten Park einen Mann, der mit seinem kleinen Sohn an der Hand durch die Grünanlagen schlenderte. Von seinen abfallenden Schultern wäre der Trageriemen jeder Tasche hinuntergerutscht. Dennoch zeigten Kleidung und Körperhaltung, dass er sich viel auf sich einbildete. Aber eigentlich fiel er ihr nur auf, weil er so unbeteiligt wirkte. So als ginge das Gehetze ihn nichts an, als gehöre er nirgendwo dazu. Er beugte gerade seinen länglichen Kopf über Rabatten mit Stiefmütterchen. Nun zeigte er seinem Sohn die kleinen Blüten eine nach der anderen und sagte zu jeder 'Hitler'. Die schwarzen Flecke auf den Blumen ähnelten seiner Meinung nach wohl Hitlers Schnäuzer.

Dann das Leuchten der großen, hellen Gesichter, die dunklen Konturen, so klar, schön und selbstsicher. Rainers Kopf dagegen, neben ihr im Kinosaal, selbst im Profil eine Rübe. Glanz strahlte von der Leinwand herab: auf Rainers fliehendes Kinn. Seine unentschlossene Miene, das Erstarren, die Blicke aus den Augenwinkeln. Seine bleiche, kleine Hand lag zwischen ihnen, mal auf dem Polster, mal auf seinem Knie und wartete vergeblich darauf, ergriffen zu werden. Sicher wollte er sie küssen, seine Lippen auf die ihren pressen, wie ein feuchtes schweres Kissen, doch dann hätte sie gebissen ... Pauls Maul hatte nach Sekt geschmeckt, die Zähne von Zigaretten gefleckt, die Zunge hatte in ihrem Mund geleckt ...

Sie drehte den Schlüssel im Schloss (- vielleicht von der Firma Thyssen). Ihr Vater streckte ängstlich den Kopf zum Arbeitszimmer heraus. Seit wann benutzte Rainer Brillantine? Papa hielt jetzt Privatvorlesungen und ähnelte immer mehr einer Maus. Wenn die Tür jetzt zuklappt, wär's wie die Guillotine. Ekliges Gelee, Kleiegesegel, egeleske Elegie ... Der Vater sah sie merkwürdig an, ablehnend, fast wie eine Fremde, dann ging er langsam in sein Zimmer zurück.

Unter der Tür ihrer Schwester drang Licht hervor. Lea klopfte, doch kein Laut kam von innen. Als sie öffnete, sah sie ihre Schwester auf der Bettkante sitzen und zu Boden starren. Sie sprach sie an. Emma antwortete nicht. Strähnen ihres schwarzen Haares hingen ihr vor das Gesicht. Keine Schauspielerei, kein Tingeltangel mehr. Schlingpflanzen, Tang um eine Ertrunkene, die bleich im trüben Wasser trieb. Versunken in Apathie, seitdem sie mit aufgelöstem Vertrag zurückgekehrt war nach wenigen Provinzstationen auf ihrer ersten Gastspielreise. Gestrandet, noch bevor sie wirklich erlebt hatte, wovon sie immer geträumt hatte: eine andere zu werden, eine, die sie werden wollte. Nun wirkte sie wie eine leblose Puppe mit dem immergleichen traurigen Augenausdruck. Lea setzte sich neben ihre Schwester. Wie ruhig sie dasaß. Lea erinnerte sich, wie Emma als Kind auf der Matratze herumgehopst war, wie sie sich Kissenschlachten geliefert hatten. Sie überlegte, ob sie die Schwester umarmen sollte. Ihr einen Arm um die Schultern legen. Aber sie traute sich nicht. Stattdessen starrte sie auch auf den Boden und dachte daran, wie traurig alles geworden war. Der Vater immer in Gedanken, starr vor Angst, wenn es an der Tür klingelte: Jemand habe ihn verraten, und nun kämen sie ihn holen. Die Mutter kochte verdrossen und half der Großmutter, die den Großvater pflegte, der, seit ihn der Schlag getroffen hatte, gelähmt im Bett lag. Aber wenigstens schimpfte die Mutter manchmal, regte sich darüber auf, dass Ossietzky im KZ saß zum Beispiel, und fragte immer wieder, was in diesem Land eigentlich los sei. - Oh Schwesterchen, wie klein und frech warst du mal? Lea sah sie von der Seite an: und jetzt? Was haben sie mit dir gemacht? Kaum etwas hatte sie von der Tournee erzählt. Und der Arzt, zu dem Mutter sie gebracht hatte, konnte ihr wohl auch nicht helfen. Wie orientalisch die Schwester aussah! Dick war sie geworden, weil sie wie ein Automat Süßigkeiten aß. Eine Welle von Zärtlichkeit für ihre Schwester überflutete Lea plötzlich. Sie drückte Emma an sich, stützte ihr Kinn auf die weiche Schulter und vergrub ihr Gesicht in den dicken duftenden Haaren. Ein Zittern durchlief den üppigen Oberkörper, und Emma ließ sich gegen sie sacken. Lea hielt ihre Schwester fest, die ihr Gesicht verbarg, indem sie es in Leas Strickweste presste, die ihre Tränen langsam durchfeuchteten. Schließlich richtete sie sich auf und wandte ihr Gesicht ab, aus dem sie sich die Tränen wischte. Lea half ihrer Schwester etwas beim Ausziehen und sah zu, wie sie die weißen weichen Beine mit den Grübchen an den Knien unter die Bettdecke schob. Sie blieb noch ein Weilchen auf der Bettkante sitzen, bis die feuchten Wimpern ruhten und Emma eingeschlafen war. Vielleicht ginge es ihr morgen besser.

Die Tür zum Zimmer der Großeltern stand offen. Im Licht einer schwachen Tischlampe saß die Großmutter am Bett des Großvaters. Murmelnd sprach sie auf den Liegenden ein, dessen Nase spitz in die Höhe ragte, so dass Lea die wirren grauen Haare in den Nasenlöchern auffielen. Was Valeria sagte, konnte Lea nicht verstehen, doch der Großvater verstand es wohl, denn gelegentlich blinzelte er auffällig. Einmal lang für 'Ja'. Zweimal kurz bedeutete 'Nein'. Manchmal antwortete er allerdings gar nicht. Auf einem Stuhl neben der Großmutter stand eine Schale mit Suppe, die sie ihm wohl gerade Löffel für Löffel eingeflößt hatte. Seit er den Schlaganfall gehabt hatte, verbrachte sie ihre ganze Zeit damit, ihm zu helfen. Alles andere interessierte sie nicht mehr. Die Ausreise, mit deren Vorbereitung ihr Mann zuletzt nur noch beschäftigt gewesen war, kam für sie jetzt nicht mehr in Frage. Vorläufig konnte er überhaupt nicht reisen.

Lea dachte an den Tag zurück, an dem er zusammengebrochen war. In der Stadt war sie unter gigantischen Statuen entlanggegangen, die die Straße in Zweiergruppen säumten. Zwei nackte kalkige Riesenfrauen mit schrecklichen Augen und auf der anderen Straßenseite zwei weißgekalkte Riesenmänner. Zuhause hatte dann der Großvater regungslos auf dem Sofa gelegen. Sein Gesicht war völlig verändert gewesen, ganz starr. Der Mund hatte offengestanden wie ein Loch. Die offenen Augen hatten sich nicht bewegt. Ein Arzt hatte ihn dann mit Vaters Hilfe auf einer Bahre ins Schlafzimmer getragen, und seitdem lag er dort. Während ganz Berlin sich darüber begeisterte, dass deutsche Athleten auf Aschenbahnen Großes leisteten, lag der Großvater wie ein Toter da. Zumindest stellte Lea sich einen Toten so ähnlich vor. Und klein sah er aus, wie er so dalag, bis zum Kinn unter der Bettdecke. Was da auf dem Reichssportfeld veranstaltet wurde, war ihr dagegen so egal, da konnte der Führer schnarren und mit stolzgeschwellter Brust auf der

Tribüne stehen, soviel er wollte. Nach zwei Wochen hatte der Großvater zum ersten Mal auf eine Frage mit einem Blinzeln geantwortet. Lea schaute auf den gekrümmten Rücken der Großmutter. Wie hilflos sie wirkte! Sie schien auf das Weiß der Bettdecke zu starren und gar nicht bemerkt zu haben, dass ihre Enkelin eingetreten war. Vielleicht war sie eingeschlafen.

Lea ging leise hinaus und in ihr Zimmer. Dort setzte sie sich auf die Bettkante. Sie dachte darüber nach, warum sie keine Freunde hatte. Rainer, na schön, aber alle anderen meldeten sich nicht mehr. Weder Greta noch Hedwig, die in den letzten beiden Jahren ihre beste und einzige wirkliche Freundin geworden war. Allerdings hatte auch Lea nicht mehr mit ihr telefoniert, seitdem sie bei ihr ein Bilderbuch für Kinder entdeckt hatte, das gegen die Juden hetzte. Sie hatte eine Seite aufgeschlagen, auf der krummnasige, wulstlippige, schmerbäuchige Gestalten mit misslaunig verzogenen Visagen in eine Einbahnstraße trotteten. Auf dem Straßenschild stand in altdeutscher Schrift 'Die Juden sind unser Unglück'. Hedwig hatte zwar behauptet, jemand habe ihr das Buch ausgeliehen, ohne dass sie es wollte, aber angerufen hatte sie danach nicht mehr. Jetzt sah sich Lea selbst wie eine Karikatur dasitzen, mit großer Nase, mit hervorquellenden weißen Augäpfeln, auf denen die schwarze Iris irrsinnig und stechend glotzte. Mit finster zusammengewachsenen Brauen, Bäuchlein und immerfort aneinanderreibenden Händen. In ihrer Fantasie gesellte sich ihre ganze Familie dazu: die wirrhaarige, heulende Emma, Valeria mit krummem Rücken, der ängstlich-nervöse Vater, die schimpfende Mutter, der gelähmte Großvater. Auch die andere Großmutter, die immer traurig war, ihren Unsinn

redenden Mann und den gebrochenen Onkel Leo grup-
pierte sie in ihrer Vorstellung um ihr Bett herum. 'Hor-
rorkabinett' stünde im Buch vielleicht über dem Bild
oder 'Jüdische Sippenwirtschaft'.

37

Tempelhofer Flugfeld. Von den vollbesetzten Tribünen starrte alles auf den Focke-Hubschrauber. Vom Rumpf, der einem gewöhnlichen Flugzeug mitsamt Frontpropeller entstammte, stiegen anstelle der Tragflächen zwei verstrebte Träger schräg in die Höhe, auf denen je ein Motor mit Rotor saß. Der Kugelkopf mit Badekappe gehörte zur Pilotin, Flugkapitän Peitsch. Während die drei Motoren gestartet wurden, sah Kurt sich um. Alles was Rang und Namen hatte, war samt der Damen anwesend. Hilde neben ihm hielt sich die Ohren zu, weil sich Propeller und Rotoren inzwischen unter ungeheurem Lärm drehten. Der FW 61 hob ab und schraubte sich langsam in die Luft. Das Hakenkreuz an der Heckflosse war kaum noch zu erkennen. Da senkte es sich wieder herab, und die Pilotin ließ in geringer Höhe den Hubschrauber sich um die eigene Achse drehen. Dann stieg der Focke erneut. Der Rotorenlärm wurde schwächer und schwächer. Das Luftgefährt schrumpfte zum Punkt. Kurt bekam einen steifen Nacken. Hilde nahm seine Hand in die ihre und sah ihn mit großen Augen an. Ihm fiel wieder einmal auf, wie hübsch sie war. „Wirscht du auch so einen Hubschrauber fliegen?" „Wahrscheinlich nicht." Ihr Gesicht schien in letzter Zeit noch schöner geworden zu sein, die Lippen voller, die Züge noch weicher. Vielleicht lag das an der Schwangerschaft. Jetzt drehte sie den Ehering an seinem Finger. „Wie schön unsere Hochzeit war! Es kommt mir so vor, als wärs gestern gewesen, dabei ists schon mehr als ein Jahr her. - Willscht einen Keks?" Sie hielt ihm einen Keks vor die Nase.

„Kampf dem Verderb, was?“ sagte er schmunzelnd.

„Nein, Schönheit der Arbeit. Die hab ich selbst gebacken“, sagte sie stolz. „Alles war so festlich, und die Eltern hattens so gut eingerichtet. Nur hätt’ die Musikkapelle doch etwas länger aufspielen können, meinscht nicht? Hast du da wirklich nichts machen können? Aber es war ja auch so sehr schön. Nur eben die Kapelle. Es war schon richtig, dass wir ihnen nicht mehr bezahlt haben für das bisschen Musik. Warum ist das bloß so teuer? Schön war es ja. Aber etwas kurz war’s halt schon. Trotzdem war es der schönste Tag in meinem Leben.“

Kurt mochte es, wenn Hilde gelegentlich in ihren Dialekt rutschte. „Sieh mal, da kommt der Brummer wieder runter.“

Hilde starrte nach oben.

Kurt sah auf die beiden sehr weißen, großen Vorderzähne im offenen Mund seiner Frau. Morgen früh würde er wieder zurück nach Tarnewitz fahren müssen. Eigentlich konnte er Hilde ja dort einquartieren. Unterkunft fände sich schon. Aber er wusste noch nicht, wie lange er in der Erprobungsstelle bleiben würde. Und was wäre mit der Wohnung hier? Ein Zwischenmieter könnte sie belegen. Oder die Schwester vielleicht? Nein, die war sehr zufrieden mit der kleinen Wohnung, die ihr die Partei verschafft hatte. Er beschloss, gleich am nächsten Tag den Stellenleiter Dr. Brell zu fragen, ob es eine weitere Planung für ihn gebe. Hilde war schwanger, dem musste schließlich Rechnung getragen werden. Während sie vor ihm die Tribünentreppe hinunterstieg, betrachtete er sie von hinten. Dass sie zugelegt hatte, konnte man ihres Herbstmantels wegen nicht erkennen.

Am nächsten Tag war er noch vor Mittag in Lübeck. Weil die Verbindung schlecht war, dauerte es von dort noch mehr als eine Stunde, bis er Tarnewitz erreichte. Die Ostsee lag spiegelglatt vor ihm. Es herrschte völlige Windstille. Er schaute hinüber zum künstlich aufgeschütteten Landeplatz. Vor einem Jahr war dort, wo nun ein Arado-Jäger lärmend auf der Bitumendecke landete, noch Wasser gewesen. Eine Untiefe. Er ging am Fernheizwerk vorbei auf den Hangar zu. In einer kleinen Baracke stellte er seinen Koffer in den Spind, wechselte in der Halle ein paar Worte mit einem der Mechaniker und stieg kurz darauf in eine Bf 109 B. Draußen rollte er am Tiefschießturm vorbei, beschleunigte und hob ab. Auf dem Wasser konnte er in zwei Kilometern Entfernung die Zielbauten erkennen. Er stieg schnell, denn er hatte Instruktion, einige Instrumente extremer Belastung zu unterziehen. Jetzt drückte er den Schnabel des Vogels nach unten: Die Horizontlinie schnellte über seinem Kopf aus dem Sichtbereich, die Erde stürzte auf ihn zu, aber immer noch presste er den Steuerknüppel nach vorn. Er hing im Gurt, und das Blut schoss ihm in die aus den Höhlen quellenden Augen, bis sie zu platzen drohten. Jetzt kämpfte sich das auf dem Rücken liegende Flugzeug wieder in die Höhe. Alle Anzeigen tadellos. Er sah nur noch blauen Himmel. Sein Blick schweifte darüber hin wie in der inneren Wölbung einer himmelblauen Kuppel, verlor sich darin, bis plötzlich die Erde wieder auftauchte und er in den Sitz zurücksackte. Friedlich brummte der Propeller vor sich hin, und langsam entspannte Kurt sich. So flog er einige Minuten ruhig in östlicher Richtung, als er in großer Höhe ein Wolkenfeld sichtete. Unverzüglich stieg er höher auf, bis ihn die weißen Schwaden umgaben. Nun flog er blind, nur nach den Instrumenten. Es war, als verstecke man sich im Schnee. Kurt dachte daran, wie er früher, als er im Hochdecker, wo die Kabinen noch offen gewesen und einem der Wind an Kappe und Brille gezerrt hatte, Kunstflug geprobt hatte. Luftballons hatte er in den Wolken ausgesetzt und dann versucht, sie durch einen Looping wiederzufinden. Er stieg noch höher und sah auf die Wolkendecke hinab. Eine seltsame weiße Welt, eine verschneite Hügellandschaft. Die Hänge schienen dazu einzuladen, auszusteigen und sich auf ihnen niederzulassen. Er tauchte ab, bis die Tragflächen ins Weiß hineinschnitten. Wieder verschluckte ihn der Nebel, und trübes Licht umgab ihn. Er ließ das Flugzeug tiefer sacken, sah tief unter sich das Meer glänzen und flog zurück.

Vom Hangar schlug er nicht den Weg zu den Unterkünften ein, sondern ging zur Mole. Wo der Fluss ins Meer mündete, lag die Werfthalle als riesige Halbröhre auf dem Wasser. Gerade tuckerte eines der beiden Wasserflugzeuge aus der Halle hinaus in Richtung offene See. Sicher war es Erhardt, der seinen täglichen Routineflug absolvierte. Kurt setzte sich auf einen Polder und beobachtete das Flugzeug. Die Propeller dröhnten, der Vogel nahm Fahrt auf, der hellgraue Rumpf schoss durchs glatte Wasser. Gefährlichstes Wetter. Die Tragflügelspitze brauchte die glatte Wasseroberfläche nur ganz leicht zu berühren, schon riss es den Vogel herum, und man landete im Bach. Kabbelige See war besser. Nun hob der

Vogel den Bauch aus dem Wasser, hing ein paar Meter über dem Spiegel. Alles in Ordnung. Das Flugzeug setzte zur Kehre an, und plötzlich zerriss es: Der Rumpf zerfetzte, zersplitterte in weißen Fetzen über dem Spiegelschwarz, Einzelteile wurden in die Luft gewirbelt, Teile der Tragfläche sprangen sich überschlagend über das Wasser. Dann kam alles zum Stillstand. Bewegungslos lag die Trümmerspur auf dem Wasser.

Die Besatzung des Schnellbootes, das sofort hinausfuhr, konnte nur noch die Leiche Erhardts bergen.

Weil Kurt mit Erhardt befreundet gewesen war, fiel ihm die Pflicht zu, der Witwe die Nachricht zu überbringen. Hilflos stand er im Flur vor der Weinenden. Als dann noch die Kinder die Treppe herunterkamen und zu weinen begannen, ging er. Die Kameraden würden für die Familie sammeln, und mit der Witwenrente ginge es vielleicht.

38

Der Chef blickte ihn geringschätzig an. Rainer ließ seinen Kopf zurücksinken, bis er die rüttelnde Holzwand des Abteils berührte, und schloss die Augen. Eine Woche unterwegs mit diesem Mann, der ihn ständig beobachtete und bevormundete. Wartungsarbeiten in Kinos im Sudetenland. Troppau zuletzt. Wehrmachtssoldaten überall. Er lauschte dem Mahlen der stählernen Räder und dem Knarzen von Waggon und Kupplung. Sicher musterte März ihn weiter und überlegte, wie er ihn angreifen könnte. Die kalten blauen Augen und Stinkefüße. Rainer hatte genug von diesem Gefängnis. Zum Glück war es nicht mehr weit bis Berlin. Er versuchte sich vorzustellen, wie er den heutigen freien Abend verbringen würde.

„Haben Sie alles bereit?", fragte März genau in dem Moment, als sich vor Rainers innerem Auge etwas zu zeigen begann. Rainer schreckte hoch und fummelte, ohne aufzustehen, müde an den Koffern über ihm im Gepäcknetz herum.

„Ich würde dazu ja einmal aufstehen, Herr Ingenieur", sagte März bestimmend und spöttisch zugleich. Also erhob Rainer sich und kontrollierte die Verschlüsse. Eine Entschuldigung murmelnd trat er dann auf den Gang hinaus. Draußen ging er in Richtung Toilette, bis er außer Sichtweite war, und atmete auf. Er stützte die Ellenbogen am Rahmenvorsprung des geschlossenen Fensters ab und sah, das Kinn auf den Handflächen, hinaus: grauer Novemberhimmel, die ersten Vororte Berlins. Der Zug verlangsamte seine Fahrt, die Gleise klackten.

Als er endlich allein war und an einer Haltestelle auf den Bus wartete, dachte er an Lea. In der letzten Zeit vor seiner Dienstreise hatte er die Familie Lipsheim nicht mehr oft besucht. Die Stimmung im Haus an der Zaberner Straße hatte ihn bedrückt, die endlosen Diskussionen über die Lage der Juden hatten ihn gelangweilt. Natürlich ging es den Juden nicht gut. Es sah wirklich so aus, als ginge es ihnen jetzt an den Kragen. Die Anmeldepflicht jüdischen Vermögens. Das Berufsverbot für jüdische Ärzte und Anwälte. Das rote 'J' im Reisepass. Schlechte Zeichen, nur: Viel schlimmer konnte es ja kaum noch werden. Aber dazu kamen noch die Familienprobleme: Leas gelähmter Großvater, die verstummte Großmutter, die trübsinnige Schwester, der arbeitslose Vater und dessen kranke Eltern. Rainer verstand ja, dass sie klagten. Aber mussten sie es unablässig tun? Und Leas einziges andere Thema war die Kunst. Gespräche über Filme ließ er sich ja noch gefallen, obwohl er ihre Meinungen in diesem Bereich teilweise verstiegen fand. So hatte sie zum Beispiel bei ihrem letzten Treffen wieder einmal Riefenstahls 'Fest der Völker' schlechtgemacht. Was war denn so verwerflich an schönen Körpern? Die Olympiade war ein rauschendes Fest gewesen, wunderbar, das hatte die ganze Welt gesagt. Der Film zeigte das und den Kampf um Medaillen. Na und? Nur Lea und einige Miesepeter, die sie anführte, stellten sich da quer. Er hatte des Öfteren versucht, das Gespräch auf Filme zu bringen, die sie beide mochten, 'Zu neuen Ufern' mit Zarah Leander zum Beispiel. Aber bald war sie vom Thema abgekommen und hatte angefangen, sich über die Ausstellung 'Entartete Kunst' aufzuregen. Dort würden viele der schönsten Bilder überhaupt unter schmähenden Titeln wie

'Vollendeter Wahnsinn' hängen. Wahnsinnig seien die Nationalsozialisten, hatte sie gesagt und war dann über deren Propagandaausstellung 'Gebt mir vier Jahre Zeit!' mit dem widerlichen Riesenflugzeugadler, der bedrohlich über den Köpfen der Besucher hing, hergezogen. Sie hatte ja sicher Recht, aber es musste doch noch etwas anderes geben als dieses ewige Sich-Beklagen. Rainer hatte es satt, dieses Klagelied. 'Als hätte unsereins keine Schwierigkeiten', dachte er und hatte die Fresse seines Chefs vor Augen. Diesem März entging nichts. Aber einmal auf dieser Dienstreise, im Hirschen in Troppau, da hatte er sich am Abend wieder vom Zimmer hinuntergeschlichen. In die düstere Schankstube, wo alles vom Bier klebte. Dort hatte er sich schnell betrunken. Er erinnerte sich nicht gern daran und versuchte, die Bilder wie vom Rauch verschliert zu halten. Da war ein Mädchen gewesen, das hatte sich an ihn herangemacht. Im Hausflur öffnete Rainer seinen Briefkasten und ärgerte sich, dass kein Brief von Lea darin war. Er hatte ihr ein paar Mal von unterwegs geschrieben, vielleicht etwas lahm und aus-den-Fingern-gesaugt, aber immerhin. Und sie antwortete nicht, nicht ein einziges Mal hatte sie geantwortet. Dieses Mädchen im Hirschen hatte vor ihm Bierkrüge hin- und hergetragen und dabei ihr dickes Gesäß geschwenkt. Über ihre Schulter hatte sie ihm Blicke zugeworfen, mit gesenkten Lidern und halboffenem Mund. Dann hatte sie sich neben ihn gesetzt, ihren Kopf an seine Schulter gelegt, ihn plötzlich träge mit einem Arm im Nacken gegriffen und ihn auf ihren großen feuchten Mund hinabgezogen. Erst küsste sie ihn nur wie schlafend. Sie schmeckte nach Speck. Ohne Umstände setzte sie sich auf seinen Schoss, küsste ihn wieder und drängte nun ihre

Zunge in seinen Mund. Seine Hände fuhren über die Wölbung ihres Hinterns. Nur der Gedanke an seinen Chef hatte ihn zurückgehalten, sie mit auf sein Zimmer zu nehmen. Man war schließlich auch nur ein Mann. Während Rainer nun in sein hässlich möbliertes Zimmer hineinsah, wechselten sich zwei Bilder in seinem Kopf ab: ein Glas schäumenden Biers und die betrübten Gesichter der Familien Lipsheim und Grüntal. Er beschloss, den in Berlin ansässigen Handlungsreisenden Barig zu treffen, mit dem er vorigen Monat in einer Cottbusser Kneipe Bekanntschaft geschlossen hatte. Eilig verließ er das Zimmer, ging zum Telegrafenamt zwei Straßen weiter und rief Barig von dort aus an. Nach kurzem Austausch von Floskeln bestimmte letzterer die nahegelegenen Wacholder-Stuben als Treffpunkt.

Als sie sich kurz darauf im Mief und Funzellicht gegenübersaßen, stellte Rainer fest, dass es nichts gab, was er dem anderen gern mitgeteilt hätte. Nur mit Mühe ertrug er den Anblick von Barigs aufgeschwemmtem Gesicht. Also schluckte Rainer Bier, kippte Kurze und war bald betrunken. Allein die alkoholische Betäubung ließ ihn die Hetzparolen gegen die Juden aushalten, die Barig neben kohlensaurem Gas immer wieder hervorstieß. Obwohl er versuchte wegzuhören, drangen doch Fetzen der Hassrede in seine Ohren. War ja höchste Zeit, dass sie die Straßen, die Judennamen hatten, umbenannt hatten. Aber dass der Itzig noch ins Theater oder Kino gehen durfte. Schliefen die zuständigen Behörden denn? Rainer schaute der drallen Bedienung aufs Hinterteil. Er verglich es mit dem des Serviermädchens in Troppau. Sogar in die Badeanstalt durfte er noch, der Jud. Suhlte sich im selben Wasser wie unsereins, das dreckige beschnittene Pack.

Rainer dachte an Lea. Gleich darauf fragte er sich, was er denn hier mache, und überlegte, mit welcher Ausrede er am schnellsten wegkäme. Widerwärtig, das. Und unsere Kinder ... Beim Aufstehen bemerkte Rainer erst, wie betrunken er war. ... Saßen mit der Judenbrut in der Schule. Rainer war keine Ausrede eingefallen. Er sagte, er müsse aufs stille Örtchen - warum benutzte er diesen blöden Ausdruck? - und schwankte fort. Dabei musste er sich an den langen speckigen Holzbalken festhalten, die die Sitznischen trennten. Als er glaubte, Barig könne ihn nicht mehr sehen, änderte er die Richtung. Statt zum Klosett lief er schlingernd hinaus auf die Straße. Während er dort tief durchatmete, um einen klareren Kopf zu bekommen, marschierte ein Trupp von SA-Leuten vorbei. Rainer starrte die Uniformierten an. Jedem in der Gruppe marschierte sein Doppel hinterher. Die Doppelgänger hielten aber keinen gleich bleibenden Abstand. Schwebend näherten sie sich dem Original, schoben sich darüber oder verließen es wieder. Ihm wurde bei dem Anblick schwindlig und er schwenkte den Kopf herum, aber auch dort marschierte ein Trupp. Also schaute er ängstlich auf seine Füße hinunter, die unsicher tapsend den Heimweg fanden.

Menschen. Eine Garderobe. Lea führte ihn zwischen schweren hängenden Mänteln hindurch. Plötzlich ganz nah. Vor einem dunklen Pelz. Beim Flüstern berührten ihn ihre Lippen. Dann der Mund, den er nur sprechend kannte. Sie öffnete seine Kleider. Aber warum konnte er sich kaum noch bewegen? Wie ein Kleidungsstück hing er an einem Haken und pendelte. Die Hände steckten in einem Muff. Nun näherte sich ihm ein Gesicht, das er kannte. Zarah Leanders Gesicht. Ihr großer Busen sprengte ihr Kleid, quoll auf ihn zu und bespritzte ihn mit Milch. Er schaute an sich hinunter, - die Milch hatte klebrige Spuren hinterlassen - , und bemerkte dann, dass er in einem weiß gefliesten Bad war. Jemand stampfte auf, und er hob den Kopf. Eine andere Frau stand im Bad. Auch sie kannte er. La Jana. Nackt. Eine Schlange lag über ihren Brüsten und umschlang sie zwischen den Beinen. La Jana kam auf ihn zu und wackelte dabei so mit dem Hintern, dass der Kopf der Schlange, der hinter ihr aufragte, wie ein Schwanz mal auf die eine dann auf die andere Pobacke schlug. Als sie vor ihm stand, beugte sie den Kopf hinab, so dass er ihren schneeweißen Scheitel sah. Sie legte ihre Hände auf seine Hüften und zog ihm sein Unterhemd über den Kopf. Jetzt sah er nichts mehr. Seine Hände waren weiterhin vom weichen Muff gefesselt. Er fühlte, wie sein Glied steif von ihm abstand und in der kühlen Luft pochte. Er lauschte ängstlich. Plötzlich packte ihn jemand und schleifte ihn in eine Ecke, wo sein verhüllter Kopf gegen eine Wand schlug. Es roch nach Urin und ungewaschenem Hintern. Ein Strang legte sich ihm um den Hals, wurde zugezogen, und unerbittlich quetschte man ihm die Luft ab. Sein Blut rauschte ihm in den Ohren, und durch das Rauschen hörte er deutlich ein Geräusch, das er, während sich schon alles in seinem Kopf drehte, mit plötzlicher Ergebenheit als Messerwetzen erkannte.

Rainer fuhr aufwachend hoch, schwankte zum Waschbecken und trank ein Glas Wasser. Er sah eine Schabe am Spülbecken entlanglaufen und erschlug sie. Ein flackernder Lichtschein ließ Schatten über die Wände hüpfen. Er trat ans Fenster und sah auf die Straße hinunter. In einiger Entfernung brannte ein Gebäude. Rauch wirbelte in den gelblichen Himmel. Nun erst hörte er das dumpfe Tosen des Feuers. Niemand schien auf der Straße zu sein. Von der anderen Seite drang ein scharfes Klirren herauf.

Er lief hinunter. Die Straße war von glitzernden Splittern übersät. Aus einem Geschäft waren die Vorhänge gezerrt worden und lagen von Glas und Mörtel bedeckt neben zertrümmerten Regalen auf dem Bürgersteig. Verbogene Stangen, die Bildleinwände durchbohrt hatten, herausgerissene Stuhlbeine, aufgeschnittene Polster, überall zerschmissenes Geschirr. Man hatte die Läden der Juden geplündert. Rainer näherte sich der brennenden Synagoge. Die Feuerwehrleute ließen sie brennen und verhinderten nur, dass der Brand auf benachbarte Gebäude übergriff.

Hinter sich hörte er jetzt ein Stöhnen. Ein verletzter Mann lag in einem Hauseingang. Rainer ging auf ihn zu, doch voller Angst kroch der Verletzte mit letzter Kraft auf allen Vieren vor ihm davon in das Haus hinein. Im selben Moment schrie ein Uniformierter von weitem Rainer etwas zu. Er wich zurück. Der SS-Mann befahl ihm stehenzubleiben. Kontrollierte seinen Ausweis. Wo er hinwolle? „Hier gibts nichts zu sehen! Zurück!" Rainer sah nun, dass die Straße am anderen Ende von Uniformierten versperrt war; in ihrer Mitte war Bewegung, sie schlugen auf jemanden ein. Er dachte an Lea. Ob die Trupps in die Villa eingedrungen waren, alle abgeführt und geschlagen hatten? Er überlegte, wie er zu ihr gelangen konnte. Vielleicht über die Hinterhöfe. Erst einmal aus dem Viertel, dann ein Taxi finden ... Zu schwierig. Zu viel für ihn, jetzt, in seinem Zustand. Er stank nach Alkohol. Zuerst müsste er einmal etwas Ordentliches anziehen. Selbst das erschien ihm als zu anstrengend. Lea und ihrer Familie würde schon nichts passiert sein. Er warf einen letzten Blick auf die schwarzen Höhlen in der Reihe der Schaufenster. Wo waren die Besitzer? Er wandte sich ab. Glas knisterte bei jedem Schritt unter seinen Füßen. Mit schmerzendem Kopf stieg er die Treppe hinauf, dachte über die jämmerliche Figur nach, die er abgab, und versuchte, sich vor sich selbst zu entschuldigen. Oben legte er sich ins Bett, verbot sich alle Gedanken an Lea, dachte, dass er nicht einschlafen könne, die Schwärze drehte sich hinter seinen Lidern, aber das hielt er gut aus, ihm würde nicht schlecht werden, dachte er und war schon eingeschlafen.

39

Lea schaute voraus bis zum Ende der Straße. Sie musste darauf vorbereitet sein, dass jederzeit ein Trupp SS um die Ecke biegen konnte. Wenn die Männer sie nicht gleich sahen, würde sie die Straßenseite wechseln, um ihnen auszuweichen. Sahen sie sie bereits, war dieses Verhalten zu auffällig. Lea wollte vermeiden, dass ihr Ausweis kontrolliert wurde. Das große 'J' darin führte immer zu Schwierigkeiten.

Vor dem amerikanischen Konsulat standen Hunderte von Menschen. Für Lea hatte es keinen Sinn, sich hier anzustellen, denn ihre Familie hatte die Wartenummer 45927 erhalten, was eine Wartezeit von etwa drei Jahren bedeutete. In der Menge rief jemand ihren Namen. Es war eine Bekannte ihrer Mutter. Sie habe alles verkaufen müssen und wohne jetzt bei einer entfernten Verwandten zur Untermiete. Sie fragte, ob sie denn nicht schon aus ihrem Haus hätten ausziehen müssen. Lea erschrak und schüttelte den Kopf. Das könne aber nicht mehr lange dauern, meinte die Frau, die würden sich sicher bald melden und wie zu ihr sagen, der Wohnraum werde benötigt, jedem stünden nur soundsoviel Quadratmeter zu, sie werde schon sehen.

Lea ging weiter und gelangte schließlich in die Straße, in der das Kleidergeschäft lag, das ihrer Mutter empfohlen worden war. Aus einem offenen Küchenfenster drang der Geruch von Kochfisch. Die Ladenglocke bimmelte, ein Mann mit schwarz gefärbten Haaren beugte sich ihr entgegen, Lea brachte ihre Frage vor, zeigte dabei ihren

Bezugsschein, der Wintermantel sei bereits nicht mehr vorrätig, sagte der Verkäufer, und Lea stand wieder auf der Straße, die nach Kochfisch roch. Sie dachte an ihren alten Mantel und den Mottengeruch, der ihn umgeben würde, wenn sie ihn aus dem Schrank holte, und bemerkte nun erst, dass die meisten Passanten stehen geblieben waren und zu einem Lautsprecher hinaufsahen, der auf einem Sims über einem Geschäft montiert war. Hitler verkündete, dass Truppen der deutschen Wehrmacht die polnische Grenze überschritten hatten. Still hörten die Passanten bis zum Ende zu. „Krieg", sagte jemand in einer kleinen Gruppe. Man blieb noch etwas benommen auf der Stelle stehen, die meisten Gesichter wirkten bedrückt, es wurde ein wenig geflüstert, dann ging jeder eilig seines Weges.

Wie immer, wenn Lea in letzter Zeit auf ihr Elternhaus zuging, überkam sie ein beklemmendes Gefühl. Es war, als betrete sie ein Krankenhaus. Seitdem der Großvater gestorben war, - eines Morgens im vergangenen Jahr, als die Großmutter, die neben ihm auf einem Stuhl eingeschlafen war, aufwachte, hatte er tot im Bett gelegen -, verließ die Großmutter das Haus nur noch, um zum Grab ihres Mannes auf den Friedhof zu gehen. Jetzt saß sie sicher wieder in ihrem Zimmer und brachte Emma Jiddisch bei. Dabei konnte sie es selbst gar nicht richtig. Wie Emma es nur in diesem Zimmer aushielt. Dort roch es immer stärker nach alter Frau. Als ob sich die Großmutter nicht mehr richtig wusch. Im 'Patientenzimmer' nebenan wohnte seit einiger Zeit Onkel Leo, der nicht nur das Haus nicht, ja auch sein Zimmer kaum noch verließ. Nachts hörte ihn Lea manchmal durch das Haus geistern. Er redete meistens wirres Zeug, hatte sich einen langen

Bart wachsen lassen, und seine fettigen Haare hingen ihm bis auf die Schultern. Im Aufenthaltsraum der Klinik 'Lipsheim', - früher Salon genannt -, in dem allerhand Rumpelzeug stand, das der Onkel mitgebracht hatte, als er seine Wohnung räumen musste, schimpfte die Mutter gerade wieder einmal mit dem Vater. Es war die alte Leier: Er sei naiv wie ein Kind, worauf er denn hoffe?, ob er glaube, dass alles plötzlich besser werde? ... Worauf er denn sonst hoffen solle, fragte der Vater wie üblich zurück. „Du sollst nicht hoffen, etwas tun sollst du!", schrie die Mutter wie immer. „Alles muss ich machen. Dieser unfähige Mann" murmelnd, stöckelte sie an Lea vorbei und hinaus.

- Warum hat sie die hohen Absatzschuhe angezogen?, fragte sich Lea. Und während sie der Mutter hinterhersah, die die Treppe hinunterklapperte, fiel ihr wieder einmal auf, wie dünn diese geworden war. Der Vater saß auf dem Sofa. Sein Gesichtsausdruck wirkte etwas dümmlich, wie Lea fand. Er schien an seiner Tochter vorbeizusehen. Da kam die Mutter schon wieder. 'Krieg. Es ist ja Krieg', ging es Lea durch den Kopf. Vater und Mutter wussten es ja noch gar nicht. Sollte sie es jetzt hinausschreien? Die Mutter hatte Kartoffeln gekocht, hielt einen dampfenden Topf in den Händen und rief einfach 'Essen!', dass es durchs ganze Lipsheim-Spital hallte. Scharrenden Schritts schlurften die Patienten in ihren Pantoffeln näher. Der Onkel, der sich sein bekleckertes Lätzchen umgebunden hatte, setzte sich schnell und schaute erwartungsvoll auf den Topf. Der Vater blieb verstimmt auf dem Sofa sitzen. Die Großmutter und Emma setzten sich, ohne die anderen zu beachten. Erstere murmelte etwas wie „Nit farschpetikt."

„Betreibe ich hier eine Pension?", fragte die Mutter. „Soll ich auch noch servieren? Bedient euch selbst." Sie setzte sich und verschränkte demonstrativ die Arme. Dafür erntete sie einen strengen Blick ihrer Mutter, worauf sie nur Luft durch die Nase stieß und mit ihrer Zigarettenpackung spielte.

„Bulbes, bobe?" fragte Emma die Großmutter.

„A dank, tajere."

Während Lea zusah, wie bedächtig ihr Onkel eine Kartoffel pellte, hielt sie die Zeit für gekommen, endlich ihre Nachricht loszuwerden. Wie elektrisiert sprang ihre Mutter auf. „Was sagst du da? Was hast du genau gehört?" Lea wiederholte es, wurde aber immer wieder unterbrochen. Alle redeten durcheinander. „Ob wir je aus diesem verfluchten Land rauskommen?" rief die Mutter. Die Großmutter sagte etwas auf Jiddisch, das wie 'Morgn - nito' klang. Der Vater meinte, dass ein Krieg Hitlers Ende bringen werde und außerdem von der Judenhetze ablenke. „Du glaubst also, dass ein Krieg gut ist!" reizte ihn die Mutter. Emma war die Einzige, die wie ein Automat langsam weiter aß. Der Onkel, dessen fertig geschälte Kartoffel vor ihm auf dem Teller lag und dem ein Stück Pelle im Bart hing, begann mit dumpfer Stimme von den Toten und von dem Blut der Toten zu reden, das über die Felder floss, wie roter Mohn, und für immer in der Erde verschwinde. Dann sprach er von Fleisch und bleichen Knochen, dass es Lea grauste und die Mutter ihn anfuhr, er solle sich zusammennehmen. Jetzt fing der Onkel zu weinen an. Emma ließ ihre Gabel sinken und sagte, wohl um ihn zu trösten, dass nichts übrigbliebe, als abzuwarten. In diesem Moment klingelte die Türglocke.

Lea lief zur Tür, öffnete und wusste, als Rainer mit hängenden Schultern vor ihr stand und sie mit seinen traurigen Augen ansah, selbst nicht, wie ihr geschah: Sie warf sich dem Überraschten um den Hals, verbarg ihr Gesicht in seinem Mantelkragen, küsste seinen Hals, zog ihn hinein, drängte ihn von innen gegen die Tür, indem sie sich an ihn schmiegte, fuhr mit den Armen unter seinen außen kühlen, nach frischer Luft duftenden Mantel und umschlang seinen Leib.

„Wer ist denn da?" rief ihre Mutter und weckte Lea aus ihrer Versunkenheit. Schnell löste sie sich von Rainer, fasste seine kalte Hand und führte ihn ins Esszimmer hinein.

„Und, Herr Trelow" fragte die Mutter ihn ohne Begrüßung, „was sagen Sie zur Lage?"

„Az men kuscht zich zet men nit", sagte die Großmutter.

Lea wurde rot und fragte sich, woher die Bobe wusste, dass sie sich geküsst hatten. „Schrecklich", antwortete Rainer, der nichts verstanden hatte, und stand bewegungslos verharrend da.

„Das ist alles, was Sie dazu zu sagen haben?" griff ihn Rahel an.

Lea merkte verwundert, wie sehr sie sich darüber freute, dass er attackiert wurde, und schämte sich dessen. Rainer stand hilflos da.

„Sie werden sterben", sagte der Onkel und lächelte, was völlig meschugge wirkte mit der Pelle in seinem Bart. „Wir auch", fügte er dann hinzu. Rainer lächelte peinlich berührt und hoffte wohl, Onkel Leo werde das Thema wechseln, aber Leo fuhr fort: „Wir werden bald sterben. Bald werden wir ...“

„Hör auf!“, fuhr ihn die Mutter an. „Ich kann diesen pessimistischen Ton nicht ertragen. Ich will ...“

Rahel merkte, dass Leo nicht mehr zuhörte und schwieg, während er zittrig begann, seine Kartoffel zu essen. Rainer wusste scheinbar nicht, ob er sich setzen durfte oder nicht. Also blieb er in der Nähe des Tisches stehen und starrte, weil ihm nichts Besseres einfiel, auf die Kartoffeln im Topf.

„Werden Sie sich freiwillig melden?“, fragte der Vater vom Sofa.

Rainer schüttelte den Kopf, und Lea, die sein verzerrtes Gesicht sah, war davon abgestoßen und fühlte gleichzeitig Mitleid mit ihm.

Qualvoll schritt die Zeit voran. Leo stippte ein paar zermatschte Kartoffelreste auf. Dann griff er sich in die langen Haare und riss daran. „Knochen. Weiße Kegel ...“

Lea zerrte Rainer fort vom Tisch in den Flur und über den Flur hinaus, um die Treppenstiege herum und in einen Winkel, wo sie ihn einfach küsste. Doch es war, als küsse sie eine Statue, - Rainer dachte wahrscheinlich über Knochen und Kegel nach. „Vergiss es“, flüsterte sie in seinen Mund, aber er schüttelte den Kopf.

Bevor er ihre Küsse erwidern konnte, scheuchte die Mutter sie auf. „Ach, ihr turtelt hier, während ...“

„Warum denn nicht?" schrie Lea. „Soll alles zu Ende sein, alles nur noch Krieg, weil dieser ..., dieser ..."

„Schsch", sagte Rahel. „Sie werden sicher eingezogen", fuhr sie an Rainer gewendet in teilnahmslosem Ton fort.

Und mit einem Mal sah Lea in Rainer, dem Mann, den sie gerade noch geküsst hatte, einen Soldaten, ein Stück Mensch, Fleisch, konserviert, im Grunde nichts anderes als ein Stofftier, das schweigend neben ihr war, das sie umarmte, das sie küsste im Überschwang der Gefühle. Nicht anders als eine groß geratene Puppe schob sie Rainer in Richtung Tür. Ein Teddybär, der kämpfen konnte. Sie drückte ihm den klobigen Arm, sah mit Rührung, wie sich seine Knopfaugen hilflos in die Dunkelheit wandten, und schloss schnell die Tür.

Im inzwischen verlassenen Esszimmer nahm sie eine Kartoffel in die Hand, um sie zu essen, befühlte dann aber nur ihre kaltfeuchte Schale und legte sie fort.

40

Die Schussvorrichtung in der Schnauze. Durch den Propeller hindurch. „Pappi, vorlesen." „Leg dich erst einmal ordentlich hin, Dieter." Damit es nicht die Blätter traf, Sperre zweimal pro Umdrehung. Kontaktunterbrechung in Stellung 1 und 2. „'Frau Holle'." Munitionsausstoß optimieren hieß Maximierung der Feuerintervalle. Mechanischen Vorgang in Elektrik umsetzen. Kopplung an Antriebswelle. Umsetzung. Übertragung ins Größere, um Genauigkeit zu gewährleisten. „'Hast du die Spule hinunterfallen lassen, so hol sie auch wieder herauf.' Da sprang das Mädchen in den Brunnen hinein.'" Andere Kopplung möglich? Zylinderköpfe? Nein. Unsicher. Sicherheit hat absolute Priorität. „'Endlich kam es zu einem kleinen Haus, daraus guckte eine alte Frau, weil sie aber so große Zähne hatte, ward ihm angst, und es wollte fortlaufen.'"

„Warum sitzt die Frau denn im Brunnen, Pappi?"

„Im Haus."

Schematische Darstellung. Ein Schaltkreis. Morgen zur Ausarbeitung geben. „'Du musst nur achtgeben, dass du mein Bett gut machst und es fleißig aufschüttelst, dass die Federn fliegen, dann schneit es in der Welt; ich bin die Frau Holle.'" Über den üblichen Weg einreichen.

„Wo ist die Frau denn?"

Was ging nur im kleinen Kopf seines Sohnes vor? Abteilung 7a. „Im Haus."

„Aber da schneit es nicht.“

„Nein, da schneit es nicht. Es schneit vom Himmel.“

„Da wo du bist?“

„Nein.“ Zuerst Dr. Brell in Kenntnis setzen. - „‚Da kam die Faule heim, aber sie war ganz mit Pech bedeckt.‘“

Dieter sah ihn sorgenvoll an.

„‚Das Pech aber blieb fest an ihr hängen und wollte, solange sie lebte, nicht abgehen.‘ - So, Ende der Geschichte, und du bleibst schön ruhig liegen. Gute Nacht.“ Sicherung durch Kontrollschaltkreis. Stromfluss: ja - nein. Kurt schaltete das Licht aus und schloss die Tür des Kinderzimmers. Er sah auf seine Armbanduhr und ging zum Badezimmer, wo Hilde sich vor dem Spiegel hübsch machte. Nein, Dr. Brell erst wenn alles niet- und nagelfest war. Ihre tadellose Haut. Die Schulterblätter im Ausschnitt, der Nacken. Hilde ließ sich sehen. Sie hörten Dieter in seinem Zimmer weinen.

„Dieter, schlaf jetsch!“, rief Hilde, während sie sich ihre Haare hochsteckte. „Gabi kommt glei’!“

Das Kindermädchen hätte schon da sein müssen. Mit Hansen zusammensetzen. Antrag auf Fördergelder basteln. Alles ordnungsgemäß. Türklingel.

Er gab dem Mädchen knappe Anweisungen. „Sehen Sie gleich mal nach dem kleinen Mann. Werden voraussichtlich gegen elf zurück sein. Im Notfall, Sie wissen schon.“

Im Casino spielte eine kleine Militärkapelle Tanzmusik. Einige Paare drehten sich bereits auf dem Parkett. Die üblichen Gesichter. Paradeuniformen. Die Damen in bester Garderobe. Kurt wechselte hier und da ein paar kurze Worte. Im Nebenraum hielt Oberfeldwebel Breuer eine schneidige Tischrede. Kurt stellte Hilde dem neuen Staka vor. „Heil Hitler." Stabskapitän Schmidt beugte sich über Hildes ausgestreckte Hand. „Sehr erfreut." Kurt leuchtete die kahle Stelle am eingedellten Hinterkopf entgegen. Es sah aus wie ein einzelner Mondkrater. Der behielt besser die Mütze auf. Sie gingen ans Büfett, wo Hilde wie immer ihren Teller überlud. Kurt beobachtete, wie ihr eine Scheibe Ei zu Boden fiel, die sie dann unauffällig mit dem Fuß unter den Tisch zu stupsen versuchte. Dabei zertrat sie das Ei. Essend gingen sie außen an der Tanzfläche vorbei und warfen noch einmal einen Blick in den Nebenraum mit der Bar: Ofw. Breuer hielt erneut die gleiche schneidige Tischrede. Kinn vorgestreckt, die Uniform eng wie angenäht, so dass sie beim Luftholen knarzte. Jetzt eilte Dr. Brell auf sie zu und berichtete wie üblich vom neuesten Stand der Dinge, der Kurt schon längst bekannt war. Das wusste auch Dr. Brell, aber über irgendetwas musste man ja reden. Nach jedem Wort presste er die Lippen so aufeinander, dass sie ins Innere des Mundes klappten. Dann blies er Luft hinein. Resultat: Affenschnauze. Kurt hörte den Doktor mit Nachdruck davon sprechen, dass „durchaus" - sein Lieblingswort - weitere Bananen benötigt würden. Hatte er wirklich 'Bananen' gesagt? Wohl eher 'Landebahnen'. Hilde schien die Ohren auf Durchzug gestellt zu haben und starrte über die Schulter des Doktors hinweg auf das Büfett. Schließlich hob sie entschuldigend den Teller, auf dem nur noch

Mayonnaisespuren vom Kartoffelsalat zu sehen waren. Mit den Worten „Glauben Sie mir, Todt ist der Richtige auf diesem Posten" entließ der Doktor sie beide.

Kurz darauf befand sich Kurt im Kreis fachsimpelnder Kameraden von der E-Stelle: „Der gute alte Bf 109 Jäger." „B oder C?" „Die Benutzung starrer Heckwaffen durch den Piloten muss dringend weiter optimiert werden." „Stimme zu." „Zum Horst." „Mit dem Rückblickperiskop geht das jedenfalls so noch nicht." „Ententeichlandung." „Verrichteter Dinge." „Koeffizient drücken." „Hauptsache, die Staffel kehrt weitgehend unversehrt zurück." „Eben. Der Luftstrom beim Großflugboot bricht viel zu früh ab." „Müssen uns noch einmal richtig dransetzen."

Vor dem Eingang zur verrauchten Bar lehnte an der Wand ein schwer Betrunkener, hielt sich an Kurt fest und lallte: „Kanns du mir das vielleich sagen? Was hab ich mit Bomben inner Messerschmidt oder Heinkel über Paris verloren", schrie er. „Oder London oder inner Arado?" Der Mann wurde schnell entfernt. Kurt sah noch einmal in den Nebenraum. Dort begann der Ofw. gerade wieder mit seiner Tischrede, nun aber starrte er dabei fast traurig auf das erhobene Glas in seiner Hand und musste jedes Wort einzeln suchen. „Abmarsch", gab Kurt Order zum Aufbruch.

Er stoppte das Weckerschrillen, stand auf, wusch sich, schaute in die Tasche, in die Hilde gestern noch mehrere in Butterbrotpapier gewickelte Stullen hineingesteckt hatte, und machte sich auf den Weg zum Flugfeld. Das

OKW hatte Weisung an den Horst gegeben. Bereits gestern hatte ihm der Staka seinen Entschluss bekanntgegeben, ihn als leitenden Ingenieur mitfliegen zu lassen. „Besondere Lage, Unternehmen Seelöwe" usw. Im Besprechungsraum wurden den Mannschaften die Flugpläne mit den Zielkoordinaten ausgehändigt. Während draußen die Motoren dröhnten, schärfte ihnen der Staka noch einmal ein, möglichst tief zu fliegen, um dem Radar des Feindes zu entgehen. Ungeheurer Lärm erfüllte das Flugfeld. Kurt kletterte in den Bomber, hinter ihm stiegen die Unteroffiziere Endres und Buhling ein. Wie immer genoss er den Start. Flug im Verbund ohne besondere Vorkommnisse. Zusammenschluss zum Geschwader. Ein Butterbrot. Über dem Bach dann knapp über die Wasseroberfläche. Er flog die südlichste Route. Plötzlich weit rechts ein heller Blitz. Die feindlichen Jäger hatten einen von ihnen erwischt. Meldung. Antwort: Beese ausgefallen. Endres: keinen Kontakt zur Staffel. Alle abgeschossen? Hatte der Radar nur ihn übersehen? Die Küste. Gleich war es geschafft. Überprüfen der Koordinaten. Korrekt. Eier legen. Auftrag erfüllt. Nach dem Abwurf Kehre. Geflacker unten. Zurück. Wieder runtergehen. Sie sahen ihn zu spät, schossen im Herabstoßen daneben, dann war er drüben. Landung. Bericht. Hohe Verluste. Nur zwei von sieben. Zuhause die restlichen Butterbrote.

41

Die Schwester beugte sich über Rainers Bein. Unter ihrer Haube quollen ein paar lockige Nackenhaare hervor. Leas Haare. Dunkelgelber Eiter hatte den Verband verklebt, den ihre Finger abwickelten. „Jetzt wird es etwas wehtun." Sie tränkte Mull mit einem rostbraunen Mittel und begann, die immer noch offene Wunde zu säubern. Er sah nicht mehr hin, der Schmerz fuhr dumpf bis auf den Knochen, sein Oberschenkel krampfte. „Bitte die Muskeln nicht anspannen." Er wusste nicht, wie viele Tage er nun schon hier lag. War Lea noch in Berlin? Die Schwester bohrte die Pinzette in den Kanal, den das Geschoss gegraben hatte, und er stöhnte auf. Vorher war er im Feldlazarett gewesen, er erinnerte sich dunkel daran, dass er dort kurz aus der Ohnmacht erwacht war. „So." Die Schwester legte die Gerätschaften weg und wickelte ihn neu. Dazu hob sie sein pochendes Bein an, so dass er ängstlich den Atem anhielt, und legte sich seine Ferse auf die Schulter. Ihm fiel ein, dass er sich vorgenommen hatte, etwas Bestimmtes zu tun. Aber so sehr er sich auch bemühte, darüber nachzudenken, er hatte vergessen, was es gewesen war. Immer wieder verlor er den Faden. Einen Moment lang dachte er an die Lipsheims und Grüntals in ihrem Haus, im nächsten Augenblick sah er sich im Seitenwagen eines Motorrads in der Kolonne. „Sie müssen essen. Und gleich messen wir Temperatur." Er sah ihr nach, wie sie im trüben Licht, das durch die hohen Fenster in den Saal drang, an den Bettenreihen entlang hinausging. Unter den weißen Decken lagen still die Verwundeten. Frische Gräber unter frischem Schnee. Er starrte zur gekalkten Decke und sah, wie die Dunkelheit hereinbrach. In der Hand spürte er etwas Kaltes, etwas Schweres am Arm. Das Gewehr. Ein Schritt, zwei Schritt, drei, da schlug ihm eine heiße Kralle ins Bein und riss ihn herum.

Rainer öffnete die Augen: graues Licht immer noch, die gekalkte Decke. Er musste kurz geschlafen haben. Gerade wurde ein Bett hinausgeschoben, und jemand flüsterte: „Unnützer Esser. Wird euthanasiert." Es war sein Nachbar, ein älterer Mann mit Kopfverband. „Pass bloß auf, wir Verwundeten sind alle unnütz", sagte er und würgte dazwischen etwas Grünliches in eine Schale. „'Ausmerzung lebensunwerten Lebens', sagt der Führer."

Rainer sah wieder an die Decke, und es schien ihm, als senke sich das Weiß wie ein Tuch über seine Augen. Und er sah eine Reihe von Tüchern. Sie waren um Köpfe gebunden, Köpfe von Erschossenen, die in einer Grube lagen, übereinander, mit verrenkten Gliedern, verrutschten Herbstmänteln, Frauen und Kinder auch, über alle musste er Erde schaufeln, das dauerte lange, und immer noch war etwas Weiß zu sehen von den Tüchern oder einer Wange, einem Ohr, einer Hand. Geiselerschießungen der Wehrmacht. Anordnung des Generalfeldmarschalls Keitel, hundert Geiseln für einen getöteten Deutschen. Mit oder ohne Tuch. Er sah auf die schwarzen Äste eines Baumes, ein Stück Mauer und sah, wie man an solchen Ästen Gefangene erhängte, vor solchen Mauern zusammentrieb und erschoss. Er hatte von den Einsatzkommandos der SS gehört, die alle Juden im eroberten Gebiet ermordeten. Nun sickerte die Dunkelheit in den

Krankensaal herein, und die Schatten, die über die Decke huschten, waren SS-Männer, die in ihren langen Mänteln herumsprangen, Menschen ihr eigenes Grab schaufeln und sich aufstellen ließen. Und jetzt sah er, dass auch die Grüntals und Lipsheims in der Reihe standen, der Onkel mit sich selbst redend, die Großmutter in ihrem besten Kleid Emmas Hand haltend, - „Lassen Sie sie los!", schrie ein SS-Mann, aber Valeria ließ nicht los -, Leas Mutter, die ihren Mann stützte und ihm noch etwas zuflüsterte, und dann sah er Lea mit erhobenen Händen und angstgeweiteten Augen. Geschrei erhob sich. Die SS-Männer standen mit gestrecktem Arm vor den Kindern, Frauen und Männern, zielten, schossen, gaben Genickschüsse ab.

Wieder musste er eingeschlafen sein, wachte auf, schämte sich, empfand es als Verrat, dass er eingeschlafen war, schlief wieder ein. Gegen Morgen meinte er Leas Stimme zu hören, aber er verstand sie nicht und fand sich mit dem Gefühl, weinen zu müssen, unter weißen Grabhügeln wieder. Es war noch dunkel, er hielt es nicht mehr aus, richtete sich auf, ihm wurde schwindlig, kalter Schweiß stand ihm auf der Stirn, er hob das schmerzende Bein aus der Schiene und hinkte zu den Spinden. Dort suchte er sich Kleidung zusammen, zog sich mühsam an, nahm eine Krücke, die in der Ecke lehnte, und verließ das Hospital, in dem alles noch schlief. Oder tot war. Der Pförtner rief hinter ihm her. Rainer stellte sich keuchend in eine Nische.

Frühe Bahnen. Umsteigen. Dann die kahle Allee entlang. Durch blattlose Sträucher sah er das Haus der Grüntals. Hinten stand eine kleine Menschenmenge vor der Treppe zur Veranda. Er wollte hinauf, wurde aber festgehalten. „Jetzt ist hier Versteigerung, Aktion 3, bestimmt schon von gehört, da können Sie nicht ins Haus." Die großen Sachen, Klavier, Möbel, was diese Blutsauger angehäuft hätten, das wär alles schon gestern weg. „Heute sind nur noch die kleinen Sachen dran." Rainer fragte nach den Familien Lipsheim und Grüntal, und man lachte. Verhaftet, was sonst. Jetzt trat ein Mann aus dem Haus und las von einem Blatt ab: „Fünf Gläser eingelegte Gurken." Es wurde geboten. „Holen Sie sich die Gurken im Keller ab." Der Mann las weiter: „Kohlenvorrat für den Winter, etwa ein Doppelzentner." Rainer wollte zur nächsten Wache gehen, doch die Menge drängte ihn auf den Rasen, wo seine Krücke im weichen Boden versank, so dass er stürzte. Erschöpft blieb er kurz im feuchten Gras liegen und sah hinauf zu Leas nun vorhanglosem Fenster, bis ihm jemand auf die Beine half.

Er fragte sich um Ecken herum und über Kreuzungen. Die Leute schienen Angst vor ihm zu haben. Wenn man ihn verhaftete, dachte er, wäre das der schnellste Weg auf die Wache.

Als er das Polizeirevier gefunden hatte, sagte man ihm, dass er falsch sei. Er müsse zur Gestapo. Also fragte er sich weiter durch.

Schließlich stand er vor einem großen Gebäude. An der Pforte musste er sich ausweisen. Nachdem er gewartet hatte, wurde er in ein Zimmer mit Linoleumboden geführt. Leicht abwaschbar. Ob eine Lea Lipsheim hier gewesen war, fragte er den eintretenden Gestapo-Mann. Der antwortete ihm nicht, sagte nur, dass er Glück habe, wenn sie ihn nicht gleich hierbehielten und winkte ihn hinaus. Rainer ging aber nicht hinaus. Was hier geschehen sei? Wo die Familien Lipsheim und Grüntal seien? Der Gestapo-Mann schrie etwas von 'jüdischem Untermenschentum', zwei weitere Gestapo-Leute kamen und schleiften Rainer hinaus. „Gibts denn so was? Der will wissen, wo irgendwelche Judensäue sind." „Scheiß der Hund drauf." Der andere spuckte aus. „Wenn der kein Soldat wäre ..."

Rainer lief wieder zum Haus der Grüntals zurück. Dort war es ganz still jetzt. Er stemmte sich die Treppe hinauf und sah in den leeren Wintergarten hinein. Immer näher ging er heran, bis er die Scheibe mit der Nase berührte und spähte ins Halbdunkel: alles war ausgeräumt. Die Knie wurden ihm schwach, und er sank auf die kalten Treppenstufen, lehnte sich an das Geländer und sah zum tiefhängenden grauen Himmel hinauf. Wo war sie? Was geschah gerade mit ihr? Konnte sie denselben Himmel sehen? Sein Blick fiel auf den Anbau. Und wenn sie sich dort versteckte? Vielleicht gab es in diesem Anbau eine doppelte Wand. Ja, jetzt war er davon überzeugt. Es musste eine doppelte Wand geben, hinter der Lea lebte und auf ihn wartete. Wie im Winterschlaf. Schlafend lebte. Sofort humpelte er zum Anbau und klopfte die Wände ab. Gab Zeichen, damit sie antwortete. Doch obwohl er mit höchster Anspannung lauschte, hörte er nichts. Sicher lag sie tief schlafend. Irgendwo musste ein geheimer Eingang sein. Doch wenn er sie jetzt weckte aus ihrem todesähnlichen Schlaf, wie sollte sie die Zeit, diese schreckliche Zeit überstehen? Hinter so einer Wand, in einem so schmalen Raum gab es doch kaum Luft, kaum Nahrung, kaum Licht. Besser ließ er sie schlafen und weckte sie erst später. Aber in ihrer Nähe bleiben wollte er und brach die Tür auf. Schob sich jetzt im Innern an den Wänden entlang, klopfte nicht, um sie nicht zu wecken, fühlte sich ihr nahe. Dann setzte er sich und ließ den Kopf gegen die Wand zurücksinken, die Wand, die ihm ein bisschen warm zu sein schien, die Wand, hinter der er meinte, Lea ganz leicht und leise atmen zu hören.

42

Seit dem Selbstmord Onkel Leos sprach Leas Vater kaum noch. Er saß nur da, in der Ecke eines der beiden Zimmer, die ihnen im sogenannten Judenhaus, in der 17, zugewiesen worden waren, und sah seine Frau an. War sie nicht im Raum, wurde er unruhig und starrte ängstlich auf die Tür. Einige Male fragte sie ihn, warum er sie so anschaue, aber er antwortete nicht. Auch die Großmutter war sehr still geworden seit dem Tag, als Leo aus dem Fenster gesprungen war. Sie habe mit dem Leben abgeschlossen, sagte sie. Und weil sie nicht mehr gehen konnte, saß sie den ganzen Tag auf dem Sofa. Dort schlief sie auch. Vor allem Emma kümmerte sich um sie, half ihr beim An- und Auskleiden und stützte sie, wenn sie zur Gemeinschaftstoilette auf dem Flur musste. Vorbei an den Kochöfen. „Gut, dass sie das nicht mehr erleben müssen", murmelte sie manchmal und meinte ihren Mann, die Eltern ihres Schwiegersohns und nun wohl auch Leo Lipsheim. Vielleicht auch die vielen anderen jüdischen Freunde und Bekannten, die eines natürlichen Todes gestorben waren, bevor sie wie andere verhaftet, dann als tot gemeldet wurden oder verschwunden blieben. Die Mutter dagegen war ein Bündel von Aktivität. Wie Lea war sie zum Arbeitsdienst einberufen worden und arbeitete Halbtagsschicht in der Judenabteilung der Gummiverarbeitungsfirma Meier. Sie überprüften Teile, die auf einem Fließband an ihnen vorüberzogen. Aber während Lea am frühen Nachmittag zu Hause gegen ihren Willen regelmäßig einschlief, arbeitete Rahel unermüdlich weiter, kochte, besserte die Kleider aus, führte den

Haushalt. Sie stellte sich vor den Geschäften an und kaufte in der den Juden erlaubten Zeit zwischen 17 und 18 Uhr ein. Sie achtete auf die Verdunkelung und hielt die Familie in den Bombennächten zusammen, wenn alles in den Keller drängte. Sie stritt sich mit dem Vermieter wegen der Extrazahlungen für zu großen Wasserverbrauch und verhandelte mit einem Anwalt wegen des erzwungenen Hausverkaufs. Bei den häufigen Wohnungsdurchsuchungen bekam sie die meisten Ohrfeigen, denn sie ließ sich nicht alles gefallen. Sie war es, die Widerworte gegeben hatte, als einer der Polizisten gesagt hatte, sie sollten sich doch alle aufhängen. Dann hatte er sie in Bauch und Unterleib geschlagen. „Du wirfst keine Kinder mehr!", hatte das Schwein geschrien.

Die Wohnung war kalt. Kohlenmangel. Lea hatte Hunger, sie dachte an die stinkenden alten Kartoffelstückchen, die sie gegessen hatte, und ihr wurde übel. Ihr früheres Leben. Als sie noch in Parks spazierengehen, mit dem Omnibus fahren und ins Kino gehen durfte. Sie schaute die Großmutter an, die ihr gegenübersaß, in eine Decke gehüllt, ihren alten Pelz hatte sie abgeben müssen. Sie dachte an die Frauen in der Fabrikabteilung, die weinend zusammenbrachen. Einige hatten Nachricht vom Tod ihres Mannes oder eines Verwandten erhalten. Oder es war ihnen nicht lange nach seiner Verhaftung - wegen eines unerlaubten Päckchens Tabak oder einer anderen Lappalie - eine Urne mit Asche ausgehändigt worden. Manche hielten auch die Ungewissheit nicht mehr aus. Lea dachte daran, dass der Arbeitseinsatz sie ein wenig vor der Verschickung schützte. Seit Oktober letzten Jahres gingen vom Bahnhof Grunewald Eisenbahntransporte in Richtung Lodz ab. 'Litzmannstadt', wie es seit dem

Überfall auf Polen genannt wurde. Die, die es traf, mussten ihre Koffer packen und zum Bahnhof oder erst in die Sammelstelle Synagoge Levetzowstraße. Dann ging es ins Ghetto, wo sie in großem Elend für die Munitionsfabriken arbeiten mussten und viele bald starben. Sie dachte an Onkel Leos Begräbnis auf dem jüdischen Friedhof. Der Rebbe hatte das Kaddisch gesprochen. Lea betrachtete die Schlafende. In ihrem Alter käme sie nach Theresienstadt. Dort sollte es gehen. Dann dachte sie an Rainer, der jetzt wieder an der Front war. Im vergangenen Herbst hatte er bei ihnen im 'Judenhaus' geklingelt, einmal nur, nicht dreimal wie alle Eingeweihten, so dass sie eine Durchsuchung befürchtet hatten, schnell noch einiges in die Verstecke brachten und dann atemlos vor Angst die Tür öffneten. Und da hatte er gestanden, wusste wie immer nicht, was er sagen sollte, sah schlecht aus, hatte Fieber, humpelte. Saß mit ihnen zusammen und erzählte, dass er in ihrem Haus übernachtet und geglaubt habe, Lea sei in der Wand versteckt. Er hatte sich dann fast jeden Tag hereingeschlichen, obwohl es verboten war. Er hätte nicht einmal mit ihnen sprechen dürfen. Oft hatte er Lebensmittel mitgebracht, die Juden mit ihren Karten nicht bekommen konnten. Wenn ihn jemand angezeigt hätte, hätte ihn das den Kopf gekostet, aber das schien ihm egal zu sein. Lea hatte einige Male versucht, ihn ins Kino zu schicken, damit er ihr dann von den Filmen erzählte, doch er wollte nicht gehen. Natürlich liebte er sie. Warum nur konnte sie ihn nicht lieben? Selbst als sie sich verabschiedeten, - vielleicht weil er davor so sentimental geweint hatte -, hatte sie seinen Kuss, den einzigen in der ganzen Zeit, nicht erwidert.

Es klingelte dreimal. Frau Cohn von unten. Ganz aufgelöst. Ihr Sohn Sally sollte morgen deportiert werden. Sie stopften unten schon den Bettsack. Sie bat darum, ihr beim Nähen eines Geschirrs zu helfen, mit dem ihr Sohn seinen Koffer auf dem Rücken tragen könnte. Die Mutter nahm die Stoffriemen an, versprach es ihr und tröstete die Weinende mit Worten, an die eigentlich keiner und auch sie selbst nicht glaubte, die ihr beim Reden jedoch wohl immer wahrscheinlicher wurden, weil sie sie so sehr glauben wollte. Als Frau Cohn wieder nach unten gegangen war und die Mutter den Faden eingefädelt hatte, fiel ihr Blick auf ihren Mann, der sie wie immer mit großen Augen ansah. Sie ließ die Hände auf den Tisch sinken. „Ich möchte wirklich einmal wissen, warum du mich so anstarrst." Langsam stand der Vater auf, ging zu ihr und setzte sich. „Du weißt es doch", war alles, was er sagte.

43

Im Bombenkeller. Da fühlten sich einige im Dunkeln sicher und redeten frech. Die merkten aber schnell, dass sie solche Reden nicht schätzte. Sie tuschelten noch eine Weile und hörten dann ganz auf. Das Dröhnen der Bomber. Das Heulen der Sirenen, die Detonationsschläge, der Kanonendonner. Putz rieselte. Der Druckschwall. Plötzlich ganz nah, der Druck auf den Ohren. Ein Deckenbalken stürzte herab, traf eine junge Frau. Sie konnte nicht einmal schreien, ihr Oberkörper war ganz zerquetscht, Irmgard hörte sie nur blubbern. Sie starb schnell. Jemand legte eine Decke über die Tote. Sie merkte, dass sie Erde im Mund hatte, es knirschte zwischen den Zähnen. Da, wieder ein Wohnblockknacker. Wie weit mochte der entfernt gewesen sein? Jetzt roch es nach Rauch. Der Engländer warf wieder seine flüssigen Brandbomben. Hoffentlich waren die Lüftungskanäle des Bunkers nicht verstopft. Die Luft war schlecht. Irmgard versuchte, ruhig zu atmen. Aber schließlich musste sie doch den Mund öffnen und keuchend nach Luft schnappen. Sie warteten. Der Boden erzitterte. Wieder und wieder. Entwarnung kam und kam nicht. Dann lange nichts. Kein Dröhnen, nur Brandsirenen und vereinzelt Flak. Jetzt musste das Zeichen doch kommen. Aber es kam nicht. Stattdessen das Dröhnen. Erneut bebte der Boden. Die Spötter von vorhin waren jetzt still. Es roch, als hätte sich jemand in die Hosen gemacht. Vielleicht einer von diesen Gernegroß. Solche Leute musste man im Auge behalten. Wenn sie sie doch nur besser sehen könnte, damit sie sie gegebenenfalls wiedererkennen konnte. Fetzen aus Dr.

Goebbels' Sportpalastrede gingen ihr im Kopf herum. 'Ich frage. Entschlossen. Euch. Dem Führer. Seid ihr? In der Erkämpfung des Sieges. Dem Führer durch dick und dünn. Kampf mit wilder Entschlossenheit. Dick und dünn. Drückeberger. Wenn der Führer es befiehlt. Folgen. Der Führer es. Wenn. Folgen.'

Entwarnung. Während alles die Treppen hinaufdrängte, versuchte sie vergeblich, einen Blick auf die Verleumder zu erhaschen. Oben empfingen sie Schreie, tosendes, sengendes Feuer in Hausruinen, beißender Rauch überall, der widerliche Geruch nach verbrannten Haaren. Das Haus, in dem sie wohnte, stand noch. Sie ging darauf zu. Ausgebombte liefen umher, jemand versuchte einen Karren durch die Trümmer zu ziehen, zerrte etwas aus dem Weg und warf es Irmgard vor die Füße. Sie erschrak, sprang unwillkürlich darüber hinweg, wollte nichts sehen, aber sah die Leiche dennoch: halbverbrannt, verdrehter Körper, die Arme hochgestreckt, ein Teil Gesichtsfleisch vom Knochen gelöst in die klaffende Lücke gerutscht, wo der Unterkiefer weggebrochen war. In den Hinterhof. Zusammengehörigkeitsgefühl. Da standen zwei Mitmieter. Wird gestärkt. Müssen alle an einem Strick. Irmgard dachte an ihre Mutter. Die wusste sich schon zu helfen. Telefonleitung war ja bestimmt tot. Wollte sie aber probieren. Ging in die Wohnung rauf. Kein Licht. Ihre Wohnung. Hatte ihr ja die Partei freundlicherweise. Musste dankbar sein. Schwefelhimmel, den helle Strahlen durchbohrten, suchend, Scheinwerferkegel. Kein Tuten in der Leitung. Na, wird schon nichts passiert sein. Irmgard merkte, dass ihre Knie zitterten, als sie wieder hinunter ging. Draußen standen fremde Leute. Lautes Weinen irgendwo. Einige redeten ganz aufgeregt.

„Schwerer Angriff." „Nochmal Glück gehabt." „Vergeltung." Redeten und redeten. Erst nach einiger Zeit merkte sie, dass auch sie ohne Unterbrechung redete, auf andere einredete, ohne darauf zu achten, ob die anderen zuhörten oder selbst etwas sagten. Harte Zeiten, harte Herzen. Wir lassen uns nicht unterkriegen. Phoenix aus der Asche. Die meisten Kinder sind ja zum Glück aus Berlin raus. Am Ende steht der Sieg! Da kann der Feind machen, was er will. Der Engländer kann soviel Bomben ... „Jetzt sei'n Se doch mal still!" schrie sie jemand an. Aber sie konnte nicht aufhören und erzählte von ihren Schülern, Fünfzehnjährigen, die jetzt bei der Flak Dienst taten. Jeden Tag im Klassenzimmer morgens vor der Fahne Hitlergruß, wie begeistert die Kinder das mitmachten, und der NS-Schulungsoffizier, ihr zur Seite gestellt, die Partei organisiere die Erziehung in allen Punkten hervorragend, es werde darauf geachtet, dass die jungen Luftwaffenhelfer in laufender Verbindung zu den Eltern ... „Haltense doch endlich mal den Rand!" herrschte sie jemand an, und Irmgard merkte, dass die Leute besprachen, wie mit den Leichen zu verfahren sei. Sie dachte an die Lebensborn-Einrichtungen. Die sorgten für Nachschub. Kinder hatte Himmler gefordert. Und sie trimmte die Kinder. Um die Leichen würde sich der Aufräumdienst kümmern, sagten einige. Aber nicht für den Krieg; Kinder für den Frieden. Irmgard ging wieder in ihre Wohnung hinauf. Ob die Schule getroffen worden war?

Leichen lagen aufgereiht am Straßenrand, um abgeholt zu werden. Schwelende Trümmer, Laternenstummel, Skelette von Straßenschildern. Ob ihre Irmgard noch lebte? Helga ging am Alexanderplatz vorbei, wo man einen Rübenacker angelegt hatte. Die große abgeerntete Fläche war schwarzverbrannt, am anderen Ende schien ein Bombenkrater zu sein. Irmgard war sicher in der Schule. Ein Glück, dass Kurt, Hilde und der kleine Dieter nicht in Berlin lebten. Nicht zu nah an die rußigen Wände. Rauch wallte noch immer aus einigen Fensterhöhlungen, durch andere sah man aber auf die Steinberge, die sich hinter den vielen wackligen Fassaden auftürmten. Viel Arbeit. Da hieß es anpacken. Für alle. Auch sie würde ihren Teil leisten. Die sechzig Jahre, die sie auf dem Puckel hatte, spürte sie gar nicht. Eine Frau mit Gasmaske schob einen Kinderwagen durch den Schutt. Hatte den Wagen mit feuchten Tüchern abgedeckt.

Hilde hatte unbedingt den Quax-Film noch einmal sehen wollen. Als ob es nicht genug wirkliche Bruchpiloten gäbe. Sie setzen sich. Strahlantrieb, Messerschmidt 262, 800 Stundenkilometer. Umbau zum Bomber. Anordnung des Führers. Schwachsinn. Zeitverlust. Aber was war die Me gegen V1 und V2? Da konnte der Engländer oder Amerikaner mit seinen Spitfires und Aluminiumfolien einpacken. Wenn die was auf dem Radar sahen, wars schon zu spät. Vergeltungswaffe. Genaues wusste Kurt nicht, nur was unter den Kollegen zirkulierte, es gab mehr als einen Draht nach Peenemünde. Wochenschau. Trotzdem: Die konnten erzählen, was sie wollten, der Krieg war verloren. Ob nun mit oder ohne Vergeltungswaffe. Wochenschau. „Ist es nicht schön, dass Berlin endlich judenfrei ist?" sagte Hilde. Da schnurrte er schon, der Sportflieger. Das waren noch Zeiten. Kurt stellte sich vor, wie Rühmann in einem modernen Bomber saß, Flächenbrand aussäend, mit genau dem Lächeln um die Augen, er sagte seine Sätze, aber im Lärm waren sie nicht zu hören, das hübsche Mädel sah ängstlich zum Himmel hinauf, Rühmann drückte seine Knöpfe, die Schächte öffneten sich, nun sah das Mädel verzückt zum Himmel, die Bomben fielen, der blaue Himmel plötzlich schwarz, das Mädel unten nur noch eine Silhouette, wie verkohlt vor den Feuergarben, Rühmann flog eine schneidige Runde, befreit lachend, grelle Brände hinter sich lassend, stolz auf seinen Erfolg, nichts ist schöner als das Fliegen, keckernd wie ein Eichelhäher, sein begeistertes Gesicht, dann aber Volltreffer, Rühmann wurde zerfetzt, das Flugzeug zerplatzte in tausend Teile, die auf das strahlende Gesicht des Mädels herniederfielen, das immer weiter erwartungsvoll in den Himmel schaute. Was war nur los mit ihm? Wieder runter auf den Teppich, Kurt. Aber fix. Filmende. Abmarsch.

44

Am 18. Januar, zuletzt am 18. Januar vergangenen Jahres, das letzte Mal hatte er sie an diesem Tag gesehen, Lea, ein letztes Mal, vor dem Bahnhof Grunewald in der Kälte mit der Familie, mit Vater, Mutter und Schwester, nur ohne die Großmutter, Valeria stand nicht mit ihnen in der Schlange, sie stand in seiner Nähe vor dem Eingang, sie wurde nicht mit ins Ghetto nach Lodz gekarrt, Valeria würde mit einem Transport nach Theresienstadt geschickt werden, alle vier Lipsheims an diesem 18. Januar dick vermummt, viele Kleider übereinander, je mehr desto besser, man konnte alles brauchen, jetzt gegen die Kälte, knubbelig wie Kinder in ihren ausgepolsterten Mänteln, so gingen sie auf das Portal zu, der Eingang dort war für die Großmutter und ihn gesperrt, nachdem sie die Großmutter zum Abschied umarmt hatten, geküsst hatten zum Abschied, trugen sie ihre Koffer, wurden von Uniformierten zur Eile getrieben, vorwärtsgestoßen, weitergestoßen, gingen mit kleinen Schritten, wandten sich vor der ersten Kontrolle noch einmal um, schauten zurück auf die weinende Großmutter, klein neben ihm, sie winkten, waren schon weit weg, und Rainer hatte Leas Gesicht nur noch als hellen Fleck gesehen, hell unter der dunklen Mütze, ihr Atem war in einer kleinen Wolke aufgestiegen, in kleinen Wolken, die immer schnell verschwanden und, bevor sie verschwanden, sich noch mit den Atemwolken ihrer Schwester, ihrer Mutter und ihres Vaters vermischten, dann verschwanden sie alle im Gebäude, dann waren sie im Gebäude verschwunden, während auch die, die nach ihnen in der Schlange gestanden hatten, im Bahnhofsgebäude verschwanden, und er hatte mit der alten Frau dort gestanden, war dort stehen geblieben, von wo sie sie zuletzt gesehen hatten. Die Großmutter, in sich zusammengesunken, hatte sich nicht stützen lassen wollen von ihm, es war ihm sowieso verboten, aber das war ihm egal, sie waren ganz langsam so nah wie möglich, wie es erlaubt war, man durfte den Uniformierten nicht zu nahe kommen, am Bahnhofsgebäude entlanggegangen, um vielleicht einen Blick auf die Bahnsteige werfen zu können, wo die Menschen einstiegen, wo Lea einstieg, Emma, Rahel und Viktor einstiegen, in die Waggons, doch es war nichts zu sehen, hin- und hergegangen waren sie, aus seinen Augen waren Tränen geflossen, er hatte gewischt, die Tränen waren weiter geflossen, dann kamen keine Tränen mehr, sein nasses Gesicht war sehr kalt geworden, die Großmutter, einen halben Schritt vor ihm, hatte beständig etwas gemurmelt, etwas, das er nicht verstehen konnte, etwas Jiddisches vielleicht, sie hatte ihn nicht angeschaut, immer nur zum Bahnhof hin, wo Durchsagen zu hören waren und Pfiffe und irgendwann die Lokomotive, unerbittlich, das Quietschen und Kreischen der Räder, die Großmutter und er waren auf der Straße in der Richtung des Zugs mitgegangen, aber die Straße lief nicht parallel, und die Gleise waren hinter Wänden verborgen, und sie hatten immer noch nichts von dem Zug sehen können, der fortfuhr und leiser wurde und schließlich nicht mehr zu hören gewesen war.

Wie lange noch? Herbst 44. Trümmer überall, Volkssturm, und er zeigte Kindern das Schanzen, Schießen mit der Panzerfaust, sah ihre Gesichter, musste vorsichtig sein, was er sagte, sonst denunzierten sie ihn, einige waren sicher Spitzel, liefen zum HJ-Führer ...

Während Uniformierte, die aus dem Bahnhof gekommen waren, in Mannschaftswagen stiegen und an ihnen vorbeifuhren, waren Frau Grüntal und er noch einmal zum Bahnhof zurückgegangen, wo es nun still geworden war. Sie hatte mit dem Rücken zu ihm gestanden, Kopf und Schultern hatten gezittert. Gemeinsam, das war gefährlich, waren sie weggegangen, und er hatte sie ins Judenhaus begleitet, das war ihm verboten, aber das war ihm egal, war ihm von Anfang an egal gewesen, in das nun leere Zimmer, wo sie sich auf das Sofa gesetzt und vor sich hingestarrt hatte. Er hatte keine Worte gefunden, und sie hatte ihm irgendwann gesagt, dass sie nun gern allein wäre.

Sein Bein war steif geblieben. Er humpelte an einer Wärmehalle vorbei. Für Juden verboten. Wie viele gab es noch in der Stadt? Lea, Lea, Lea ...

In der Nacht, zurück im Judenhaus, nun allein im Zimmer, auf dem Sofa, auf dem sie in der letzten Zeit immer gesessen hatte, hatte Valeria Gift genommen. Vielleicht hatte sie danach noch alte Familienfotos angeschaut: Vater und Mutter, Alexander und Jewgenia, Jascha als junger Mann, - wie gut er ausgesehen hatte! -, Rahel, ein Hochzeitsfoto, Leo, die Enkelkinder, Emma und Lea ... Die Augen waren ihr zugefallen. Jetzt konnten die

Schinder ihr nichts mehr antun. Sie hatte keine Angst mehr vor ihnen. Selbst wenn sie jetzt zu einer Hausdurchsuchung kämen, selbst wenn sie sie jetzt packten, beschimpften, schlugen, traten, bespuckten, sie war gerettet.

War es so gewesen?

Als Rainer am nächsten Tag gekommen war, war ihre Leiche bereits weggebracht worden.

Das Ghetto. Erkundigungen. Keine Auskunft. Dann die Nachricht: Das Ghetto war am 15. September 'aufgelöst' worden. Die verhungerten Juden. Die toten Juden. Die erschossenen Juden. Die gefolterten Juden. 15. September. Sie trieben die letzten Überlebenden zusammen. Pferchten sie in Waggons. Fuhren sie nach Osten in die Lager. Foltern sie, erschießen sie, hängen sie auf, lassen sie verhungern, an Krankheiten sterben, vergiften sie mit Gas, vergiften dort alle mit Gas, das hatte er gehört. Die Lipsheims. Rahel, Viktor, Emma und Lea.

Rainer ging durch das Zentrum der Macht. Gauleitung Berlin. Die Wilhelm-Straße. Sitz des Reichsministers für Volksaufklärung und Propaganda. Der Stellvertreter des Führers, Kanzlei des Führers. Hermann-Göring-Straße. Saarlandstraße. Der Reichsführer SS. SS Sicherheitshauptamt. In diesen Häusern saßen die Schlächter. Nicht nur in diesen Häusern: überall. Sie waren überall und mordeten.

Leas Gesicht von weitem ein heller Fleck, hell unter der dunklen Mütze, und ihr Atem stieg in einer kleinen Wolke auf ...

Der Vorsitzende Freisler schrie im Volksgerichtshof. Die Angeklagten mussten sich die Hose festhalten und wurden in Plötzensee an Fleischerhaken aufgehängt.

Lea, dick vermummt gegen die Kälte, am Bahnhof Grunewald, zuletzt am 18. Januar vergangenes Jahr, von weitem ihr Gesicht ein heller Fleck, ihre Mütze ...

Nicht stehenbleiben. SS trieb sie an den Blocks vorbei. Das Gehen schwer. Nicht stehenbleiben. Durch das Tor. Wohin? Gehen. Die Schüsse. Noch ein paar Schritte. Mutter Vater Schwester. Schüsse immer wieder. Im Sommer hatte sie Gras gegessen. Gefroren jetzt unterm Schnee. Nicht stehenbleiben. Mutter Vater Schwester. Rauch. Die Toten überall. Es war so kalt. Keine Haare. Damals. Am Ende des Bahnsteigs die Schlangen. Mutter und Schwester, Vater bei den Männern. Rauch. Lieber Rauch. Hinsetzen, nur einen Moment

Kurt hörte den Wind um die Baracke pfeifen. Dieter jammerte immerfort vor Hunger. Schlief jetzt. Hilde kümmerte sich um die Tochter. Pflegeleicht, die Kleine. Da saßen sie nun in diesem Flüchtlingsschuppen. Drumherum das flache Land. Nur gut, dass er es mit der Familie in die britische Zone geschafft hatte. Im letzten Augenblick möglichst viel Hab und Gut auf den Karren, die Kinder in Decken gewickelt und ab. Hauptsache, dem Russen nicht in die Hände fallen. Er erprobte den selbstgebastelten Topfgriff: hielt. Hilde putzte die letzten Kartoffeln. Schnitt zuviel weg. Zur Not konnten sie Hildes Schmuck verkaufen.

Immer wieder, während Helga Mauertrümmer weiterreichte, Schlange stand oder nachts in der überbelegten Wohnung wachlag, fragte sie sich, ob Kurt noch lebte. Nicht leicht das hier für eine alte Frau. Aber sie hatte ja noch Irmgard. Sie erinnerte sich, wie sehr sie auf das Kriegsende gewartet hatte. Wie froh war sie gewesen, als es dann endlich vorbei war, aber was war von dieser ersten Freude geblieben? Sie las die Anschläge, die Zettel mit Namen und Adressen an stehengebliebenen Häusern, vielleicht war ja ein Name darunter, den sie kannte. Sicher würde Kurt sich irgendwann melden. Er würde sie finden, obwohl sie jetzt in einem anderen Haus wohnte. Das alte Haus gab es nicht mehr, aber das würde er schon herausbekommen. Arbeiten. Ihr blieb die Arbeit, so war es schon immer gewesen. Sie wäre die letzte, die sich darüber beklagen würde. Viel war zu tun, Ordnung machen für 72 Pfennige die Stunde, sonst gab es keine Lebensmittelkarten, aber das hätte sie auch so gemacht, denn es musste ja getan werden. Ein paar Männer zerrten einen Balken aus dem Schutt.

Dieter hatte Holz in der Umgebung gesammelt und schleppte ein Bündel Äste in die Baracke. Er sah zum Vater auf und erwartete ein Lob. Doch wortlos begann der Vater die Zweige auf die richtige Länge zu brechen oder zurechtzuschneiden. Jetzt bekam Dieter etwas Angst, versuchte aber, es sich nicht anmerken zu lassen, und schaute zum kleinen Kohleofen hin, den der Vater selbst gebaut hatte. Der Ofen war nicht an. Als er fragte, wann es Essen gebe, zischte die Mutter: später. Was sie denn mit dem bisschen Holz anfangen sollten, bitte schön, schrie sie dann, ob er denn keine Kohle hätte finden können. Sie war wohl nicht gut gelaunt. Sie solle ihren Sohn nicht zum Kohlenklau anstiften, meinte der Vater, sie wisse doch, wie gefährlich das sei. „Aber der Bub isch doch scho acht", rief die Mutter, „in diesen Zeiten. Was haben mir alles verloren!" Dann brach sie in Tränen aus.

Dieter kannte das schon. Er dachte an das Spiegelei, das sie vor ein paar Tagen gegessen hatten. Wenn es das Abend gäbe ...

Irmgard musste sich vor der Spruchkammer verantworten. Ministerium für politische Befreiung. Wieviel wussten die Amerikaner von ihrer Parteizugehörigkeit? Die gingen bestimmt einfach die Akten durch und waren jetzt bei Prensch, Irmgard angelangt. Oder hatte sie jemand angezeigt? Die Frau vielleicht, die sich so geärgert hatte, dass Fräulein Sauckel, die 200prozentige Nationalsozialistin aus dem ersten Stock nicht von den Russen vergewaltigt worden war? Irmgard ging an ein paar Männern vorbei, die auf der Straße ein schon stinkendes Pferd zerlegten. Sicher würde sie als Minderbelastete eingestuft. Mit Bewährungsmöglichkeiten: Das Ministerium usw. erlässt gegen Irmgard P r e n s c h, Lehrerin, folgenden Beschluss. Es werden ihr folgende Sühnemaßnahmen auferlegt: .... Ja, sie hatte an den Führer geglaubt. Das hatten Millionen. Ja, sie war früh in die Partei eingetreten und hatte ein kleines Amt gehabt. Also würde sie nicht amnestiert werden, sondern in Gruppe I fallen. Aber was hatte sie Böses getan? Kinder im Sinne des Nationalsozialismus erzogen. Denunziert hatte sie niemanden. Nein, sie war keine Denunziantin. Nicht wie die Frau, die Goerdeler angezeigt hatte. Die jetzt zu zehn Jahren Haft verurteilt worden war. Das war gerecht. Ja, Irmgard bereute, sie schämte sich dafür, dass sie an diese Verbrecher geglaubt hatte. Verbrechen gegen die Menschlichkeit. Massenmörder. Folterknechte. Entsetzliche Menschen. Und sie hatte ihnen bis zuletzt die Treue gehalten. Was diese Mörder zu ihrer Verteidigung anführten! Fühlten die denn anders als sie selbst keine Schuld, nicht die mindeste? Sie hatte Fotos von den Nürnberger Prozessen gesehen. Da saßen sie und sahen ganz gewöhnlich aus. Aber diese Männer hatten Millionen von Menschen töten lassen. Ob man ihr die Schuld ansah? Sehen konnte, dass ihr so vieles auf dem

Gewissen lastete. Nein, sie sah sicher auch ganz gewöhnlich aus, so wie die Herren auf dem Foto, die Franks, Fricks, Ribbentrops ...

Arbeit finden. Schwierig. Hier gab es nur Landwirtschaft. Wohin ging man am besten? Man musste irgendwo unterkommen, brauchte eine Anlaufstelle. Vorerst saßen sie hier fest. Jetzt hatten sie auch noch einen Heimkehrer auf der Stube, einen Kerl mit erfrorenen Füßen, der zwischen Hustenanfällen von der Front erzählte. Immer wieder von Kameradschaft sprach. Kurt konnte es schon nicht mehr hören. Der Soldat tat den ganzen Tag gar nichts, schüttelte nur immer wieder den Kopf über die schlechte Lage. Hätte sich ja wenigstens etwas nützlich machen können. Als er gestern gesagt hatte, dass im Vergleich zu dem Leben hier der Krieg noch besser gewesen wäre, hatte Kurt ihn angeschrien und ihm den Kopf zurechtrücken wollen, aber der Kerl hatte ihm nicht einmal zugehört. Schwafelte pathetischen Dreck. Außerdem saß der zuviel in Hildes Nähe und machte sie ganz wirr im Kopf mit seinen Geschichten. Wenn Kurt ihm sagte, er solle die Klappe halten, schaute er an ihm vorbei und redete weiter. Das deutsche Volk hätte dieses große Opfer nicht umsonst gebracht, nur das deutsche Volk hätte einer Idee so bis ins Letzte die Treue halten können. In reiner Gesinnung für das Vaterland zu sterben, das hätte jeden Deutschen mit Stolz erfüllt ...

Am nächsten Abend passte Kurt den Heimkehrer auf dem Weg zur Latrine ab. Er schlug ihn nieder und flüsterte ihm zu, er solle in einer anderen Stube unterkriechen.

Was der Kerl auch tat. Aber von nun an würde er hinter Kurts Rücken hetzen. Es wurde Zeit, dass sie wegkamen.

Sonntag. Keine Aufräumarbeiten für ihn heute. Auf den Schuttbergen kletterte kaum einer herum. Häuser, wandlos wie aufgeschnittene Wespennester. Rainer folgte Besatzungssoldaten und las deren Zigarettenkippen auf. Wenn er zwanzig zusammenhatte, bekam er dafür auf dem schwarzen Markt vielleicht schon ein Ei. Ein Ei, das wäre mal was anderes als die fünf Gramm Butter und zwei Gramm Käse am Tag auf seiner Friedhofskarte. Ein Schauer durchfuhr ihn, sicher hatte er Fieber. Aber hatten hier nicht alle Fieber? Die Leute mit ihren aufgerissenen Augen und eingefallenen Wangen, die hier standen und verkauften. Er merkte, dass er immer seltener an Lea dachte. Seine Füße waren kalt, und er bewegte die Zehen in seinen feuchten Schuhen ein wenig. Schon lange konnte er sich Leas Gesicht nicht mehr vorstellen. Jetzt schaute er gar nicht so sehr auf das, was die Frauen in den Händen hielten, manchmal gefiel ihm ein Gesicht unter dem Kopftuch, und er stellte sich vor, wie es wäre, das Tuch abzunehmen und mit der Hand durch die Haare zu streichen. „Lassen Sie mich doch mit den ollen Kippen in Ruhe!“ fuhr ihn eine Frau an, die ein paar Eier vor sich hielt. Ein Mann in einem wattierten Mantel erklärte ihm, dass er noch zehn Stummel drauflegen müsse, wenn er dafür ein Ei haben wollte. Der Mann, der Rainer bekannt vorkam, überredete ihn, ihm die Dinger für zehn Reichsmark zu überlassen. War das nicht der Vertreter, den er vor dem Krieg getroffen hatte? Der Antisemit, mit dem er getrunken hatte? „Was kieksten so? Kenn wa uns?“ Rainer wandte sich ab und schob sich weiter durch die

Menge. Ihm war jetzt schlecht vor Hunger, aber für die zehn Mark bekam er nirgendwo etwas. Der Kerl hatte ihn reingelegt. Warum hatte er sich auch auf den Handel eingelassen? Er konnte nicht handeln, hatte es nie gekonnt. Warum hatte er nichts mehr auf den Essenskarten? Die Tagesration für heute schon gestern weggefressen. Er überlegte, ob er für zehn Mark vielleicht Alkohol bekam. Ausgeschlossen. Aber nun kehrten seine Gedanken zwanghaft immer wieder zum Alkohol zurück. Noch einmal Kippen sammeln. Zwanzig würde er heute nicht wieder zusammenkriegen. Ein paar und die zehn Mark könnten aber vielleicht für eine Ami reichen, und die Ami für einen guten Schluck. Oder wenn er die zehn Mark wieder zurücktauschte? „Was willst du?" fragte der Verkäufer. „Zieh Leine, Hinkebein!" Als Rainer seine Bitte wiederholte, zischte der Mann „Denkst wohl, ich bin ein jüdischer Pfandleiher!" und stieß ihn zu Boden. Eine Frau half ihm wieder auf die Beine und redete ihm gut zu, er solle auf den nicht achten. Dann bot sie ihm an, zum Abendbrot mit zu ihr zu kommen, da fände sich schon noch was für ihn. Rainer sah ihr misstrauisch ins breite Gesicht: Ihr Alter war schwer zu schätzen, Mitte Ende dreißig vielleicht. Sie sah ihn ernst an und nickte ihm dann resolut zu.

Vom Tiergarten kamen ihnen Leute entgegen, die mit Leiterwagen Holz schleppten. Sie schwiegen beide auf dem ganzen Weg.

Im Zimmer, wo er sich auf eine Bank setzte, versteckte sich ein kleiner Junge hinter seiner Mutter. Gerda nahm ihr Kopftuch ab. Sie trug einen Seitenscheitel, und graue

Strähnen waren in den dunklen Haaren zu sehen, die ihr in einer nun plattgedrückten Welle über die Ohren hingen. „Hartmut ist ein Nachzügler. Fronturlaub. Mein Mann ist in russischer Gefangenschaft", sagte sie. „Die anderen kommen später." An der Wand hingen das Bild eines blonden deutschen Knaben und eine laut tickende Uhr. Gerda stellte ein Care-Paket auf den Tisch und entnahm ihm zwei glänzende Konservendosen. „Fleisch und Bohnen", sagte sie stolz, und Rainer rührte es, zu sehen, wie sie sich freute, dass sie ihm so etwas vorsetzen konnte. Während sie sich an der Kochplatte zu schaffen machte und ihr kleiner Sohn ihn anstarrte, wurden seine Zehen allmählich warm. Plötzlich merkte Rainer, dass er stank. Schuhe, Hose und schmutzstarrender Mantel dünsteten Modergeruch aus, und er selbst war nicht gerade gut gewaschen. Es war ihm peinlich. Er fragte, wo er sich waschen könne, und sie zeigte ihm das kleine Bad auf dem Treppenabsatz. Aus der Nähe betrachtet, wirkte ihr Gesicht müde. Er wusch sich, so gut es ging. Drinnen, wo es jetzt gut nach gebratenem Fleisch roch, so dass Rainer nur noch ans Essen denken konnte, fragte der Kleine, was der Mann bei ihnen wolle. „Er isst bei uns", antwortete die Mutter. Sie gab ihm das meiste. Schnell aß er es auf und sah dann ihr und ihrem Sohn beim Essen zu. Danach goss sie zwei Tassen Ersatzkaffee auf. Der Sohn ging hinaus. Sie sprachen nicht viel. Er fuhr ihr mit seiner Hand durch die Haare und schämte sich für den strengen Geruch nach Schweiß, der seinem Hemd entstieg. Ihre Haut hatte viele winzige Runzeln. Er küsste ihren Mund. Sie stand auf, stellte die Teller und Tassen in eine Blechwanne mit Spülwasser und sagte, er ginge nun besser.

Mit etwas Warmem im Bauch ging es sich bedeutend leichter. Ein eisiger Wind wehte durch die Straßen. Mit einem Mal wurde ihm klar, dass er es nicht weit zum Fehrbelliner Platz hatte, in dessen Nähe vielleicht noch immer seine Mutter wohnte.

Es war eine kleine dunkle Villa. Er klingelte mehrmals. Schließlich ging das Licht über der Treppe an. Ein wenig später wurde die Eingangstür geöffnet. Gegen das dunkle Hausinnere sah er nur ihr bleiches Gesicht. Er erkannte sie kaum wieder. Sie aber hatte ihn erkannt und reichte ihm die Hand wie eine Schauspielerin auf der Bühne. Wortlos führte sie ihn in den dunklen Salon. Nur eine ferne Straßenlaterne gab etwas Licht und warf im Dämmergrau die Schatten schwankenden Zweiggewirrs auf den düster glänzenden Parkettboden. „So hast du doch noch zu mir gefunden", sagte sie mit tiefer Befriedigung. Rainer fragte, ob sie nicht das Licht einschalten wolle. Sie schien seine Frage gar nicht gehört zu haben. Schweigend saß sie in ganz aufrechter Haltung auf dem Rande eines Sessels. Ihr Gesicht war eine weiße Maske. „Es liegt eine tiefe Folgerichtigkeit in allem", begann sie feierlich. „Aber das letzte Wort in dieser Sache ist noch nicht gesprochen." Ob irgendwo Blumenwasser faulte, dachte er, oder war das ihr Atem? Sie sprach mit geschlossenen Augen, sagte, dass die Welt dem deutschen Volke dankbar sein müsse für das, was es nur unter größten Opfern erreicht habe, für die Vernichtung der Juden. Nun also, machte sie einen Gedankensprung, sei er wieder bei ihr, ihr einziger Sohn hier bei ihr, im letzten Heim einer Vertriebenen, die alles verloren habe, das Gut, die Ländereien ... Und nun komme ein Winkeladvokat daher, der sicher in Verbindung stehe mit einem Auslandsjuden, der sich während des Kriegs ins sichere Fäustchen gelacht habe, und zweifle die Rechtmäßigkeit ihres Besitzes an, ihrer letzten Heimstatt, die Bertram ihr überschrieben habe. Aber er werde zurückkehren, sie wisse, dass er bald zurückkehren werde und ... Rainer hörte kaum noch zu. Er nahm jetzt einen immer deutlicheren Uringeruch wahr, der von seiner Mutter herüberkam. Nun beugte sich die Mutter zu ihm vor und griff mit ihrer kleinen vertrockneten Hand nach der seinen. Zum ersten Mal seitdem sie im Salon saßen, öffnete sie die Augen und flüsterte ganz nah: „Bald wird er dasein." Zitternd vor Erregung gab sie ihm einen Kuss in die Nähe seines Mundes, den er schaudernd ertrug. In diesem Moment erhellte der Scheinwerfer eines vorüberfahrenden Autos kurz den Salon, so dass Rainer zum ersten Mal seine Mutter wirklich sehen konnte: Ihr Gesicht war leichenhaft, und sie trug ein verschmutztes Kleid aus schwarzen Spitzen, das im Brustbereich völlig mit Eigelb bekleckert war. Rainer stand auf und ging schnell zur Tür. Während sie ihm folgte und versuchte, ihm das Versprechen abzuringen, sie gleich morgen erneut zu besuchen, wandte er sich noch einmal zu ihr um und sah, dass ihr der Schlüpfer bis zu den Knöcheln hinabgerutscht war und über den Boden schleifte.

48

49

An irgendetwas musste man doch glauben. Die Amerikaner machten es sich leicht, das hatte Irmgard ganz und gar nicht gefallen, denen fehlte jegliche Bindung an Deutschland und die Deutschen, an Boden und Kultur. Sie hatte einen Halt gebraucht. Wer brauchte keinen Halt, gerade jetzt? War es Schwäche ihrerseits gewesen? Sie hatte sich für etwas entscheiden müssen, für eine Weltanschauung, und sie hatte sich für den Kommunismus entschieden. Dies war nun einmal so. Sie hielt nichts von der Rückschau auf das eigene Leben. Man strickte sich die Vergangenheit doch sowieso zurecht und wurde noch dazu gefühlsduselig dabei, das musste nicht sein. Es galt, nach vorn zu schauen. Sie hatte etwas bewegen wollen und wollte dies immer noch. Sie stand nach wie vor zu ihrem Entschluss, den sie im Frühjahr '47 in die Tat umgesetzt hatte: Wechsel in den sowjetischen Sektor. Es erfüllte sie mit gutem Gewissen, dass die Liebe zu Walter dabei keinerlei Rolle gespielt hatte, keinerlei Rolle hatte spielen können, weil sie Walter zu diesem Zeitpunkt noch gar nicht gekannt hatte. Erst kurz darauf hatte sie ihn bei einer politischen Versammlung der SED kennengelernt. Er gehörte für die SED der Stadtverordnetenversammlung an und war einer der Redner an diesem Abend gewesen. Sein ruhig-sachlicher Vortragsstil hatte sie sofort für ihn eingenommen. Sie erinnerte sich, dass er Wege der Verstärkung der parteilichen Einflussnahme der SED auf die Arbeit des Magistrats erörtert hatte. Im Anschluss an die Versammlung hatten sie in kleinem Kreis noch bis tief in die Nacht diskutiert, wobei sie mit wachsender Verwunderung festgestellt hatte, dass sie sich immer stärker zu diesem Mann hingezogen fühlte. Sie hätte so etwas vorher nie für möglich gehalten. Es war ein ihr völlig unbekanntes Gefühl, dem sie sich auf keinen Fall unterwerfen wollte. Aber so sehr sie sich auch dagegen sträubte, der ältere kleine Mann mit dem großen, schon recht kahlen Kopf, der niemals sein gelassenes Lächeln zu verlieren schien, war bald das Einzige in der Gesprächsrunde, was Irmgard noch wahrgenommen hatte.

Ein halbes Jahr später hatten sie geheiratet. Walter Radesoll war Witwer und hatte einen dreizehnjährigen Sohn, Werner, dem Irmgard eine gute Mutter sein wollte. Immerhin war sie Lehrerin von Beruf. Manchmal wunderte sie sich immer noch, wie schnell alles gegangen war. Welch Glück es für sie gewesen war, als Walter ihr gesagt hatte, dass er die Gefühle, die sie für ihn hegte, erwiderte. Wie sehr sich ihr Leben in so kurzer Zeit verändert hatte. Nun war sie Ehefrau und Mutter, und das erfüllte sie mit großem Stolz. Sie gab ihr Bestes, um eine gute Hausfrau und Mutter zu sein. Und dazu gesellte sich noch die politische Arbeit. Seite an Seite mit ihrem Mann war sie im Kampf gegen die kapitalistische Weltordnung vereint, focht mit ihm gegen die vom Westen beabsichtigte, schleichende Unterwanderung des Ostsektors. So war sie ebenso mit dem Sturm auf das Berliner Stadthaus einverstanden gewesen, der die Antikommunisten dahin trieb, wohin sie gehörten, wie auch mit der im vergangenen Jahr begonnenen und erst im Mai diesen Jahres beendeten Blockade. Konsequent hatte sie diese als notwendige Maßnahme verteidigt, als zwangsläufige Antwort auf die Währungsreform des Westens, der damit das Ende der Vier-Mächte-Verwaltung herbeigeführt hatte. Aus ihrer Sicht, und mit dieser Meinung stand sie nun wirklich nicht alleine, war mit Einführung der Westmark mit aufgedrucktem 'B' in Westberlin die Reaktion der Sowjetunion eindeutig provoziert worden. Natürlich hatte es ihr ein wenig um Mutter leidgetan, die ohne Strom bei Kerzenlicht in ihrem Zimmer gesessen hatte, aber man musste sich doch sagen, dass einzelne Schicksale, wenn man das Geschehen in einen größeren Zusammenhang einordnete, nicht so sehr ins Gewicht fielen. Man hatte eben in größeren Zusammenhängen zu denken. Sie erinnerte sich, wie sie letztes Jahr gemeinsam mit den Parteigenossen und allen Bewohnern der Sowjetischen Besatzungszone über den Bergarbeiter Hennecke gejubelt hatte, der das Soll um 387 % übertroffen hatte. Ja, Walter und sie hatten gemeinsam im Kollektiv wichtige politische Augenblicke erlebt und mitgetragen, Walter stand sogar gewissermaßen in der ersten Reihe. Deshalb fand sie es vollkommen in Ordnung, dass ihr Eheleben dem Politischen nachgeordnet war. Es war doch gerade die Politik, die sie und Walter miteinander verband, die sie weit über alles andere hinaus vereinte. Welch große Augenblicke hatte dieses Jahr für sie bereitgehalten? Walters Wahl in die Volkskammer. Dann natürlich, alles überstrahlend, die Gründung der Deutschen Demokratischen Republik. Und nun die eigene Nationalhymne: Auferstanden aus Ruinen und der Zukunft zugewandt ... ein erhebendes, ein unbeschreibliches Gefühl, wenn sie sie mitsang. Ja, beim Politischen, überhaupt, bei allem was Walter und sie betraf, da gab es keine Misshelligkeiten. Aber ein ganz anderer Bereich bereitete Irmgard in zunehmendem Maße immer ernstere Sorgen: Werner. Sie musste sich selbst eingestehen, dass sie keinen Zugang zu dem Jungen gefunden hatte. Wie auch, wenn er so wenig zu Hause war? Sie kannte weder seine Freunde noch wusste sie, womit er sich überhaupt seine Zeit vertrieb. Sie sprachen kaum miteinander. Mahnte sie ihn gelegentlich, etwas mehr auf Ordnung zu halten, - sie kam sich selbst etwas nörglig dabei vor, aber etwas anderes fiel ihr nicht ein -, wurde er sogleich renitent. Sie habe ihm überhaupt nichts zu sagen, er mache, was er wolle, wer sie denn eigentlich sei? Dann knallte er die Tür und war verschwunden. Seinem Vater, wenn der einmal in der Wohnung war, wich er aus. In Irmgard hatte sich in diesem Punkt eine tiefe Ratlosigkeit ausgebreitet, der sie nicht Herr werden konnte. Gespräche mit Walter über seinen Sohn schätzte dieser nicht. Er verstand gar nicht, warum sie sich so um Einflussnahme auf Werner bemühte, zudem müsse sie ihm Zeit geben. Dann wechselte er schnell wieder auf ein politisches Thema. So blieb sie mit ihren drängenden Fragen und Schwierigkeiten weitgehend allein, hatte das allerdings auch nicht anders erwartet. Musste sie vielleicht einfach mit der Erkenntnis leben, dass sie doch keine gute Pädagogin war? War sie schlicht unfähig, ein ihr anvertrautes Kind, denn als solches sah sie Werner, zu erziehen?

Im Dezember kam die Mutter sie besuchen. Walter hatte sich nicht freimachen können, er war auf einer wichtigen Sitzung, und Werner war wie gewöhnlich nicht da. So saßen sie allein bei ein wenig Kuchen, den die Mutter mitgebracht hatte. Viel hatten sie sich im Grunde nicht zu sagen. Man hätte fast erschrecken können, wie fremd sie sich geworden waren, obwohl sich die Mutter kaum verändert hatte. Irmgard war stolz auf ihr neues Leben, und die Mutter tat so, als sei gewissermaßen alles beim Alten. Das ärgerte Irmgard, und die Entrüstung, mit der die Mutter die Kontrollen der Volkspolizisten am Sektorenübergang schilderte, verärgerte sie noch mehr. Dann erzählte die Mutter lang und breit, - was sonst nie ihre Art gewesen war, vielleicht tat sie es aus Unsicherheit -, von Kurt, der Arbeit gefunden habe und dessen zwei Kinder bei guter Gesundheit seien. Vor allem die fünfjährige Erika sei wohl ein Wonneproppen, das jedenfalls schreibe Hilde. Dieter dagegen weine etwas viel für seine elf Jahre, das meine zumindest der Vater, der ihn streng halten wolle. Kurt sei ja ganz entgeistert darüber gewesen, dass ein britisches Militärgericht den Generalfeldmarschall Manstein zu 18 Jahren Haft verurteilt habe. Aber, schreibe Hilde, dass Adenauer jetzt für eine Wiederbewaffnung Deutschlands eintrete, erfülle sie mit großer Hoffnung für Kurts Weiterkommen. Die vier ließen übrigens schön grüßen.

Als Irmgard die Mutter zur Haltestelle begleitete, schien es ihr so, als sei diese etwas kleiner geworden. Sie beließen es bei der Formel, dass man sich recht bald wiedersehen wolle.

50

Hinter Rainer ragte der Backsteinbau des Kraftwerks in den Abendhimmel. Druckluft- und Presswasserstation waren daran angegliedert. Er überquerte einen Teil des Werksgeländes und ging an den langen Montagehallen vorbei. Seit April arbeitete er nun als Ingenieur für die Borsig-Werke. Die Zeit der Gelegenheitsarbeiten schien für ihn erst einmal vorbei zu sein. Überhaupt ging es bergauf. Man sah weniger Männer mit um den Leib gebundenen Schildern umherlaufen, auf denen 'Ich suche Arbeit' stand. Während Rainer sich dem Verwaltungsgebäude näherte, zupfte er sich die Schultern seiner neuen Anzugjacke und die Krawatte zurecht. Die Dusche hatte ihn erfrischt, er fühlte sich sauber und roch nach Kernseife. Das Wetter war herrlich. Ein toller Sommer. Pfeifend ging er die Treppen zum Schreibbüro hinauf. Was pfiff er da eigentlich? Er hörte auf zu pfeifen, denn das gehörte sich drinnen nicht. Vor der Tür noch ein Griff an den Gürtel, der unter den Bauch gerutscht war. Er zog die Hose etwas hoch, bis der Gürtel über dem Bauch spannte, der in der letzten Zeit immer dicker geworden war, glättete das Hemd, indem er es unter den Bund stopfte, klopfte und trat ein. Fräulein Schneider saß noch an ihrem Platz.

„Ach, Sie sind es, Herr ....", schaute sie ihn kurz an, „einen Moment, bitte."

„Lassen Sie sich Zeit. Immer fleißig, das Fräulein Schneider." Sie gefiel ihm recht gut, war ihm schon bald aufgefallen, immer wenn er etwas in der Verwaltung zu tun hatte. Sie war zierlich, kleidete sich adrett und trug ihre dunklen Haare kunstvoll gewellt.

„Was kann ich für Sie tun, Herr Trelow?"

Er räusperte sich und fragte, ob sie heute Abend mit ihm ins Kino gehen würde. Er wunderte sich, wie wenig überrascht sie schien. Sie sagte schnell zu. Wie ihm schien ohne große Begeisterung, was ihm einen Stich versetzte. Es gebe einen Film mit Sonja Ziemann, sagte er. Den kenne sie schon, würde ihn sich aber noch ein zweites Mal ansehen. Ob er draußen warten könne, sie sei gleich fertig.

Sie fuhren von Tegel nach Steglitz. Er kaufte die Karten im Titania-Palast und lud sie zu einem Kaffee ein. Danach betraten sie den Kinosaal. Solange er Fräulein Schneider vor sich gehabt und mit ihr - etwas schleppend - Konversation gemacht hatte, war er von den Gedanken an Lea abgelenkt gewesen. Kaum war jedoch das Licht ausgegangen, brachen Erinnerungen an sie über ihn herein. Lea neben ihm, ihre im Dunkel glänzenden Augen. Die Familie Lipsheim. Die beiden Grüntals. Das Leben im Judenhaus. Die Deportation vom Bahnhof Grunewald.

Er wusste über den Film nichts zu sagen. Es war ihm, als habe er ihn gar nicht gesehen. - Ja, die Ziemann war gut. „Sieht sie nicht hübsch aus?", fragte Fräulein Schneider. Er schlug vor, sich morgen im Strandbad Wannsee zu treffen. Nach kurzem Nachdenken willigte sie ein.

Als er sie zur Bahn gebracht hatte und sie davongefahren war, spürte er, wie einsam er war. Das wollte er nicht und dachte, wie schön es jetzt wäre, eine Zigarre zu rauchen. Außerdem verlangte ihn nach einem Glas Alkohol. Er betrat eine Kneipe, kaufte eine Zigarre und bestellte einen doppelten Cognac. Dann befeuchtete er mit dem Mund das spitze Ende der Zigarre und biss ein Stückchen ab, das er in sein Schnupftuch spuckte. Rauch füllte seinen Mund und schmeckte bitter auf seiner Zunge. Er schaute auf den Kranz aus weißer Asche, der die Glut umgab, ihm wurde schwindlig, er stürzte den Cognac hinunter und bestellte einen weiteren.

Sie trug ein leichtes Sommerkleid, gepunktet. Im Strandbad war ihm zuviel Trubel. Hier schämte er sich für seinen runden weißen Bauch. Er überredete sie, mit ihm am Ufer der Havel entlangzugehen und nach einer ruhigen Badestelle Ausschau zu halten. Schließlich fanden sie ein behagliches Plätzchen, wo er sich im Halbschatten ausstrecken konnte. Fräulein Schneider schlüpfte aus ihrem Kleid: Darunter trug sie einen zweiteiligen, blauen Badeanzug mit Rüschen. Sie war erstaunlich braun. Er beobachtete, wie sie bis zu den Knien ins Wasser watete, sich vorbeugte, die Handgelenke eintauchte, sich Wasser bis an den Hals spritzte, weiterwatete, sich vom Grund abstieß und losschwamm. Rainer verlor ihr kleiner werdendes Köpfchen aus den Augen und ließ seinen Blick über das spärlich mit Gras bewachsene, lehmige Ufer gleiten. Plötzlich hielt er inne. Nicht weit von seinem Liegeplatz entfernt hingen drei Stahlhelme an einem Birkenkreuz, das man in den Boden gerammt hatte. Die kleine

Grabstelle dreier unbekannten Soldaten war mit Stöckchen abgesteckt. Darunter lagen sie und verfaulten. Jetzt stand mit einem Mal Fräulein Schneider unmittelbar neben dem Grab, zog die Badekappe ab und schüttelte ihre Haare. Rainer stand auf, rief „Schauen Sie doch, das Grab!" und machte ihr Zeichen, dass er an einen anderen Platz umziehen wolle. Sie zuckte mit den Achseln und setzte sich zögernd in seine Richtung in Bewegung. Ihm ging durch den Kopf, dass überall hier in der Erde Leichen lagen.

Das Kaufhaus des Westens. Wiedereröffnet auf zwei Etagen des alten, im Krieg ausgebrannten Gebäudes an der Tauentzienstraße. Das größte Schaufenster in Deutschland. Fräulein Schneider wollte unbedingt dorthin. Nach der Arbeit fuhren sie schnellstmöglich nach Schöneberg, schafften es noch gut vor Geschäftsschluss, standen Schlange, drängten auf die große gläserne Tür des Hauptportals zu, wurden schließlich eingelassen und sahen Verkäufer auf Schränken stehen, die von dort oben Stoffe an die unter ihnen brodelnde Menge verkauften. Im Gedränge der Schmuckabteilung verlor er Fräulein Schneider aus den Augen und rief nach ihr. Plötzlich zupfte sie ihn am Ärmel. Sie blieb vor einer Vitrine stehen. Er sah Gold schimmern und musste an die ermordeten Juden denken, denen man ihre goldenen Zähne, Brücken und Kronen herausgebrochen hatte. Dann hatte man das Zahngold zusammengeschmolzen zu großen Klumpen, aus denen man Schmuck machte, der jetzt hier zum Verkauf lag. Hatte Lea einen Goldzahn gehabt? Die Menge schob ihn weiter, er suchte in ihr nach dem Gesicht

Fräulein Schneiders und erkannte plötzlich seine Mutter. Sie trug eine getönte Brille und schritt mit erstarrtem Gesicht am Arm ihres vor einem Jahr zurückgekehrten Mannes, des ehemaligen SS-Offiziers, auf ihn zu. Seit dem Tag, an dem von Weser wieder in die Villa eingezogen war, hatte Rainer sie nicht mehr gesehen, was ihm nicht schwergefallen war. Es schien ihr besser zu gehen. Nun sprach er sie an, und sie blieb stehen, sagte jedoch nichts.

„Sehen Sie nicht, dass Ihre Mutter nicht mit Ihnen sprechen will?" Von Weser musterte ihn kalt.

„Das soll sie mir selbst sagen - und überhaupt, ich möchte wirklich wissen, wo Sie Ihren Persilschein herhaben."

Der alte, in feines Tuch gekleidete Mann sah ihn fast traurig an. „Sehen Sie, genau solches Gerede möchte meine Gattin nicht mehr hören."

Beide gingen hocherhobenen Kopfes mit kleinen schlurfenden Schritten an ihm vorbei.

„Herr Trelow" sagte Fräulein Schneider neben ihm plötzlich, „nennen Sie mich doch Marga."

„Rainer", sagte er mechanisch und beugte ein wenig den Kopf.

Werner saß in der Küche und aß schnell ein paar Löffel von der Griesklößchensuppe. Zwar hatte die Stiefmutter die Suppe gekocht, aber musste sie ihn deswegen gleich beim Essen beaufsichtigen? Und die Vorträge über unsere Deutsche Demokratische Republik, die die Alte ihm dabei hielt! Gesülze, das er genauso mehrmals pro Woche bei der FDJ und in der Schule zu hören kriegte. Von wegen wie wichtig es sei, dass die DDR ihr Staatsgebiet gegen das imperialistische Westdeutschland dichtmache und so weiter. Er hörte gar nicht hin; musste sowieso gleich weg, Harald, Oskar, Gitta und Elli treffen. Harald kannte er zwar durch den FDJ-Schnarchverein, aber der machte was los, mit dem war er letztes Jahr bei den Weltfestspielen nach Westberlin rüber. Flugblätter verteilen war ihnen zu doof gewesen, sie hatten sich nur umgesehen. Mit Harald war es immer lustig, der konnte zum Beispiel alle möglichen Leute nachmachen. Die anderen drei kannte er von der Schule. Mit Gitta konnte man gut knutschen. Ihm fiel ein, dass er irgendwie Zigaretten organisieren musste. Während seine Stiefmutter ihr Blabla abließ, Aufbau des Sozialismus, Plansollerfüllung, - das war ja wirklich zum Einschlafen -, überlegte er, wie er an Zigaretten käme. Geld war nicht drin. Vielleicht mit einem Ablenkungsmanöver im Tabakladen, etwas umstoßen oder so, auf jeden Fall zu zweit arbeiten. Besser zu dritt, das war sicherer. Da konnte man die geklauten Zigaretten übergeben. War schwerer zurückzuverfolgen.

„Der Westen hat hier doch nur Spione, Terroristen und Schmuggler eingeschleust“, verteidigte die Alte immer noch die Absperrung. Die betete auch alles nach.

„O ja, besonders die bösen Schmuggler“, murmelte er höhnisch.

„Deine Ironie kannst du dir sparen.“

„Schon die Zusammenstellung ist doch bescheuert. Ist ja so, als ob man sagt: Verräter, Mörder und Taschendiebe.“

„Aber gerade auch Schmuggler schädigen unsere Wirtschaft erheblich.“

Mit der Schachtel konnte man nicht reden. Aber das war ja nichts Neues. Er dachte daran, dass er vielleicht irgendwann einmal wieder seine wirkliche Mutter treffen würde. An so wenig konnte er sich erinnern. Es war eher ein Gefühl, Wärme, eine liebevolle Stimme. Sie hatte Karten am Küchentisch gelegt, glaubte er. Der Vater, den er zum Glück kaum sah, sprach nie von ihr. Ob sie auch immer die gleichen Sätze wiederkäute wie seine Stiefmutter und sein Vater? Werner stand auf, sagte, dass er sich beeilen müsse und ging hinaus. Unten vor der Tür dachte er, wie gut es wäre, jetzt eine Zigarette zu rauchen.

Richtig angenehm war die Bahnfahrt erst, als der letzte Internatsschüler, den Dieter kannte, ausgestiegen war. Zum Glück hatten Wissmann und Remmer schon an der dritten Station umsteigen müssen. Die zwei quälten nachts die Kleineren, steckten Schlafenden Streichhölzer in die Nasenlöcher und zündeten sie an. Packten andere an den Fußknöcheln, stopften sie kopfüber ins Klo und zogen die Spülung. Verprügelten einzelne oder befahlen ihren ‚Untergebenen‘, sie zu verprügeln. Ihn ließen sie mittlerweile weitgehend in Ruhe. Wahrscheinlich war er ihnen mit seinen vierzehn Jahren schon zu alt. Aber das Geschrei der Kleinen aus dem angrenzenden Schlafsaal setzte ihm zu, oft konnte er deswegen nicht schlafen. Er war froh, all das ein Wochenende lang hinter sich zu lassen. Da war es selbst zu Hause noch besser. Doch je mehr er sich dem Hamburger Vorortbahnhof und damit der Wohnung seiner Eltern näherte, desto beklommener wurde er. Eigentlich, dachte er, wäre er am liebsten immer so weitergefahren, einfach im Abteil sitzen geblieben und hätte zugesehen, wie der Zug durch die Landschaft rauschte. Allenfalls auf Erika freute er sich. Seine Schwester, die war lustig. Bei der Einfahrt in einen Bahnhof sah er ein Filmplakat: Ein Mann mit Hut hatte eine blonde Frau gepackt und zog sie an sich. Ihr ängstlich verzerrtes Gesicht mit dem offenen Mund war nahe an seinem. Dieter musste an die Bilder von nackten Frauen denken. Neuß hatte ihm welche unter der Schulbank gezeigt. Außerdem hatte er ihm von der Scheide erzählt. Das war der Schlitz, den die Frau zwischen den Beinen hatte. Da steckte der Mann sein Glied hinein. Dieter konnte sich das nicht vorstellen. Er konnte kaum glauben, dass es wirklich so war, dass Männer und Frauen so etwas machten. Er fand das eklig, fühlte aber plötzlich, dass er einen Knubbel in der Hose hatte und erschrak. Was hatte Neuß nochmal darüber gesagt?, fragte er sich und merkte währenddessen, dass eine Frau im Abteil ihn ansah. Sofort fingen seine Ohren an zu glühen. Ob sie sah, wie rot sie waren? Und wenn er seine Mütze drüberzog? Er starrte aus dem Fenster. Aber da war das Spiegelbild der Frau und flog mit über die Felder. Er konnte nicht anders und betrachtete es genau. Und plötzlich dachte er sich die Kleidung der Frau weg und stellte sie sich nackt vor. Einen Augenblick lang wusste er überhaupt nicht mehr, wohin er schauen sollte, dann entschied er sich für den Boden. So verbrachte er den Großteil der Fahrt.

Die Mutter hatte ihm schon am Telefon, - für Telefongespräche wurde man ins Sekretariat gerufen -, gesagt, dass ihn niemand abholen werde. Das Geld für die Straßenbahn könne man gut sparen. Seine Zugfahrt sei ja schon teuer genug. Er sei ein großer Junge und werde wohl allein vom Bahnhof mit der S-Bahn bis zur Haltestelle Rungsbüttel fahren können, von da kenne er ja den Weg.

Als Dieter aus dem Bahnhofsgebäude trat, konnte er aber nirgends Straßenbahngleise entdecken. Alles sah irgendwie anders aus, als er es in Erinnerung hatte. Zögernd überquerte er eine breite Straße. Dann ging er die Straße entlang und bog um eine Ecke. Auch dort war nichts von einer Straßenbahn zu sehen. Ihm wurde mulmig. Was sollte er jetzt machen? Er hatte Angst, sich zu weit vom Bahnhof zu entfernen - und zu fragen traute er sich nicht. Außerdem war hier kaum jemand auf der Straße. Durch eine große Glasscheibe sah er in ein Café hinein, in dem viele junge Leute saßen. Ein Mädchen mit kurzen Haaren lehnte an der rehbraunen Tapete, die mit eierschalenfarbenen eckigen Formen gemustert war. Sie stützte sich auf eine leuchtende Musikbox und ließ ihren wie eine gefaltete Glocke bis knapp über die Knie reichenden Rock im Takt der Musik wippen. Jetzt kam sie auf ihn zu, wollte sich auf ihren Platz am Fenster setzen, sah ihn sich die Nase an der Scheibe plattdrücken und erschreckte ihn mit einem plötzlichen 'Buh!'. Er sprang zurück, stolperte, griff hinter sich und klammerte sich an irgendetwas fest, um nicht zu fallen. Es war ein ebensolcher Rock. Das dazugehörige Mädchen sagte, er solle ihren Petticoat nicht schmutzig machen und scheuchte ihn weg. Schließlich fragte Dieter eine alte Frau. Sie sagte ihm, er befinde sich auf der falschen Seite des Bahnhofs. Die Straßenbahn fahre auf der Vorderseite ab.

Die Mutter öffnete. Sie schien sich nicht zu freuen und fragte ihn zuallererst, warum er so spät komme. Es war wie jedes Mal. Obwohl Dieter sich vorgenommen hatte, nicht enttäuscht zu sein, war er es doch. Er wurde in die Küche gesetzt und bekam einen Teller Suppe. „Lass dich mal ansehn. Iss ordentlich. Dei Schwester isch auf einem Geburtstag. Muscht auf dei Haltung achtgäbe, du willsch doch dei Vater beeindrucke. Wo bleibt er denn nur? Nein, sitscht mit solchen Schuh in meiner Küche! Ziehsch aus, kannst sie glei heut Abend putze. Lass dich mal ansehn. Hascht dir net die Händ gwasche. Was sage denn die Lehrer? Da, ich hör den Vater komm.“

Die große Gestalt des Vaters erschien im Türrahmen: „Tach.“

„Tag, Vater.“

„Na, wie stehts mit der Schule?“

„Ganz gut, eigentlich“, begann Dieter in zuversichtlichem Ton, wie ihn der Vater haben wollte, verhaspelte sich dann aber und meinte, in Englisch könnte es wohl besser gehen und in Geschichte auch. Er lachte unsicher.

Der Vater sagte, dass er das gar nicht zum Lachen finde. Dieter hütete sich davor, sich zu verteidigen. Er hörte kaum zu, während der Vater über das Lernen und den Fleiß sprach. Die Mutter beschäftigte sich derweil mit Tellern und Besteck. Gleich würde der Vorwurf kommen, dass er der Mutter nicht helfe, also stand Dieter auf, um zum Handtuch zu gehen. Da fuhr ihn der Vater an, er solle sitzenbleiben und zuhören. Er sprach weiter vom Fleiß und vom Lernen. Dieter hörte jetzt ängstlich zu, konnte sich aber nicht auf das, was der Vater sagte, konzentrieren. Schließlich hatte sich der Vater wohl ein wenig beruhigt und meinte, dass Dieter ihm das Fahrrad reparieren könne. Wenn er das gut mache und sich auch sonst noch im Haus nützlich mache, werde er ihm eine kleine Belohnung zukommen lassen, er wisse ja, dass die meisten anderen Jungs in seinem Alter ein kleines Taschengeld bekämen, aber Dieter wisse ja auch, dass er und seine Mutter dagegen seien, doch mit den paar Groschen könne er dann ein bisschen mit den anderen mithalten, es sei dann so etwas wie ein Taschengeld. Hier schaltete sich die Mutter ein mit ihrem Standardsatz: der Junge und Taschengeld? Er hat doch alles, was er braucht. Ob er sich jetzt noch an das Fahrrad machen wolle, fragte der Vater. Dieter hoffte, dass seine Schwester bald nachhause kam.

Wenn Marga in den Spiegel schaute, fand sie sich nicht mehr so hübsch wie früher. Früher war sie doch immer die Schönste gewesen: in der Schule und auch beim Bund deutscher Mädchen. Jetzt betrachtete sie ihre Falten im Gesicht. Von den Nasenflügeln zog sich jeweils eine dünne Linie hinunter bis auf die Höhe der Mundwinkel. Sie schien von Tag zu Tag schärfer hervorzutreten. Die Mundwinkel selbst wirkten von Falten leicht nach unten verlängert, so als verziehe sie andauernd enttäuscht den Mund. Sie mochte gar nicht mehr hinsehen. Die Tochter war vom Mittagsschlaf aufgewacht und fing an zu plärren. Marga trat zum Kinderbett, schaute auf das zweijährige Mädchen hinab und musste wieder daran denken, dass sie immer die Schönste gewesen war, dass ihr alle Möglichkeiten offen gestanden hatten. Und nun saß sie mit diesem Kind da. Lisa hatte wohl etwas Schlechtes geträumt. Sie sah ihre Mutter aus verweinten Augen an. Ob dieses Kind, das Marga hässlich fand, später einmal zu einer schönen Frau werden würde, fragte sie sich und sprach beruhigend auf ihre Tochter ein. Als das Weinen nicht so recht aufhören wollte, setzte sie sich neben das Bett. Warum fiel es ihr nur so schwer, ihre Tochter anzufassen? Sie streckte ihre Hand aus und legte sie auf Lisas Brust. Da lag ihre Hand nun. Mit dem goldenen Ehering. Wie alt die Hand aussah. Die Finger aufgequollen und von Runzeln übersät. Nichts nutzten die Cremes, mit denen sie sich einrieb. Welch glatte Haut das Kind dagegen hatte. Sie vermied es, diese weiche Haut zu streicheln. Der Gegensatz war nur schwer erträglich. Sie nahm ihre

Hand fort. Betrachtete sie aus der Nähe. Noch sah die Hand nicht wirklich alt aus. Hatte sie, Marga, nichts Besseres verdient als das hier, solange sie noch einigermaßen jung aussah? Nichts Besseres als hier zu sitzen und ihrer Tochter beim Heulen zuzusehen, während unaufhaltsam die Zeit verging? Sollte das Kind doch weinen. Sie stand auf und ging in die Küche zu den Topfpflanzen. Das Leben war kein Zuckerschlecken, das galt es sich beizeiten zu merken. Nicht früh genug konnte man sich das merken. Auch sie hatte sich das merken müssen. Sie sah in den Hof. Dort war niemand. Jetzt war es still im Kinderzimmer. Was für ein endloser Vormittag! Sie sehnte sich zurück nach dem munteren Klappern ihrer Schreibmaschine im Büro, nach der sonoren Diktierstimme von Herrn Doktor Weiß. Ihr fehlte sein behagliches 'Danke, Fräulein Schneider', wenn sie ihm den Kaffee gebracht hatte. Das Plaudern mit Frau Lamparter, Schrippen von fünf auf sechs Pfennig, die Stadt voller Flüchtlinge, das Scherzen mit dem Boten, die Kollegen von der Buchhaltung, der gemeinsame Gang zur Kantine. Die schnellen Blicke, die vielen Menschen dort. Und jeder hatte eine eigene Geschichte. Der Klatsch, der ihr zu Ohren kam und den sie weitergab. Marga seufzte. Wie sehr vermisste sie ihre Arbeit bei den Borsig-Werken! Wozu machte sie sich denn überhaupt noch schön? Für ihren Mann? Der bemerkte das doch gar nicht. Sie überlegte, ob sie sich einen Kaffee machen sollte. Nein, denn sie hatte keine Lust dazu. Und sie nahm sich vor, von nun an nur noch das zu tun, wozu sie wirklich Lust hatte. Hier war ihr alles zuviel. Mit verschränkten Armen ließ sie sich auf einen Küchenstuhl sinken. Nach einiger Zeit merkte sie, dass sie auf eine der Topfpflanzen sah. Warum schleppte

Rainer nur immer wieder diese hässlichen Blumen an? Sollte lieber auf einen VW Käfer sparen. Viertausend zweihundert. Sie sah auf die fleischigen Stängel. Auf dem Fleisch standen feine Haare. 'Sie sind verpelzt', dachte sie und ekelte sich vor ihnen. Wie die dicken Schenkel ihres Mannes. Es schauderte ihr vor den behaarten Blättern, den staubigen Fäden, die aus den Blütenkelchen hingen und den nackten Knollen, an deren Stiel Saft hervorsickerte. Fast hätte sie 'Pfui' gerufen. Sie ging den schmalen Flur entlang. Trat an die Tür und schaute durch den Spion hinaus. Das Treppenhaus zur Kugel gebläht, aber leer. Sie lauschte, doch es war nichts zu hören. Kein Wort, keine Schritte und kein Türzuschlagen. Nicht einmal Teppichklopfen drang vom Hof herauf. Die Wohnung roch nicht gut. Sie meinte, noch Rainers Feierabendzigarre von gestern zu riechen. Jedesmal sagte sie ihm, wie sehr sie den Geruch verabscheute, doch er nahm keine Rücksicht. Später im Bett musste sie sich wegdrehen, weil sie den Gestank aus seinem Mund nicht aushielt. Und wenn er nicht geraucht hatte, war es das Kirschwasser oder sonst etwas. Wenn er dann zärtlich wurde, und gerade, wenn er getrunken hatte, wurde er immer zärtlich, hätte sie sich übergeben können. Sie ging ins Badezimmer. Auf der Spiegelkonsole stand der Pomadetopf ihres Mannes, daneben lag der mit Pomade verkrustete Kamm, in dem ein paar seiner grauen Haare hingen. Sie dachte an seine dünnen Haare, die pomadesteif über der fast kahlen Kopfhaut lagen. Gut anzusehen war er ja nie gewesen. Aber dass sie jetzt solch einen Widerwillen in sich spürte, wenn sie ihn sich nur vorstellte, machte sie unruhig. Und sein Bauch wurde immer dicker, kein Wunder, bei den Mengen, die er in sich

hineinschlang. Im Bett, nachts lag dieser Bauch aufge-
wölbt neben ihr und gab unheimliche Laute von sich, so
als hocke ein fremdes Wesen darin, das sich wie in einer
Wohnung bewegte, glucksend Wasser laufen ließ oder
die Klosettspülung zog. Tagsüber drängte sich der Bauch
zwischen sie, blähte sich auf. Wieder sah sie sich im
Spiegel an, dieses Mal aus größerer Entfernung und nicht
so genau. Sie ließ die Lider ein wenig herab, so dass ihre
Wimpern sich wie ein Schleier vor ihre Augen legten und
die Konturen ihres Spiegelbilds weicher machten: Nein,
hässlich war sie nicht. Sie war schön. Wenn sie auf die
Straße ging, beachteten die Männer sie. Wie gern wäre
sie jetzt flaniert, hätte sich elegant zurechtgemacht und
wäre die Einkaufsstraßen entlanggeschlendert, hätte sich
in einem mondänen Café niedergelassen und die Menschen beobachtet. Ob sie das Kind eine Stunde alleinlas-
sen konnte? Wie jeden Tag wurde ihr Blick jetzt vom
Schmuckkästchen angezogen, und schon griffen ihre
Hände danach. Sie klappte den Deckel auf, schaute ihre
Schmuckstücke an, - noch hatte sie wenige -, befühlte sie
und freute sich am Schimmer und an der Schwere des
Goldes und am glitzernden Schliff der Steine.

Niemand hatte ihn benachrichtigt. Rainer hatte die To-
desanzeige zufällig in der Wochenendausgabe gelesen.
Helene von Weser, geb. Streletz. 12. Dezember 1884 - 7.
Mai 1953.

Er hatte sich entschlossen, zur Beisetzung zu gehen. Von
den Borsig-Werken, wo er sich den halben Tag freige-
nommen hatte, war er zum Friedhof an der Berliner
Straße gefahren. Er war eine Haltestelle zu früh ausgestiegen und stapfte nun schwerfällig eine endlose Straße

entlang. Jetzt aber sah er die hohe Friedhofsmauer mit dem Eisenzaun darauf. Es war ein strahlend schöner Tag. Rainer schaute in den blauen Himmel. Die Sonne blendete ihn, er blinzelte und merkte, dass er schwitzte. Er ging durch das schwarz lackierte Tor, schritt im Schatten modrig riechender Eiben an Gräbern vorbei über den geharkten knirschenden Kies. Schließlich sah er in einem neu angelegten baumlosen Abschnitt des Friedhofs eine Gruppe Schwarzgekleideter. Langsam trat er näher. Der Pfarrer sprach gerade die letzten Worte. Rainer starrte auf das viereckige Loch im grünen Rasen. Grün ist die Heide, und weiß sind die Knochen. Der Rasen kam ihm fast unnatürlich grün vor. Der schwarze Sargdeckel glänzte im Sonnenschein. Da lag die Mutter nun drin. Ein Mann mit militärischer Haltung stützte von Weser, als er ans Grab trat. Er sah kurz hinein und ließ sich dann wegführen. Die kleine Gruppe alter Nazis ging an Rainer vorbei. Eines der Gesichter kannte er aus der Presse. Der Mann saß wieder an höchster Stelle in einem Ministerium.

Rainer sah noch zu, wie das Grab zugeschaufelt wurde, bis sich darüber ein Hügel feuchter brauner Erde wölbte. Die Grabplatte wurde daraufgelegt. Danach einige Kränze. Ein paar Vögel zwitscherten, sonst war es still. Keine Wolke stand am tiefblauen Himmel.

Kommode mit abwechselnd hell- und dunkelbraunem Fischgrätenmuster, oben aufklappbar, unten Schubladen. Darin Tischdeckchen, Serviettenringe, Untersetzer. Hilde schaute sich um: Alles war an seinem Platz. Die Tapete - grau ausgefüllte Rechtecke auf weißem Grund, gerade Linien bildeten rechteckige Umrisse, mal waagerecht, mal hochkant stehend, Verbindungslinien liefen wie straff gespannte Schnüre zwischen den Gebilden entlang - und die Vorhänge - weißgelbgraubraunschwarz, geometrische Formen, Rautenbänder, sich schneidende Geradenbündel, abgerundete rechte Winkel - umgaben sie und die dunkelbraune Keramikkanne mit der winzigen Halsöffnung, die aussah wie ein geköpftes fettes Huhn mit Henkel.

4200 Mark. Das war viel Geld. Aber seit sich der alte Menzengräber an ihn erinnert und ihn ins Verteidigungsministerium nach Bonn geholt hatte, verdiente Kurt sehr ordentlich. Er wusch die Vorderhaube des Volkswagens. Obwohl die maßgeblichen Leute sicher wussten, dass er nie der Partei angehört hatte. Aber sie hatten wohl Menzengräbers guter Nase vertraut und Recht damit gehabt. Kurt arbeitete hart, leistete viel, da war es nicht verwunderlich, dass er mit allen gut auskam. Die meisten waren in der Partei gewesen. Den wenigsten sah man es an. War ja jetzt auch schon zehn Jahre her das Ganze. Schlussstrich ziehen. Schwamm drüber. Wasser lief über den weißen Lack. Er rieb die Karosserie trocken. Arbeit gab es genug für ihn. Würde noch mehr werden, wenn erst die Bundeswehr gegründet war. Ab November.

Aufbau einer schlagkräftigen Verteidigungstruppe. Schon 150000 Meldungen, größtenteils ehemalige Wehrmachtssoldaten. Warum auch nicht? Wir sind wieder wer. Fußballweltmeister. Jeder Mensch braucht etwas, worauf er stolz sein kann. Kurt dachte an das Foto mit dem jubelnden Einbeinigen. Rahn schießt. „Dieter, lass das“, rief er seinem Sohn zu, der auf der anderen Seite unschlüssig hantierte, „fang schon mal mit dem Polieren an.“ Wichtig war der Rostschutz. Bei richtiger Pflege konnte das Auto ewig halten. Sein Auto. Und Menzengräber hatte einen guten Draht zu Strauß. Bundesminister für Atomfragen. Starker Mann, wichtiges Feld. Da war noch viel zu erwarten. Kurt sah zu seinem Sohn hinüber, der mit vorgekrümmtem Körper ungelenk am Türgriff herumfuhrwerkte. Ob sich der Ziehsohn, mit dem sich Irmgard in Ost-Berlin abplagte, auch so dämlich anstellte? Die da drüben wären über so einen Wagen sicher völlig aus dem Häuschen, würden ihn wie ein rohes Ei behandeln. Seine Schwester. Er dachte an die paar Briefe, die sie geschickt hatte. Verbohrt. Lehrerin eben. Verteidigte nach wie vor die Niederschlagung des Aufstands vor zwei Jahren. „Was machst du denn da?“, schrie er jetzt seinen Sohn an. „Wenn du nur mal für fünf Pfennig nachdenken würdest!“ Langsam ging er um den VW herum. „Rostschutzmittel. Auf alle blanken Teile. Wie oft habe ich dir das jetzt schon gesagt? Kannst du mir sagen, welchen Zweck das da haben soll?“ Es ärgerte Kurt zu sehen, welch jämmerliche Figur sein Sohn vor ihm abgab. Wie er schon das Poliertuch in der Hand hielt! Die zu langen Beine, der dünne Hals, der kleine Kopf. Sein Blick wanderte über den hinteren Kotflügel. „Was ist das denn? Das kann doch nicht wahr sein!“ Mit dem Finger fuhr er prüfend über eine rauhe Stelle. „Wie kommt denn der Kratzer hier hin?"

„Ich kann da nichts sehen, Vati."

„Was? Du kannst da nichts sehen? Mach mir doch nichts vor! Jeder kann das sehen. Da. Da!"

„Vielleicht..."

„Ach, Unsinn, das interessiert mich nicht, ich sehe ja, dass da ein Kratzer ist. Was mich interessiert, ist, wie er dahin kommt?"

„Ich war es nicht."

Jetzt wurde Kurt ernstlich böse. „Ich weiß genau,", bemühte er sich, ruhig zu bleiben, „dass vor zehn Minuten da noch nichts war."

„Wie kannst du so sicher sein?", fragte Dieter mit flattriger Stimme.

Kurt sah ihn daraufhin nur wortlos an. Sein Sohn, dessen Gesicht unsicher zu zucken begann, hielt diesem Blick nicht stand und sah fast augenblicklich zu Boden. „Du hast die Frechheit, so etwas zu fragen? - Weil ich es gesehen hätte! Also, wie kommt der Kratzer in den Lack?"

„Ich weiß es nicht, Vater."

„Ah, jetzt weiß er es nicht. Gerade war er es noch nicht. Du weißt, wenn ich etwas verabscheue, sind das Lügner. Also lüg mich nicht weiter an, das macht alles nur noch schlimmer. Wie kommt der Kratzer da hin?"

Die verkrümmte Gestalt seines Sohnes verrenkte sich vor ihm. Es war abstoßend. Fast weinend wurden Worte gemurmelt: „Vielleicht war ein Steinchen im Lappen." Dieter brach in Tränen aus.

„So kommen wir der Sache schon näher." Was für ein Häufchen Elend sich da vor ihm wand, was für ein Waschlappen! „Jetzt reiß dich mal zusammen", fuhr er den leise Weinenden an. „Dir ist ja wohl klar, dass dir für deine Lüge das Taschengeld gestrichen wird." Hoffnungslos, aus dem war nicht viel zu machen. Da war seine Erika patenter. Vielleicht sind Mädel ja überhaupt patenter? Schwedenmädel. Mordsfilm. Junge Dinger. Und dieser Walter Giller, das war ein junger Bursche nach seinem Geschmack. So war er auch mal gewesen. War immer noch so. Sein Sohn dagegen. Konnte einem ja fast leidtun, der Knabe. So schlimm war es ja nun auch nicht gewesen. „Was hast du gesagt?" Der Missetäter hatte etwas gesagt. Wiederholte es stammelnd. Als Kurt die Worte verstand, musste er mit seiner Wut kämpfen.

„In die Wohnung hinaufgehen? Kommt gar nicht in Frage. Hier wird hübsch weitergemacht." Er drückte seinem Sohn die Tube Politurcreme in die Hand. Das Ganze war ja schon peinlich, ein fast Erwachsener, der heulte wie ein Kind. Den Kratzer würde er überlackieren, keine große Sache. Er konnte den Anblick dieser Heulsuse nicht länger ertragen, drehte sich um, rief über die Schulter: „Werd den Brummer mal anwerfen" und setzte sich in den Wagen. „Jetzt hör endlich auf zu flennen wie ein Mädel. Und pass auf, dass du mir nicht noch 'nen Kratzer reinmachst." Er ließ den Motor an. Einwandfrei. Gab

Gas. Drosselte. Bei niedriger Drehzahl schien er nicht ganz so rund zu laufen. Lag vielleicht am Vergaser.

Mit zittrigen Händen näherte sich Dieter wieder dem Auto. Als er mit dem Poliertuch den Türgriff berührte, merkte er, dass er das Auto jetzt hasste. Käfer. Käfer. Ja, wie ein ekelhafter Käfer sah es aus. Mit einem Panzer, unter dem widerliche stinkende Gedärme lagen, verschmierte, schmutzige Kolben, ranziges Fett. Als Kind hatte er hin und wieder große Käfer plattgetreten; denen waren verschlungene Würste und irgendwelcher Brei aus dem Hinterteil gequollen. Und dieser Käfer atmete rasselnd, furzte laut. Ein Monsterkäfer. Er ekelte sich vor Käfern. Dachte an die pumpenden Maikäfer. Große Viecher. Riesenwanze, zerquetscht, stinkend. Ja, dieser Käfer stank. Stank nicht nur aus dem Auspuff. Stank auch innen. War es das Leder, an dem noch Fleisch verfaulte? War irgendetwas darin gestorben? Es roch übel darin. Woher kamen die Einzelteile? Was stank da so? Stank es in der ganzen, von den Nazis gebauten Stadt Wolfsburg so? Seinem Vater schien dieser Gestank nichts auszumachen, vielleicht gefiel er ihm sogar. Auch seinen Vater hasste er. La-li-lu, nur der liebe Mond schaut zu. Quatsch mit Soße. Er polierte das blöde VW-Zeichen. Scheiß-Käfer.

56

In der Kantine. Außendienstmitarbeiter Weck („'Ich bin froh, wenn du weg bist', sagt meine Frau immer. Hahaha.") erzählte Rainer einen Witz. „Kommt'n Mann nach Hause. Ist'n Kurzschluss. Im dunklen Flur stößt er wogegen. Tastet es ab: Ist groß, bauchig und mündet oben in einen Hals. Ohne zu zögern will er das schwere Ding hoch an seine Lippen heben, da kreischt es, und er lässt es sofort achtlos fallen. 'Sag doch früher'n Ton, Frau', schimpft er ins Dunkel, 'hab gedacht, du wärst ne große Bierflasche.'"

Marga wollte auch einmal auf Händen getragen werden! Wie lange wünschte sie sich das schon? Zu keiner Zeit aber war es in ihren Einbildungen ihr Mann gewesen, der sie in den Himmel hob. Alles an ihm stieß sie ab. Sie konnte sich nicht vorstellen, was sie jemals zu ihm hingezogen hatte. Hereingefallen war sie auf ihn. Er hatte ihre Unerfahrenheit ausgenutzt. Wollte doch nur das eine. Fremd geblieben. Ihr so langweilig, dass sie ihn schon deshalb nicht anschauen wollte. Und abstoßend noch dazu. Nein, andere Männer mussten das sein! Elegant, gutaussehend, charmant. 'Meine Verehrung, Madame', 'Küss die Hand, gnä' Frau' ... Selbstverständlich durften sie nicht schmierig sein. Solche Männer musste es doch geben. Männer, die ihr die Wünsche von den Augen ablasen, Männer, die etwas darstellten in der Welt.

Es regnete. Er knüpfte große Tabakblätter aneinander, zog sie vor sein Gesicht und über den Kopf. Aber der Regen lief doch zwischen den Blättern herein und an ihm hinunter. Er schaute an sich herab und sah, dass er nackt war. Unter seinem Bauch hing eine spindelförmige Zigarre. Als er danach griff, löste sie sich in durchweichte Blätter auf, die er zerpflückte.

Manchmal, selten, war es auch recht angenehm. Wenn Rainer sie ausführte. Aber wann tat er das schon einmal? Nicht angenehm war es, wenn sie sich im Restaurant gegenübersaßen und anschwiegen, denn das hätten sie auch zuhause am Küchentisch haben können, na, nicht ganz vielleicht, immerhin konnte sie die feingemachten Menschen und die gepflegte Umgebung ansehen. Nein, nur in den Momenten, wo sie neben ihm herging und ihn nicht sah, konnte sie den Abend wirklich genießen, wenn sie ganz vergessen hatte, dass er neben ihr war, nur dann fühlte sie sich lebendig, als Teil des Trubels um sie herum in den fetter werdenden Jahren. Seltsam, gerade dann, wenn sie aus diesem wilden Strudel wieder auftauchte und ihren Mann an ihrer Seite wahrnahm, fühlte sie sich ihm ein wenig nahe. Oder war dieser leise Stich im Herzen nur Mitleid mit dem, den sie so wenig liebte?

„Schlechte Zahlen, Ihre Abteilung, Herr Trelow."

Rainer eilte den Korridor entlang und betrat sein Büro. Dort roch es nach Alkohol.

„Machense mal Dampf !"

Er ließ seinen breiten Hintern auf den Stuhl sinken, nahm die Flasche aus der Schublade, betrachtete sie ein paar Augenblicke. Sein Kraftstoff. In Lokomotiven wurden ja auch Kohlen geschaufelt.

„Denken Sie daran, Sie sind nicht bei irgendeiner Firma. Borsig ist eine deutsche Traditionsfirma. Was wäre der deutsche Lokomotivbau ohne Borsig? Und Sie haben ihren letzten Tropfen Herzblut daranzusetzen, diese großartige Tradition ...“

Er schaute durch die gefüllte Flasche: Telefon, Schreibtisch, Akten und Tür verformten sich wie Knetgummi.

„Das ist kein Spiel!“

Er hörte auf mit der Flasche herumzuspielen und trank.

Wieder ein Blitz! Marga schloss die Augen, aber die grellen Zacken griffen wie Spinnenfinger über den Himmel nach ihr. Gleich musste der Donner kommen, eins, zwei, zählte sie im Kopf, da krachte der Donner schon, und sie zuckte zusammen. Das Gewitter war direkt über ihr. Im Haus war sie sicher, oben drauf war ja der Blitzableiter, versuchte sie sich zu beruhigen. Aber dieses Gewitter war schlimmer als alle anderen Gewitter zuvor, und es war schon so lange da, sie konnte nicht mehr. Wann hörte es endlich auf? Warum zog es nicht fort? Sie lief im Zimmer umher, schaute nicht hinaus, hielt sich die Ohren zu. War sie denn hier im Haus wirklich sicher? Leuchtende Krakenarme, Donnerschläge. In den qualvollen Pausen hörte sie trotz der Finger in den Ohren das Trommeln des Regens. Plötzlich stand Rainer neben ihr, und einen Moment lang ließ sie sich erschöpft gegen seinen dicken Leib sinken. Er war völlig durchnässt, außer Atem, seine Kleidung triefte und schien in den kühleren Windstößen, die vom Fenster kamen, das er leichtsinnig öffnete, zu dampfen.

Wenn sie fortgegangen war, vermisste Rainer sie manchmal. Wenn er sie sich dann in Erinnerung rief, liebte er sie am meisten.

In den frühen Nachmittagsstunden saß Marga meist auf dem Sofa und träumte von Ralf, ihrer großen, ihrer einzigen Liebe. In der Handelsschule hatte sie Übelkeit oder starke Kopfschmerzen vorgegeben und sich dann mit ihm getroffen. Wie süß seine Küsse schmeckten! Wenn er sie in seinen Armen hielt, fühlte sie sich geborgen. Er beschützte sie, er war ein ganzer Mann. Und wie ihm die Uniform gestanden hatte! Wie eine zweite Haut, an die sie sich geschmiegt hatte, und aus der er dann schlüpfte, um noch näher bei ihr zu sein. Sein gutgebauter Körper, seine Muskeln, das entschlossene Kinn. Seine Kraft. Und 'das' mit ihm war schön gewesen. Marga betastete ihre Wangen: Sie waren heiß. Sie ging ins Bad und stellte sich vor den Spiegel: Ihre Wangen waren gerötet, und ihre dunklen Augen schienen stärker zu glänzen. Vielleicht war Ralf gar nicht gefallen, vielleicht lebte er irgendwo. Während sie hier ihre Zeit vertat mit einem Mann, den sie nicht liebte und nie geliebt hatte. Wenn der gleich kam, würde sie Kopfschmerzen vorschützen. Wie damals in der Handelsschule. Nur aus einem ganz anderen Grund. Damit er sie in Ruhe ließ. Doch sie musste gar nicht schauspielern, merkte sie jetzt, denn zwischen ihren Schläfen und hinter ihren Augen wuchs ein schmerzhaftes Druckgefühl von Sekunde zu Sekunde.

Der Förster vom Sissiwald: er. Halla unter Hans-Günter Winkler: sie. Des Teufels Köpenick: das hier. Quatsch. Wer war sie und was dachte sie? Müßige Fragen, lehrte die Lebenserfahrung.

„Meine Mutter möchte uns mal wieder sehen." Marga wusste, dass er darauf 'Soll sie nur möchten' sagen würde.

„Soll sie nur möchten."

„Warum magst du sie nicht?" - 'Sie mag mich ja auch nicht' würde er erwidern.

„Sie mag mich ja auch nicht."

„Mit deinem schäbigen Anzug ..."

- Warum sagte Marga nie 'Ich liebe dich'?

„...du unter all den feinen Leuten?"

- Warum sagte sie nicht wenigstens mal 'Ich lieb' dich'?

Weißer Flieder. Mit Pferdezähnen.

Um ein Uhr musste Dieter in der Sprechstunde sein. Vorbei am Institut für Geologie. Er kam mit dem Thema nicht zurecht. Zwei Sphinxen saßen auf Sockeln. Die mathematische Seite war ihm nicht klar. Ein schwarz angelaufener Backsteinbau. Unter einem gemauerten Übergang hindurch. Er verstand einfach nicht, warum man es so rechnen konnte. Was würde der Professor sagen? Ihm war übel. Das Mensaessen, Fleisch, Kartoffelpürree. Er stieß auf. Näherte sich dem Gebäude für Physik. Motoren, ja, wenn er einen Motor vor sich gehabt hätte, das wäre etwas anderes: ineinandergeschraubte Gewinde, Leitungen, Kraftübertragung - da gab es nichts Rätselhaftes. Dunkler Flur mit glänzendem Linoleumboden. So sah es auch bei Vater aus im Ministerium. Stille. Mittagszeit. Wenn wenigstens draußen auf der Straße jemand sein Moped angelassen hätte. Aber nichts. Ein öliger Motorblock, Qualm aus dem Auspuff, damit hätte er etwas anzufangen gewusst. Niemand auf dem Gang. Einen Kommilitonen hätte er sich aber wahrscheinlich sowieso nicht anzusprechen getraut. Ob er den Termin verwechselt hatte? Jetzt das Geräusch von Sohlen, entschlossen. Im Gegenlicht kurz ein Schattenriss, das Klappen einer Tür. Er blickte auf die Uhr. Noch ein paar Minuten. Bis halb drei musste er einen Anzug von Vater aus der Reinigung geholt haben, hatte er sich ausgerechnet, sonst würde es mit dem Bus nach Hause zu spät werden, und es war abgemacht, dass er um halb fünf Mutter mit der Hecke helfen sollte. Was konnte er denn dem Professor überhaupt sagen? Der würde ja schon an der

Fragestellung sehen, dass er gar nichts verstanden hatte. Wie sollte er anfangen? Es roch seltsam hier. Wieder ging eine Tür mit schmatzendem Laut auf. Jemand überquerte eilig den Flur und verschwand in einem anderen Zimmer. So sprangen die Leute sicher auch im Verteidigungsministerium, wenn Vater rief. Dieter stellte ihn sich hinter seinem Schreibtisch vor, Telefonhörer in der Hand, gleichzeitig Akten durchgehend.

Halb neun. Frau Rentrop zum Diktat. Zuverlässig, proper. Brachte ihm die gewohnte Tasse Kaffee. Der Mensch ist ein Gewohnheitstier. Kurt ging seine Unterlagen noch einmal nach Priorität durch. Danach kurze Besprechung mit Düren und Hörsch. Halb zehn: Antritt Dienstreise. Taxi, von Frau Rentrop bestellt, auf die Minute pünktlich. Zehn Minuten Luft am Bahnhof. Zeitung: Atomraketen für die Bundeswehr. Absolut richtig, gar keine Frage. Kurzstrecke, da saßen sie in der Abteilung dran. Guter Mann, Strauß, der denkbar beste.

Angenehme Fahrt. Ohne Störungen. Er hatte viel Arbeit mitgenommen. Kam gut voran. Kleine Pause. Speisewagen. Gulasch mit Salzkartoffeln. Zonengrenze. Kontrolle. Noch ein Blick in die Zeitung: 'Lieber Stinkbomben als Atombomben' - lächerliche Kindsköpfe diese Demonstranten, Verharmlosung. Unfähig. Atomare Waffen wertfrei sehen. Da war die Waffe an sich und da war die Moral. Das musste man trennen. Und erst recht Forschung, Entwicklung und Erprobung. Wie hatte Strauß richtig gesagt? Das Gewehr in der Hand des Mörders. Erst das ist unmoralisch. Kurt machte sich wieder an die Arbeit. Ins Abteil setzte sich ein Spitzkopf, dessen Toupet wie ein Wischmopp obenauf lag. Kleines Licht, das.

Kurt fuhr mit der Arbeit an seinen Papieren fort. Als sie sich dem Zielpunkt näherten, machte er sich bereit und stellte sich frühzeitig an die Ausstiegstür. Dort war es laut und stank von der Toilette. Er dachte darüber nach, was man gegen das ohrenbetäubende Rattern der Räder unternehmen könnte.

Mit einem Taxi fuhr er zum Hotel, machte sich frisch, zog sich um und ließ sich anschließend zur Kongresshalle fahren. Das Hansaviertel sah immer noch wie eine Baustelle aus. Auf dem Empfang traf er einige Leute, die er immer zu solchen Anlässen traf. Man war im Großen und Ganzen einer Meinung. Strauß wurde erst morgen erwartet. Es wurde recht fidel. Sein morgiger Vortrag stand. Er trug seine Ergebnisse ja nicht zum ersten Mal vor. Am späten Abend saß Kurt mit einem Referent und einem Politiker noch ein wenig an der Bar. Zwei Hostessen hatten sich zu ihnen gesellt. Blond, hübsch, frisch. Besonders die eine. Fesch, das Mädel. Knackiger Po. Es begleitete ihn auf sein Hotelzimmer. Eine klare Vereinbarung, eine saubere Sache.

Sie hatten sich zufällig wiedergetroffen und waren in eine Stehkneipe gegangen.

„Sülz mich nicht voll!" unterbrach Werner seinen alten Freund Harald, „kannst du nicht mal von was anderem als von der Planwirtschaft in eurem Betrieb sprechen?" Harald guckte traurig aus der Wäsche.

Zufrieden wechselte Werner das Thema. „Was macht denn Gitta so?"

„Ach, Gitta", seufzte Harald nur.

Werner fluchte: „Verdammt nochmal. Mit dir ist aber auch gar nichts anzufangen.“

„Is ja schon gut. Die Gitta ist nach Dresden. Das ist es doch, Mensch. Deshalb ist die Arbeit ja momentan so wichtig für mich.“

„Aber auf Arbeit ist es doch überall das gleiche.“

„Eben.“

„Diese Scheißpläne können mir mal den Puckel runterrutschen. Bin ich denn blöd? Ich mach nur das Nötigste, keinen Handschlag mehr und hübsch oft krankschreiben lass ich mich auch.“

„Pass auf, Werner, was du da sagst, wer weiß, wer hier ...“

„Ich sag, was ich will.“

„Kein Kunststück bei dem Vater.“

„Mit meinem Alten hab ich schon lang nichts mehr zu tun.“

„Aber wohnst noch zu Hause.“

„Willste mich verscheißern? Nee, ich wohn in der Laube von einem Bekannten.“

„Allein?“

„Da gibts so ein Mädchen, das wohnt manchmal bei mir.“

„Weißt du, die Gitta ...“

„Du hättst die nie heiraten dürfen." Sie schwiegen und tranken. „Hast du Lust, dir die Laube mal anzusehen?"

„Ich weiß nicht, morgen issen schwerer Tag."

„Heute ist heute und morgen ist morgen."

„Wenn du wüsstest ..."

„Was ist nur aus dir geworden, Mensch? Ist doch noch nicht spät, ist noch hell draußen."

Fritzie zupfte Dill und lief auf sie zu. „Wen hasten diesmal mitgebracht?"

„Harald. Ein alter Freund."

„Kann er Karten spielen?"

„Weeß nich. Gibts was zu essen?"

„Dill." Fritzie kitzelte ihn mit einem Dillbüschel im Gesicht. Grinsend biss er hinein. Fritzie schnitt schnell Zwiebeln und begann sie in einer Pfanne auf dem Gaskocher zu braten. Harald und er gruben derweil Kartoffeln aus und zogen eine Menge schmächtiger Mohrrüben aus der Erde. Sie wuschen und schälten sie. Alles in einem Affentempo. Dann kochten sie das Ganze und verbrannten sich die Zungen beim Probieren. Als es endlich gar war, schlangen sie es hinunter.

Später, als sie in der Dunkelheit nur noch ihre Umrisse erkennen konnten, erzählte Harald von Gitta. Es war kalt geworden. Fritzie ging hinein, um Harald ein Bett auf dem Boden zurechtzumachen. Sie saßen schweigend. „Jetzt haben wir gar nicht Karten gespielt."

Drinnen behielten sie die Klamotten an und legten sich unter muffigfeuchte Decken. Er und Fritzie fummelten leise ein bisschen. In der Nacht klapperte Fritzie mit den Zähnen.

Sehr früh morgens, es war noch dunkel, stand Harald vor ihnen, verabschiedete sich und ging.

59

Die Gummibänder saßen so straff und so nah an ihrem Kopf. Die Mutter hatte sie wieder dreifach genommen und zu hart um den Zopfansatz geschlungen. Es tat weh. Lisa versuchte, die Gummis ein bisschen zu lockern, indem sie sie in Richtung Zopfende rollte, aber es ziepte. Schon war die Pause zu Ende, und sie hatte gar nicht mit Sascha gesprochen. Sie entdeckte seinen Lockenkopf in der Schar der Kinder, die vor ihr in das Grundschulgebäude hineinliefen. Schnell schob sie ein paar kleinere Kinder beiseite, drängelte sich durch und griff nach seiner Hand. Er drehte sich um, sah sie mit seinen verträumten Augen an, und seine glänzenden Haare wippten. Wie schön er war! O wie sehr sie ihn liebte! Es machte solchen Spaß, seine Haare zu streicheln. Sie drückte seine weiche Hand. Er war etwas kleiner als sie, aber er wuchs ja noch. Und dann würde er ihr Beschützer sein. Am liebsten hätte sie ihn geküsst. Vor allen Kindern. Es war ihr egal, dass die anderen Kinder auf sie zeigten und kicherten. Sascha war ihre große Liebe. Leider war jetzt nur noch Zeit, ihm zuzuflüstern - „nach der sechsten vor der Turnhalle" - dann mussten sie sich vor der Treppe trennen. Sascha ging in ihre Parallelklasse, und die lag im Erdgeschoss.

In der sechsten Stunde hatten sie Rechnen. Ausgerechnet in der sechsten. Das war die letzte Stunde, da war alles doppelt so schwer, besonders das Rechnen. Und beinah hätte sie auch geheult, nämlich als Frau Gliech sie bei einer Kettenrechnung drannahm, und sie konnte doch keine Kettenaufgaben. Aber zum Glück sagte Gertrud ihr vor.

Den ganzen Nachhauseweg lang hielten Sascha und sie sich an der Hand. Ein Kind lief an ihnen vorbei, das einen Hula-Hupp-Reifen vor sich herrollte. Als sie über die große Straße gehen mussten, da wo der Zebrastreifen war, guckten sie gemeinsam erst nach links und dann nach rechts. Nach der Kreuzung mussten sie in verschiedene Richtungen gehen. Sie erinnerte ihn nochmal daran, dass er morgen ihr Poesiealbum wieder mit in die Schule bringen sollte. Sie war so gespannt, was er hineingeschrieben hatte. Am liebsten hätte sie es jetzt schon gewusst. Dann ließ sie ihn los und sah ihm nach, wie er wegging. Vielleicht dreht er sich noch einmal nach mir um, dachte sie. Aber er tat es nicht, und das machte sie traurig.

„Wie siehst du denn wieder aus?", fragte die Mutter, als sie die Tür aufmachte, und zerrte so an Lisas Zöpfen herum, dass sie aufschrie. „Was sollen die Leute denken? Dass ich eine Rabenmutter bin und meine Tochter wie eine Zigeunerin herumlaufen lasse?" Sie holte die Haarbürste und kratzte damit auf Lisas Kopf herum. Vor allem, wenn die Stacheln in die Ohren pieksten, tat es sehr weh. „Wer schön sein will, muss leiden." Im Spiegel sah Lisa das Gesicht der Mutter: Es sah böse aus. „Wenn ich noch einmal so jung wäre", flüsterte die Mutter zwischen zusammengebissenen Zähnen. Dann steckte sie sich Haarnadeln zwischen die schmalgepressten Lippen.

Zum Glück gab es kein richtiges Mittagessen, nur belegte Brote. „Heute Abend kommen Gäste. Vati grillt", sagte die Mutter, und dass sie das weiße Kleid anziehen sollte, aber nicht jetzt, weil es schmutzig werden könnte, später erst, kurz bevor die Gäste kämen, das wäre sicherer. Dann musste sie an die Hausaufgaben, Frau Gliech hatte ihnen so viel aufgebrummt, drei ganze Päckchen, wie sollte man das schaffen? Und alles Kettenrechnung. Jetzt spuckte auch noch der Füller. Die ganze Seite war verschmiert. Wenn Frau Gliech das sah. Lisa drückte das Löschblatt auf die Flecken und hoffte, dass sie verschwunden wären, wenn sie das Blatt wieder wegzog. Aber sie verschwanden nicht. Vielleicht sollte sie einfach eine neue Seite im Heft anfangen. Sie blätterte um, sah auf das saubere Kästchenpapier und rieb ihre Augen. Sie stützte ihren Kopf ab, die Augen fielen ihr zu, und der Kopf sank auf ihren Ellenbogen.

Marga bürstete sich selbst so stark die Haare, dass es wehtat. Sie stellte sich vor, wie die Borsten rote Striemen auf ihrer Kopfhaut zogen. Das regte den Haarwuchs an. Ihre Haare brauchten das. Sie fühlten sich strohig an. Dann flocht sie die Haare und legte sie am Hinterkopf zu einer Schnecke zusammen. Als sie die Frisur noch einmal im Spiegel kontrollierte, fand sie, dass die Schnecke wie ein hässlicher Bratwurstkringel aussah. Aber sie konnte die Haare jetzt auch nicht mehr einfach hängen lassen, sie waren vom Flechten ja völlig verdreht. Die Frisur musste nun so bleiben. Sie betrachtete sich und ihr fiel auf, dass die Bluse, die sie ausgewählt hatte, überhaupt nicht zu dem Rock passte, den sie trug. Was sollte sie wechseln? Die Bluse oder den Rock? Sie entschied sich für die Bluse und ging zum Schlafzimmer, um eine andere Bluse herauszusuchen. Als sie am Kinderzimmer vorbeikam, sah sie, dass Lisa über ihren Hausaufgaben eingeschlafen war. Sie trat näher und wollte sie wecken, da fiel ihr Blick auf das Gesicht ihrer Tochter. Wie glatt deren Haut war!

Keine einzige Falte hatte sich darin eingegraben. Und die weichen Lippen. Obwohl das Mündchen offenstand, sah ihr Gesicht niedlich aus, nein, nicht nur niedlich, wirklich hübsch war sie, die Kleine. Sie weckte sie, indem sie gegen ihre Schulter stupste.

Kurz darauf kam Rainer. Er hatte auf dem Heimweg eingekauft und war offenbar bester Laune. Ein Blick in sein leicht gerötetes Gesicht reichte Marga, um festzustellen, dass er unterwegs schon ein paar Gläschen getrunken hatte. Sie vermied, ihm zu nahe zu kommen, weil sie den Alkoholgeruch jetzt nicht ertragen hätte. Er umhalste seine Tochter und zwängte sich etwas kurzatmig neben sie auf ihren Stuhl. Ob dem Kind der Schnapsgeruch nichts ausmachte, fragte sie sich. Vielleicht nahm Lisa die Fahne nur in Kauf, weil ihr der Vater bei den Aufgaben half. Dann wäre sie ein berechnendes kleines Ding. Marga merkte, wie ihr von ihren Gedanken und dem Bild, das Vater und Tochter boten, schlecht wurde. Sie wandte sich ab und ging bis zum Ende des Flurs, wo der schwere Garderobenschrank stand. Sie strich mit ihren Fingern langsam am Schnitzwerk entlang. Dann ging sie ins Bad, umschloss mit der Hand einen kühlen Flakon auf der Konsole, hob ihn vor ihr Gesicht und hüllte sich in Parfüm ein.

Sie saßen auf dem Balkon. Herr und Frau Reich, beide in Rainers Alter, lobten das zarte Bauchfleisch. Sie hatte behaarte Lefzen und trug ein unmögliches Kleid - wie von der Wand gerissene Tapete, in die Löcher geschnitten waren, sein fetter Hintern steckte in einer kurzen Schulbubhose, aus der seine spillerigen Beinchen hingen. Er hatte blaugeäderte Pausbacken, einen stechenden Blick, und seine Nasenflügel wölbten sich so über seinen riesigen Nasenlöchern, als ob er in jeder freien Minute mit beiden Daumen darin bohre. Rainer patschte Stück um Stück blutig triefenden Fleisches auf den Grill, goss Herrn Reich und sich Schnäpse ein und brüllte: „Noch einen Cognac, die Damen?" Alle drei fraßen. Marga konnte es gar nicht mitansehen, so widerlich war ihr der Anblick. Sie schaute in den Innenhof und zu den Balkons auf der anderen Seite hinüber, wo ein Mann in weißem Unterhemd ebenfalls grillte. Das alles wurde ihr zuviel. Sie wünschte sich nichts sehnlicher, als endlich ihre Ruhe zu haben - wie Lisa, die bereits im Bett lag. Vor Ekel und innerer Anspannung konnte sie den Gesprächen kaum folgen. Sie hatte noch nicht einmal recht verstanden, woher ihr Mann eigentlich das Ehepaar kannte. Es war vor allem Herr Reich, der das Wort führte. Er schien sich über den Pastor Niemöller aufzuregen. Was hatte der gesagt? Das Militär wäre eine hohe Schule für Berufsverbrecher? Und Strauß hatte ihn angezeigt. Nein, all das konnte sie keine Sekunde länger ertragen. Hastig stand sie auf, ging ins Bad und schloss sich dort ein. Aber auch hier kam sie nicht zur Ruhe, denn mit einem Mal kam es ihr so vor, als seien ihre Glieder riesenhaft, wie aufgeblasen. Ihre Hand so groß wie das Waschbecken, ihr Bein so dick und schwer wie der ganze Klosettsockel. Mit ihren Schulterkeulen würde sie nicht mehr durch die Badezimmertür passen und steckenbleiben. Da trommelte jemand gegen die Tür. Es war Frau Reich, die rief, dass sie sich frischmachen wolle. Mit letzter Kraft gelang es Marga, ihr zu öffnen. Die angetrunkene Frau setzte sich ohne Umstände aufs Klo und strullte einfach los. Dabei redete sie von den Männern, die nun mal dieses Bedürfnis hätten, sie wisse, was sie meine, da sei ja nichts Schlechtes dabei, und wenn sie nun keine Lust hätte, was nach so vielen Jahren Ehe ja kein Wunder wär, denn alles und so weiter, was sie dann mache? Also sie fänd, dann umso schneller umso besser, und bei ihrem wär das Flotteste das Lutschen. Marga floh aus dem Bad und versteckte sich in der Küche. Dann wurde auf dem Balkon nach ihr gerufen und wie eine Schlafwandlerin setzte sie sich in Bewegung. Der Rauch, der vom Rost aufstieg, verursachte ihr Brechreiz. Die Knie gaben nach, und verwundert fand sie sich Cognac trinkend in einem Klappstuhl wieder. Sie hatte aufgegeben und schlug ihre Zähne schließlich in ein halbrohes Stück Fleisch, das sie Bissen für Bissen herunterschlang. Sie fand sogar Gefallen daran. Ihre verschmierten Hände wischte sie an den Beinen ab und legte sie auf den Bauch. Sie sagte nichts, und manchmal schüttelte sie ein Lachen. Jetzt waren sie alle satt und betrunken. Das Ehepaar Reich stolperte irgendwann zur Tür hinaus. Marga ließ einfach alles auf dem Balkon stehen. Ihr war alles egal. Im Schlafzimmer zogen sie sich aus. Marga griff an das Geschlechtsteil ihres Mannes. Auf dem Bett nahm sie es in den Mund und lutschte daran, bis es zu zucken begann. Sie ließ den Samen in ihr Gesicht spritzen, wischte ihn sich mit der Bettdecke ab und schlief ein.

Er hatte wegwollen. In den Westen. Und Fritzie hatte mitgewollt. Aber es war anders gekommen. Die Flucht nach drüben war ja im Prinzip schon mit Harald verabredet gewesen, da hatte Fritzie ihm plötzlich gesagt, dass sie schwanger wäre und das Kind behalten wollte. Von diesem Zeitpunkt an war die Idee wegzugehen erst mal gestorben. Er erinnerte sich noch an den Tag, als er ein paar Decken und Kissen für die Datsche, wo er und Fritzie immer noch lebten, aus dem Haus der Eltern hatte holen wollen. Da hatte ihm die ganze Zeit die Stiefmutter im Weg gestanden, bis er sie angeblafft hatte, ob sie ihm ständig hinterherlaufen müsste. Warum Frau Lehrerin denn nicht auf Arbeit wäre? Ach Ferien? Na, ob sie sich dann nicht wenigstens mal still in eine Ecke setzen könnte? Da hatte sie herumgedruckst, auf die Decken unter seinem Arm gezeigt und gemeint, dass das so doch nicht ginge. Was ginge so nicht, hatte er gefragt. Im Gartenhäuschen, das wäre doch nichts. Sie hätte gehört, seine Freundin wäre schwanger. Da hatte er sie angeschrien. Ob ihr das Spitzel von der Staatssicherheit geflüstert hätten? Zum ersten Mal hatte er gesehen, wie die Frau Lehrerin die Kontrolle über ihre strengen Gesichtszüge verlor. Zu flennen hatte sie angefangen, und er war mit seinem Bündel abgehauen.

Wahrscheinlich hatte sie alles dem Vater erzählt, denn schon am nächsten Tag hatte ihn der Brigadeleiter zu sich bestellt. Erst hatte er gedacht, es werde den üblichen Anschiss setzen, dass es ihm an Eifer beim Punkte-Sammeln mangle, damit ihr Betrieb endlich als Kollektiv der sozialistischen Arbeit eingestuft werden könne usw. Aber der Brigadeleiter sagte nur, der Genosse Vorsitzende der Plankommission der DDR hätte angerufen und lasse ausrichten, dass er ihn noch am selbigen Nachmittag in seinem Büro zu treffen wünsche.

Das Gespräch mit dem Vater war dann ein Aneinander-Vorbeireden gewesen, das heißt, im Grunde hatte nur der Vater geredet, hatte einen seiner monotonen Vorträge gehalten, denen Werner beim besten Willen nicht einmal fünf Minuten zuhören konnte, ohne an etwas ganz anderes zu denken. Diesmal war er eigentlich nur darüber erschrocken, wie alt und krank der Vater aussah. Sie hatten sich nichts zu sagen, aber schon eine Woche nach dem Gespräch hatte die Arbeiter-Wohnungs-Genossenschaft ihnen eine gute Wohnung angeboten. Inzwischen hatte Fritzie ihr Nest gebaut, und die Scheiß-Mauer stand. Stand einfach da, das Scheißding, und nun saßen sie da. Fritzie schien es nicht so viel auszumachen. Saß da in ihrem Korbstuhl und lächelte herüber. Nicht zum Aushalten war das!

Obwohl er nichts vorhatte, stand Werner auf und sagte, dass er zum Skatspielen verabredet sei. Er sah zu, wie ihr Gesicht traurig wurde, und ging, bevor sie groß was sagen konnte.

Sie hatte Tom geküsst. Was war schon dabei? Sie war ja schon 17. So doll war es ja nun auch nicht. Da wurde zu viel Bohei drum gemacht. Tom war auch nicht der erste gewesen, und es war doch mehr oder weniger das gleiche. Die anderen hatten doch auch schon alle ... Aber sie musste schon sagen, der Tom konnte bisher am besten küssen. Und gut aussehen tat er auch. Na, für heute war die Schule aus, und jetzt ging sie eben nach Hause. Warum wohnten sie nur in Tannenbusch, einem so langweiligen Stadtteil, wo sich nichts tat? Alles hier war ziemlich neu. Reihenhäuser, mal mit ner bunten Wand, mal nicht, eins neben dem anderen. Es gab auch Rasenflächen und Bäume. Die Bäume waren noch klein, erst vor kurzem gepflanzt. Sie hatte keine Lust, zu Hause jetzt das Mittagessen vorgesetzt zu bekommen. Sie war ja schon 17. Und die Vicki zum Beispiel, die machte auch, was sie wollte. Die war nett. Mit der konnte man Pferde stehlen. Aber so richtig waren sie nicht befreundet. Da waren Vickis Busenfreundinnen, die um sie rumschwirrten, so kam kein anderer an sie ran. Vielleicht wollte die auch gar nichts mit ihr zu tun haben. Ach, jetzt mal an was anderes denken. Da war das Schützenhaus. Das interessierte sie nun überhaupt nicht. Ging da nicht Toms Vater immer hin? Egal. Was machten die da eigentlich? Schossen auf einen Adler. Doof. Aus Holz oder Pappe? Sie musste kurz an die ausgestopften Vögel bei Onkel Gerd denken. Die toten Augen, die staubigen Federn, die runzlige Haut an den Krallen. Noch mal schnell über die Düne. Sie mochte die Düne, das war wenigstens was Besonderes, das einzige Besondere hier. Den Sand hatte ein Gletscher zurückgelassen, hatte sie im Erdkundeunterricht bei Herr Nollmann gelernt. Der war streng gewesen.

Erika folgte einem schmalen Pfad durch die Brombeerbüsche. Schade, dass die Beeren schon alle weg waren. Na, vielleicht fand sich doch noch eine. Niemand zu sehen, nur Gestrüpp, Bäume, grauer Himmel. Man konnte denken, man wäre ganz weit weg von den Menschen in einer Einöde. Sie hatte nicht die geringste Lust, nach Hause zu gehen. Sie war neidisch auf ihren Bruder.

Dieter hatte sich abgesetzt. Hatte eine feste Freundin. Konnte in seiner Studentenbude hausen. Die Mutter und sie verstanden sich nicht besonders gut. Diese Häuslichkeit. Immer war die Mutter geschäftig, emsig wie ein Eichhörnchen, hatte auch solche Augen, braunrot. Schaffe, schaffe, so gings den ganzen Tag. Das sägte ihr schwer an den Nerven. Und bald kam der Vater vom Dienst. Der salbaderte dann nur vom neuen VW 1500, er habe Vorkaufsrecht, blablabla, oder er fing wieder mit irgendwelchen Gerichtsurteilen an. War ihr doch piepegal, ob sie irgendwelche alten Knacker verknackten, SS-Generale oder so. Aber der Vater wetterte, sie sollten uns doch endlich mit dem alten Kram in Ruhe lassen. Und dann ging es wieder los mit dem MAD, irgendein Oberst hatte das Maul nicht gehalten. Nee, zu Hause gefiel es ihr nicht. Da war es schon besser, so durch die Gegend zu laufen. Da gab es immer was zu sehen. Na, immer auch nicht. Jetzt wurde es ihr doch langweilig, und sie machte sich auf den Heimweg.

Als Rainer nach Hause kam, hörte er aus dem Wohnzimmer das gekünstelte Lachen Annes, der einzigen Freundin seiner Frau. Er verabscheute dieses Lachen und mochte die ganze Person nicht, obwohl er versucht hatte, sie zu mögen. Am liebsten hätte er sich leise wieder aus der Wohnung gestohlen, doch jetzt wurde klirrend eine Kaffeetasse abgestellt, und Annes Stimme rief honigsüß nach ihm. Also musste er sich blicken lassen. Widerwillig steckte er den Kopf zur Tür hinein und sagte artig: „Guten Tag, die Damen." Schmierspuren und Wachspapier, an dem noch Sahne hing, ließen darauf schließen, dass Torte verspeist worden war. Anne musterte ihn, und sofort wurde er unsicher. Morgen würden ihn die Herren des Vorstands mustern, wenn er da weiche Knie bekam, konnte er seinen Rechenschaftsbericht gleich einpacken. Er fragte seine Frau nach ihrer Tochter, bekam zur Antwort, sie sei wohl in ihrem Zimmer, und entschuldigte sich dann, indem er sagte, er habe sich Arbeit aus dem Büro mitgebracht. Was nicht stimmte. Was aber hätte stimmen sollen, dachte er dann, denn er war nur lückenhaft auf die morgige Anhörung vorbereitet. Aus dem Kinderzimmer hörte er ein leises Geräusch, das ihn, wie ihm nun einfiel, schon die ganze Zeit begleitete. Er lauschte an der Tür, klopfte und trat ein. Lisa hob das verweinte Gesicht vom Schulheft, sah ihn mit roten Augen an und zog schniefend immer wieder eine kleine glitzernde Rotzfahne hoch, die zur Oberlippe hinunterlaufen wollte. Es waren die Mathematikaufgaben. Sie verstand nicht, was sie überhaupt machen sollte. Rainer schoss kurz durch den Kopf, dass es ihm mit seinen Unterlagen für den Termin beim Vorstand morgen im Grunde genommen genauso ging wie seiner Tochter mit den Hausaufgaben. Ob Schule oder später Arbeit, das ganze Leben lang Anforderungen, Überforderung. „Warum hast du denn Mama nicht gefragt?" Keine Antwort. Seine Tochter starrte nur auf die durchweichte Schulbuchseite, über die sich Zahlenreihen zogen. In Lisas Verfassung hatte es im Augenblick wenig Zweck, sich mit den Aufgaben zu befassen. Also schlug er ihr vor, erst einmal einen Spaziergang im Tiergarten zu machen, danach würde er ihr dann helfen. Sie war zwar nicht gerade begeistert, willigte aber ein. Vielleicht merkte sie, dass es vor allem er war, der weggehen, der sich ablenken wollte.

Matt und, wie ihm schien, recht klein für ihr Alter ging sie neben ihm her, ließ den Kopf mit den Zöpfen hängen. Er schaute aus den Augenwinkeln nach jeder Kneipe. Manchmal versuchte er sie aufzuheitern, indem er sie auf eine Frau hinwies, die die gleiche Frisur wie ihr Pudel hatte oder auf einen Mann, der komisch ging. Dabei dachte er darüber nach, wie er es einrichten könnte, jetzt ein Bier zu trinken. Er wusste, wie sehr Lisa es hasste, wenn er trank. Und er wusste, dass es nicht bei einem Bier bleiben würde, wenn er einmal damit anfing. Und weil morgen bei der Firma ein entscheidender Tag für ihn war, konnte er es sich nicht leisten zu trinken. Auf gar keinen Fall. Aber dort drüben standen die Türen einer Bierschwemme einladend offen. Wie gern wäre er ins schummrige Halbdunkel an den Tresen getreten und hätte all das, was ihn bedrückte, beim Bier vergessen. Weggespült mit dem sprudelnden, dem schäumenden, dem bittersüßen Gerstensaft. Doch er bezwang sich, riss sich zusammen und folgte mit seiner Tochter schweigend weiter den Wegen durch den Tiergarten. Er war geradezu erleichtert, dass es hier keine Schenken gab. Wie still Lisa war! Und sie wollte ihm nicht die Hand geben. Schon zu groß dazu. Da hinten stand ein Kiosk, wo sicher Flaschenbier verkauft wurde. Ihr Blick war so ernst, so wenig kindlich. Von wem hatte sie den? Die abfallenden Schultern hatte sie von ihrer Mutter. Was noch? Den runden Kopf, die Haare ... Sie sahen sich die Trampeltiere an. Die Trampeltiere stanken. Sie sahen sich die Raubkatzen an. Die Raubkatzen stanken auch und fraßen gerade riesige stinkende Fleischlappen. Dann schlappten sie mit ihren langen Zungen Wasser aus großen Näpfen. „Warum beißt sie ihn?" fragte Lisa und zeigte auf einen Käfig, in dem ein Löwenweibchen mit einem Männchen balgte. Er wusste es nicht und griff nach ihrer Hand, um weiterzugehen. Trotzig zog sie sie heraus und blieb noch einen Moment vor dem Käfig mit dem Löwenpaar stehen. Er fragte, ob sie ein Eis wolle. Sie schüttelte nur den Kopf. Er wollte jetzt raus hier. Der Zoo ging ihm auf die Nerven.

Auf dem Rückweg ging es wieder mit den Kneipen los. Er wurde immer nervöser. Und Lisa schlich so still neben ihm her. War vielleicht zu Hause mehr vorgefallen als nur schwierige Rechenaufgaben? Ein Bier, dagegen konnte doch unmöglich etwas einzuwenden sein. Jetzt waren sie nicht mehr weit von der Turmstraße. Lisa musste die Gegend gut kennen, von hier konnte sie allein nach Hause gehen. Wo war nur die nächste Kneipe? „Ich werd mal eben schnell da reingehen." Sie sah ihn ungläubig an. „Ich komm dann gleich nach", setzte er hinzu. Ihr Gesicht drückte Enttäuschung aus, und er meinte noch etwas anderes darin zu sehen: Ekel. Er ertrug diesen Blick nicht länger und drehte sich schwerfällig um, um in die Kneipe zu gehen, da griff sie nach seiner Hand. „Nein. Du hast versprochen, mir bei den Aufgaben zu helfen." Vorhin hatte sie ihm ihre Hand nicht geben wollen und nun griff sie danach! Nur weil sie etwas durchsetzen wollte! Er fühlte Wut in sich aufsteigen und machte sich von ihrem erstaunlich festen Griff los. Weinend lief sie davon. „Ich helf dir ja dann", rief er ihr noch hinterher, dann betrat er den Schankraum.

Still trank er sein erstes Bier und dachte an den Vorsatz, es bei wenigen Bieren zu belassen. Morgen durfte er nicht verkatert sein, er musste überzeugen. Beim dritten Bier ließ er alle Vorsätze fahren und kam in ein Gespräch mit seinem Nebenmann. Erst freuten sie sich gemeinsam über die Tunnelflüchtlinge, und Rainer dachte, dass das das Leben sei, etwas ganz anderes als der Büroalltag. Mit einem Mal fühlte er sich wieder lebendig, trank sein Bier und hörte entspannt den Fußballgeschichten des Mannes zu. Sie beide zählten die Biere nicht oder nicht mehr, dafür stand der Wirt ja da und machte Striche auf den Bierdeckel. Aber als sich Rainer irgendwann laut darüber wunderte, dass die Israelis die Asche des Massenmörders Eichmann im Mittelmeer verstreut hätten, gerieten sie in Streit. Der Nebenmann meinte nämlich, die Juden hätten Eichmann erstens nicht einfach entführen dürfen und ihm, zweitens, keinen gerechten Prozess gemacht. Man könne doch nicht ... Rainer unterbrach ihn und wollte von den Familien Lipsheim und Grüntal erzählen, die er gekannt habe. Da schnitt ihm der Mann das Wort ab: „Ach so einer sind Sie, na gut, dass ich das noch rechtzeitig gemerkt habe." Rainer versuchte weiter, über Valeria,

Leo und Rahel zu sprechen, doch da starrte ihn der andere so kalt und brutal an, dass er mitten im Satz einhielt. Der andere murmelte noch ein paar Worte, der Wirt versuchte ihn zu beschwichtigen, dann ging der Mann nach hinten zu einem Tisch und setzte sich. Nun wollte Rainer dem Wirt von Lea erzählen, aber der ging zu dem am Tisch Sitzenden und tuschelte mit ihm. Rainer bezahlte, der Wirt kassierte wortlos. Als er auf die Straße trat, hatte er plötzlich ganz deutlich Leas Gesicht vor Augen. Jetzt hätte er weinen mögen. Er merkte, dass er torkelte. Nun liefen ihm wirklich Tränen über die Backen. Nein, das war nicht die Weinerlichkeit eines Betrunkenen. Er wusste, was er tun würde, stieg zur U-Bahn hinab und plinste gleichzeitig, ob er nicht noch irgendwo ein Bier kaufen könnte.

Die leere Flasche stellte er auf ein Mäuerchen und ging auf die Villa zu. Sie sah anders aus als in seiner Erinnerung. Er trat näher heran. Sie war stark umgebaut worden. Alles neu sozusagen. Aber hier war es gewesen. Hier hatten die Grüntals, die Lipsheims, hier hatte Lea gelebt. Wie oft hatte er sie bis hierhin vors Tor begleitet. Genau hier hatten sie gestanden und sich verabschiedet. Und auf der hinteren Veranda vor der Tür hatte Lea ihn geküsst. Ob die Veranda noch da war? Er klingelte. Es dauerte eine Weile, dann wurde über eine Sprechanlage gefragt, was er wolle. Er begann von der Familie zu erzählen, die einmal in dieser Villa gewohnt hatte, wurde aber unterbrochen und gebeten, nach Hause zu gehen. Er klingelte wieder, und gleich schrie die Stimme aus dem Lautsprecher, drohte, sie werde gleich die Polizei rufen, wenn er nicht verschwinde, und beschimpfte ihn als Säufer. Da wandte er sich ab und ging die Straße entlang. Irgendetwas hatte er doch zu Hause noch machen wollen. Es fiel ihm nicht mehr ein. Der Gedanke, dass es ihm morgen schlecht gehen werde, tauchte in seinem Kopf auf, aber schreckte ihn wenig. Er würde aufwachen und nicht einmal mehr wissen, wie er nach Hause gefunden hatte. Das kannte er, das drängte er weg. Aber da war doch noch etwas anderes gewesen ...

63

Nach dem Umsteigen in Mainz saß Erika ein junger Mann gegenüber. Sie kamen ins Gespräch. Er erzählte interessant von seiner Arbeit als angehender Architekt. Von einer Baustelle mit großen Gerüsten, Kränen und tiefen Betonverschalungen. Wie das alles organisiert werden musste. Ein Großprojekt. Er konnte richtig dafür begeistern, hatte eine schöne tiefe Stimme und gut sah er auch noch aus: sehr männlich, groß und gebräunt. Erika erzählte, dass ihre Familie den sechzigsten Geburtstag ihres Vaters im Schwarzwald feiere und von London, woher sie jetzt komme, wo jetzt Miniröcke in Mode seien und wo sie als Au-pair Mädchen hatte arbeiten wollen, aber ... Leider stieg er in Karlsruhe aus, und seine Stelle nahm ein älteres Ehepaar ein. Die beiden trugen kurze Lederhosen, dicke Socken und Wanderstiefel und starrten Erika wortlos an. Sie besiegte das Verlangen, ihnen die Zunge herauszustrecken, sie war ja kein kleines Mädchen mehr, und schaute hinaus: Der D-Zug kämpfte sich bergauf. Über ihnen ragten dunkle Tannen auf. Zwischen den borkigen Stämmen sah Erika in eine enge, bewaldete Schlucht. Wumms, fuhren sie in einen Tunnel, dass die Scheiben wackelten, pfft, waren sie wieder draußen. Aber nur für ein paar Sekunden, in einer düsteren Spalte zwischen zwei Bergen, da war ein Hof, wie mochten die Leute dort leben?, schon waren sie wieder in einem Tunnel. Schwärze, mal lang, mal kurz. Dazwischen Talsohlen, ewiger Schatten. Im Dunkeln dachte sie zurück an Christoph, den sie noch in Bonn kennengelernt hatte, ein lustiger Junge, aber eben kein Mann, und an die blöde

Haushaltsschule. Sie wurde müde, räkelte sich, und es war ihr egal, was die Wandersleute von ihr hielten.

Endlich war sie da. Niemand holte sie ab, aber sie hatte ja auch nicht sagen können, wann sie ankommen würde. Sie erkannte das Örtchen wieder, obwohl sie noch klein gewesen war, als sie die Omi zuletzt besucht hatten. Es war nicht weit zum Gasthof Krone, wo gefeiert werden sollte. Puh!, dieses Familienfest. Was für ein Aufwand, hier ans Ende der Welt zu kommen. Und nur, weil der Vater die Feierlichkeiten zu seinem runden Geburtstag in Bonn vermeiden wollte. Im Gasthof, einem prächtigen großen Schwarzwaldhaus, war noch niemand von der „Feschtgsellschaft", wie ihr ein Kellner in Weiß und Gold sagte. Sie hatte ganz vergessen, dass es erst um vier losging. Also machte sie sich auf den Weg zu dem Häuschen, in dem die Omi seit ihrer Kindheit lebte. Während des Gehens schlug ihr der kleine aber schwere Koffer immer wieder an die Beine.

Und da waren sie alle: die putzige Omi, der strenge Vater, der stille Bruder, die betriebsame Mutter. Die Omi klein, mit rundem Kopf und kurzen weißen Haaren. Sie steckte schon in einer Art Festtagsdirndl und blitzte Erika gleich an. „Was kommscht so spät?" Erika konnte sich immer über sie amüsieren. Die Mutter sagte Erika gleich, dass sie hier nicht übernachten könne, das kleine Haus sei voll. „Ja", fiel Omi ein, „lasch dei Sache glei gpackt, gell, du muscht zum Bernerer nüber, wo in dere sei Häusle mir henn scho oi Stub gmiet." Dieter war bleich, sah krank aus, wohl der Stress mit dem kleinen Rüdiger - Frau und Kind waren zu Hause geblieben -, und dann stand noch die Diplomprüfung an. Er verdrückte sich öfter, um draußen zu rauchen. Erika gratulierte schnell dem Vater. Kurz darauf fuhren sie mit dem Volkswagen zur Krone, und auf der Fahrt schimpfte die Omi ein paarmal: „Desch hättma auch zHaus mache könnt. S Geld spare, tätma spare viel von dere Geld." „Aber so ischts doch viel feierlicher", versuchte die Mutter sie zu beschwichtigen, „immerhin ist es Kurts sechzigster."

„Ja, meinscht du, desch weiß i net, aber wörret kei Feier sei, tätma spare, viel von dere Geld tätma spare, Geld, das ma spare tät. Tätma spare."

Kaum saßen sie am gedeckten Tisch, tutete Omi wieder ins gleiche Horn. Erika hörte einfach nicht mehr hin, sie hatte durch eine offene Tür einen Blick in die Küche erhascht und einen schönen jungen Mann mit einem Wischmopp in der Hand gesehen. Er sah aus wie ein Italiener und warf ihr, immer wenn die Tür aufklappte, feurige Blicke zu. Der Vater, der den Mann wohl auch erspäht hatte, wunderte sich laut, dass es auch hier schon Gastarbeiter gebe. Das sei doch nun wirklich nicht notwendig, in der Gastronomie, da müsste es doch auch Deutsche geben, die das machen könnten, Deutschland werde eines Tages aufwachen und das bitter bereuen, die Ausländer ins Land geholt zu haben. Omi und Mutti, die immer mehr in den Dialekt fiel, stritten darüber, ob Spätzle oder Kartoffeln besser zum Hirschgulasch passten. Während des Essens redete wie üblich nur Vati. Die Kellner rannten wie aufgezogen herum, beugten sich ehrerbietig vor und drehten ihr Ohr dem Sprechenden zu. Vati regte sich noch einmal über die Spiegel-Affäre auf, das sei Landesverrat gewesen, und sicher werde gegen diesen verbrecherischen Chefredakteur bald wieder ein

Ermittlungsverfahren eingeleitet. Außerdem sagte er etwas über die Großmutter in Berlin, dass sie eine strenge, aber gerechte Frau sei, der er viel zu verdanken habe. Von seiner Schwester Irmgard, der überzeugten DDRlerin, durfte ja nicht geredet werden. Erika hielt nach dem Mann mit dem Wischmopp Ausschau, aber der war nicht mehr zu sehen. Jetzt sagte Dieter ausnahmsweise mal etwas, und Vati schrie ihn an, ob er es etwa mit den Sozis halte, die wollten doch nur eins, den Strauß abschießen, die Roten. Da wurde Dieter noch bleicher als er sowieso schon war und ging wieder eine rauchen. Bei der Schwarzwälder Kirschtorte schnappte Mutti ein, weil Omi etwas über das Geld gesagt hatte, auf das sie wohl spekuliere, dass sie sich da aber verrechne. Muttis und Omis kleine faltige Schildkröten-Mäulchen klappten von nun an wortlos im Gleichtakt über den beladenen Löffelchen auf und zu. Aus Dieter war wie immer nichts herauszuholen, alles, was er auf Erikas Frage hin murmelte, war, dass ein Kind viel Arbeit sei und dass er sich mit Elektromotoren beschäftige. Da winkte Vati ab und fing wieder mit seinem Wasser-Luft-Wasser-Raketen-Kram an. Das hatten sie ja alle schon x-mal gehört, aber sie ließen ihn reden, denn sie wussten, wie böse er wurde, wenn man ihn jetzt unterbrach. Sogar während er etwas großspurig, wie Erika fand, die Rechnung bezahlte, redete Vati noch von seinen Entwicklungen. Bei einem Spaziergang, der eigentlich geplant war, wäre man in die Dunkelheit geraten, außerdem hatte es zu regnen angefangen. Also fuhren sie schweigend zurück. Die Omi war verstimmt und hatte noch dazu vom Regen das Reißen in den Gliedern. So löste sich die Familie gleich auf, und Erika wurde zum Bernerer geschickt.

Das Haus lag unterhalb eines kleinen Hügels. Erika klopfte, und ein kleiner, alter, doof gekleideter Mann öffnete. Im Häusle roch es nach Kuh, so als stünden die Viecher im Keller. Der Bernerer führte sie zum Zimmer, presste sich mit beiden Händen den Leib und stieß kleine Bäuerchen auf, die nach verkäster Milch stanken.

„Sähe Sie desch Paar Baureschuh“, sagte er und deutete auf ein Paar Bauernschuhe im Flur. „Jä wäniger die Bauresfrau bei dere Arbeit ad Schuh dänke tuet, umso ächter, wollet saage realiger, sei se. Erscht bei dere Arbeit sei se, was se sei.“

„Aber das sind doch Männerschuhe“, wandte Erika ein.

Da begann der kleine Mann zu schreien, das tue doch nichts zur Sache, es sei typisch für ein so junges Ding wie sie, dass sie das nicht verstehe. „Desch junge Ding tuet desch Ding net verstähe“, rief er und schlug wütend die Tür der kleinen Kammer hinter Erika zu.

Sie schloss vorsichtshalber die Tür ab und warf sich auf das unbequeme Bett. Froh, endlich allein zu sein, dachte sie an den Mann mit den Plüschaugen.

Fritzie holte den kleinen Georg vom Hort.

„Ma leena, wa schön?“ Er verstand zwar nichts, aber empfand die Laute als angenehm. Mama war da! Er wurde hochgehoben und schwebte durch die Luft. Es war, als habe er gar keinen Körper mehr. Er flog wie ein Geist. Das vertraute Gesicht kam mal näher und war plötzlich wieder weg. Aber nur kurz. Das war aufregend, und er gluckste vor Entzücken. Da, jetzt war es wieder da, und er fühlte, wie etwas Warmes seine Bäckchen berührte. Jetzt wurde es dunkel und roch gut. Die Mama war das, warm und groß, und er war ganz nah bei ihr und glücklich.

„Ja, det schmeckt." Fritzie fütterte das Kind und legte es schlafen. Dann begann sie auf Werner zu warten. Das kannte sie schon, denn er ließ sie immer warten. Aber daran gewöhnen konnte sie sich nicht. Er hätte schon lange hier sein können. Da hatten sie nun diese gute Wohnung und dann das ... Wo blieb er nur? Je länger sie auf ihn wartete, desto schlechter wurde ihre Laune. Was für eine Ausrede würde er ihr dieses Mal auftischen? Sie lauschte, ob sich nicht endlich sein Schlüssel im Türschloss drehte. Allmählich wurde sie wirklich böse. Sorgen brauchte sie sich ja nicht zu machen, soviel hatte sie immerhin gelernt. Dem passierte schon nichts, der wollte nur nicht kommen. Lag das an ihr? Machte sie irgendetwas falsch? Nein, der kam einfach, wann es ihm gefiel. Was war es das letzte Mal gewesen? Kartenspielen mit den Kollegen. Und das Mal davor? Da hatte er einen alten Bekannten getroffen. Warum er ihn nicht einfach mitgebracht habe, hatte sie gefragt. Die Zeit wäre zu knapp gewesen. Plötzlich hatte sie ein dumpfes Gefühl im Bauch, denn sie erinnerte sich, dass sie am selben Abend, als sie nebeneinander im Bett lagen, gemeint hatte, er röche nach einer anderen Frau. Aber vielleicht hatte sie sich das nur eingebildet. Sicher war sie sich nicht gewesen. Jedenfalls hasste sie es, wenn er sie so warten ließ. Sie musste irgendetwas tun. So hielt sie das nicht mehr aus. Sie rief Sabine an. Klagte ihr ihr Leid. Aber die Freundin schien ihr nur mit halbem Ohr zuzuhören. Sabine sah das sowieso ganz anders, war viel freier, ging mit jedem ins Bett, der ihr nur irgendwie gefiel. Als Fritzie aufgelegt hatte, dachte sie noch einmal über das Gespräch nach. Und plötzlich kam ihr der furchtbare Verdacht, Werner sei bei Sabine gewesen. Sie verachtete sich selbst für ihre Gedanken, aber sie konnte sie nicht mehr bremsen. Werner im Bett mit Sabine. Das Schlimmste waren die Bilder in ihrem Kopf. Sie bekam sie nicht weg, so sehr sie auch versuchte, sich abzulenken. Die Minuten krochen vorbei. Nun war sie fast sicher. Es konnte doch eigentlich gar nicht anders sein. Er betrog sie mit ihrer Freundin. Beide betrogen sie. Warum war sie nicht früher darauf gekommen? Sie sah die beiden bumsen, grinsend über ihre Gutgläubigkeit .... Plötzlich hörte sie den Schlüssel im Schloss, und Werner umarmte sie. Nein, er roch nur nach Zigaretten und ein wenig nach Alkohol. Einen kleinen Augenblick ärgerte sie sich darüber, dass eine kurze Umarmung von ihm schon reichte, um sie alles vergessen zu lassen. Dann war sie glücklich darüber, drängte sich an ihn und ließ sich ganz in seine Arme fallen.

Der Himmel war blau, und wenn Lisa in die Sonne blinzelte, lag ein vielfarbiges Glitzern in der Luft. So als bestehe alles aus durchsichtigen Teilchen, die frei herumschwebten, jede Farbe annehmen und sich zusammensetzen konnten, wie immer sie wollten. Es war nur Zufall, dass jetzt Frühling war. Im nächsten Moment hätte es Winter sein können. Es war nur Zufall, dass an den schwarzen Ästen grüne Blätter leuchteten, die Vögel fröhlich zwitscherten, rote Tulpen wogten, Osterglocken ihre gelben Köpfe neigten, gesprenkelte Krokusse knapp überm saftigen Rasen standen, und die Luft nach aufgewärmter feuchter Erde roch. Im nächsten Moment hätte ein eisiger Wind, der nach Schnee roch, wehen können, die Blumen hätten ihre Blüten geschlossen, die Vögel geschwiegen, aus einem mattweißen Himmel wären die ersten Schneeflocken herabgeschwebt und hätten alles bedeckt.

Lisa hüpfte den Bordstein entlang. Sie war auf dem Weg zu der Adresse, wo die neue Mitschülerin wohnte. Hoffentlich würden sie gute Freundinnen werden. Cornelia saß im Unterricht neben ihr. Der Anfang war gemacht. Sie sehnte sich so sehr nach einer Busenfreundin. Seit Dagmar zu der Gruppe um Patrizia gehörte, war sie nicht mehr ihre beste Freundin. Dagmar hatte sie im Stich gelassen und verraten. Eigentlich hatte sie gar keine Freundin mehr. Keine echte. Jetzt wollte sie sich mal die Gegend anschauen, in der Cornelia wohnte. Auch die Eingangstür zur Wohnung, die Fenster, den Balkon, wenn einer da war und so weiter. Was es da eben gab.

Vielleicht würde sie ja sogar Cornelia sehen. Warum mochte Dagmar sie nicht mehr? War es etwas, das sie ihr erzählt hatte? Hätte sie ihr nicht alles erzählen sollen? Auch das, was sie dachte und sonst niemandem sagte. Aber wozu war eine beste Freundin denn da? Hatte sie Dagmar mit ihren Geschichten abgestoßen? Oder mit ihrem ganzen Wesen? Natürlich war Patrizia interessanter. Was wenn Dagmar all das, was sie von ihr wusste, Patrizia weitererzählte? Wenn sie das machte, konnte sie dann überhaupt jemals ihre Busenfreundin gewesen sein? Doch. Aber wie war es umgekehrt? Lisa wollte nicht mehr nachdenken. Sie betrachtete das Mietshaus und fragte sich, ob Cornelia wirklich dort wohnte. Sie vermisste Dagmar.

Plötzlich trat Cornelia aus dem Haus. Sie machte ein unfreundliches Gesicht. „Spionierst du mir nach?"

Lisa war von dem bösen Ton überrascht und wusste nichts darauf zu antworten. Sie blickte auf den mit kleinen Steinchen verzierten Kasten, in dem die Mülltonnen aufgehängt waren. Da rief eine Stimme vom Balkon herunter, ob das eine ihrer Klassenkameradinnen sei.

„Ja, Pappi", antwortete Cornelia mürrisch.

- Ob sie denn nicht hinaufkommen wollten?

„Nein, Pappi", stöhnte Cornelia genervt. Er könnte sie beide auch zur neuen Eisbahn im Europa Center fahren.

Cornelias Vater, mit dem sie kurz darauf im Auto saßen, war noch jung. Lisa dachte an ihren Vater, sein altes Gesicht, den dicken Körper, sein Schnaufen. Wie müde er war und welche Sorgen er wegen seiner Arbeit hatte.

Aber sie wollte jetzt nicht daran denken, diese Fahrt war viel zu aufregend. Da saß sie mit zwei Personen im Auto, von denen sie eine gar nicht, die andere fast nicht kannte. Wie schnell alles an ihnen vorbeiglitt! Die Bäume am Straßenrand, die Häuserreihen. Mal schwang sich die Straße hinauf, machte einen schwungvollen Bogen, dann senkte sie sich hinab, sie sausten unter anderen Straßen hindurch, Augenblicke in tosendem Schatten, und tauchten wieder auf in blitzendem Sonnenlicht. Sie saß hinten auf dem bequemen Sitz und wäre vor Freude am liebsten auf- und abgefedert. Es machte ihr kaum etwas aus, dass Cornelia offenbar schmollte und nur einsilbig auf eine gelegentliche Frage ihres Vaters antwortete.

Am Kurfürstendamm, wo sie abgesetzt wurden, brauste der Verkehr an ihnen vorbei. Wenn die Wagen vor der roten Ampel standen, hörte man ihn nur noch entfernt in den Querstraßen rauschen. Während einer dieser plötzlichen kurzen Ruhepausen fiel Lisa auf, wie munter die frechen Spatzen in den kleinen Bäumen auf dem Bürgersteig tschilpten. Sie gingen auf 'Lippenstift und Puderdose' zu, die in den glitzernd blauen Himmel ragten, dahinter erhob sich das neue Europa Center. Lisa dachte wieder an die schwebenden Teilchen, und mit einem Mal war ihr so, als seien diese Teilchen gerade aus dem Blau herabgesunken und hätten sich zu eben diesen Gebäuden mit ihren schwarzweißen Rechtecken zusammengesetzt. Sie dachte gerade darüber nach, was sie der schweigend dahintrottenden Cornelia sagen könnte, als plötzlich ein ohrenbetäubend lauter Knall ertönte. Beide zuckten vor Schreck zusammen und starrten zum Himmel hinauf: Das musste wieder einer der sowjetischen Düsenjäger gewesen sein, die in letzter Zeit dauernd die Schallmauer durchbrachen. Vati hatte gesagt, dass die Russen damit die Westdeutschen bei der Politik stören wollten. Nun merkte Lisa erst, dass das Blau des Himmels nicht mehr glitzerte, sondern wie kaltes Eisen aussah. Während die Dunkelheit immer schneller herniederfiel, betrat sie hinter Cornelia fröstelnd das zugige Center. Sie folgten der Galerie, die um die Eisbahn führte und schauten den Schlittschuhläufern zu. Ein meisterhafter Läufer hetzte mit großer Geschwindigkeit immer wieder von einer Seite zur anderen wie ein Tier in seinem Käfig. Dabei musste er oft gestürzten Anfängern und Paaren, die sich gegenseitig stützten, ausweichen. Eine endlose Musik mit künstlichen Geigen drang aus den Ecken. Sie gingen einmal um die Eisbahn herum.

„Musst du mir immer hinterherdackeln?“, blaffte Cornelia sie plötzlich an.

Lisa blieb erstarrt stehen. Dann trat sie langsam an die Brüstung der Eisbahn heran und sah auf das matte Eis hinab, das von den Kufen zerkratzt wurde. Scharf schnitt der Stahl in die Oberfläche und hinterließ eine weiße Narbenspur auf silbriger Haut. Warum war alles so schwierig? Es konnte doch so einfach sein: Vater und Mutter verstünden sich gut. Vati mache die Arbeit wieder Spaß. Sie und Cornelia würden die besten Freundinnen der Welt. Vati tränke nicht so viel. Das Eis verschwamm, und das Schwarz der Stiefel zog darauf Linien wie verlaufende Wimperntusche. Lisa hob suchend den tränenfeuchten Blick, konnte aber Cornelia nirgends entdecken.

Sonntag zu Hause. Mit 23! Vatis Aktentasche im Flur. Abgewetztes Leder, hellbraun mit dunklen Flecken. Das Ministerium von außen. Durch das Portal trägt er die Tasche montags bis freitags rein. Am Pförtner vorbei. Erika sah jetzt durch die weiße Gardine neben der Tür hinaus. Marmorner Eingangsabsatz, Fliesen, blattlose Sträucher. Glatte Zweige, warzige Zweige. Verschleiert mit Goldkante. Besprechung: „Lässt sich das machen, Kurt?" „Selbstverständlich." „Gut, meine Herren, Herr Ministerialrat Prensch, wenn wir Ihre Zusicherung haben ..." Im Haus roch es nach Schweinebraten. Am gedeckten Tisch dann Mutti, Vati und Großmutter Prensch aus Berlin. Seit langer Zeit mal wieder zu Besuch. „Nach so vielen Jahren. Wie die Zeit vergeht ..." Schnarrende Stimme: „Wir wollen nicht mehr darüber sprechen." Poriges Fleisch unterm Messer. Mutti: „Wie desch duftet!" Erika dachte an den toten Adenauer. Eierkopf, gesprenkelt wie Großmutters Hände, verschwiemelte Augen. Die wenigen dünnen Haare wachsen jetzt im Grab noch weiter. Wolfs volles Haar, sein Schnäuzer. Auf dem weißen Porzellan lagen die Kartoffeln. Schmeckten nach Erde. Zermanschen und 'Sose' drüber. „Iss ordentlich!" Wie zu einem Kind. Erika sah, dass der Kopf der Großmutter leicht zitterte. Die Arbeit morgen. Termine machen, Hotel für Herrn Dr. Kniebusch buchen, Diktat. 'Könnten Sie den letzten Satz bitte noch einmal wiederholen, Herr Doktor.'

Vatis Besteck stieß klirrend auf den Teller. „Nein, ich will gar nichts von Irmgard hören! Das interessiert mich schon lange nicht mehr. Soll sie nur in ihrem gelobten Arbeiter- und Bauernstaat sitzen."

„Ihr habt euch so lange nicht mehr gesprochen", sagte die Großmutter, „vielleicht könnte sie durch das Passierscheinabkommen ..."

„Ach! Mit einer politisch völlig Verblendeten ist doch überhaupt kein Gespräch möglich."

Mutti, die in letzter Zeit immer stärker Dialekt sprach: „Kommunischtin isch sie."

- Groß, schlank, sportlich war dieser Wolf und gut gekleidet.

„Ich als Geheimnisträger ..."

„Will sie dich aushorche am End, die eigene Schweschter."

„Wenn die Brüder wüssten, was wir noch alles für sie im Schrank haben, dann würden sie ganz schön ins Schwitzen kommen."

„Desch müscht ma alles abwerfe, damit dass von dere Politiker in der Oschtzon die meischten nit überläbe wörren."

„Und Irmgards Ziehsohn lacht sich ins Fäustchen, weil diese Wirrköpfe von Studenten in Berlin Randale machen. Freie Liebe in der Kommune. Pfui! Und 'Amis raus aus Vietnam' Dass ich nicht lache!"

Halbe Stunde Mittagessen.

Danach Abwasch, der blieb ganz allein an ihr hängen.

Anschließend Sonntagsruhe.

Darauffolgend Vorbereitung Kaffee und Kuchen. Morgen würde sie Kaffee für Kniebusch kochen. 'Verbinden Sie mich bitte mit der Kanzlei Schmor, nein, mit Dr. Schmor persönlich.'

Vati, Mutti und Großmutter Prensch ließen sich wieder am Tisch nieder. Einnahme von Kaffee und Kuchen. „Vorzüglich."

„Und mit dere Sahne schmecketsch glei noch doppelt köschtlich, gell?"

- Wolfs kleiner Flitzer.

„Iss schon auf, Kind!" Großmutter Prensch blickte streng. Mutti überzeugt: „Damit desch morge die Sonn scheine tut, gell." Großmutter Prensch blickte noch strenger.

Kleiner Abwasch, wieder sie allein. Anschließend Spaziergang. Umständlich schlüpften Vati, Mutti, Großmutter Prensch in ihre Mäntel. Der Stock von Großmutter Prensch war kurz verschwunden, tauchte aber wieder auf, hatte hinter einer Tür gestanden. „Wer hat ihn denn um Himmelswillen dorthin gestellt?" Keine Antwort. Großmutter Prensch war aufgewühlt. Vatis Verhör aber wurde aufgeschoben. „Müssen los. Lohnt sonst nicht mehr."

Spazierengehen. Wenn sie jemandem begegneten, griffen sich die Männer an den Hut, Gemurmel. Ein niedlicher Hund wollte mit ihr spielen. Dann Regen. „Gut, dass ich an den Schirm gedacht habe", sagte Großmutter Prensch. Sie war müde, verwechselte Stock und Schirm, hielt den Stock hoch und wunderte sich, dass sie nass wurde. „Ach, wie schusselig man im Alter wird! Ist das ärgerlich."

Schnell zurück nach Hause. Schweinebratengeruch hing noch im Flur. Erika half beim Aus-den-Mänteln-Pellen.

- Wolf sagte, sie dürfte den Wagen auch mal fahren.

„Kinder", schrie Mutti jetzt und schlug überschwänglich die Hände zusammen, „glei isch Abendbrot. Erika, mach dich dran."

Aufdecken. Gürkchen nicht vergessen.

Großmutter Prensch erzählte von früher. Nichts Neues. Schwere Zeiten. Aber hatten ein Auskommen. Viel mehr Gesindel als heute. Der Großvater durfte mit keinem Wort erwähnt werden. „Kurt wusste schon immer, was er wollte." Vati fasste ganz kurz nach ihrer Hand. Mutti berichtete vom kleinen Rüdiger, der zu aller Zufriedenheit gedieh und dass Dieter als Ingenieur für Volkswagen in Wolfsburg arbeitete. Sie strahlte stolz, dann wurde ihre Miene besorgt. Nur dass auch aus unserer Erika etwas wird. Dieter in der von den Nazis gebauten Stadt, das Ganze ein riesiges VW Werk. Hässlich. Das hatte Dieter Erika letztes Wochenende am Telefon erzählt, aber das sagte sie natürlich nicht.

Vati sprach von der Bundeswehr. „Von Hassel nicht tragbar. Luftwaffeninspekteur Steinhoff, verdienter Mann." Erika hatte ein Foto gesehen. Das Gesicht narbiger Teig mit paar Löchern drin, auf dem eine getönte Brille steckte. Anmontierte Nase - wie selbstgebastelt. Wolf war auch bei der Bundeswehr gewesen. Hatte ihm nicht gefallen. Na ja, geschadet hatte es ihm wohl auch nicht. Brachte die Männer auf Zack.

Abwasch, Erika.

Großmutter Prensch zog sich zurück, und alle verschwanden in ihren Zimmern.

Erika wartete, bis sie nichts mehr von den anderen hörte. Alles ordentlich in ihrem Zimmer. Aber nicht mal einen Plattenspieler hatte sie. Wolf hatte bestimmt einen. Dann könnten sie zusammen Platten hören. Sie dachte an Dr. Kniebusch und die Arbeit morgen. Im Haus war es jetzt still. Sie wusch sich, putzte sich die Zähne, ging wieder in ihr Zimmer. Zog sich ihr Nachthemd an. Nahm sich das Buch vom Nachttisch. 'Desirée'. Hatte es mit vierzehn zum ersten Mal gelesen. Damals wie im Fieber und mit roten Backen. Las es jetzt zum dritten Mal. Ein bisschen langweilig. Die Liebe. Was sollte das alles? Wolf. Morgen musste sie früh aufstehen. Sie hätte nicht wieder hier einziehen sollen. Und die Arbeit im Büro war auch doof, Kniebusch ein Ekel. Raus hier, das wärs. Eigentlich ein Angeber, dieser Wolf. Typisch für die Männer. Sie knipste das Licht aus. Aber irgendwie schon nett auf seine Art.

In einer weiten Sommerlandschaft - Fluss, Wiese, Bäume - unter den nackten Füßen den warmen federnden Boden spüren. Ein duftender Wind umfängt sie und spielt mit ihren Haaren. Sie legt sich ins rauschende Gras und lauscht den entspannten Stimmen der Spaziergänger. Mal lacht ein Kind, mal bellt in der Ferne ein Hund. Und das alles gehört zu dem Mann, der ihr nun seine starke Hand reicht. Der sie emporzieht. Dessen Nähe das Blau am Horizont wärmt und tiefer macht. Den sie küsst, den sie in eine andere Landschaft führt und mit dem sie die Hügel hinauf- und hinabläuft, unter Apfelbäumen entlang, wo Pferde weiden. Der Schwung ihrer Schultern, das Weiß ihrer Haut, das Braun ihrer Haare. Sie zeigt ihm ihr Haus.

Rudi Dutschke mit Kopfschuss auf der Straße liegend. Das war einen Monat her. Ob er sich je wieder erholte?

„Wenn Dutschke wieder auf dem Podium steht", sagte einer der Partygäste, „selbst wenn er nicht sprechen kann, wird der Sieg der Revolution nicht aufzuhalten sein."

Martin, der Lisa zu dieser studentischen Party mitgenommen hatte, widersprach: „Der Sieg der Revolution über das System ist sowieso unabwendbar. Hast du schon vergessen, was am Springer Hochhaus los war? Das war erst der Anfang. Die Kraft der APO wird immer weiter wachsen, die Ideologie der Väter ..."

Lisa sah Martin verliebt an. Wie begeistert er sprach. Sie dachte an den Augenblick zurück, der ihr Leben verändert hatte. Als er nach ihrer Hand gefasst hatte auf einer

Demonstration, in die sie eher zufällig hineingeraten war. Sie war ja gar keine Studentin. In einer Reihe waren sie marschiert. Und als er ihre Hand ergriff, war ihr ein Schauer über den Rücken gelaufen. Es war wie ein Zeichen gewesen. Seitdem versuchte sie, Martin so oft wie möglich zu sehen, und das obwohl ihr der Vater den Umgang mit den 'Krawallmachern', wie er sie nannte, verboten hatte. Aber trotzdem hätte sie Martin sicher jeden Tag getroffen - wenn er nicht so beschäftigt gewesen wäre. Was sagte er gerade?

„Die Ideologie der Väter muss mit allen Mitteln bekämpft werden. Nieder mit den Vätern."

Lisa malte sich aus, wie ihr dicker Vater vor ihr niederkniete und um Verzeihung bat. In letzter Zeit war er wirklich unerträglich. Ihr ganzes Leben wollte er bestimmen, nichts durfte sie selbst entscheiden. Gegen seinen Dickkopf kam sie nicht an. Eine Lehre im Hotelfach kam gar nicht in Frage. Sie würde Medizin studieren, keine Widerrede. Die guten Zeiten, die sie einmal miteinander gehabt hatten, waren wohl ein für alle Mal vorbei. Noch vor einem Jahr war sie, in seinen Arm eingehängt, mit ihm durch die Stadt flaniert. Ob er das gemerkt hatte, wie sehr er sie abstieß? Ein wenig Mitleid stieg in ihr auf, aber dann dachte sie an seine ständigen Schimpftiraden auf die 'Revoluzzer'.

Sie passte nicht auf diese Party. Alle waren älter als sie und konnten so gut diskutieren. Überhaupt war sie kein Partymensch: Die vielen Leute strengten sie an, und die Musik gefiel ihr auch nicht. Martin nahm einen Zug von einem Joint, der herumgereicht wurde. Ihr wurde schon schlecht, wenn sie das Zeug nur roch.

Blut lief Dutschke aus dem Kopf. Eine Pistolenkugel steckte ihm im Gehirn. Sein Fahrrad lag ein paar Meter weiter weg.

„Die Pflicht jedes Revolutionärs ist es, die Revolution zu machen. Das muss jeder einzelne von uns verinnerlichen." Sie sah junge Leute aufstehen, sie sah ihre geöffneten Münder. Die Revolutionäre hoben die Arme und ballten die Fäuste. Jetzt hörte sie sie Parolen schreien. Martins Mund verzog sich beim Sprechen, die Musik übertönte seine Sätze. Sie verstand sowieso nur die Hälfte. Stand bloß dabei, konnte nicht mitreden, wollte auch gar nicht mitreden. Martin beachtete sie nicht. „Die Stellung des SDS in dieser Frage ..." Sie konnte den Wörtern nicht folgen. „Die außerparlamentarische Opposition ..." Soweit war das klar, das waren sie, aber daran schlossen sich Reihen oder dichtgefügte Ketten von Überlegungen an, sehr abstrakt oder zum Teil von strategischer Art, bei denen sie bald den Faden verlor. Plötzlich drängte sich eine Frau in die Runde und sagte mit etwas schleppender Stimme, ob sie nicht mal für einen Abend mit dem Politikspielen aufhören könnten. Die Frau lächelte und klimperte ganz langsam mit ihren Augenlidern.

Seine Schuhe standen noch am Tatort. Die Polizei hatte sie auf den Asphalt gestellt. In die Kreideumrisse seines Körpers.

Ein Betrunkener erzählte laut von einem Besuch in einer Kommune: „Ich kannte da einen, jetzt kenn ich ihn nicht mehr, und er mich auch nicht, ist auch besser so, ein Vollidiot, na ja, der wohnte jedenfalls da." Er warf den Kopf zurück und ließ Bier in sich hineinlaufen. „Also ist doch

Scheiße, da würd ich nicht leben wollen, diese blöden Matratzenlager, ist ja wie in der Kaserne", er rülpste, „die Leute gehen einem doch ganz schnell auf den Senkel, immer glubscht dir irgendeiner zu, egal, was du machst, und das ewige Gekiffe, die Leute verblöden doch, nee, das muss nicht sein, und von wegen freie Liebe, der Typ, den ich da kannte, dieser unsympathische, der versuchte jeden Zahn anzugraben, kriegte aber keine einzige Schnalle ab, das konnt er nicht verkraften, vielleicht hat er sich ja umgebracht, ha ha ha, also so viel zur freien Liebe, aber ist auch besser so ..."

„Hey, du, das was du da erzählst, interessiert hier keinen", sagte einer aus der Diskussionsgruppe.

„Solche Typen wie dich können wir hier nicht gebrauchen." Die Haschfrau fixierte den Angegriffenen.

Aber der Betrunkene starrte nur feindselig zurück.

Einer aus der Gruppe packte den Betrunkenen am Parka. „Ich finde, du solltest jetzt besser gehen."

„Das find ich aber nicht", stieß der Mann hervor.

„Wir alle finden das aber", entgegnete sanft der Student, der Gruppensprecher in dieser Angelegenheit zu sein schien, und stieß den Betrunkenen vor sich her hinaus. Der machte aber wohl Schwierigkeiten, denn jetzt hörte man den sanften Studenten drohen: „Du kannst auch eins in die Schnauze haben, Freundchen!" Betrunkenes Fluchen war die Antwort. Ein Grunzen. „So. Und jetzt hau ab, du Schwein!"

Mit einem Mal beugte sich Martin zu ihr herab und wollte sie küssen. Aber jetzt wollte Lisa nicht. Ihr war nicht danach zumute. War das ihr Dickkopf? Der Dickkopf, den sie von ihrem Vater geerbt hatte? Er fragte, was denn los wäre, „Zur Sache, Schätzchen", und sie roch aus seinem Mund das süßliche Zeug. Sie drehte den Kopf weg und schmollte. Aber liebte sie ihn denn nicht? Jetzt redete er von Liebe. Aber auch da verstand sie ihn nicht, denn wieder, genau wie bei der Politik, bildete er lange Ketten von Gedankengängen. Es waren eher allgemeine Aussagen, und sie kamen eigentlich gar nicht bei ihr an. Aber weil er sich solche Mühe gab, hätte sie sich ihm vielleicht wieder zugewendet und ihm in seine schönen, seine klugen Augen geschaut, wenn er sie nicht plötzlich schmerzhaft am Unterarm gepackt hätte. Doch das war noch nicht das Schlimmste, denn gleich darauf küsste er sie in den Nacken, und es war ein feuchter Kuss, bei dem sie seine Zunge spürte und dann auch noch die Zähne. Wütend riss sie sich von ihm los und lief in die Küche. Dort verstummte die Unterhaltung, und einige Gesichter sahen sie forschend an. Nein, hier hielt sie es nicht aus. Sie überlegte, wo sie ihre kleine Tasche abgestellt hatte. Im Flur! Um dorthin zu gelangen, musste sie aber wieder an ihm vorbei. Mit zusammengepressten Lippen stürzte sie dem Ausgang zu. Obwohl sie gar nicht in Martins Richtung hatte sehen wollen, nahm sie doch aus den Augenwinkeln etwas wahr, dass ihr wie ein Faustschlag in die Magengrube fuhr: Die behaschte Frau hatte sich ganz eng an ihn geschmiegt und flüsterte ihm etwas ins Ohr. Lisa griff wie ein Automat nach ihrer Tasche, riss die Tür auf, schlug sie hinter sich zu, rannte die Treppe hinunter, schaffte es bis draußen, knickte mit dem Oberkörper über

dem nächsten Busch ein und würgte ein paar Erdnüsse
mit ein wenig Orangensaft heraus.

69

70

Liebe war ja schön und gut, konnte einem aber auch auf die Nerven gehen. Diese hündische Anhänglichkeit. Und daraus dann noch Ansprüche ableiten. Er brauchte Auslauf. Führte sein eigenes Leben. War ein Einzelgänger, hatte keine echten Freunde, wenige Bekannte. Immer wenn Werner daran dachte, was die Heirat aus seinen Bekannten gemacht hatte, war er sich wieder sicher, dass er einen Fehler gemacht hatte, dass er nicht hätte heiraten sollen. Aber trotz allem: wenn schon, denn schon, dann schon Fritzie, denn auch wenn er es ihr fast nie und seit langem nicht mehr gesagt hatte, hätte er nach wie vor ehrlich sagen können, dass er sie liebte. Er liebte sie so, wie er überhaupt lieben konnte. Natürlich stritten sie, doch wer tat das nicht? Er wusste nicht, was dieses Nachdenken über das eigene Leben, die Ehe und den ganzen Kram jetzt sollte, das brachte doch nichts ein. Aber übers neu errichtete Lenin-Denkmal in Friedrichshain oder das Centrum-Warenhaus am Alex nachzudenken, hatte auch keinen großen Sinn. Dazu gabs nichts zu sagen, und zur ganzen Politik auch nicht. Von den Treffen des Vorsitzenden des Ministerrats der DDR mit dem westdeutschen Bundeskanzler brauchte man auch nichts zu erwarten. Und vom DDR-Staatsratsvorsitzenden Ulbricht erst recht nicht, dankeschön. Werner schaute zum Fernsehturm hinauf. Der Spargel, na wunderbar. Das Sonnenlicht zeichnete jetzt ein Strahlenkreuz auf die verglaste Kugel. Da drin drehten sich irgendwelche plattarschigen Funktionäre und Touristen mit dem ganzen Restaurant. Hoffentlich so lange, bis ihnen Kaffee und Kuchen wieder

hochkamen. Während er eilig über welliges Kopfsteinpflaster in Richtung Prenzlauer Berg schritt, fragte er
sich, warum er eigentlich keine Freunde und nur so wenige Bekannte hatte. Hatte sich eben so ergeben, sein Le-
bensweg, wer weiß, gewollt hatte ers nicht so. Außerdem
konnte ja jeder Bekannte, jeder Freund ein Stasi-Spitzel
sein. Eigentlich kannte er nur Frauen. Warum ging er
jetzt nicht einfach nach Hause zu Frau und Kind? Weil er
Renate vögeln wollte, ganz einfach. Er hatte sich in der
Mittagspause mit ihr verabredet, weil er plötzlich Lust
bekommen hatte, sie mal wieder zu stoßen. Im Betrieb
hatte er Krankheit vorgegeben und sich davongemacht.
Die Brigade kam jederzeit auch ohne ihn aus, diese Idioten strengten sich dann noch mehr an und erzielten bes-
sere Ergebnisse. Lohnte sich gar nicht, darüber nachzudenken. Das Gute an Renate war, dass sie fast immer zur
Verfügung stand. Spaß am Bumsen hatte sie auch, aber
da gab es wohl keine, die im Bett mit ihm keinen Spaß
gehabt hätte. Und schlecht sah sie auch nicht aus, nur
roch sie stark nach Schweiß. Das hieß, dass er sich gründ-
lich waschen musste, bevor er zu Fritzie ging, damit sie
nichts merkte. Zuhause schrie jetzt sicher das Kind. Dort
drückte ihm alles die Luft ab. Kein Wunder, dass er Ab-
wechslung brauchte. Wegblenden. Seine wilden Jahre
waren vorbei, klar. Das merkte er immer dann, wenn er
mal richtig über die Stränge geschlagen hatte. In seinem
Alter steckte man das einfach nicht mehr so leicht weg
wie mit zwanzig. Und wenn man erst überlegte, war es
sowieso nicht mehr dasselbe. Aber um überhaupt zu fühlen, dass man lebte, da gehörte es dazu, möglichst viele
Frauen flachzulegen. Er hatte ja versucht, auf Familien-
vater zu machen, aber das war danebengegangen. Jeden

Abend zu Hause dagesessen, während das Kind schrie, gegessen, während das Kind schrie, und mit Fritzie immer lauter gestritten, bis das Kind, das, vom Schreien erschöpft, eingeschlafen war, wieder zu schreien anfing. In dieser Zeit hatten sie ein Fernsehgerät gehabt, das ihnen Bekannte von Fritzie ausgeliehen hatten. Stundenlang hatte er sich Berichte von Sportereignissen angesehen und angefangen, sich vor allem für Leichtathletik zu begeistern. Renate Stecher, die Weltrekordlerin, ein Tier mit dichten Achselhaaren. Schwarze Wuschel wie bei seiner Renate, in deren strengen Geruch man seine Nase tauchen konnte. Bei diesem Gedanken richtete sich sein Schwanz auf. Nein, in dieser trügerischen Gemütlichkeit würde er sich nicht einrichten.

Endlich war er am Ziel, lief die Treppe hinauf und geriet dabei etwas außer Atem. Zu spät durfte es nicht werden, er musste auf die Zeit achten.

Renate trug einen Bademantel, den er ihr gleich auszog. Offensichtlich kam sie gerade aus der Wanne. Aber schon jetzt mischte sich ein leichter Geruch nach ihrem Schweiß in das Seifenaroma. Er ließ sie auf allen Vieren knien. Während er sie von hinten nahm, dachte er, wie gut das tat. Dann dachte er nichts mehr und empfand das als sehr angenehm.

Danach lagen sie nebeneinander und dösten etwas. Gewissensbisse - so etwas hatte er früher einmal gehabt. Jetzt konnte davon keine Rede mehr sein. Er nahm mit, was er kriegen konnte. Renate lag ganz still neben ihm, und in seinem Kopf jagten sich plötzlich Bilder. Hände, die mit Pechblende gearbeitet hatten, krebszerfressen, vom Vater einer geschiedenen Frau, mit der er eine

Zeitlang zusammen gewesen war, Tannen, ein enges Bett, vor zwei Jahren im Erzgebirge. Und da stieg ein anhaltendes tiefes Dröhnen unter dem Bett hervor und wuchs an. So als brüllten viele nackte Männer und immer mehr Männer tief unter der Erde im Bass und begännen dann, mit schweren Hämmern an die Stollenwände zu klopfen und im Gleichtakt an den Streben und Balken zu rütteln. In einer wackelnden Stube war er aufgewacht, aber die Frau hatte weiter wie tot halb auf ihm im engen Bett gelegen. Er hatte sich von ihr frei gemacht und durchs Fenster auf die ganz dunkle Straße hinausgesehen. Riesenhafte schwarze Panzer waren donnernd in endloser Reihe vorübergerast.

Werner stand auf, um sich zu waschen. Renate sah ihm dabei zu und wollte nochmal. Er wies sie darauf hin, dass sie das früher hätte sagen sollen. Zum Abschied gab er ihr nicht mal einen Kuss. Nur nicht verwöhnen, die Weiber. Im Treppenhaus dachte er an Nordwig mit dem Stab. Wie der sozusagen in den Stab hineinlief, ihn mit seiner Wucht bog und sich dann von ihm fußüber in die Höhe schnellen ließ. Wie der sich im Flug um seine Querachse drehte und eine Schraube machte vor dem Hindernis. Wie der ein Hohlkreuz über der Latte bildete in fünfeinhalb Metern Höhe, die Beine nach oben schnellend rückwärts fiel und auf der Matte landete.

71

Geschäftig, Stecknadeln zwischen den Lippen, umkreiste die Mutter Lisa, die in der Mitte des Wohnzimmers stand. Das Ballkleid war erst heute Nachmittag geliefert worden. Gero hatte darauf bestanden. In einem Kleid, wie sie es auf dem Semesterfest getragen habe, könne sie auf einer Veranstaltung wie dieser unmöglich erscheinen, er werde ihr eins besorgen. Während die Mutter das elegante Kleid um die Taille raffte, fiel Lisa auf, wie alt ihr Gesicht aus der Nähe betrachtet schon aussah. Furchen und Falten, ein zerknitterter Hals. Wie glatt war dagegen der wunderbare Stoff des Kleides. Seltsam zudem, welch ängstlicher Ausdruck auf dem Gesicht der Mutter lag, die bemüht war, den Schwung des leichten Faltenwurfs um die Hüfte zu erhalten. Immer aber wenn sie von der Saumhöhe emportauchte, machte sie ein strahlendes Puppengesicht. Dieses verfinsterte sich nun jedoch, denn der prüfende Blick fiel auf Lisas Dekolleté. „Was hast du nur für einen mickrigen Busen. Nein, so sitzt das nicht richtig! Hier, nimm Watte und stopf deinen BH damit aus!" Auch nachdem es schon einmal an der Tür geklingelt hatte, arbeitete die Mutter verbissen weiter. Solch eine Möglichkeit auf eine hervorragende Partie bot sich meist nur einmal im Leben. In eine Millionärsfamilie einheiraten. Wieder ging die Klingel, und ehe die Mutter es verhindern konnte, lief Lisa zur Tür und öffnete. Gero stand davor, einen Strauß Blumen für die Mutter in der Hand. Er überreichte ihn formvollendet, sprach einige lobende Sätze und bot Lisa den Arm.

Als Lisa in die Limousine einstieg, deren Tür ihr der Chauffeur offenhielt, schaute sie noch einmal zu den Wohnungsfenstern im dritten Stock hinauf und meinte, den Kopf des Vaters hinter der Scheibe zu sehen. Gero stieg zu, der Fahrer ließ die Tür gemessen ins Schloss fallen, Gero musterte sie abschätzend, wie ihr schien, der Fahrer lief um den Wagen herum. Sie beschloss, Geros taxierenden Blick als Ausrutscher anzusehen. Nun galt es, ein gemeinsames Gesprächsthema zu finden. Über das Medizinstudium hatten sie schon oft genug gesprochen. Hatten sie sich eigentlich je über etwas anderes unterhalten als über ihre Professoren, Kommilitonen und Prüfungen? Geros edles Gesicht schwebte unterm mattweißen Wagenhimmel über seiner vornehm gekleideten Gestalt. Fast wirkte es so, als warte er nur ab, dass sie einen Fehler mache. Zum Beispiel, indem sie den Fahrer ansprach. Aber aus Filmen wusste sie, dass sich das nicht gehörte. Sollte sie etwas über den bevorstehenden Ball sagen? Doch was? Sie wusste ja nichts. Vielleicht etwas fragen. Aber wozu? Sie würde es ja selbst sehen. Das schien auch Gero zu denken.

Der Ballsaal war überwältigend. Lisa war begeistert vom strahlenden Glanz der altmodischen Lüster, dem spiegelnden Parkett, den feinen Abendgarderoben. Ein Kellner führte sie zu ihrem Tisch, wo Gero sie seinem Vater und dessen Geschäftsfreund mit Gattin vorstellte. Vater und Sohn hatten nicht nur die gleichen edlen Gesichtszüge. Auch in ihrer Körperhaltung, Gestik und Mimik glichen sie sich. Geschult, reserviert und beherrscht. Der Vater aber hatte eine angenehmere, tiefere Stimme als sein Sohn und redete offenbar gern. So fand er unter anderem die schmeichelhaftesten Worte zu Lisas Ballkleid und machte ihr überhaupt eine Vielzahl von Komplimenten, so dass es ihr schon beinahe peinlich wurde. Während er sie beriet, was die Wahl der Speisen und Getränke anging, traf Lisa der Blick der Geschäftsfreundgattin. Ein geringschätziges Starren, das - ertappt - sofort in ein Lächeln umgemodelt wurde. Aber Lisa würde sich den Abend nicht verderben lassen. Wenn sie dem Gegenüber immer wieder zeigte, dass sie ihn mochte, würde sie schließlich auch von ihm gemocht werden. War es nicht so? Man sprach über die Verdienste des im August verstorbenen Georg von Opel. Beeindruckt lauschte Lisa der Unterhaltung. Die Worte waren wohlgesetzt und wirkten so abgewogen. Auch Gero wusste etwas über die Bedeutung des Sportfunktionärs in der heutigen Zeit zu sagen. Sein Vater ließ es sich nicht nehmen, erneut Lisas Champagnerglas zu füllen. Nun war von Rainer Barzel und Helmut Kohl die Rede. Ersterer, dem eine gewisse Öligkeit zum einzigen Nachteil gereiche, hatte die Wahl zum Parteivorsitzenden der CDU für sich entschieden, und von Letzterem stand trotz unerfreulichen Dialekts und wenig distinguierter Redeweise noch viel zu erwarten. Geros Vater war der nur zuhörenden Lisa gegenüber von ausgesuchter Zuvorkommenheit und schenkte ihr bei jeder Gelegenheit nach. Das Für und Wider der Verleihung des Friedensnobelpreises an den amtierenden Bundeskanzler befand sich als nächster Punkt auf der Tagesgesprächsordnung. Es sei nicht recht ersichtlich, wofür dieser den Preis eigentlich bekomme. Dass ein Kniefall in Warschau dazu ausreiche, müsse doch bezweifelt werden. Nachdem in wohlerzogener Abwägung in diesem Punkte Übereinstimmung ermittelt worden war, sprach Geros Vater ein wenig von seiner Yacht und bat dann

Lisa darum, ein wenig vom Studium zu berichten. Sein Sohn teile ihm nur das Nötigste mit. Wenn sie doch einmal so freundlich sein wollte, die Studienbedingungen darzustellen, unter denen sie und sein Sohn einander kennengelernt hätten, würde ihn das ausgesprochen freuen. Also erzählte Lisa von schrulligen Kapazitäten und vom Kartoffelbrei in der Mensa. Der klebte nämlich so fest am Tablett, dass man es umdrehen konnte, ohne dass etwas vom Brei runterklatschte. Sie erzählte auch von Geros Rat, sich im Anatomiesaal kleine parfümgetränkte Taschentuchkügelchen in die Nase zu stecken. Nur hatte sie dauernd niesen müssen. Während alle am Tisch über ihre Geschichten lachten, fühlte sich Lisa mit einem Mal so, als habe ihr der Champagner Schwingen verliehen und sie könne, wenn sie nur wolle, zur Saaldecke emporfliegen. Ein leichter angenehmer Schwindel machte sie kichern. In diesem Augenblick forderte Geros Vater sie zum Tanz auf und führte sie auf die Parkettfläche. Aus der Nähe betrachtet, sah dessen Gesicht unappetitlich aus, etwa so wie ein weiß eingepuderter Klumpen Hackfleisch. Furchteinflößend, wenn sie es genau bedachte. Das Mett stand aber zu seiner Beschaffenheit und hielt sich für einen guten Tänzer. Für angebratenes Tartar tanzte es wohl auch nicht übel. Aber es schmiss sich etwas sehr ran, fand Lisa, und es schien darauf zu spekulieren, dass sie anbiss. Sie ließ sich ein bisschen drücken und war froh, als der Tanz endlich zu Ende war. Was war das überhaupt für Musik gewesen? Sie hatte gar nicht hingehört. Unverbindlicher Orchester Klumpatsch wahrscheinlich, mit einem blinden, selig lächelnden Dirigenten und Trompetern, die unauffällig die in ihren Instrumenten angesammelte Spucke unter die Stühle fließen

ließen. Bei Tisch schüttete Hackgesicht ihr sofort Schampus nach. Was anderes konnte der auch nicht. Jetzt sollte sie mit Gero tanzen, aber der wollte nicht und sie eigentlich auch nicht. Also stocherte sie noch ein bisschen in ihrem Böff Stroganov rum. Hoffentlich merkte keiner, dass sie dabei versuchte, Bulettengesichts Züge nachzubilden. Wie konnte sie nur so von Geros Vater denken? Sie schimpfte mit sich selbst, aber in ihrem mit Sekt gefüllten Kopf sprudelten die Gedanken, als seien sie die winzigen Perlen, die in sich drehenden Spiralen aufstiegen. Moment mal, die Frikadelle hatte was gefragt: „Schmeckt es Ihnen nicht?" „Absolut nicht comme il faut", hörte sie die Geschäftsfreundfrau flüstern. Kühle wehte sie von allen Seiten an. Seit wann trugen Frikadellen eigentlich Toupets? 'Warum komme ich nicht von dieser Hackfleisch Vorstellung los?', fragte sie sich, verfluchte sich dafür, fand es im nächsten Moment aber einfach nur noch lustig. Wozu sich dagegen wehren? Wenn's doch nun mal so war. Sie war ja hier sowieso nur Sonnenschein und Versuchsmeerschweinchen. Der Frau des Geschäftsfreunds rollte eine Erbse dreimal hintereinander von der Gabel, und Lisa musste lachen. Daraufhin traf sie über dem plattgedrückten grünen Kügelchen ein vernichtender Blick. Dann stellte sich heraus, dass sich die gequetschte, festbappende Erbse mit der Gabel nicht mehr anheben ließ. Lisa schwenkte den Blick auf Gero und seinen Vater: Beide verfügten über die gleiche auserlesene Messer- und Gabelführung, nur mümmelte der Falsche Hase sein Fresschen etwas hurtiger hinunter. Sie fragte Gero, wie es komme, dass er seinen Vater bis ins Kleinste nachmache. Wie er ihr das Jäckchen abnehme, wie er ihre Hand fasse usw. Gero reagierte auf die Frage genau mit denselben entrüsteten Gesten, die sie schon bei seinem Vater gesehen hatte. „Da, schon wieder", bemerkte sie und musste kurz darüber nachdenken, ob Geros Vater mit zwei Brötchenhälften vielleicht als Hamburger durchginge. Eisiges Schweigen war eingetreten. So als ob ein blasierter Falscher Hase auf dem Eise Schlittschuh lief. Passend dazu watschelte jetzt ein Pinguin vorbei. Es war ein Kellner. Lisa wollte jetzt tanzen, wild tanzen, allein tanzen, aber Mettende griff hart nach ihrer Hand. Sie riss sich los und schrie die am Tisch Sitzenden an, dass sie Zahnräder seien, die sich langsam immer im Kreis drehten, nichts als Zahnräder. Plötzlich begann sie zu weinen und lief auf unsicheren Beinen hinaus.

Auf der Spree, an der sie ein Stück entlanglief, tanzten Lichter wie fröhliche, aber doch gefesselte Seelen.

Georg war in Berlin geblieben. Den konnte Fritzie ja nicht einfach aus der Schule nehmen. Er hätte sowieso nicht mitgewollt. War ja schon dreizehn. Sie zog ihrem kleinen Lukas die Schühchen an. Eins nach dem anderen. Jetzt der Mantel. Erster Knopf. Sie hatte es nicht mehr ausgehalten mit Werner. Wenn sie nur an ihn zurückdachte, wurde ihr übel. Gut, dass es gleich an die frische Luft ging. Der zweite Knopf. „Halt doch mal still!" In der letzten Zeit war er ja kaum noch nachhause gekommen. Und wenn, von einer anderen. Sie hatte dann nicht neben ihm liegen können, ohne dass ihr schlecht wurde und alles in ihrem Kopf durcheinanderging. Dritter Knopf. Immer war es zum Streit gekommen. Wenn sie sich aufs Sofa gelegt hatte, kam er hinter ihr her. Dann fing er meistens damit an, auf den Staat zu schimpfen. Grundlagenvertrag, gutnachbarliche Beziehungen, dass er nicht lache, Ulbricht endlich tot, da krähe doch kein Hahn nach und so weiter. „So, jetzt noch das Mützchen. Ist kalt draußen." Werner wusste, dass sie es nicht mochte, wenn er so sprach, und dass sie schlafen und alles vergessen wollte, aber er konnte sie nicht in Ruhe lassen. Manchmal hatte sie sich die Ohren zugehalten, dann hatte er ihr die Hände weggezogen. Der kleine Lukas stapfte vor ihr zum Hühnerstall. Sie hatte Werners Berührungen nicht mehr ertragen können und ihn abgewehrt. Sie hatte es ihm ins Gesicht geschrien.

Im Stall sammelten sie ein paar Eier ein. Manche waren verschmutzt, und sie rieb sie ab. Auch die Händchen des Kleinen rieb sie ab. Wie niedlich die waren. Werner hatte sie dann verhöhnt. Ihre Art, ihr Leben. Sie sei dumm. Naiv und dumm. Sie hatte nicht weinen wollen, denn sie wusste, dass er sie dann noch mehr verhöhnen würde, aber irgendwann konnte sie sich nicht mehr dagegen wehren, es schüttelte sie, aber er machte immer weiter. Wenn sie sich so sehen könnte, hatte er gesagt, so hässlich, so kaputt, das mache sie selbst, nicht er.

Sie gaben den Hühnern Futter und gingen wieder hinaus. Und manchmal hatte er dann Mitleid bekommen und ihr nasses Gesicht geküsst, und sie hasste sich dafür, dass sie darauf wartete, dass er sie aus Mitleid küssen würde, und ließ alles geschehen und lag dann zitternd die ganze Nacht wach.

Als sie wieder zum Häuschen zurückgingen, stand ihr Vater im Türrahmen und sah sie und ihren Kleinen wie zwei Fremde an. Aber wenigstens ließ er sie hier wohnen und sagte nichts.

Ecke Poppelsdorfer Allee - Baumschulallee.

„Juten Tach, dä Herr Ingenieur.“

„Ach, Herr ...“

„Büschgen.“

„Tach, Herr Büschgen.“

„Wie jehdet Ihnen denn so, Herr Ingenieur?“

„Danke der Nachfrage. Man wird nicht jünger.“

„Da saren Sie wat, Herr Ingenieur. Aber wat will man maachen. Et is wie et is."

„Ja. Das Herz. Komme gerade vom Arzt."

„Na wenn dat kein Zufall is. Isch nämlich auch. Bei wem sin Se denn?"

„Doktor Späth."

„Ah, da hab isch von jehört. Dat muss enne rischtije Spezialist sin. In dem singe Praxis soll alles nur vom Feinsten sin, Jeräte unn so."

„Ein fähiger Mann, ja und eine moderne Praxis."

„Bei mir is et eher wat unge erömm. Ewwe dat han me vigge in dän Jriff jekrischt. Isch will Ihnen mal wat janz anderes saren, Herr Ingenieur. Seitdem Sie nit mi bei uns sin, jehdet berschaff. Dat janze Ministerium is nit mi dat wat et mal wor. Un Ihr Nachfolger, dä hät für sonnen Pförtner wie misch kin freundlisch Wort. Dat mät kin Spass mi, mät dat. Hät dä Dokter Ihnen denn wat Ordentlisches verschriwwe?"

Kurt überlegte, wie er den Mann wieder loswerden konnte.

„Ich hoffe. Ab heute nehme ich ein neues Präparat. Soll Wunder wirken, sagt jedenfalls der Arzt."

„Die können unsereinem vill verzelle, die Brüder."

„Aber was bleibt uns übrig, als auf sie zu hören?"

„Wo Se resch han, han Se resch, Herr Ingenieur. So muss man et wahrscheinlisch sehen."

Ohne jegliches Interesse fragte er den Pförtner, wie es seiner Frau ginge.

„Die is am Maachen und am Tuen wie immer."

„Schön, schön."

„Und wenn isch nach Ihrer Frau Jemahlin zurückfraren darf?"

„Alles bestens. Bis auf die üblichen kleinen Beschwerden."

„Ja, jeder hät sin Päcksche zu traren. Mir han all Driss am Schuh, da is niemand frei von. Wat mät übrijens dä Filius? Un wie iset mit dat Erika?"

„Fragen Sie besser nicht", entgegnete er und fügte fast gegen seinen Willen hinzu: „Meine Tochter musste ja unbedingt einen Aufschneider heiraten, und mein Sohn steht unterm Pantoffel."

„Et kütt wie et kütt, sarisch imma."

Ein paar letzte vergilbte Kastanienblätter segelten von den fast kahlen Ästen zu ihnen herab.

„Jehen Sie at widde Rischtung Kaiserplatz?"

Er nickte.

„Wenn et Ihnen resch is, tu isch Sie en Stückschen begleiten."

Gemeinsam mussten sie warten, bis die Ampel auf Grün umsprang.

„Sicher zwei Jahre her, dass wir uns zuletzt gesehen haben, wie?", stellte Kurt fest.

„Allzu vill is ja nit passiert."

„Na, ich möchte meinen doch. Denken Sie nur an die Terroristen, Baader und Meins,

die letztes Jahr verhaftet wurden."

„Wie en Tier, dä Nackte. Bah! Wie se dänn affjeführt han, wat hät dä jeschrien un sisch jewunden, nä. Da han isch misch rischtisch jeekelt, wie isch dat am Fernseher jesehen han. Insofern ..."

Er würde bis zur Bushaltestelle mit dem Mann sprechen müssen: „Oder die Olympiade. Der Anschlag."

„Ja, und dat Ulrike Meinhof is so phantastisch jesprungen."

„Sie meinen Ulrike Meyfahrt", korrigierte er.

„Selbsverständlisch. Wie enne Riesenfloh oder enne Jazell oder su jet is dat Ulrike jesprung. Unn so wat von elejant."

Sie näherten sich dem Bahnhof und Kurt hielt bereits nach einem der Busse Ausschau, die er nehmen konnte. „Und dieses Jahr hatten wir Breschnew hier zu Gast."

„Dä soll doch affjefüllt den Petersbersch runterjebrettert sin und sin Limousin zu

Schrott jefahren haben."

„Ja, ja, das ist ja bekannt", sagte er zerstreut. „Und nun die autofreien Sonntage."

„Da saren Se wat, Herr Ingenieur. Da tun Se wirklisch wat saren. En jecke Zick is dat. Wat denken sich die Saudis bloß dabei, uns dänn Ölhahn affzudrehen?"

Kurt hatte einen Bus erspäht und lief darauf zu.

„Ach, do jonnens lang. Wat han Sie et dann plötzlisch so eilisch?"

„Auf Wiedersehen, Herr ...", rief Kurt noch über die Schulter.

„Büschgen! Nä, wat iser verjeßlisch, dä Herr Ingenieur. Tschö auch. Müssens Fich esse unn nidde su vill Jrünzeusch unn ..."

Kurt verstand nicht, was der Mann noch rief, denn ein dröhnender Bus hatte sich zwischen sie geschoben.

Von seinem Sitz im Bus aus beobachtete er, wie schwer einer offensichtlich behinderten Frau das Einsteigen fiel. Keine Stufen mehr, das wäre das erste. Und wenn der Bus sich dann noch seitlich absenkte - das wäre durch ein geringes Kippen zu erreichen - würden Ein- und Ausstieg zusätzlich erleichtert. Allerdings hätte die Schräglage eine gewisse Unbequemlichkeit zur Folge. Und wenn sich der gesamte Bus gleichmäßig absenken ließe? Etwa wie der Citroen per Hydraulik? Er nahm sich vor, genauer über die Fragestellung nachzudenken. Als Pensionär hatte man ja viel Zeit. Jetzt freute er sich aber erst einmal auf das Mittagessen. Ein ordentliches Stück Fleisch mit 'Bratskartoffeln', wie mit Hilde besprochen.

Kurt war nicht davon angetan, zuhause Erika und Kind vorzufinden. Sicher ging es wieder um Geld. Kein Wunder bei diesem Aufschneider von Ehemann. Er hatte das ja von Anfang an gesagt. Der konnte mit Geld nicht umgehen. Mit dem kam sie nie auf einen grünen Zweig. Sie war halt auf diesen windigen Burschen reingefallen. Der mit seinen dicken Koteletten. Dumme Mode. Er beschloss, sich nicht unnötig zu ärgern. Alles der Reihe nach. Nun wurde erst einmal gegessen. Hilde und Erika trugen das Essen auf. Wahrscheinlich sollte er im Vorfeld besänftigt werden. Aber auf seine Frau konnte er zählen, die konnte haushalten und ließ sich schwerer als er selbst erweichen. Das Kind Melanie saß brav auf dem hohen Kinderstuhl. Wie war dieser Stuhl eigentlich bei ihnen gelandet? Hatte Dieter den nicht vor ein paar Jahren getischlert, als seine Frau ein zweites Kind erwartete. Fehlanzeige. Nichts gewesen außer Spesen. Scheußlich so eine Fehlgeburt. Der kleine Rüdiger machte sich aber. Ordentlicher Schüler.

Nach dem Essen setzte Kurt sich in seinen Sessel. Erika hatte den Fernseher eingeschaltet. Eine Unsitte so früh am Tag. Aber angeblich kam da eine Sendung für das Kind. Sesamstraße. Wer wie was wieso weshalb warum? Wer nicht fragt, bleibt dumm. Er wunderte sich etwas, dass sie noch nicht vom Geld angefangen hatte. Na, das kam noch früh genug. Obwohl er davon gar nichts wissen wollte, zählte Erika jetzt die Namen dieser Puppen auf und zeigte sie ihm: Oskar aus der Mülltonne, Ernie, Bert,

Krümelmonster, Bibo, Kermit, Grobi ... Immer noch kein Wort von Geld. Im Fernsehen wurde gezählt und gesungen. Das Kind schien ganz aufmerksam, aber er wurde müder und müder. Die Puppen zählten und sangen. Kermit trug eine Perücke und schob sich über eine grüne Ebene. Das war ein Fußballfeld. Er warf die langen blonden Haare zur Seite, dass sie nur so flogen. Sein halsloser Oberkörper, weißes Trikot mit der Nummer 10, eilte vorwärts. Ein Ball schoss von unten, wo seine Beine waren, hervor und flog wie von Zauberhand an einem Faden gezogen. Es hieß, er wechselte zu Real Madrid. Am Spielfeldrand stand ein großer gelber Vogel mit vorgeneigtem Kopf und Schirmmütze: Trainer Bibo. Versonnen schaute er auf den dicklichen Leib Oskars, der auf engem Raum eine kurze Bewegung machte: Tor, Tor! Der verspielte Erniebauer, der ernste Schwarzenbert und der Grobi Sepp mit den großen Händen jubelten. Sie öffneten die Mäulchen, aber ihre Stimmen kamen woandersher. Krümelmonster näherte sich der Gruppe mit hüpfenden Bewegungen, umarmte alle mit seinen zotteligen Armen, zählte Luft mampfend Kekse: ein Keks, zwei Kekse, drei Kekse, die Pelzmützen waren geschlagen, und Deutschland war Europameister.

Beim Einsteigen musste Marga sich erst am Schaffner vorbeidrücken und wartete dann hinter seinem Uniformrücken darauf, dass Rainer ihr den Koffer anreichte. Aber es dauerte, denn er stellte sich ungeschickt an, hielt zu viele Zusteigende auf, und sie drängten ihn ab. Schließlich näherte er sich mit rot angelaufenem Gesicht wieder der Einstiegstür. Sie sah, wie seine dicken Hängebäckchen bei der Anstrengung erzitterten. Er grimassierte und bleckte seine dritten Zähne. Endlich stand der kleine Koffer neben ihr, und der Zug fuhr an. Sie sah ihren Mann gar nicht mehr, winkte kurz in die Richtung, wo er wahrscheinlich keuchend, aufgeregt und winkend stand, und suchte nach ihrem reservierten Platz.

Ihr gegenüber saß ein junges Paar. Sie hatte ihren Kopf auf seine Schulter gelegt, küsste ihn und erzählte ihm flüsternd etwas. Marga musste an ihre Tochter denken. Wie verliebt Lisa in ihren Alexander war! War sie selbst je so verliebt gewesen? Jetzt fuhr Lisa mit ihm in die Ferien. Ihre Tochter fuhr in die Ferien, und sie fuhr zur Kur. Marga fühlte, dass ihre Kopfschmerzen, die bisher nur als ständiger Druck auf die Innenwände ihres Kopfes spürbar gewesen waren, stärker wurden. Gleich würde ein Schmerz wie ein Dolchstich in das Innere ihres Kopfes fahren. Sie verbot sich jeden Gedanken an ihre Tochter. Es war nicht gut für sie, wenn sie an die glückliche Lisa dachte. Sie besah sich ihre schönen Ringe, den weißgoldenen Ehering, den Ring mit dem Brillanten, und tastete nach den goldgefassten Perlen in ihren Ohrläppchen. Als sie aufstand, um ein Buch aus ihrer Tasche zu nehmen, fiel ihr Blick zufällig in den Spiegel, der unter dem Gepäcknetz an der Wand hing. Obwohl sie sofort wegschaute, hatte sie ihre eigenen, verwelkten Gesichtszüge gesehen. Diese Frau mit Doppelkinn und unvorteilhafter kleiner Warze auf dem Nasenflügel war mit den Jahren aus ihr geworden. Aus ihr, die früher einmal schön gewesen war! Was sollten die Spiegel in den Zugabteilen? Ihr war danach, den Spiegel mit dunklem Tuch zu verhängen.

Vom Bahnhof nahm sie ein Taxi zur Kurklinik. Der Fahrer schwieg. Es war nicht angenehm. Im Radio sang Bundespräsident Scheel 'Hoch auf dem gelben Wagen', dann lief 'Theo, wir fahrn nach Lodz'. Die Kopfschmerzen hatten nachgelassen. Sie fühlte sich allein. Das Kurzentrum sah ganz anders aus als im Prospekt, überhaupt nicht schön. Sie sagte dem Fahrer, er solle ihr Gepäck bis zum Eingang tragen, und gab ihm ein Trinkgeld.

An der Rezeption wurden ihr noch einige Anmeldeformalitäten abverlangt. Dann führte sie ein Mädchen auf ihr Zimmer. Im Fahrstuhl hing der Geruch nach Bratensoße und Eisen. Das kam aus dem Keller, aus der Großküche. Auf den Fluren roch es süßlich nach Desinfektionsmittel und in ihrem kleinen Zimmer nach abgestandenem Blumenwasser. Ganz wie im Krankenhaus. Sie spülte die leere, hässliche Vase noch einmal aus. Dann machte sie sich frisch, ohne in den dreiteiligen Spiegel zu schauen. Anschließend öffnete sie ihren Koffer und überlegte, was sie zur offiziellen Begrüßung der Neuankömmlinge, die in einer halben Stunde von der Kurhausleitung durchgeführt werden würde, anziehen sollte. Durch die zarte Gardine blickte sie in den Wald.

Keine schöne Aussicht. Grüne Schichten, Blattdurcheinander, Dunkel, Astgewirr. Sie hielt es im Zimmer nicht mehr aus - hier waren sicher schon einige Kurgäste gestorben - und ging nach unten. Sie hatte sich für ihr elegantestes Kleid entschieden, weil sie sich unsicher fühlte. Da sie zu früh war, streifte sie durch die Räumlichkeiten des Haupthauses. Das Tanzcafé war leer, ein Kellner deckte die Tische für den Abend. Im großen Gemeinschaftsraum sahen zwei ältere Damen fern. Durch die getönte Glastür des Raucherraums erkannte sie schemenhaft drei Kartenspieler.

Die Begrüßung fand in einer Art Empfangsraum statt. Der Leiter, der wie ein Pfarrer wirkte, hielt eine Ansprache. Nachdem er gesagt hatte, wie sehr er sich freue, sie hier begrüßen zu dürfen, wies er auf die lange und erfolgreiche Tradition des Hauses hin. Danach erläuterte er den Ablauf eines hiesigen Kuraufenthalts und stellte ihnen ihre Ansprechpartner in der Ärzteschaft und beim Pflegepersonal vor. Gleich morgen werde nach eingehender ärztlicher Untersuchung ein individueller Kurfahrplan für jeden einzelnen ausgearbeitet. Schwester Bärbel werde das Terminliche regeln. Er hoffe, dass der Aufenthalt zu vollster Zufriedenheit verlaufe und wünsche Ihnen alles Gute. Kurz darauf erhielt sie von Schwester Bärbel erst einmal einen Termin zur Massage. Um 7 Uhr 30. Das war ihr eigentlich zu früh, aber wenn sie einmal nicht ausschlief, würde das den Kurerfolg wohl nicht gleich gefährden. „Sie werden sich wie neugeboren fühlen.“

Beim Abendessen geriet Marga an einen Tisch mit zwei alten Ehepaaren. Kurten die zusammen oder waren sie einfach Hotelgäste? Ein aufgeschwemmter Mann saß neben seiner versteinerten Frau, und eine Frau mit zerlaufenem Gesicht saß dem gemeißelten Profil ihres Mannes gegenüber. Zwischen den Bissen fielen einige Brocken von den Gabeln und Wörter aus den Mündern. Sie wurden aufgespießt. Das Essen stieß Marga ab. Bleich und zerfallen lagen Kartoffeln in metallenen Schalen, das Fleisch schien aus einer Knorpel-Kuh gesägt, und die Erbsen ruhten tief unter einer fettstarren Soßendecke. Marga ließ das Essen stehen. Nach dem Genuss einer aufgeschäumten Eiercreme erhoben sich die Alten schwerfällig. Der Partnertausch weckte letzte Kräfte. Sie schoben ihre Körpergebilde aneinander und drehten mit knarzendem Schwung ab. Die Tanzfläche war schnell mit Paaren gefüllt.

Angewidert ging Marga auf ihr Zimmer hinauf. Dort aber begannen ihre Gedanken um ihre Tochter und deren Lebensglück zu kreisen, so dass sie es kaum aushielt. Ob ihre Augen offen oder geschlossen waren, sie sah das junge Paar vor sich. Wenn sie das alles hier wenigstens hätte hassen können, aber selbst dafür war sie zu matt. Sicher tauschten Lisa und ihr Alexander gerade Zärtlichkeiten aus, während sie hier wie in einem Gefängnis saß, allein war. Und im Erdgeschoss tanzten Halbtote. Ein Schauer prasselte gegen die Scheibe. Früher hatte sie so etwas gemütlich gefunden. Die Erinnerung weckte eine unbestimmte Wehmut. Ansonsten fühlte sie sich ganz leer. Der Sommer ging zu Ende, und seit Monaten herrschte dieses Regenwetter. Ein Spaziergang verbot sich. Hastig schmierte sie sich mit Körpercreme ein. Sie schlief wenig und unruhig. Immer wieder schreckte sie auf und sah auf den tickenden Wecker.

Am nächsten Morgen wurde sie von einem Klopfen an der Tür geweckt. Der Wecker hatte noch nicht geklingelt. Eine Frauenstimme erinnerte sie an ihren Massage-Termin in Raum 049. Die ärztliche Untersuchung müsse auf den morgigen Tag verschoben werden. Marga zog sich an, putzte schnell die Zähne und ging hinunter. Der Masseur sagte ihr, sie solle sich freimachen und auf die Pritsche legen. Folgsam legte sie ihre Kleidung ab und lag dann ängstlich abwartend auf dem Kunststoffpolster. Fett und hässlich, wie sie fand. Kaum aber hatten seine warmen eingeölten Hände begonnen, ihren Körper zu massieren, entspannte sie sich. Es war, als befreie er ihren Nacken, die Schultern und den Rücken von einer Last, so als wringe er alles Schlechte aus ihr heraus. Wärme durchflutete alle ihre Glieder und prickelte auf der Haut. Zum ersten Mal, soweit sie sich erinnern konnte, fühlte sie sich wohl in ihrem Körper, eins mit ihm. Beglückt blieb sie danach noch ein wenig liegen. Benommen kleidete sie sich wieder an. Wie verändert sich alles, wie anders auch sie selbst sich anfühlte. Wie seidig glatt der Rock Hüfte und Beine umfing. Wie zart und weich die Bluse ihren Hals liebkoste!

Marga ließ sich am erstbesten Frühstückstisch nieder. Ein gutaussehender, jüngerer Mann setzte sich ihr gegenüber. Sie sahen sich ganz offen an und wussten beide sofort, dass es gleichgültig war, wovon sie sprachen. Vom Rücktritt Brandts, dem verregneten Sommer oder sogar von der Fußballweltmeisterschaft, die sie überhaupt nicht interessierte. Sie hätten auch schweigen können. Wolfgang war zur Kur geschickt worden, weil er unter heftigen Migräneanfällen litt, die bis zu Ohnmachten führten. Während Marga das Gefühl genoss, wie ihre Zähne krachend die Brötchenkruste zermalmten, schlug er vor, spazierenzugehen.

Als sie gemeinsam das Kurhaus verließen, hatte der Regen gerade aufgehört. Die Sonne brach durch die Wolken, und die Blätter begannen zu dampfen. Während sie neben dem noch jugendlich wirkenden Mann durch den Park ging, überwältigte Marga ein derart intensives Glücksgefühl, dass sie hätte schreien mögen: das Blau und das glitzernde Goldgelb über ihr, das satte Grün, der frische Geruch nach Regen, feuchter Baumrinde und Rosen. Sie fuhr mit der Hand über eine Buchsbaumhecke, und die kleinen harten Blätter schnippten elastisch an den Zweigen. Das Geräusch ihrer beider Schritte auf dem Kiesweg. Die Größe von Wolfgangs Hand - klein lag ihre darin -, das ertastete warme Dunkel unter seinem Jackett, seine weichen Lippen. Er löste den Kuss, deutete auf das Casino, vor dem sie standen, und schlug vor, hineinzugehen. Innerlich taumelnd vor Glück folgte sie ihm.

Schwarze Anzüge und Hemdenweiß. War es denn schon Abend? Das Mittagessen hatten sie auf jeden Fall verpasst. Darum war es nicht schade. Sie ließ sich von ihm zum Roulette-Tisch führen. Er erklärte ihr das Spiel. Rot und Schwarz, Gerade und Ungerade. Die sirrende, die hüpfende, die liegende Kugel. Es machte ihr Spaß. Dann verlor sie die Lust, hörte auf und sah ihm zu. Plötzlich wandte er sich flüsternd an sie, und in seinem Blick lag großer Ernst. Sie habe doch sicher von dem Herstatt-Konkurs gehört. Dieses Zusammenbruchs wegen befinde er sich zurzeit in einem finanziellen Engpass ... Weil sie merkte, wie wichtig ihm das Spiel war, half sie ihm mit Geld aus. Heute wollte sie feiern, das Leben und die

Liebe. Der neuen Marga machte es nichts aus, dass er so viel verspielte. Schließlich aber zog sie ihn vom Tisch fort.

Im Gemeinschaftsraum lief wieder der Fernseher. Gerade ließ Uri Geller durch Reibung Gabeln weich werden. Als sie zu zweit den gut besuchten Tanzsaal durchquerten, wunderte Marga sich gar nicht darüber, dass sie die Atmosphäre dort mit einem Mal als anziehend empfand. Sie versuchte sogar, Wolfgang zum Tanzen zu überreden, doch er lehnte ab. Hand in Hand gingen sie die Treppe hinauf. Im Flur der ersten Etage aber hatte Wolfgang plötzlich einen Migräneanfall. Besorgt fragte sie ihn, ob sie ihm helfen könne. Er brauche absolute Ruhe, sagte er, und müsse sich in seinem Zimmer hinlegen. Sie begleitete ihn bis vor seine Tür.

Am nächsten Morgen erwachte Marga mit dem gewohnt schalen Gefühl. Sofort kontrollierte sie, wieviel ihres Geldes gestern verspielt worden war. Sie musste noch heute zur Bank. Auf dem Weg nach unten klopfte sie vergeblich an die Zimmertür ihres gestrigen Begleiters. Als sie den Frühstücksraum betrat, sah sie, dass er bereits mit einer Dame an einem anderen Tisch saß. Wie einer X-beliebigen nickte er ihr zu und fuhr fort sich zu unterhalten. Zitternd halbierte Marga ein Brötchen und bestrich eine Hälfte mit Butter. Auf ihren Teller starrend brachte sie nur ein winziges Stückchen herunter.

Eine halbe Stunde später wurde bei der ärztlichen Routine-Untersuchung ein Knoten in ihrer linken Brust gefunden und ein Biopsie-Termin festgesetzt.

Wochenende mit dem Vater. Was wollte Werner denn von ihm? Er kam gut allein zurecht. Die Mutter auf irgendeinem Treffen ihrer Tintenscheißer-Freunde. Brüderchen bei Tante Irmgard abgestellt. Georg wartete im Schatten, den der Wohnblock warf. Er saß auf dem verrosteten Rest einer Absperrung zur Straße und starrte auf ein Büschel Löwenzahn, das zwischen den sandigen Betonplatten der leeren Fahrbahn wuchs. Was, wenn die Pflanze einer fremden Intelligenz als Planet diente? Wenn sich mikroskopisch kleine Wesen durch Haarwälder schlugen, den Saft als Energiequelle aus den Stängeln zapften und die weit schwebenden Pusteblumensamen als Raumfahrzeuge nutzten? Die Sonne hoch am wolkenlosen Himmel. Die staubbedeckten Blätter im grellen Licht. Es war sehr still. Die meisten aus der Siedlung waren wohl schwimmen an einem der Seen.

Ein Auto kam die Straße herunter und hielt vor ihm. Auf dem Planeten war es plötzlich Nacht, weil sich ein riesenhaftes Gebilde vor die Sonne geschoben hatte. Forscher fanden heraus, dass ein rotierendes Rad den Planeten bedrohte. Ein Fall für den Unbesiegbaren, dachte Georg, er würde den Kampf mit dem Ungetüm aufnehmen: quietsch! aaargh!! zosch!!! Das Auto hupte. Georg ärgerte sich über das Hupen. Sollte ihm wohl Beine machen. Als er die Tür hinter sich zuschlug, fuhr ihn der Mann am Steuer an, er solle doch aufpassen und seinen Saparoschez nicht gleich verschrotten. Georg begrüßte Werner, der sich kurz auf dem Vordersitz umdrehte und dann sagte: „Na fahr schon los mit deinem Schwarztaxi,

Willi." Rückwärtsgang. Gefahr für den Planeten abgewendet.

Kurz darauf holperten sie irgendwo in Lichtenberg durchs Industriegebiet. Werner sah ungeduldig zum Fahrer hinüber: „Was solln das für ne Spritztour sein?"

„Ick wollt euch mal zeigen, wo wir die Quecken, det Unkraut vernichtet ham. Det Jift det hieß Vierunddreißichelf, weeß ick jar nich, obs det noch jibt, und wir ham det immer Siebenundvierzichelf jenannt wie det Parfüm, vastehste. Det war so scharf, du, det hat dir sojar die Handschuhe und Jummistiefel wechjefressen."

„Is ja alles schön und gut, Willi. Und als nächstes zeigste uns in Potsdam den Müll, den wir uns vom Westen laut Vertrag in die Botanik kippen lassen. Fahr mal lieber Zentrum."

„Jeht in Ordnung. Wir wollen doch unsam Pionier hier was bieten. Kiekst doch sonst nur det Sandmännchen, wa?" Der Mann drehte Georg eine seiner fettigen Koteletten zu.

„Quatsch!" Georg sah die Sendung schon lange nicht mehr, höchstens zufällig. Aber er fand das kleine Männchen niedlich, - „Hat nen Ho-Tschi-Minh-Bart", meinte der Vater -, und der Sand, den es streute, glitzerte so schön. Während Georg aus dem Autofenster schaute, ging ihm das hübsche Lied durch den Kopf.

„Janz schön empfindlich, der Sohnemann." Willi hatte große Schweißflecken unter den Hemdsärmeln.

Georg stellte sich vor, dass plötzlich ein kleines Loch in der Windschutzscheibe war, wie - vom Schuss getroffen - der dicke Körper des Fahrers leblos gegen das Lenkrad sackte und wie er selber daraufhin den Wagen sicher zum Stehen brachte. Klasse Szene für Polizeiruf 110. Auch fürs Westfernsehen, - Kommissar oder Derrick -, aber da müsste es ein anderes Auto sein, klar.

„Was piektn da? Was fliegtn hier rum?" Werner zog eine zerfledderte Zeitung unterm Hintern vor. „Vom Mai. Meinhof tot."

„Die hamse uffjehängt", meinte Willi. „Is im Mai nich ooch dieser Kindermörder bei ner Kastration einjegangen?"

„Was hat denn das damit zu tun? Da kannste ja gleich auch noch diesen toten Philosoph, Heidegger oder was, mit in den Topf werfen."

„Nie jehört, aba von mir aus."

„Kiekma, da", zeigte Werner, „von hier kannsten schon sehen, den Ballast der Republik."

„Weeß jar nich, was de jejen det Ding hast. Macht doch was her - und vom janzen Zaster hätte unsereins doch sowieso nüscht zu sehn jekricht."

„Aber eine Milliarde für son hässlichen Kasten ..."

„Ick find det zum Beispiel jut, det die det Portal drinne jelassen haben, det wo der Liebknecht druff die ..."

„Ja, ja."

„Und feuerfest is det Janze ooch, nämlich die ham det allet mit Asbest ...“

„Du hast versprochen, du gehst mit mir in die Eisdiele“, unterbrach Georg, kam sich dabei aber mit einem Mal wie ein quengelndes Kind vor und verstummte gleich wieder. Er dachte an einen Pittiplatsch-Becher mit Fruchteis, Pfirsich, Sahne und Schokostreuseln. Aber plötzlich konnte er sich nicht mehr vorstellen, mit Werner in der Mokka Bar zu sitzen und Eis zu essen, weil er an die Streite zu Hause denken musste. Die monotone Stimme, mit der der Vater dann immer gesprochen hatte, die zittrige der Mutter. Voller Angst hatten er und der Kleine im Kinderzimmer gelauscht, das böse Lachen des Vaters gehört und am Ende immer Mutters Weinen.

„Fahr erst mal Glinkastraße, Französische, du weißt schon Lindencorso.“

„Jenau! Was Anständiges. Is doch meine Rede. - Eis! Det is was fürn Damenkränzchen. N anständiges Setzei mit Kartoffeln, det stopft, det is was Reelles.“

Also aßen sie Eier. „Und zwee Bier und ne Limo!“ Willi sein geliebtes Setzei, der Vater Senfeier. „Machste uns noch zwee.“ Die hatte die Mutter früher oft gekocht. Ob der Vater daran dachte? Jetzt kochte sie kaum noch. War immer unterwegs.

Beim dritten Bier wollte Willi Georg mit der Frage aufziehen, ob er schon mal tanzen war. Da kam ihm unerwartet der Vater zu Hilfe. Kanzelte verstaatlichten Tanz und Schallplattenunterhalter à la 60/40 ab. „Zentrale Arbeitsgemeinschaft Diskothek. Dass ich nich lache!“

Beim vierten Bier regte sich Willi dann über die Jugend von heute auf. „Die mit ihren unordentlichen langen Haaren. Det sind doch die reinsten Volksschädlinge, wa Junior?"

„Nee, find ich nich." Georg nahm seinen Mut zusammen und versuchte ein Grinsen, das ihm aber wohl misslang. „Ich find det einfach tierisch geil."

Willi sah seinen Kumpan empört an. „Was hasten dir da für ne Brut ranjezogen, hör mal?"

„Würdste wohl auch gern Jagd drauf machen?" Der Vater schaute Willi mit einem Blick an, den Georg kannte. Wenn er was getrunken hatte, wurde er angriffslustig und hinterlistig. „Sare mal", fragte der Vater, „wer sind denn noch Volksschädlinge für dich?"

„Ick meen ja bloß."

„Nu sach schon", bohrte der Vater.

„Mensch, lass uns zahln. Ick fahr euch nach Haus."

Georg mochte die Wohnung des Vaters nicht. Prenzlauer Berg, ein Zimmer Küche Diele Bad. Ungemütlich. Stickig wegen der Hitze, und nachts würde ihn wieder das Schnarchen wecken. Der Vater hatte Willi einfach mit hochgeschleppt. Wahrscheinlich um nicht mit ihm allein zu sein, dachte Georg. Die beiden saßen jetzt nebenan in der Küche. Inzwischen waren sie richtig betrunken und stritten. Georg versuchte fernzusehen, aber da lief nur ein alberner Trickfilm, und die Stimme des Vaters war immer lauter geworden. „Da stellt ein Pfarrer aufm

Marktplatz Schilder gegen den Staat auf und verbrennt sich dann selbst. Und was macht dieser Staat natürlich? Stellt ihn als Perversen hin. Behauptet, der Brüsewitz", sagte der Vater schneidend, „hätte mit weniger als ner Unterhose an mit Kindern aus seiner Gemeinde Fußball gespielt undn Pferd vor seinen Trabant gespannt und so weiter. Gelogen! Erstunken und erlogen! Und von wem? frag ich dich. Von der Partei. Genauer, von einem alten Nazi, der den Hetzartikel für das SED-Blatt geschrieben hat. Und ich will dir noch was sagen, Willi: Mich überrascht das gar nicht. Die gleichen Methoden. Propaganda. Verleumdung. Bespitzelung. Bis ins Kleinste. Wer weiß, ob du nicht auch ein Spitzel bist. - Kuck mich mal an, kuck mir mal in die Augen. Was biste denn so still plötzlich und bleich? Ich sag, kuck mir in die Augen! Biste auch einer von denen? Steigste vielleicht auch U-Bahnhof Magdalenenstraße aus beim MfS. Bei der Firma. HVA. IM. Hast hier deine KW, was? Na, spucks aus!" Der Vater schrie jetzt. Georg hörte Stühle umfallen, Schläge, ersticktes Schreien und Stöhnen. „Lieferst Freunde ans Messer. Na, wie ist dein Deckname? Spucks endlich aus!" Die Stimme des Vaters hatte etwas Sadistisches. „Wie? Ich hör nichts. Wie?" Jetzt waren knallende Ohrfeigen und ein Wimmern aus der Küche zu hören. „Na dann nicht. Dann eben nicht. Und jetzt mach, dass du rauskommst. Ich will deine Visage hier nicht mehr sehen. Hau ab! Heul dich bei deiner Frau aus!" Schritte polterten im Treppenhaus hinunter. Gleich würde der Vater ins Zimmer kommen. Georg stellte sich schlafend. Vielleicht würde sich der Vater dann aufs Sofa legen, ohne ihn anzuquatschen. Aber nein, da war er und fragte, ob er schon schlafe und begann, ohne auf eine Antwort zu warten, von Georgs Mutter zu erzählen. Wie sehr er sie immer noch liebe, und dass sie die einzige Frau sei, die er je geliebt habe usw. Der Vater sprach wie zu sich selbst und machte immer längere Pausen. Georg schlief ein.

Kühl umgab das Wasser ihre Waden. Alexander war gleich reingesprungen und kraulte schon raus. Lisa machte einen Schritt in den See hinein, streifte mit dem Schenkel eine Schlingpflanze und spürte den sandigen Boden unter den Füßen. Jetzt stand sie bis weit über die Knie drin. Grün wie kalter Pfefferminztee, dachte sie und schaute auf ihr Spiegelbild, das im glitzernden Wellengekräusel wackelte. Einen Moment schaudernd ließ sie sich langsam hineinsinken und tauchte bis über den Kopf unter. Dort öffnete sie die Augen und stieß sich ab in die stille grüne Welt.

Erfrischt tauchte sie auf und schwamm hinter Alexander her. Der übte gerade Schmetterling und spritzte dabei silbrige Kaskaden in die Luft. Sie glitt mit gleichmäßigen Zügen auf ihn zu und sah, wie er kopfüber wegtauchte. Glatt lag der See um sie herum. Vom Ufer schallten Stimmen herüber. Sie suchte mit dem Blick die Oberfläche ab. Jetzt musste er doch irgendwo auftauchen. Obwohl sie es beinahe erwartet hatte, erschrak sie doch, als sie sich plötzlich an einem Knöchel gepackt und in die Tiefe gezogen fühlte. Im Bläschenwirbel hinabrauschend sah sie seinen Schemen an ihr vorbei nach oben schießen. Heftig strampelte sie gegen den Sog an, der sie in eiskaltes Dunkel schickte, und hielt die Abwärtsbewegung auf. In panischer Angst, nie wieder Luft holen zu können, raste sie mit hastigen Stößen zum Licht hinauf. Durchbrach endlich die Oberfläche und schnappte in großen Japsern nach Luft. „Mach das nie wieder!" stieß sie keuchend hervor. Tief im Wasser liegend kam jetzt Alexanders besorgtes

Gesicht auf sie zugeschwommen. Sie spritzte ihm einen großen Schwall hinein, und gleich balgten sie sich im Wasser herum.

Dann schwamm Alexander an Land. Während sie langsam durchs Wasser glitt, dachte sie daran zurück, wie sie sich sofort in ihn verliebt hatte. Er war etwas Besonderes, ein Draufgänger, aber da war noch etwas anderes, Nachdenkliches ... Natürlich hatte er vor ihr angegeben, gleich eine Runde auf seinem Motorroller mit ihr gedreht ... Sie drehte sich auf den Rücken und schaute zum Himmel hinauf, wo sich eine Wolke auf die Sonne zuschob. Wenn sie so nach oben schaute, hätte sie denken können, sie liege auf einer Wiese, vergessen können, dass sie schwamm, zu schwimmen vergessen und versinken können. Plötzlich war es sehr still. Das Ufer war weit weg, ein schmaler grüner Streifen. Da lag Alexander in der Sonne und wärmte sich. Der Wind war plötzlich eingeschlafen. Ein großer Schatten fiel über das Wasser. Lisa hörte nur das gelegentliche leise Glucksen des dunklen Wassers unter ihren Achselhöhlen. Mit einem Mal wurde sie sich der Tiefe unter ihr bewusst. Welch seltsames Getier mochte dort unten leben und sie beim Schwimmen beäugen, was verbarg sich im Schlamm auf dem Grund? Es wurde ihr unheimlich, und sie kehrte um. Jetzt kam ihr eine Brise entgegen, die das graue Wasser riffelte, und sie merkte, wie die Kälte bleiern in ihre Gliedmaßen drang. Die Zähne zusammenbeißend schwamm sie auf das Ufer zu und orientierte sich an einem großen Baum. In ihren Ohren war das leise Pfeifen des Windes und ihr stoßweises Atmen. Hin und wieder klatschte ihr Wellenschaum ins Gesicht.

Als sie erschöpft ans Ufer watete, schien die Sonne wieder, als sei nichts geschehen. Zähneklappernd hüllte sie sich in ein Handtuch. „Deine Lippen sind ja ganz blau gefroren." Alexander rubbelte sie ein bisschen und ließ sich wieder auf die Bastmatte zurücksinken. Lisa zog sich unter dem Badetuch den Bikini aus, wrang ihn aus und hängte ihn an einen Zweig. Immer noch bibbernd guckte sie unter dem Handtuch über ihrem Kopf hervor am Seeufer entlang. Ihr nächster Nachbar war ein älteres Ehepaar. „Hast du die zwei Dickis rechts von uns gesehen, Alex? Sie steigen gerade auf ihre Luftmatratzen, und der Mann will unbedingt seine Bierflasche mitnehmen." Alexander blieb mit geschlossenen Augen liegen. „So, nun setzt er sich drauf und klapp, beide Enden gehen hoch. Aber jetzt lupft er den Hintern ein bisschen, wackelt etwas herum, so gehts. Seine Frau hat ihre Matratze zwischen ihrem Riesenbusen und den Oberarmen eingekeilt. Hopp! Jetzt wälzt sie sich drauf. Hat geklappt. Sie schippern los. Platsch, platsch. Die Frau paddelt mit den Händchen. Ab und zu auch mit den Füßen. Plopp, plopp. Aber was macht ihr Mann denn da? Weil er nur mit einer Hand rudert, dreht er sich im Kreis. Nimmt erstmal einen Schluck. Glubscht seiner davontuckernden Frau hinterher. Jetzt will er die Hand wechseln, verliert das Gleichgewicht und flupp! weg ist er. Da! Seine Frau hat wohl das Platschen gehört, will sich umdrehen, die Matratze kippt und flupp! jetzt ist sie auch weg. Na, da schwimmen sie schon an Land. Aber warum robbt der Dicke denn da im flachen Wasser wie ein Walross rum? Ach so, da kühlt er den Kasten Bier, will sich gleich ne Ersatzflasche holen."

Lisa schüttelte ihre nassen Haare, und Alexander gab ein verschlafenes Grunzen von sich: Ein paar Tropfen hatten ihn wohl getroffen. Wie süß er aussah. Sie beugte sich über ihn. Er hatte Sommersprossen auf der Nase. Seine goldblonden dichten Wimpern lagen ganz ruhig. Die starke unbehaarte Brust hob und senkte sich gleichmäßig. Sie legte sich zu ihm. Er war zu müde, um mehr als zu murmeln, dass sie noch zu kalt und nass sei, und konnte sich nicht wehren, als sie begann, mit ihren kalten Lippen an seinem Ohrläppchen zu knabbern. Schließlich wurde es ihm aber zu bunt, er rollte sich zur Seite und klappte sein Lehrbuch auf. Lisa hatte sich aufgewärmt, sie nuckelte an einem Waldmeisterblatt und wurde nun selbst müde.

Auf der Heimfahrt durch den schattengesprenkelten Wald saß sie eng an ihn geschmiegt hinter ihm auf dem Roller. Ausflügler-Familien stapften die Wege entlang: Papa mit Grill und Campingstuhl, Mama mit Campingstuhl, und die Kinder schleppten große Kühlboxen und Picknickkörbe hinterher. Die Sonne sank, die Hitze war einer angenehmen Wärme gewichen, und an den Feldrändern neben der Straße zirpten die Grillen.

Erst als Lisa hinter Alexander die knarrende Holztreppe hinaufstieg, merkte sie, wie müde sie war. Jede Stufe kostete sie neue Überwindung. Im ersten Stock stand die Tür zur Wohnung der Vermieterin offen. Als sie daran vorbeigingen, hörten sie ihre Stimme rufen: „Sind Sie das, Herr Fortner?“ Sie hörten das Summen ihres Rollstuhls, und schon tauchte ihre zusammengesunkene Gestalt im Dunkeln auf. „Aha, wieder das Fräulein.“ In ihrem faltigen Gesicht, unter dem sich schon der Totenschädel abzeichnete, blitzten ihre großen, kohlschwarzen Augen. „Das ist doch meine Verlobte, Frau Reisiger." Die alte Dame winkte mit einem ihrer knochigen Arme ab. „Papperlapapp! Das kann jeder sagen." „Stimmt aber." „Wie bitte?" Sie griff sich an ihr Hörgerät, ein Fiepen ertönte, das sie nur langsam unter Kontrolle brachte. „Ich habe das Zimmer nicht an zwei Personen vermietet." „Das ist wohl meine Sache. Es ist unzulässig, in einem Mietverhältnis ..." „Ach was!", unterbrach sie ihn ungeduldig. „Ich will mich jetzt nicht mit Ihnen streiten. Ist ja ein schönes Kind. Als ich so jung war, da ...", sie sah nachdenklich auf ihre in den Schoß gelegten Hände und hatte wohl vergessen, was sie sagen wollte. Sie drehte ihren Rollstuhl herum und fuhr in Richtung ihres von schweren Vorhängen abgedunkelten Wohnzimmers, aus dem das Ticken einer Wanduhr zu hören war. Sie stoppte noch einmal und rief: „Haben Sie Ihre Stromrechnung beglichen? - Was? - Meinen Sie, ich alte Frau habe nichts Besseres zu tun, als Ihnen hinterherzulaufen. Also wenn Sie bis morgen nicht bezahlt haben ..." Ohne ihren Satz zu beenden, fuhr sie um die Ecke.

Oben in der verlassenen WG stellte sich Lisa an das offene Küchenfenster unter der Dachschräge. Von draußen kam kühlere Abendluft herein, durch die das Geschrei der Mauersegler hallte. Lisa beobachtete, wie sie über den Dächern und Innenhöfen ihre halsbrecherischen Kurven flogen. „Komm, wir machen uns Spaghetti." Alexander ließ aus dem Kran Wasser in einen großen Topf laufen. Dann stellte er ihn auf eine Herdplatte, schaltete die Platte an, schüttete Salz ins Wasser und setzte sich auf einen der wackligen Stühle am kleinen Küchentisch. Lisa öffnete eine Büchse Tomaten, schälte und schnitt eine

Knoblauchzehe und briet sie in einem Topf an. Dann kippte sie den Inhalt der Büchse darüber und ließ alles vor sich hinkochen. Sie stellte ein Bündel Spaghetti ins brodelnde Wasser und bog sie solange, bis sie ganz drinlagen. Danach schaute sie in den Kühlschrank. In Alexanders fast leerem Fach war noch ein kleines Stück Käse. Sie rieb es und stellte das Tellerchen beiseite. Mit einer Gabel fischte sie eine Nudel aus dem Topf, verbrannte sich fast den Mund daran. „Dauert nochn bisschen." Es klingelte, und Alexander drückte den Summer. Während sie das Wasser abgoss, - Dampfwolken stiegen vom Sieb im Ausguss auf und befeuchteten ihr Gesicht - , stapfte ihre Freundin Vera in die Küche.

„Tut mir leid, dass ich hier so einfalle", sagte sie in den Raum hinein, ohne Alexander anzusehen. Dann wandte sie sich Lisa zu: „Du bist ja nie zu Hause. - Sieh an, Frau kocht." Wenn Alexander nicht dagewesen wäre, hätte sie sicher Lisa geküsst und wäre nicht abwartend im Türrahmen stehengeblieben.

„Hallo. Willst du n paar Spaghetti mitessen?"

„Nee. Ein Glas Wasser reicht mir schon. Eigentlich sollte man sich ja dem Hungerstreik von Ensslin, Baader und Raspe anschließen."

„Nur zu", ärgerte Alexander sie.

„Muss dein Macker immer seinen Senf dazugeben?" Mit verschränkten Armen starrte die große Gestalt auf den Küchentisch hinab. „Ist doch echt scheiße, was da in Stammheim abläuft."

„Und mit Buback und Ponto, das war wohl in Ordnung?"

„Ach, hör doch auf! Du bist doch so rechts, mit dir Bonze im Taschenformat kann man doch gar nicht reden."

Lisa stellte tiefe Teller auf den Tisch. „Hört doch auf zu streiten."

„Ich versteh bloß nicht, wie du so auf diesen Mann fixiert sein kannst."

„Und deine Ensslin, ist die etwa nicht auf Baader fixiert?"

„Fang nicht schon wieder an, Alex. - Vera, willst du wirklich nichts? Wie gehts denn mit deiner Doktorarbeit voran?"

„Auch das noch. Das Tabuthema."

„Sag doch."

„Nein, behalts lieber für dich", meinte Alexander.

„Wenn dus unbedingt wissen willst. Die Versuchsreihe hängt ziemlich durch. Vielleicht muss ich noch mal von vorne anfangen."

„Du schaffst das schon."

„Vielleicht aber auch nicht", stichelte Alexander.

„Ich seh schon, ich stör hier. Bist du morgen in der UB?"

„Nein, für die Wiederholungsprüfung lern ich zu Hause und überhaupt, ich hab ja immer gedacht, die Medizin ist vielleicht doch nicht das Richtige für mich."

„Bisschen spät, findest du nicht."

Alexander drehte schon Spaghetti auf die Gabel.

„Also, ich bin dann mal weg.“

„Willst du wirklich schon wieder gehen?“

„Lass mal, ich bin heute nicht gut drauf. Besser wenn ich allein bin. Tschüss.“

Alexander stöhnte: „Diese Ätztante! Und sowas wird bald als Ärztin auf die Menschheit losgelassen.“ Er schluckte Spaghetti runter.

„Aber ihr gings heute wirklich nicht gut.“

„Wann gehts der schon mal gut?“

Lisa merkte erst jetzt wieder, wie hungrig sie war. Die Spaghetti flutschten mir nichts dir nichts runter.

„Wer macht den Abwasch?“

Sie spielten Schnickschnackschnuck - „Papier umwickelt Stein“ -, Alexander gewann und ging in sein Zimmer, um zu lernen.

Wie von Zauberhand lief Wasser in den alten Boiler, stieg und wogte im durchsichtigen Behälter und kam schnell zum Stillstand. Auf die schwarzen Blütenblätter, ins Metall des Abflusses geschnittene Löcher, sank ein Gummistöpsel nieder, grüner Sirup floss ins Becken, der glänzende Wasserstab stach in die schaumbedeckte Haut. Die Teller schwankten auf der schwellenden Flut, Spül- wasser trat über ihren Rand, lief über das rotgefleckte Porzellan, die Teller versanken und stießen dumpf gegen die Stahlwände. Ein leichter gelber Schwamm hüpfte aufs Wasser, sog sich voll, tauchte mit Lisas Händen, kreiste mit ihnen, folgte den Formen und blieb unten, während Gefäße und Besteck triefend auftauchten, unter einen kalten Strahl gerieten und klirrend im Abtropfgestell landeten. Die nassen Töpfe lehnten so aneinander, dass keiner umfiel. Grummelnd wirbelte das Spülwasser durch den Abfluss. Lisas Hand fasste nach dem Schwamm und quetschte ihn aus, so dass er - wieder leicht geworden - über den Tisch gleiten konnte. Unter dem Linoleumboden, über den sie ging, fühlte sie die knarzenden Holzdielen und sah mit einem Mal das ganze Haus von außen. Die Wände waren durchsichtig, und da, im fünften Stock in einem kleinen Zimmer, das war sie selbst, die gerade abwusch. Und auch die Wände des Nachbarhauses und der umgebenden Häuser waren plötzlich durchsichtig, und überall beschäftigten sich Menschen, aßen, schliefen, lasen Zeitung. Sie trocknete sich die Hände ab und ging in Alexanders Zimmer. Er lag auf dem Bett und las. Sie schmiegte sich an ihn, schob eine Hand unter sein Polohemd und legte sie auf seinen Bauch. Dann räkelte sie sich etwas und sah zur Decke hinauf, unter der ein paar Fliegen ihre Zickzackkurse flogen. Ihre Lider sanken herab, und das Geschrei der Mauersegler erschien ihr nun weit weg, gedämpft, so als höre sie es unter Wasser. Sie öffnete die Augen wieder und kuschelte sich eng an Alexanders Rücken. Sie küsste ihn in den Nacken und spielte mit seinem Bauchnabel, bis er sich schließlich knurrend zu ihr umdrehte.

Man muss es sich hübsch machen. Das gute Kaffeegeschirr auf den Tisch, erst das Deckchen, so, und nun Teller, Untertasse, Tasse, das Stück Kuchen, gestern extra bei Nussmann gekauft, der Weg war ja beschwerlich, besonders die Treppe, geht eben alles nicht mehr so wie früher, die Beine machen nicht mit, Dr. Schütz, Irmgards Hausarzt, sagte immer „Die Beine sind Ihre Achillesferse, Frau Radesoll. Kräftigen, kräftigen", so, jetzt mit der feinen silbernen Kuchengabel, die hatte Walter aus seiner Familie mit in die Ehe eingebracht, wie lange war er nun schon tot? In den ersten Jahren hatte sie es nicht einmal ausrechnen müssen, immer gewusst, man stumpft ab, vergisst, aber das muss schon so sein mit dem Vergessen.

Der Kuchen schien gut zu sein, frische Stachelbeeren, hoppla! eine plumpste auf das Deckchen, die Puddingschicht schön dick, der Boden nicht zu krümelig. Essen und einen Schluck Kaffee nehmen, immer abwechselnd.

Irmgard sah sich im Zimmer um: alles ordentlich verstaut. Das Alleinsein machte ihr nichts aus, sie hatte sich daran gewöhnt, und ganz allein war sie ja nicht. Sie hörte Kikki in seinem Käfig in der Küche herumhüpfen, „Kikki", krächzte sie, wer nicht spricht, dessen Stimme rostet, manchmal sprach sie mit sich selber. „So, jetzt mache ich das und jetzt mache ich das", bei solchem Gemurmel hatte sie sich schon ertappt.

Sie stemmte sich aus dem Sessel hoch, „Kikki!", so ein Vogel muss sich doch langweilen, aber er kennt es nicht anders, sie könnte ihn in der Wohnung fliegen lassen, wenn er nicht zuviel Dreck macht, wird schon nicht. Da saß er, vorspringende Stirn, wulstiger Schnabel, knackte damit gerade ein Körnchen, sah sie jetzt an. Vorsichtig öffnete sie das Türchen, aber Kikki flog nicht los, hockte ängstlich auf der Stange in der Ecke.

Irmgard dachte an ihre Mutter, die seit einiger Zeit in einem Westberliner Pflegeheim untergebracht war. Beim letzten Besuch hatte sie den Brei einfach wieder auf den Teller gespuckt. War noch klar bei Verstand mit Mitte neunzig, hatte sich über ihren Besuch aber nicht sehr gefreut. Vergangenen Monat war im Westen Hilde, die Schwägerin, gestorben, die hatte so gern die Oblaten gegessen, die sie ihnen per Päckchen geschickt hatte, jetzt schon lange nicht mehr. Sie selbst bekam nur von Dieter Briefe und manchmal ein Pfund Kaffee. Hat alle sehr mitgenommen, das Sterben, zwei Jahre, alles versucht, nichts hat geholfen und keine Nachricht von Kurt, nur von Dieter, rührender Junge, der hat auch seinen Teil zu tragen, na, jung ist er ja auch nicht mehr, wie alt wird er jetzt wohl sein? an die fünfzig, Arbeit verloren, schwierige Ehe, aber wenigstens hat er mit Rüdiger keinen Ärger.

Wie ein himmelblauer Blitz flog plötzlich Kikki durch die Wohnung und landete auf der Gardinenstange. Der kommt schon wieder. „Guck du nur frech! Wenn du futtern willst, findste schon wieder in den Käfig."

Und ihre Nichte Erika? Die arbeitete als Dolmetscherin im Ausland, erzog ihr Kind, die ging schon ihren Weg,

Pech mit dem Mann haben auch andere, mit ihrem Walter wars ja auch kein Zuckerschlecken gewesen, hatte ihn eigentlich kaum gesehen, immer die Politik, ihr war das bald zu uninteressant geworden, und mit dem Stiefsohn nichts als Scherereien, unzuverlässig, das war ihr erster Eindruck, täuscht selten, na, die Kinder sind nett, obwohl der Georg nicht zur Volksarmee wollte, das gab Schwierigkeiten. Aber dass sich ihr Bruder so gar nicht meldete ... andererseits, Hildes langsames Sterben, da war die alte Schwester im Osten drüben nicht so wichtig, muss man verstehen.

Der Wellensittich ging an die Kuchenkrümel. „Wirst du wohl!" Kikki flatterte aufgeregt herum. „Dummerjahn. Willst wohl in den Westen fliegen wie die mit dem Ballon. Na, täusch dich nicht, da ist auch nicht alles Gold. Die nehmen doch da alle Drogen, die jungen Leute, und der Carstens hat Dreck am Stecken, das sieht man dem doch am Gesicht an."

Diese flapsige Art! Lisa spürte die Versuchung, der Babysitterin eine Ohrfeige zu geben. Vielleicht hätte sie dann aufgehört, dieses gelangweilte Gesicht zu ziehen, während sie ihr erklärte, was zu tun war, falls Jan aufwachte. Sie wusste selbst, dass sie dem Nymphchen das alles nicht zum ersten Mal erläuterte. Dennoch hielt sie es für notwendig. Sie wusste selbst, dass ihre Stimme etwas schrill klang. Es war ein anstrengender Tag gewesen. Kurz nach fünf: Windeln wechseln. Da hatte diese Britta sicher noch von irgendeinem Jungen aus ihrer Klasse geträumt. Jan die Flasche geben, Frühstück für alle vorbereiten. Da hatte das süße Brittakind immer noch geschlafen. Tagesroutine: Frühstück, Aufräumen, Einkäufe, Spielplatz, Kochen, Putzen, während sich diese frühreife Pute in der Schule berieseln ließ und in den Pausen nichts Besseres zu tun hatte, als zu rauchen und rumzuknutschen. Lisa wusste selbst, dass sie gehässig war, aber ihre Nerven lagen blank. Wenn sie nur daran dachte, wie Jan auf dem Spielplatz umgestoßen worden und mit dem Hinterkopf auf die Rutsche gefallen war. Oder wie er mit seinen Händchen an einer Hundewurst im Sand herumgeknetet hatte. Das Waschen, Anziehen, Schreien. Da war diesem Britta-Backfisch zuhause gerade Mittag-HappiHappi vorgesetzt worden. Immer wieder windeln und füttern. Da hatte das verstockte Ding sich wahrscheinlich mit ihrer Busenfreundin in der Stadt getroffen und in Kaufhäusern rumgetrieben, verschiedene Wimperntuschen ausprobiert, so wie es aussah. Lisa sah genau, dass Britta ihr gar nicht zuhörte, sondern unter ihren schweren langen Wimpern mit dem Blick Alexander folgte, der sich für die Party fertigmachte. Es kam ihr so vor, als posiere ihr Mann ein wenig vor dieser Minderjährigen. Warum ließ er beim Rasieren die Badezimmertür offen, so dass sie ihn im Spiegel sehen konnten? Warum suchte er mit geöffnetem Hemd ein Jackett im Schrank? Nein, das war sicher nur seine Gedankenlosigkeit, sie unterstellte ihm etwas, weil sie so abgespannt war. Sie hatte überhaupt keine Lust, auf diese Party zu gehen.

Die Straße war klebrig vor Lindenhonig. Für jeden Schritt zum Wagen musste die Sohle mit einer kleinen Extra-Anstrengung gegen den Widerstand des haftenden Asphalts gehoben werden, begleitet von einem reißenden Geräusch. Es war so, als wolle sie der Untergrund zuhause festhalten, die klebende Straße wollte sie nicht gehen lassen, das erschien Lisa fast als ein Zeichen. Alexander fluchte über die verklebte Windschutzscheibe, „von wegen Lindenhonig! Kannst du mir mal verraten, wie Lindenhonig von den Bäumen fallen kann? Lindenhonig! Blattlausscheiße ist das, sonst nichts." Danach saßen sie schweigend im Auto. Lisa spürte Alexanders Unruhe. Eine Katze schoss als schwarzer Blitz vor ihnen über die Straße und erstarrte auf der anderen Seite, die leuchtenden Augen ihnen zugewandt.

Von Anfang an wünschte sie sich, die Party möge zu Ende sein. Alexander fand es lächerlich, wenn Paare auf Festen zusammengluckten. Er hatte ja recht. Dennoch verletzte es sie zu sehen, wie er sich sofort in den Trubel stürzte. So als fliehe er vor ihr. Allein ging sie durch die Räume und stellte sich schließlich neben einer Wanduhr auf. In einem Grüppchen, das vor ihr umeinander stand, wurde über die Entführung der Kronzucker Kinder geredet, aus einem Kreis in ihrer Nähe drang mehrfach das Wort 'Eherechtsreform' herüber. Die Zeit verging langsam. Wenn sie angesprochen wurde, antwortete sie in Floskeln. Mit ihren Gedanken war sie zuhause bei ihrem Sohn. Ach, wenn es doch die wunderbare Kristallkugel aus dem Märchen gäbe, die man nur zu reiben brauchte, um zu sehen, was der, an den man dachte, gerade machte. 'Totale Überwachung, also', hatte Alexander gemeint, als sie ihm einmal von ihrer Vorstellung erzählt hatte. Schlief Jan unruhig? Hatte er einen schweren Traum? So viel konnte geschehen: Wenn sein Köpfchen nicht seitlich lag, und er spucken musste, konnte er sich am Erbrochenen verschlucken und daran ersticken. Der Bezug oder sein Hemdchen, von denen er sich freigestrampelt hatte, legten sich ihm möglicherweise um den Hals, klemmten auf der einen Seite zwischen den Stäben des Kinderbetts fest, zogen sich durch unglückliche Bewegungen wie eine Schlinge immer enger zu und drückten ihm die Luft ab. Oder das Bettzeug bildete zufällig einen hohen Haufen am Rand, auf den Jan, sie sah seine Händchen die Stäbe greifen, kletterte, - seit einigen Wochen konnte er ja stehen -, bis er über den Rand ins Leere fiel ... Sie riss sich mit aller Kraft zusammen und verbot sich, weiter darüber nachzudenken. Forderte es nicht das Unglück heraus, wenn sie sich solche schrecklichen Dinge ausdachte? Aber die Bilder waren doch in ihrem Kopf. Und wenn sie schon in ihrem Kopf waren, hieß das nicht, dass sie auch irgendwann wahr werden würden? Und die Babysitterin saß derweil stumpf vorm Fernseher. Am liebsten hätte sie sofort angerufen, aber was nützte die kurze Beruhigung, wenn sie sich im Moment danach schon wieder Sorgen machen musste? Wahrscheinlich würde sie sowieso nicht durchkommen, weil diese Britta wie immer stundenlang mit ihrer Freundin telefonierte, diese gleichgültige Kuh. Und wenn sie durchkam, würde das dumme Ding, - Lisa nahm sich wieder vor, eine andere Babysitterin zu finden -, wie beim letzten Mal nur mit geringschätziger Stimme fragen 'Was soll schon sein?'. Außerdem müsste sie sich dann wieder Alexander gegenüber rechtfertigen, der ihre Sorge übertrieben fand. Ganz unrecht hatte er ja nicht, aber was sollte sie machen? Sie sah zur Wanduhr hinauf, kurz nach zehn erst, und überlegte, ob sie die Gastgeberin nach dem Telefon fragen sollte. Es gab ihr den gewohnten kleinen Stich, Alexander mit einer in Blau aufgedonnerten hübschen Frau flirten zu sehen. Sie kannte das. Es ließ sich nicht ändern. Sie hasste es, wie er dann lächelte, ganz anders als sonst, und wie er versuchte, die Frau, die ihm gefiel, zum Lachen zu bringen. Damit würde sie sich nie abfinden, damit wollte sie sich auch nicht abfinden. Natürlich ging es auf einer Party darum, sich zu amüsieren, auch sie hätte ihren Spaß haben sollen, manchmal gelang ihr das auch, aber ... Wenn er dann mit einer dieser Frauen tanzte, hielt sie es nicht mehr aus vor Eifersucht. Jetzt sah sie, dass sich ihm die Gastgeberin näherte und ihm etwas sagte. Daraufhin gingen die beiden gemeinsam hinaus. Sie löste sich von der Wand, durchquerte den Raum und folgte ihnen in den Flur. Alexander legte gerade den Telefonhörer wieder auf und sagte sofort, als er ihr angstvolles Gesicht sah, mit einer gewissen, winzigen, sadistischen Freude, wie ihr im Nachhinein schien: „Dein Vater ist tot.“

- Vaters lebhafte Augen, der Geruch nach Zigarre und Rasierwasser, sein dicker Bauch. Tränen schossen Lisa in die Augen. Alexander stand teilnahmslos vor ihr, - wenn er sie doch in die Arme genommen hätte -, aber er sagte nur knapp, dass ihre Mutter angerufen habe.

„Ich muss nach Hause", flüsterte sie.

Alexander versuchte, sie zum Bleiben zu überreden. Sie solle sich ablenken, sagte er.

Lisa schwieg und dachte an ihren letzten Besuch bei den Eltern, das war Weihnachten gewesen, da hatte Vater krank ausgesehen. Plötzlich sah sie sich als kleines Mädchen, wie sie an einem heißen Tag neben ihrem Vater, ohne ihm die Hand zu geben, durch den Tiergarten ging.

„Ist es so verwunderlich", sagte Alexander jetzt, „dass ich eine der seltenen Gelegenheiten, wo wir zwei ..."

Zuviel! Das war zuviel. Sie schrie ihn an, dass er sicher auch bei der Arbeit Frauen anmachen könne. Darauf folgte natürlich sein triumphierendes „Aha, das ist es also wieder."

Sie sagte, dass sie jetzt nicht mit ihm diskutieren wolle und sich ein Taxi nehmen werde.

Er rufe es ihr, sagte er.

Sie wandte ihr Gesicht ab, sie wollte nicht, dass er es sah. „Das kann ich schon selbst." Sie bemühte sich, das Zittern ihrer Stimme zu kontrollieren: „Geh einfach weg!"

Nach einem kurzen Zögern ließ er sie tatsächlich im Flur stehen.

Im Taxi überfielen sie Bilder. Wie Vater sich aufs Essen freute. Wenn er Wurst aufschnitt und Gäste bewirtete. Wie er es liebte, an einem reichgedeckten Tisch zu sitzen und zu essen.

Zuhause saß die Babysitterin vor dem Fernseher und warf ihr nur kurz einen gelangweilten Blick zu. Lisa eilte ins Kinderzimmer. Jan schlief friedlich, sie beugte sich herab und küsste ihn auf die glatte Wange. Sie ging ins Wohnzimmer zurück, entließ die Babysitterin und rief ihre Mutter an. Deren Stimme kam wie aus einem tiefen Keller. Wahrscheinlich hatte sie eine Extraschlaftablette genommen. Sie war sehr verlangsamt in ihren Antworten. Der Vater hatte seinen Mittagsschlaf auf dem Sofa gehalten und war nicht mehr aufgewacht. Der Arzt vermutete einen Schlaganfall. Wie oft hatte Lisa ihn auf diesem Sofa liegen sehen, eine kleine Decke über den Bauch gezogen, leise schnarchend. Jetzt stellte sie sich die Mutter vor, die wie betäubt vor dem Telefon stand, sicher mit ihrer Nachtcreme eingeschmiert war, im Stehen schlafend. Wie ein kleines Kind.

„Leg dich wieder hin, Mutti", sagte sie.

„Ich bin spät aus der Stadt gekommen. Sie haben ihn dann abgeholt", sagte die Mutter noch. Es dauerte eine kleine Weile, bis das Tuten aus der Leitung klang. Die Mutter schien noch gar nicht begriffen zu haben, dass er wirklich tot war. Sie hatte ihn nie wirklich geliebt, das war Lisa seit langem klar, aber wie würde sie mit der Einsamkeit fertig werden? Lisa dachte an die Erzählungen des Vaters aus der Vorkriegszeit. Das war seine beste Zeit gewesen. Manchmal hatte er von dieser jüdischen Familie erzählt. Ruhelos streifte Lisa durch das Haus.

Ging wieder in Jans Zimmer. Hatte ihr Vater sie als Kind nachts auch so betrachtet? Sie überlegte, ob sie eine Beruhigungstablette nehmen sollte. In ihrem Kopf war ein großes Durcheinander. Bei den Hausaufgaben hatte er ihr geholfen, und oft - wovon die Mutter nichts wissen durfte - Geld für Süßigkeiten gegeben. Jetzt lag er irgendwo. Nur noch die Hülle. Nie wieder da. Sie musste weinen, ging ins Badezimmer, sah ihr verzerrtes Gesicht im Spiegelschrank und nahm eine Beruhigungstablette. Warum hatte sie ihn so selten besucht? Er roch nicht frisch, das hatte sie schwer ertragen. Die Mutter hatte immer abgewinkt, wenn sie ihr gesagt hatte, sie solle doch darauf achten. Er war sehr dickköpfig. Schnaufte beim Gehen. Wie er wohl als junger Mann gewesen war? Die wenigen Jugend-Fotos. Die Knie wurden ihr weich, sie setzte sich aufs Sofa. Er hatte Sofas und Sessel geliebt, Gemütlichkeit. Nein, sie würde nicht ins Schlafzimmer gehen. Sie wollte nicht aufwachen, wenn Alexander nach Hause kam. Morgen ein neuer Tag. Zum Leichenbestatter. Nicht daran denken. Sie hatte ihren Vater nicht genug geliebt. Wir müssen alle sterben. Seine traurige Art. Einsam. So wie sie. Sie lebte in ihm weiter. Sie wollte nicht so sein wie er. Aber sie war ihm wohl ähnlich. Weiterleben. Was waren das alles für Geschichten, die er an guten Tagen erzählt hatte. Nur ihr hatte er einmal von seiner großen Liebe erzählt. Von Lea. Erinnerungen. Sie musste schlafen.

81

82

Der Ekel, Bundeswehrschreiben nur zu berühren, berührt zu werden bei der Musterung. Waschen danach. Als sein Opa von der Verweigerung erfahren hatte, regte er sich furchtbar auf und stauchte Rüdigers Vater zusammen. Was er denn für einen Drückeberger zum Sohn hätte? So einer würde von seinem Geld nichts sehen. Der Vater hatte dazu nicht viel gesagt, er sagte ja nie viel. Er hatte gerade bei AEG seine Arbeit verloren, das war natürlich Opas nächstes Thema. Rüdiger erinnerte sich, wie in seinem Kopf alles durcheinander gegangen war, - wir wollen Sonne statt Reagan, in Frieden leben, Hunderttausende im Hofgarten, viele in den Bäumen, das Brausen der Menge, der Schlamm, die hallenden Lautsprecher, Frieden schaffen ohne Waffen, Ein bisschen Frieden, das idiotische Nicole-Lied, Was machen Sie, wenn Ihre Freundin vor ihren Augen vergewaltigt werden soll? Er hatte bei der Gewissensprüfung gesagt, er könne nicht auf Menschen schießen, aber eigentlich hatte er Angst vor der Soldatenkameradschaft. Er war ein Außenseiter, und sie hätten ihn gedemütigt. Tante Erika, die mit ihrer Tochter aus Madrid gekommen war, hatte ihn angelächelt. Sie freute sich, wenn ihr Vater einmal Kontra bekam. Es machte Spaß, mit der eleganten Tante spazierenzugehen. Leider war auch ihre Tochter Melanie immer mit von der Partie. Gerade vierzehn und wollte von ihm wissen, wie Küssen geht. Eine Klette.

Auf dem Weg zum Zivildienst sah Rüdiger jeden Morgen einen alten Mann mit Hut und Zigarre neben einer Fabrik stehen. Einmal drehte der Mann sich, die Zigarre zwischen den Zähnen, mit dem Rücken zur Straße und pisste an die Wand.

Das Krankenhaus lag nicht am Rande der Stadt und hatte eine Leichenkammer. Die Toten und der Oberarzt in seinem schwarzen Porsche verließen das Gebäude durch die Tiefgarage.

Kurz vor sechs. Frühdienst. Vor dem Betonquader ging Rüdiger am Becken eines Springbrunnens vorbei, dreckig und leer wie ein offenes Grab. In der Eingangshalle Gummibäume, vielleicht Produkte derselben Firma, die auch die Prothesen für die Amputierten herstellte, die hier im Bademantel vor der Pförtnerloge herumhumpelten.

Im Umkleideraum Hosenwechsel, Sich-in-den-Kittel-Werfen. Der Kittel mit dem Dreck vom vorigen Tag und vielen Tagen davor. Fensterlose Stationsküche. Kaffee. Neonröhren und schmutzigweißer Seziertisch.

In die stinkenden Zimmer. Urinflaschen einsammeln, ins fahrbare Gestell stecken, - Bier oder Limo? Während er die Flaschen im Apparat spülte und dann in das mit Desinfektionsmittel versetzte Wasser legte, wurde ihm von einem Geruch übel. Das waren die Brötchen, die der hauseigene Bäcker backte. Durch das Fenster im Ausgussraum sah er auf den Hof hinunter und auf einen Blechschornstein, aus dem dicker weißer Qualm quoll.

Betten machen, Matratze hoch, Laken drunter, Matratze runter. Zuhause rauchte die Mutter jetzt sicher ihre erste Zigarette. Augen verquollen, strohige Haare.

Wenn im Bett gewaschen werden musste, stellte man eine Waschschüssel auf den Nachttisch. D.h. die Schüssel musste natürlich erst mit Wasser gefüllt werden. Von einigen Patienten wurde Rüdiger kritisiert, weil er den Waschlappen einseifte, dann wieder auswusch und immer so weiter in einem Teufelskreis. Ihm ging es ja selbst auf die Nerven.

Gegen seinen Willen dachte er oft, während er mit Leuten sprach und ihnen ins Gesicht sah: „Ihr Schweine." Er hatte Angst davor, nicht beliebt zu sein. Er wollte schlauer, witziger und beliebter als alle Kollegen sein.

Mittagessen auf der Dachterrasse. Der Drang, mit flatterndem Kittel ins Blau zu springen. Die Mitesser: Aushilfe Sabine, Tochter eines Kriminalbeamten, somit vorbestraft, Schwesternschülerin Helene, sie behandelte ihn wie ein kleines Brüderchen, Schwesternhelferin Doris, die von einem bellenden Papagei erzählte, und Schwester Ursula, Dialekt wie der neue Bundeskanzler und mit einem Polizisten verheiratet. Die Drähte, die der Staat zwischen Krankenschwestern und Polizisten zog. Erstere wurden offiziell auf Polizeifeiern geschafft.

Er hätte mehr drauflosreden sollen.

Dauerthema 'Dallas'. Melodie im Ohr: dää dä dää dä dää dä dä dää. J.R. mit seinen Glubschaugen. Romy Schneiders Tod.

Der Geruch der verbrühten Jugoslawen auf Zimmer 212. Ein siebzehnjähriger Dachdeckerlehrling schon drei Monate in seinem Gestell. Wie die Stahlstäbe im Fleisch verschwanden. Witziger Kerl. Der traute sich sogar, den Chefarzt auf Visite zu veräppeln. Rüdiger hob Leute auf die Pfanne, putzte ihre Hintern mit Zellstoff ab. Trug Nierenschalen mit hochgewürgter Galle aus einem Zimmer. Wusch sich dauernd die Hände. Rasierte Oberschenkel und schmierte sie mit rotbrauner Betaisodona-Tinktur ein. Wechselte blutgefüllte Redonflaschen. Konnte einen oberflächlichen Kontakt wie einen tiefen erscheinen lassen. Schob Klistiere in Hintern.

Herr Bollig, der ihm Trinkgeld gab, starb an Lungenembolie.

Am Ende des Gangs ging es auf einen winzigen Balkon, und wenn man sich in dessen linker Ecke an das Geländer und gegen die Außenwand des Krankenhauses presste, hatte man einen Augenblick Ruhe. Rüdiger fragte sich, wie sich wohl so ein Retortenbaby fühlte. Erinnerte sich der Körper an das Glas, in dem er mal gesteckt hatte? Zwischen harten glatten Wänden?

Im Gang stank es nach Pisse. Mit der Desinfektionswumme schoss er sich den Weg frei und betrat ein Krankenzimmer, über dem eine Lampe brannte. Ein Patient rief, dass er Schmerzen habe, bat um ein Schmerzmittel. Rüdiger ging in die Küche, wo die Krankenschwestern saßen und Wurstbrote aßen. Rüdiger gab die Bitte des Kranken weiter. Schwester 1 dachte nach und biss in ihre Wurststulle. Schwester 2 und Schwester 3 bissen ebenfalls in ihre Wurststullen. Schwester 1 biss wieder in ihre Wurststulle und kaute konzentriert. Sie hatte den Teint einer Wasserleiche, die, in einem Swimming-Pool treibend, sich einen schweren Sonnenbrand zugezogen hatte.

Er wusste, dass man ihm seine deprimierte Verfassung ansah.

Eine schwer atmende alte Frau. War Urgroßmutter Helga so in ihrem Berliner Altenheim gestorben? Hatte man auch aus ihrem Nachttischchen ein kleines Bündel alter Fotos, ein Fläschchen Kölnisch Wasser, eine Perlenkette, ein paar Taschentücher und alte Pralinen ausgeräumt? Tante Irmgard aus der DDR hatte dem Vater doch ein paar Sachen geschickt. Und von Werner, Fritzie und Georg geschrieben. Georg war der, der ins Gefängnis gegangen war, weil er nicht zur Armee wollte. Na ja, das konnte einem hier auch passieren. Aber das war jetzt schon Jahre her, eigentlich gab es wohl nichts Neues, und Rüdiger kannte die ja auch alle gar nicht.

Ein guter Augenblick am Abend, wenn er allein im Aufzug in die verlassene, nach Pfefferminztee riechende Großküche hinunterfuhr.

83

Neben ihr trottete Jan brav durch den Nieselregen. Ein kleines gelbes Männchen zwischen grauem Asphalt, grauen Wänden und grauem Winterhimmel. Lisa spürte es dunkel werden. Jeden Tag früher. Als verteile sich Tusche in einem Glas. Zum Glück hatte sie Jan noch den Regenmantel übergezogen. So war er vor dem Regen geschützt, und die Autos sahen ihn besser. Im Kinderwagen war Johanna aufgewacht und begann zu schreien. Sie sah unter der Plastikhaube ihre Ärmchen fuchteln, beugte sich, während sie weiterschob, hinab und bugsierte ihr den Schnuller wieder in den Mund. Aber sie wollte ihn nicht, spuckte ihn aus und schrie nun noch lauter. So konnten sie nicht aufs Postamt gehen. Sie würde sich bald wieder beruhigen. Vielleicht hatte sie wieder Blähungen. Sie fasste an das winzige heiße Köpfchen, die Härchen im Nacken waren ganz nass. Plötzlich jammerte Jan, er wolle Gummibärchen. „Jetzt nicht." „Aber ich will Gummibärchen." „Später." Jan heulte los. Ein Mann, der einen Bierkasten zu einem Lieferwagen trug, stellte sich ihr in den Weg. Sie erkannte Herrn Wert, den Einzelhändler, der ihnen Getränke lieferte. „Ick wüsste ja, was ick mit solchen Schreihälsen tun würde." Sein breites Gesicht erschien ihr mit einem Mal brutal. Sie sah, wie er seine Pranken um den Hals ihrer Kinder schloss und zudrückte. Man muss die Menschen lieben, zwang sie sich zu denken. „Was Süßes wirkt doch immer Wunder", grinste der Mann jetzt und gab Jan einen Lutscher. „Nicht, er soll doch nicht ..." „Ach wo, det schadet nich." Eine Laterne, die jetzt hinter ihm aufflammte, ließ sein Gesicht völlig dunkel werden, so dass sie nichts mehr darin erkennen konnte. Sie konnte sich nicht helfen, jetzt wirkte er wie einer dieser bösen Onkel auf sie. Sie war heute nicht gut beieinander. Ohne sich zu bedanken, ging sie hastig weiter. Johanna war wieder still geworden.

In der kleinen Post roch es nach feuchten Kleidern, der Boden war schmutzverdreckt, und eine lange Schlange stand vor dem Schalter. Jan träumte mit dem Lutscher im Mund und lief der Frau vor ihnen in die Kniekehlen. Die Frau drehte sich sofort um und zischte mit der Fratze einer Hexe, die Kinder in einem Käfig mästete, um sie später zu braten, ob sie nicht auf ihre Gören aufpassen könne. Jemand drängelte von hinten und trat Lisa zweimal in die Hacken. Sie beschloss, sich nicht umzudrehen, es hatte ja doch keinen Zweck. Sie näherte sich der Verglasung, an der noch letztes Jahr die Terroristenfotos gehangen hatten, Mohnhaupt und Klar, jetzt blitzte die Brille des Beamten dahinter auf. Sie dachte über Briefe nach. Schon lange hatte sie keinen Brief mehr bekommen, niemand schrieb ihr, sie hatte alle Verbindungen abreißen lassen, den Kontakt verloren. Zum Beispiel zu Vera. Sie waren doch Freundinnen gewesen trotz aller Verschiedenheiten. Auf Veras Anrufe hin hatte sie sich ein paarmal nicht mehr gemeldet und seitdem nichts mehr von ihr gehört. Es war ihre Schuld, sie hatte in dieser Freundschaft versagt. Gummi und Leim lagen in der Luft, ein süßlicher Geruch, vielleicht wie Spucke, die Spucke, mit der die Briefmarken beleckt wurden. War in den Schwämmen auch Spucke? Wozu brauchte sie eigentlich Briefmarken? Das dauerte ihr zu lange. Das „Was darfs denn sein, junge Frau?“ klang herablassend, der Beamte saß auf seinem Drehstuhl wie auf einem

Thron, sein Lächeln wirkte schmierig, so als wisse er, dass sie etwas ganz Bestimmtes wolle, nämlich dass er sie mit den Päckchen in das Gestell werfe und sich auf sie wälze. Es ekelte sie. Man muss die Menschen lieben. Sie steckte die Briefmarken ein, - wegen der Feuchtigkeit würden sie zusammenkleben -, und beeilte sich, ins Freie zu kommen, wo es inzwischen dunkel geworden war und ein dröhnender Bus drohend näherkam, gefährlich nah fegte er vorüber. Sie sah auf die Uhr, konnte sie aber nicht ablesen und überquerte die Straße auf dem Zebrastreifen. Unter den Arkaden vor der Reinigung standen zwei Hunde Hintern an Hintern und schauten desinteressiert in verschiedene Richtungen. Jetzt erst verstand sie, dass sie sich gerade gepaart hatten, und dass die Scheide der Hündin sich zusammenkrampfte, um den Penis des Rüden festzuhalten. Sie versuchten, voneinander loszukommen, aber es ging nicht. An den fiependen Hunden vorbei betrat sie die Reinigung. Der chemische Geruch sollte wohl übertünchen, was aus den Kleidern stieg: die Sekrete, Schweiß, Urin, Sperma, Ausfluss, aber sie roch all das trotzdem, nur Tränen roch man nicht, höchstens wie feuchte Kleidung nass vom Regen, wenn sie trockneten, blieb vielleicht ein kleiner Salzrand zurück, das war traurig, aber überall war Schmutz, den wurde man nie wirklich los, trotzdem musste man die Menschen lieben. Sie nahm Alexanders Anzug entgegen. Ob auf der Hose auch Spermaflecken gewesen waren? Da wo sein Schwanz in der Unterhose steckte oder wenn er stand, hart und dick geschwollen. Jan questete schon wieder nach Gummibärchen, wollte in den Kramladen. Aber erst war der Supermarkt dran. Draußen standen noch immer die Hunde. Schnell durch den Regen, Schwefelsäure, die zerfraß die

Tannen oder ging in die Erde und vergiftete sie, und die Tannen blühten noch ein letztes Mal auf, übermäßig, von Zapfen übersät, und starben dann, der Wald starb, und das Meer starb auch, an Dünnsäure, die auf See verklappt wurde.

Im Edeka leise Musik, hohe Warenstapel, ein Labyrinth, sie hatte die Liste vergessen! Schnell das Nötigste! Jan warf Dosen um, sie schimpfte mit ihm, zu laut, die Kleine im Wagen wachte auf und fing wieder an zu schreien. Ob die Kinder merkten, dass ihre Nerven zum Zerreißen gespannt waren? Sie hetzte vorwärts, warf alles was ihr irgendwie wichtig schien ins Netz am Kinderwagen, wollte an der Fleischtheke vorbei, da schrie Jan nach Kinderwurst. Sie wandte den Blick auf den riesigen gläsernen Sarg, Schneewittchen lag drin, enthäutet, zerstückelt, schlaff, die abgeschnittenen Brüste der Mutter und erschlagene Robbenbabys, rot, sie musste den Blick wieder abwenden, was war mit ihr los? Ihr ging es nicht gut, es ging ihr nicht gut, was war bloß los? Sie zerrte den schreienden Jan von der Auslage weg, sie sah sich mit blutverschmiertem Mund genussvoll Fleisch kauen, über Schüsseln voll Blut, das aus hängenden Körpern hinausgelaufen war in Wannen, abgezapftes Menschenblut, mit dem ein General bespritzt wurde, sie rieb sich mit Blut ein, Blut lief ihr zwischen den Beinen hervor, sie eilte zur Kasse, die Kassiererin beäugte sie misstrauisch, sollte sie ihr Baby aufs Band legen, damit sie den Wagen durchsuchen konnte? Jan und Johanna wie die rundköpfigen Zeichentrickfiguren im Werbeprogramm, Kasimir, Schnute, es beruhigte sie, wenn sie dachte, dass das alles hier wie in einem dieser kleinen Filmchen war im Vorabendprogramm. Ein Rad des Kinderwagens hatte sich verklemmt, sie musste weiter, warum ließ Alexander sie so allein? Er kümmerte sich nicht, wollte nichts hören, solche Geschichten interessierten ihn nicht, sie wusste nicht mehr, worüber sie mit ihm reden konnte, sie musste überlegen, bevor sie etwas sagte; so etwas wie heute durfte sie ihm nicht erzählen, und ihretwegen Sorgen machen sollte er sich auch nicht, das mochte sie nicht, er trieb sie sofort in eine Ecke und stellte sie als Irre hin.

Als sie schnell über die Straße lief, Jan ließ sich das Mitzerren nur gefallen, weil es Richtung Kramladen ging, meinte sie, Alexanders Auto vorüberfahren zu sehen. Hinter den mächtigen Armen der schlagenden Scheibenwischer - hatte da nicht eine Frau im Auto gesessen? Was machte eine Frau mit ihm im Auto, wenn nicht das eine? Hatte sie gerade den Kopf zu seinem Schoss hinabgebeugt, seinen Schwanz, der ihm so wichtig war, in den Mund genommen und gelutscht, oder kamen sie aus einem Hotel, waren sie in einem Hotelzimmer gewesen, und er hatte ihn ihr hineingesteckt? Man muss die Menschen lieben, sie musste ihm vertrauen, sie liebte ihn, sie vertraute ihm, aber wenn er sie betrog? nein, sie musste ihm vertrauen! Vielleicht war es doch nicht sein Auto gewesen, und wenn, vielleicht hatte gar keine Frau darin gesessen. Lisa sprang noch schnell in die türkische Schneiderstube hinein, sie dachte an Altun, der aus dem Fenster des Berliner Verwaltungsgerichts gesprungen war, seit langem musste der Rock fertig sein, den sie hatte enger machen lassen. „Gleich bekommst du deine Gummibärchen." Der Schneider, ein kleiner dunkelhäutiger Mann, erinnerte sich sofort an sie, schien träumerisch unter den herabhängenden Kleidungsstücken zu wandeln, fast wie in einem gemütlichen Zelt oder unter einem

Schatten spendenden Blätterdach, fischte ihren Rock herunter und näherte sich ihr. Er hielt ihr das Kleidungsstück hin, und sie verstand nicht, warum sie sich dagegen schmiegte und auf seine Hand wartete, die den Bund an ihre Taille drückte, was war mit ihr los? Der kleine Mann schien zu erschrecken, als sie ihm so nahekam, sie wäre gerne hiergeblieben, zwischen den Stoffen, wo er arbeitete und Tee trank, aber Jan zog an ihrer Hand, die Klingel ging, sie meinte, den Blick des Mannes auf ihrem Gesäß zu fühlen. Der feuchte Wind draußen, und sie standen vor dem vollgepfropften Schaufenster des Kramladens. Drinnen der Geruch nach Zucker, Lakritz und Papier, überall stand Spielzeug, ein paar Raketen, die Marschflugkörper, sie stellten Atomwaffen in Deutschland auf, sie fingen hier an, nein, das war kein guter Laden, hier wollte sie nicht sein, dieser Laden wollte, dass die Kinder die Raketen lieben lernten, schrecklich, und ein alter Stern mit Hitlers Tagebüchern lag da, sie musste hier raus!, aber Jan wollte nur Gummibärchen, sie gab ihm Geld, viel zuviel Geld, aber sie hatte es nicht kleiner, sollte er seine Gummibärchen allein kaufen, sie flüchtete hinaus, da ging ein distinguierter Herr vorüber, weißhaarig, er sah aus wie Klaus Barbie, der Schlächter, der über 4000 Morde auf dem Gewissen hatte und Deportationen und Folterungen, und hier ging er einfach die Straße entlang, sie rief in den Laden hinein nach Jan, wo hatten die Krämersleute ihn denn versteckt? in welche Ecke hatten sie ihn gezerrt? Da war er ja, sie atmete auf, nahm ihn an der Hand und lief los, nach Hause. Sollte sie Alexander nach dem Auto fragen am Abend, wenn er nach Hause kam? Nach der Frau durfte sie nicht fragen. Während sie hastete, den Wagen schob und den mampfenden Jan hinter sich herschleifte, wurde sie etwas ruhiger. Warum war sie so aufgeregt? Ganz außer sich? Sie atmete tief ein, das Bild, das sie im Herbst von der brustlosen Mutter erhascht hatte, die Narben, man muss die Menschen lieben, sie litten, sie selbst litt doch gar nicht wirklich, woran denn? Einen Nerventee würde sie sich machen, Johanniskraut, Baldrian, die schnelle Bewegung tat ihr gut, es war eine Flucht gewesen, jetzt war es ein Laufen, vor dem Haus wurde es ein Gehen, vor der Wohnungstür kramte sie den Schlüssel hervor, ihr Nacken verspannt bis zu den Schultern, der Kopf, ihr Kopf, sie öffnete und sah Licht im Wohnzimmer. Hatte sie vergessen, es auszuschalten? Da sah sie Alexanders ausgestreckte Beine, er saß auf dem Sofa, er war schon da! Sie ging auf ihn zu, er sah kurz zu ihr auf, dann wieder aufs Fernsehen, sie setzte sich neben ihn und sank, fast ohne es zu wollen, gegen ihn.

Vormittag: Marktanalysen. Quartalsevaluation: Akzeptanz des neuen Sortiments. Termin 10.30: Angebot Dr. Klein: Übernahme Abtlg. Erfolgskontrolle. Zusage. Kantine: Kartoffelgratin, Flirt mit Svenja Messen, Referentin Marketing, Spaziergang, Verabredung, früher Dienstschluss.

Nachmittag: Präsentation Bereich Dienstleistung. Kritik. Vorschläge zur Optimierung. Vorbereitung für Konferenz morgen. 16.30 Hotel Fehrbelliner Platz Antje. 17.30 Regen. Fahre sie nach Lichterfelde.

Abend: Zu Hause. Die Kinder schreien. Lisa nervös.

11 Uhr nachts. Rüdiger duschte. Ob ihn jemand durch das Milchglasfenster des Badezimmers sehen konnte? Wahrscheinlich nur als Schemen, dessen Rand in schwarze Flecken zerfloss. Er stand nackt vor dem großen Spiegel und sah sich an: weiß, die unbehaarte Brust, nur wenig Speck, die muskulöse Wölbung des Pos, der Schwanz schlaff zwischen den kräftigen Schenkeln, darüber krauses Schamhaar. Sein tausendmal gesehenes Gesicht, ausdruckslos. Warum nahm er sich immer so ernst? Er trocknete sich noch einmal ab, spülte die Wanne aus, entfernte mit Toilettenpapier Haare und Schleim aus dem Sieb, wusch sich die Hände und schlüpfte in die frische Unterhose.

Die Luft im dunklen Zimmer war verbraucht. Er öffnete das Fenster. Dichter Nebel stand wie eine Wand vor ihm. Er schloss das Fenster wieder und legte sich unter die Decke. Die rußige Kälte kroch in seine nassen Haare, wie fremde Haare lagen sie um seinen Kopf. Er zog die Decke darüber, um sie zu wärmen, um seinen Kopf zu schützen. Morgen würden die Haare wie angepappt aussehen. Er wollte jetzt schlafen, zog die Beine an den Körper und legte seine rechte Hand in den Schritt. Schwanz und Eier warm in seiner Handfläche. Gisbert hatte sie im Mund gehabt. Die Fahrt in die DDR mit seinem Klassenkameraden Gisbert. Rüdiger musste jetzt schlafen, sonst war er morgen früh bei der Arbeit gerädert. In den Jahren seit dem Abitur hatten sie sich nur ein paarmal zufällig in der Stadt getroffen. Aber eines Tages im letzten Sommer hatte Gisbert, der selbstsichere, coole Gisbert ihn angerufen und ihm die Reise vorgeschlagen. Sie hatten in einem Garten mit alten Obstbäumen gesessen und alles geplant. Warum konnte er heute Nacht seine Gedanken nicht abschalten? Erst nach Ost-Berlin zu seinen Verwandten, dann Usedom. Eigentlich war nur Irmgard eine echte Verwandte, die Schwester des Großvaters, sie redete und redete, auch manchmal mit ihrem Vogel, erzählte von früher. Als Gisbert die Ausreisewilligen in der Ständigen Vertretung erwähnte, bekam sie so eine schneidende Lehrerinnenstimme, nein, das verstünde sie nicht, sie kenne ja beide Seiten, das westliche System sei auch nicht besser und so weiter. Seltsam dann dieser Georg, der keine Musik hörte, nichts las, wenig sprach, der nur vor sich hinzuträumen schien, aber immer neben ihnen herschlurfte. Er ging einfach nicht zur Arbeit, streifte durch die Außenbezirke. Sie schliefen in der kleinen Plattenbauwohnung, auf die den ganzen Tag die Sonne brannte, er auf dem Boden, Gisbert auf dem Bett von Georgs Mutter. Georgs kleiner Bruder war wohl in irgend so einem Sommerpionierlager, und die Eltern, - wie Rüdiger aus dem wenigen, was Georg erzählte, schloss -, hatten sich wieder zusammengerauft und waren gemeinsam nach Prag gefahren. Der Nachttisch war verstaubt gewesen, und in der Schublade hatte ein Aschenbecher mit ein paar Zigarettenstummeln gestanden. Jetzt, drei Monate später, wälzte Rüdiger sich auf die andere Seite, das Kopfkissen war ganz feucht. Es würde wohl so schnell nichts werden mit dem Einschlafen. Jetzt hatte Rüdiger plötzlich seinen eigenen Vater vor Augen, den er vormittags mehrfach bei Eduscho hatte stehen sehen, trank da mit anderen Arbeitslosen einen Kaffee nach dem anderen, fehlte nur, dass er noch sein Butterbrot mitbrachte, nicht mal ein Croissant leistete er sich, das er in heißen Kakao tunkte. Aber eigentlich machte er einen ganz zufriedenen Eindruck. Inzwischen war Rüdiger hellwach. Er musste an seinen Streit mit dem Großvater denken. Im Prinzip war der ja auf seine alten Tage ganz friedfertig geworden, aber es regte Rüdiger auf, wie er dem Vater immer zeigen musste, dass er ihn als Versager sah. Den Vater ließ das inzwischen wohl kalt. Er hatte das Fotografieren für sich entdeckt und verbrachte viel Zeit im abgedunkelten Badezimmer. Ein paar seiner Fotos hatten Rüdiger gefallen. Und die Mutter zickte erstaunlicherweise seit einiger Zeit auch nicht mehr rum. Worüber sollte man beim Großvater auch reden? Über Politisches zum Beispiel durfte ja nicht gesprochen werden. Nur vom Großvater selbst. Der hatte beim letzten Mal das Loblied auf Weizsäcker angestimmt, was Rüdiger auf die Nerven ging. „Wir dürfen den 8. Mai 1945 nicht vom 30. Januar 1933 trennen." Wie banal! Dieser eitle Geck. Aber als der Großvater irgendwann davon angefangen hatte, wieviel Schneid Kohl bei dieser Geschichte mit dem Soldatenfriedhof in Bitburg gezeigt hätte, die von den Linken so aufgebauscht worden wäre, war Rüdiger der Kragen geplatzt. Dass man die Scheiß-Waffen-SS-Soldaten, die dort lägen, nicht ehren dürfe, aber alle Militärärsche seien doch verkappte Faschisten! Ganz am Anfang schrie der Großvater noch dagegen, dann konnte er nicht mehr, aber Rüdiger hatte nicht aufgehört zu schimpfen: dass doch alles dieselbe Scheiße sei, Dornier, MTU, jetzt bei Daimler, da ging es doch um Herstellung von Kriegsmaterial, Waffen, Waffen SS, das Leichengift dieser Nazis sickere ins Grundwasser, und das ginge ins Bitburger Bier, und deshalb sei es wohl sein

Lieblingsbier. Schließlich war es sein Vater gewesen, der ihn zurechtgewiesen hatte, und da war er rausgegangen. Seitdem hatte er den Großvater nicht mehr gesehen. Durch Rüdigers Kopf, der unbequem auf dem Kissen lag, rasten die Bilder. Von der Straße aus hatte er nach dem Streit noch seine Cousine Melanie gesehen, die eingebildete Pute, die sich die Nase am Fenster plattdrückte und ihm nachsah. Er musste das Kopfkissen umdrehen, es war zu feucht von den Haaren, er wollte wissen, wie spät es war, aber konnte den Wecker nicht ablesen, weil er ihn unter ein Kissen gelegt hatte, um das Ticken nicht zu hören, denn das machte ihn verrückt. Usedom, das Baden in der Ostsee, der Geschmack von Gurkensalat mit Dill im Mund, Gisbert braungebrannt im Sand neben ihm, sein Waschbrettbauch, ihre schlenkernden Beine in einem Kettenkarussell, abgeblätterte weiße Farbe, alte Strandvillen, der Steg von Heringsdorf, ein Dampfer weit draußen, ein Tag nach dem anderen, endlos, das Miteinander-Raufen, Lagerfeuer am Abend, Grillenzirpen, die in der Asche gebackenen Kartoffeln, ein paar Sprotten, der tiefe vom Schwimmen erschöpfte Schlaf. Rüdiger legte sich auf den Rücken. In der Ferne donnerte ein Güterzug vorüber. Durch die stille Stadt, in der alle schliefen. Nachmittags im warmen schattengesprenkelten duftenden Wald, auf dem weichen Moosboden, die Lippen blau von Heidelbeeren und plötzlich Gisberts Hand, die Finger, der Handrücken an seiner Wange, die Lippen sacht an seinem Hals, angenehm, wanderten in den Nacken. Gisberts Lippen an einer Brustwarze, am Bauchnabel, die Zunge darin, sie zogen sich die noch feuchten Badehosen aus. Sein Schwanz in Gisberts Mund, der lutschte an ihm, leckte und lutschte, die langen Wimpern über den geschlossenen Augen, bis es ihm kam, schluckte den Samen, küsste ihn auf den Mund, und er schmeckte den eigenen Samen und leckte über Gisberts salzige Haut, und mit einem Mal wusste er, dass er das immer gewollt hatte, und er sah in die leuchtend blauen Augen des Freundes, der ihn um etwas bat. Also kniete er sich auf alle Viere nieder, fühlte die großen Hände, die ihn an seinen Hüftknochen hielten, und ließ ihn von hinten in sich eindringen. Rüdiger drehte sich jetzt wieder auf den Bauch und merkte, dass bei der Erinnerung sein Glied hart geworden war. Was Gisbert jetzt wohl machte? Seltsam, dass sich ihre Wege so schnell getrennt hatten. Da war aber auch ein anderer Gedanke, den er eigentlich nicht denken wollte: Vielleicht hatte Gisbert ihn mit AIDS angesteckt. Nein, darüber würde er jetzt nicht nachdenken. Wieder drehte er sich auf die Seite. Und wenn er wirklich infiziert war? In dieser Nacht war an Schlaf nicht mehr zu denken, da war nichts mehr zu machen. Vielleicht machte er besser das Licht an und las, bis ihm die Augen von selbst zufielen. Rüdiger hörte das Tuten eines Bahnarbeiterhorns. Mitten in der Nacht reparierten die die Gleise. Natürlich, denn um diese Zeit fuhren weniger Züge. Aber nachts rauschten doch dauernd die langen Güterzüge vorbei. Einfach an nichts denken. Er war doch so müde gewesen. Wie spät mochte es wohl sein? Sicher nicht mehr lange bis zum Aufstehen.

86

Über dem schimmernden Zifferblatt des Junghans Weckers - Junghans Qualität - rückte der Sekundenzeiger vor. Alexander stand auf. Die abgehackte Bewegung spiegelte den Ablauf der Zeit zuverlässig wider, pro Tag ergab sich eine minimale Abweichung. Seine Frau sprach und zog Grimassen im Schlaf. Das sah nicht schön aus. Es ging ihr seit einiger Zeit nicht gut. Während des Zähneputzens und der anschließenden gründlichen Rasur mit seinem Schwingkopfrasierer betrachtete er sein Gesicht: markant und entschlossen, so wie es sein sollte. Er wusch sich, benutzte sein Deodorant und zog ein frisches Hemd an. Der Windsor Knoten gelang ihm gewohnt perfekt. Sein Profil wirkte dynamisch. Die Manschettennadeln bestanden aus dunklem Onyx. Gut, dass Lisa noch schlief. Sie ging ihm in letzter Zeit sehr auf die Nerven. Der Küchentisch der Kitchenette war leer. Sie hatte nichts vorbereitet. Umso besser. Also würde er im Büro frühstücken. Das Jackett war klassisch geschnitten und fiel gut. Innen war es glatt und kühl. Er griff nicht zu seiner Brieftasche, sondern zum Autoschlüssel. Wenn sie Haushaltsgeld wollte, musste sie ihn schon fragen. Der Autoschlüssel mit Anhänger lag angenehm in seiner Hand. Als er auf sein Auto zuging, spiegelte er sich in der glänzenden Lackierung. Die Tür schlug mit einem satten Geräusch zu. Der Motor dröhnte auf, lief rund. Kein Klappern, kein Klingeln der Ventile mischte sich in den Klang. In seinen Händen lag das Lenkrad sicher. Sanft trat er die Kupplung, griff kraftvoll nach dem Schaltknüppel, genoss den Widerstand und das Einrasten der

Schaltung, gab etwas Gas, ließ die Kupplung kommen und fuhr am Haus vorbei. Am Fenster des Schlafzimmers meinte er aus den Augenwinkeln den Schemen seiner Frau gesehen zu haben, der dort völlig starr stand. Vivaldi vom Kassettenrekorder, vier Boxen, angenehmes Dahingleiten. Der BMW lag sicher auf der Straße. Selbst bei extremem Beschleunigen auf nassem Untergrund verhinderte das Anti-Schlupf-System ein Durchdrehen der Antriebsräder. Elektronische Benzineinspritzung ergab optimal minimierten Verbrauch. Injection. In der firmeneigenen Tiefgarage legte er seine rechte Hand einen Moment auf den Ledersitz und befühlte die straffen Wölbungen und Nähte.

Frau Klücke im Vorzimmer, wie immer hübsch verpackt und makellos geschminkt. Der Duft seines After Shaves verbreitete sich um ihn, während sie den Tagesablauf durchsprachen. „Rufen Sie Lurmann an und stellen Sie durch." Er zog eine kleine Parfümwolke hinter sich her bis in sein Büro, wo er sofort zu telefonieren begann. Das neue Siemens-Gerät mit Drucktasten und etlichen Sonderfunktionen ließ sich hervorragend bedienen. Es klingelte. Die Abteilung Einkauf hatte ihre Daten immer noch nicht vorgelegt. Er nahm ab. Frau Klücke sagte: „Herr Lurmann für Sie." Alexander machte Druck. „Ihre Zahlen, Herr Lurmann. Wenn Ihre Chart bis Mittag nicht hier vor mir auf dem Schreibtisch liegt, bin ich gezwungen ..." Und so weiter. Während dieses Gesprächs und der folgenden Gespräche ging er die nach Dringlichkeit geordneten Papiere durch und machte gelegentlich einen kurzen Vermerk. Er folgte seinem bewährten Raster: Erstens, Überprüfung der Grundlagen der Kostendarstellung, Frage: Stichprobe notwendig? Ja oder nein.

Zweitens, Vergleich mit vorheriger Entwicklung, Frage: Eingreifen notwendig? Ja oder nein. Im ersten Fall darauf folgende Fragen: Art der Korrektur? Einflussnahme auf welchem Weg? Drittens, Prognose. Viertens, Konsequenzen.

Um halb elf kam Schnack, sein ehemaliger Chef, zu ihm ins Büro. Dem blieb noch ein halbes Jahr bis zum freiwilligen vorzeitigen Ausscheiden. Für so einen Mann vom alten Schlag war kein Platz mehr im Unternehmen. Alexander hatte jetzt keine Zeit für Schnacks verbitterte Schmähreden. Schon vor einigen Jahren hatte Schnack gesagt, dass Alexander, den er immerhin ins Haus geholt habe, ihm eines Tages den Boden unter den Füßen wegziehen werde. Erledigen werde er ihn. Absägen. Wenn er gewusst hätte, dass es tatsächlich so gewesen war, hätte er seinen Zögling sicher nicht mehr besucht.

Als sich der stinkende Qualm aus Schnacks Zigarre verzogen hatte, war es bereits Zeit für das externe Gespräch mit den Consulting-Spezialisten. Alexander nahm den Wagen. Im Radio Gerede über das neue Streikgesetz. Natürlich war es ganz im Sinne des Arbeitgebers. Was denn sonst? Über die alte Avus. Dann eine grüne Weide neben der Autobahn. Natürlich ohne Kuh wegen Tschernobyl. Jetzt stand er im Stau. Zuviel Kaffee, zu wenig gegessen. Er fühlte seinen Magen. Stress. Nixdorf mit sechzig tot auf der CeBit-Messe. Jetzt ging hier gar nichts mehr. Völliger Stillstand. Jemand hupte. Brüste unter einer durchsichtigen Plastikverpackung; Alexander nahm den 'Wiener' und blätterte darin.

Rüdiger hatte ein Vorstellungsgespräch bei einer Wohngemeinschaft etwas außerhalb der Stadt. Im Bus saß ihm ein attraktiver junger Mann gegenüber, gebräunt, Kurzhaarschnitt, muskulös, starke Hände, und Rüdiger stellte sich vor, wie es wäre, vor ihm niederzusinken, die Hände um seinen knackigen Arsch zu legen und den Kopf in seinen Schoß zu schmiegen. Er dachte an Gisbert auf Usedom. Der junge Mann stieg aus, Rüdiger ebenfalls. Der junge Mann verschwand in einem Haus, und Rüdiger irrte durch die Gegend. Er war zu spät ausgestiegen. Es war schon ländlich hier, und er atmete tief den Duft der Wiesen und Haine ein, während er zurückging. Die Sonne schien auf die grünen Hügel. Dort standen wohlgenährte Kühe und kauten das saftige Gras. Er hörte auf, an den jungen Mann zu denken, auch an die zu schreibende Hausarbeit dachte er nicht und trat an ein Gatter heran. Der warme Atem einer Kuh strich über seine Hand, und die langen Wimpern ihrer Kulleraugen klappten träge. Doch plötzlich hob sie den Schwanz und ließ braunen Kot darunter hervorsprudeln, der ihr an den Beinen hinunterlief und im Gras einen großen Fladen bildete.

Es war das schwarzweiße Haus, ein kleines altes Fachwerkhaus im Müllerpfädchen. Er konnte Fachwerkhäuser nicht ausstehen, und der Straßenname gefiel ihm nicht, aber er brauchte dringend eine Bude. Eine Frau, die er auf den ersten Blick nicht mochte, öffnete. In der Küche wies sie auf einen Stuhl. Dann wurde er verhört.

Nachdem er von sich erzählt und dabei ein bisschen herumgelogen hatte, begann sich Sibylle über den Mitbewohner zu beklagen. Unzuverlässig und schmutzig sei er. Beim Aussprechen dieser Wörter verzog sie den Mund auf unangenehme Art. Während sie erzählte, wie sie ihm hinterherputzen müsste, schlappte der Mitbewohner plötzlich in die Küche. „Ja, ich hab Scheiße im Hirn." Er öffnete den Kühlschrank, schaute hinein, stand da nur in der Unterhose, hatte lange Beine, war braun und durchtrainiert, murmelte: „Keine Bananenmilch mehr da ..." Seufzend schlurfte er wieder hinaus.

Sibylle fing jetzt vom Algenteppich an, der schreckliche Schaum auf der Nordsee, und Rüdiger bemühte sich, ihr vorzutäuschen, er höre ihr interessiert zu.

Gleichzeitig aber malte er sich andere Bilder in seinem Kopf aus: eine enge schwarze Lederhose, die ein dicker Schwanz bis zum Knie hinunter und die festen Kugeln des Arsches ausbeulten. Wie eine fette Kobra richtete sich sein Prügel auf und zerriss dabei das Innenfutter seiner Hose. Er konnte nur gebückt weitergehen und folgte dem Mann eine Treppe hinunter.

Inzwischen war bei Sibylle das Geiseldrama dran.

Unten zerteilte er schwere faltige Samtvorhänge und landete mit der Nase in den krausen Haaren einer Achselhöhle. Sie gehörte einem schmalen Filipino-Boy in ärmellosem Shirt, der ein Tablett hochgestemmt vorbeitrug. Der Boy wandte sich ihm zu und leckte sich lasziv die Lippen, aber plötzlich packte ihn die riesige behaarte Affenhand des Barkeepers, hob ihn ohne Anstrengung zu sich hinter die Theke und setzte ihn sich auf den Schoß. Er hörte kurz das Zerreißen von Stoff und sah, wie der hübsche Junge erschauerte und wie seine Augenlider flatterten. Zittrig seufzend atmete er aus und begann langsam, wie im Sattel eines schreitenden Pferdes, auf- und abzugleiten.

Plötzlich hatte Rüdiger seinen Großvater vor Augen, mit dem er, ohne zu sprechen, das Spiel Holland - Deutschland im Fernsehen gesehen hatte, und der nach dem Tor des eleganten van Basten einfach den Apparat mit den Worten „Das wird nichts mehr" ausschaltete.

Jetzt ging es um den Hormonskandal bei der Kälberzucht.

Nun merkte er, dass sich jemand an seinem Schritt zu schaffen machte. Es war ein kleiner armloser Bediensteter, der mit seinem Pferdegebiss den Reißverschluss gepackt und aufgezogen hatte, so dass sein pochendes Glied herausschnellte.

Dann hatte es Abendbrot gegeben. „Ein Teufelskerl, dieser Rust", war alles, was der Großvater sagte.

Plötzlich hatte diese Sibylle ein leidendes Gesicht. „Hörst du mir überhaupt zu?" „Ja natürlich." „Ich fänd das echt scheiße, wenn du nur so tust, als ob du zuhörst", sagte sie vorwurfsvoll. Jetzt wurde sie sogar aggressiv: „Denn dann kann ich mir ja all das hier sparen, verstehste?" Er beeilte sich zu nicken, und sie schien sich zu beruhigen. Sprach von Fischrundwurmlarven.

Er wollte seinen Steuerknüppel wieder verstauen, aber er passte nicht mehr in die Hose. Außerdem spiegelte sich auf seiner Eichel, die groß, gewölbt und glänzend war wie eine pinke Aubergine, ein nackter Stripper. Als er sich nach dem Mann umdrehte, geriet sein Schwanz unter einen Nachbartisch und hob ihn an wie ein Wagenheber.

Zeit, dass Strauß endlich abkratzte, dachte Rüdiger.

Wieder zockelte der WG-Mitbewohner in die Küche, machte die Kühlschranktür auf und glotzte hinein. „Ist nicht mehr drin als vor ner halben Stunde“, meinte Sibylle schnippisch. „Hey, die Bananenmilch, die ist echt geil“, sprach er unvermutet Rüdiger an, dann murmelte er vor sich hin, dass er einen Anruf tätigen müsste. Plötzlich wurde er wütend: „Weißt du, was die einem beim Pittermännchen Imbiss für son Fläschchen Bananenmilch abknöpfen? Das glaubst du nicht! Eine Mark fünfundneunzig. Scheiße!“ Er trottete wieder aus der Küche. „Der saut alles ein“, meinte Sibylle voller Hass und schrie ihm hinterher, dass er seit einem Monat mit Badputzen überfällig sei. Er hatte sie aber wohl schon nicht mehr gehört.

War es die Langeweile, die ihn dazu trieb, sich einige Familienmitglieder wie Figuren in einem Wachsfigurenkabinett vorzustellen? Von seiner Mutter, die im Wohnzimmer beim Üben einiger Tanzschritte erstarrt war, ging er zu seinem Vater hinüber. Der stand mit etwas verkrampfter Haltung bei der Eröffnung einer Ausstellung seiner Fotos vor einer weißen Wand. Georg, der mit Pappmachéfiguren ein wenig Geld verdiente, hielt natürlich eine in der Hand. Unverkennbar Omi Irmgard mit dem männlichen Kinn. Georgs Bruder Lukas wie auf dem einzigen Foto, das Rüdiger kannte, beim Strippenziehen am Kontrabass: eingefroren. Beider Eltern im Gemüsegarten vor der Datsche. Melanie sich auf einem Sofa mopsend, ihre

Mutter einfach lächelnd ...

„So, dann zeig ich dir mal alles.“

Rüdiger hatte gar nicht gesagt, ob er überhaupt in dieser WG wohnen wollte, folgte ihr widerwillig und fragte sich dabei, ob er nicht einen Fehler machte.

„Musst du auch immer an Barschel denken, wenn du eine Badewanne siehst?“, fragte sie plötzlich mit auf niedlich getrimmter Stimme. Rüdiger sagte irgendwas davon, dass Hans Rosenthal letztes Jahr gestorben sei.

„Das hat doch überhaupt nichts damit zu tun!“, giftete sie ihn an.

Das wusste Rüdiger auch.

Das Zimmer war soweit in Ordnung, es sah nur aus, als hätte der Vormieter es fluchtartig verlassen. Als sie wieder durch die Küche gingen, stand der Typ schon wieder vor dem Kühlschrank. „Das ist jetzt das dritte Mal. Das reicht!“ Sibylle drängte ihn weg. Rüdiger sah, dass im Kühlschrank Dutzende Milchtüten standen, aus denen zum Teil schon Pilze wuchsen. Der Typ ging in seine Bude, ließ aber diesmal die Tür offen. Rüdiger beobachtete, wie er sich an den Abfallhaufen auf seinem Tisch hockte, eine Arschbacke hob und einen fahren ließ.

Sibylle testete eine Milchtüte. Aus dem verpelzten Wachskarton kam ein Gestank wie Kotze.

„Von wem sind denn diese Milchtüten?“ fragte Rüdiger.

„Och, die sind von mir. Muss ich mal wegräumen.“

„Kann ich mal telefonieren?“

„Das geht leider nicht, du. Das Telefon ist momentan kaputt, ich habs vor ein paar Tagen versehentlich aus der Verankerung gerissen.“

Rüdiger verabschiedete sich, da rief sie ihm mit einer Stimme nahe am Weinen hinterher: „Ach übrigens, wir haben kein Toilettenpapier mehr. Jetzt wo du dazugehörst, denkst du dran?“ Ein letzter waidwunder Rehblick wurde auf ihn geheftet.

Vor der Tür raunzte ihn der alte Hausmeister auf Rheinisch an. Er dachte wohl, Rüdiger hätte sein Fahrrad im Hof abgestellt.

„Jung, dat jeht nit. Mut dat Fahrd nit su innön Hof stelle. Un maach wigge, de Lück künne nit draan vorbejjonn. Wat jlövste, wer du bis, Jung? Isch muss äns up Klo jonn. Un wenn isch zurückbin, dann stoht dat Fahrd nimme do.“

Rüdiger sah noch einmal zurück. Wenn er hier wohnen würde, das wusste er, würde er sich immer in sein Zimmer hineinschleichen müssen, um keinem der WG-Mitglieder zu begegnen. Außerdem dürfte er nie einen Hinweis darauf geben, dass er in seinem Zimmer war. Sonst wäre da ein leises Klopfen und die Stimme einer wunden Psyche: „Rüdiger? Bist du da? Hast du mal einen Moment Zeit?“

Die Kinder waren nicht da. Sie spielten im Hof. Es wurde dunkel. Lisa war allein und dachte an ihren toten Vater. Wie er jetzt in seinem Sarg lag. Dass er wirklich dort lag. Wie er aussah. Ob die Würmer ihn schon völlig zerfressen hatten? Daneben die tote Mutter. Deren Sarg war sicher noch nicht zerfallen, hielt noch dicht. Der Körper der Mutter getrennt von Wänden, neben dem abgenagten Vater, seinem Skelett, beide unter der Erde, nebeneinander, aber doch völlig getrennt, einsam in der Stille, zwei Fremde, die sie immer geblieben waren, die Mutter noch Fleisch, das der Krebs jetzt nicht mehr fraß. Sie sah auf den Hof hinunter. Die Kinder waren nicht mehr da. Sie waren nicht im Hof geblieben. Dunkle Wolken schoben sich über die Dächer, verströmten ihr Schwarz. Panik ergriff sie. Sie rief in den Hof hinunter. Keine Antwort. Voller Angst rief sie noch einmal. Da kamen die Kinder hinter den Mülltonnen hervor. Alexander hätte sie für ihre Angst getadelt. Wenn er dagewesen wäre, wenn er mit ihr sprach. Ihre Sorge um die Kinder gefiel ihm nicht, er hatte sie nie verstanden. Früher hatte er ihr zu beweisen versucht, wie unsinnig ihre Ängste waren, dann hatte er sie nur noch gereizt angefahren und jetzt ... Wie dunkler Rauch verbreitete sich die Nacht im Zimmer, in der ganzen Wohnung, bedeckte alles mit schwarzem Ruß, schluckte Bett, Tisch, Regal und Stuhl, aber am Fenster gab es noch ein bisschen Helligkeit, Kälte griff durch den Fensterrahmen nach ihr, sie hatte vergessen, das Fenster zu schließen, ein grauer Schleier schwebte dort wie Aschenflocken, die Asche der Toten. Sie lauschte, ob die

Kinder schon im Treppenhaus zu hören waren. Die Trödelei machte sie verrückt. Aber es waren doch wohl erst ein paar Minuten vergangen. Sollte sie ihnen entgegengehen? Aber wenn die Tür hinter ihr ins Schloss fiel? Wo hatte sie den Schlüssel nur gelassen? Sie zwang sich zur Ruhe. Setzen. Aber sofort sprang sie wieder auf: das Licht einschalten. In der letzten Zeit schien Alexander sie gar nicht mehr wahrzunehmen. Sie war nur die, die ihre Arbeit im Haus verrichtete. Wie eine Bedienstete, die zur Einrichtung gehörte, die immer dieselben Sätze sagte, durchgelegen wie das Sofa, unansehnlich, allzu bekannt bis in die letzte verbrauchte Faser. Ein lästiges Anhängsel. Nein, sie fühlte sich schon lange nicht mehr von ihm geliebt. Manchmal träumte sie sich etwas zusammen, träumte sich sie beide zusammen wie früher, aber es zerfiel, das Gebilde mit vier Armen und Beinen zerfiel: Er liebte sie nicht mehr.

Alles würde wieder gut werden. Lisas Inneres war voller Jubel. Er hatte mit ihr gesprochen. So wie früher. Sie machte sich fein, konnte sich nicht entscheiden, welches Kleid sie anziehen sollte. Er hatte ihre Hand genommen, - sie hatte gerade Fischstäbchen auf die Teller verteilt -, und sie hatten sich gesetzt. Es waren nur wenige Augenblicke gewesen, dann kamen die Kinder. Sie konnte sich nicht mehr genau daran erinnern, was er gesagt hatte, aber es war schön gewesen, dass er sehe, wie sie leide, es war so schön, dass sie mit den Tränen hatte kämpfen müssen. Und heute gingen sie in ihr Lieblingsrestaurant. Das graue Kostüm war zwar das eleganteste, aber Lisa verlangte es nach einer warmen Farbe wie dem dunklen Rot ihres alten Mohair Pullovers.

- La signora! Endlich! rief ihr Lieblingskellner Antonio begeistert, als er sie sah. So lange sei sie nicht mehr hier gewesen. Er führte sie zu dem Tisch, an dem sie früher meistens gesessen hatten. Toni hatte sich ein kleines Bärtchen wachsen lassen und machte seine alten Scherze. Sie sei schön wie La Luna, welchen Fang der glückliche Signore da gemacht habe. Er zwinkerte Alexander zu und zündete eine Kerze an. Aus verborgenen Lautsprechern kamen die wehmutsvollen Klänge von Mandolinen. Antonio empfahl ihnen schwarze Bandnudeln, gefärbt mit Tinte vom Tintenfisch mit Tintenfisch und Artischockenherzen, das nahm Lisa, oder Kalbsleber mit gegrillter Polenta, das bestellte Alexander. Dann warteten sie auf das Essen. Obwohl Lisa nicht den Fehler machte, die Kinder zu erwähnen, die hoffentlich friedlich in ihren Bettchen schlummerten, wanderte Alexanders Blick unruhig auf dem Tischtuch umher, über den Brotkorb hin zum dunklen Fenster, das sie spiegelte, wie sie einander gegenübersaßen, wie Lisa ihn ansah. Sein Blick ging zur Durchreiche hin, wo ein kleiner Ausschnitt der Küche zu erkennen war, und Lisa, die seinem Blick gefolgt war, sah dampfende Spaghetti, dachte an ihr ewiges gemeinsames Spaghettikochen in der Studentenzeit und erinnerte ihn daran. Als das Essen kam und er kurz erleichtert lächelte, fiel ihr erst auf, wie unglücklich er aussah. Sie aßen fast schweigend. Es schmeckte gut. „Du wirst dir sicher schon denken können, worum es geht", sagte er plötzlich in geschäftsmäßigem Ton. Eine kalte Hand umfasste ihr Herz. „Einzelheiten tun nichts zur Sache. Es gibt eine andere Frau. Ich werde eine kleine Wohnung mieten und ausziehen." Ihr wurde schlecht. 'Aber … aber …' war alles, was es in ihr flüsterte, stotterte, doch sie brachte kein Wort heraus. Nicht weinen! konnte sie nur noch denken, immer wieder: nicht weinen!

„Hast du gehört?"

Sie nickte. Saß da auf ihrem Stuhl, in sich zusammengesunken wie ein kleines trauriges Kind. Sie nahm nicht wahr, dass der Kellner einen Bogen um sie machte.

„Es ist nicht zu ändern."

Sie nickte nur. Sie durfte nicht denken, sie durfte nicht fühlen, sie durfte nicht weinen. Wie ein Blitz tauchte der Gedanke auf, sich wehzutun, ein Schnitt mit dem Messer. Alexander stand auf, wartete darauf, dass sie auch aufstand, also stand sie auf, sah sich in der spiegelnden Scheibe vor ihm hergehen, nur fort von hier, in ihrem roten Pullover, jeder Schritt ein Schritt gegen das Sich-Fallen-Lassen war schwer, sie brauchte alle Kraft und konnte auf niemanden achten.

„Ich setze dich ab."

Das war nicht Alexander, es war ein Fremder, der neben ihr im Auto saß. Die Kinder in ihren Bettchen.

„Sag doch was."

Sie konnte nichts sagen, sie war völlig erstarrt.

„Das ist typisch für dich. Kein normaler Mensch verhält sich so."

Nicht weinen! Sie wünschte, sie wäre tot.

Dann war sie oben in der Wohnung und lief zu den Kindern. Sie schliefen. Sie lief wieder hinaus über den langen Korridor ins Badezimmer und schloss sich darin ein. Sie sah auf die gekachelte Wand, und dann begann das Weinen, es krümmte sie zusammen und warf sie auf den Fliesenboden, sie dämpfte ihr Geheul mit einem Handtuch, es kam in Wellen, die schlimmer und schlimmer wurden. Sie wusste, sie würde es nicht aushalten, sie hielt es nicht aus, zwischen zwei Wellenbergen zog sie sich am Klo hoch, stützte sich auf das Waschbecken, sah kurz ihr verzerrtes Gesicht im Spiegelschrank, den sie dann aufriss. Sie stopfte sich ein paar Schlaftabletten in den Mund und schluckte sie runter, als schon die nächste Welle sie wieder zusammenknicken ließ. Dass es so wehtat, sich in Tränen aufzulösen. Aber allmählich spann sich Watte um sie herum, weiche Watte, ein weiches Bett, in dem sie sich selbst liegen sah, und ihr Schluchzen wurde leiser, vielleicht konnte sie es auch nur nicht mehr richtig hören ... Wie angenehm es war, so gut wie tot zu sein.

Jemand zog die Watte um sie herum weg. Da lag ihr Körper, wie tot lag er da. Da war etwas. Etwas fiel über sie her. Etwas Helles, Hartes, Scharfes, Lautes. Es war schrecklich aufzuwachen. Sie wollte nicht aufwachen. Tausend Jahre schlafen. Sie wollte nicht sein. Sie wollte nicht sie sein. Die Augen nicht aufmachen. Aber die Gedanken rasten. Es war aus. Alles aus. Ihr Leben war zu Ende. Aber die Kinder. Die Kinder mussten in die Schule. Sie würde es nicht schaffen. Warum half ihr niemand? Sie war so allein und hatte nicht einmal die Kraft, die Augen zu öffnen, sie konnte es nicht, brachte es nicht fertig, aber die Gedanken rasten, sie wusste nicht mehr, was sie jetzt hätte machen müssen, machen wollen, sie hatte selbst Schuld, dass er sie nicht mehr liebte, dass niemand sie liebte, sie liebte sich auch nicht, das ging über ihre Kraft, ihr tat alles weh, sie bemitleidete sich selbst, sie war so schwach, und schon begannen wieder Tränen unter ihren zitternden Lidern hervorzuquellen, und jetzt stupste sie jemand an, sie hielt das blitzende Dunkel unter ihren Lidern sowieso nicht mehr aus und öffnete die Augen und sah verschwommen drei Gesichter über sich, drei kleine Menschen standen an ihrer Seite, sie lag auf dem Sofa, wie war sie hierhergekommen? Sie musste schon fast bewusstlos aus dem Bad gekrochen sein. Sie schämte sich vor ihren Kindern. „Steh doch auf, Mama!" Aber sie konnte nicht. „Was hat Mama denn? Warum ist sie so traurig?" fragte Johanna. „Mama, warum weinst du? Müssen wir nicht in die Schule?" Kraftlos schüttelte sie nur den Kopf, spürte, dass sie gleich weinen musste, und drehte sich weg. Sie hörte die Kinder weggehen, in die Küche, der Älteste sagte, er mache die Schulbrote. Sie blieb wie tot in ihrem Elend liegen. Vielleicht sahen die Kinder vor dem Weggehen noch einmal zu ihr herein. Wie gern hätte sie ihnen ihren Anblick erspart. Sie waren alles, was ihr blieb. Sonst war ihr Leben vorbei. Sie hielt es nicht mehr aus zu liegen, aber das würde gleich vorbeigehen, den Anblick der Wohnung hielte sie auch nicht aus. Wie konnte er einfach so weggehen? Sie liebte ihn doch! Und sie liebte die Kinder. Es war, als wrängen sie zwei große Hände aus, die Tränen flossen aus ihr hinaus über die Wangen. Sicher waren sie jetzt schon fort. Aber da wurde sie wieder angestupst, und sie zog schluchzend die Kinder an sich, drückte ihr nasses Gesicht an ihre Bäckchen und fühlte, wie sie starr wurden, sich aus ihrer

Umarmung lösen wollten und schließlich lösten. Kaum war die Tür ins Schloss gefallen, wurden die Gedanken, die ihr durch den Kopf schossen, so wüst, dass es sie zum Fenster trieb. Von dort sah sie den drei kleinen Gestalten nach, sah, wie sie im Morgendunkel die Straße überquerten, die Reflektoren an ihren Schulranzen wurden von den Scheinwerfern der vorbeifahrenden Autos angeleuchtet. Die Straßen waren so voll von diesen großen Maschinen, die so gefährlich, schnell und schwer waren. Die Treibgase machten die Lufthülle um die Erde kaputt, so dass sie alle hier keine Luft mehr bekommen würden. Sie würden ersticken, und die Menschen aus der DDR trampelten in der Stadt jetzt alles platt, die sollten drüben bleiben, man konnte ihnen ja keinen Vorwurf machen, aber alles ging durcheinander. Wenn etwas passierte, ein Unfall, weil sie die Kinder nicht zu besonderer Vorsicht ermahnt hatte, war es ihre Schuld, ein nicht wiedergutzumachender Fehler, wie auch ihre Fehler mit Alexander, es war nur gerecht, dass er sie verließ, sie hatte ihm zu wenig geben können, und ihre Mutter, ihre kranke Mutter war ganz allein gestorben, sie hatte sie allein gelassen, so wie sie jetzt von allen alleingelassen worden war, das war nur gerecht, jetzt war alles vorbei, kalt war ihr, sie dachte daran, wie sie früher in Alexanders Armen gelegen hatte, das war für immer vorbei, und wieder strömten Tränen aus den Augen, Krebs-Strahlung kam durch die Löcher im Himmel, und sie waren ohne Schutz, und aus den Trabantenstädten, Märkisches Viertel, von überall kamen die Republikaner, die wollten Leuten wehtun, jetzt wollte sie Alexander wehtun, wenn er tot wäre, eine Bombe auf der Straße unter dem Auto wie bei Herrhausen, und Imhausen baute Giftgasfabriken und Daimler Benz Waffen, und

Alexander arbeitete doch für eine Tochter von denen, oder? Wünschte sie ihm wirklich den Tod? So tief durfte sie nicht fallen. Sie liebte ihn doch. Eher den Tod für sich selbst. Wo waren die Kinder jetzt? Sie sah sie nicht mehr auf der Kreuzung. Sie presste sich die Finger in die Augen, damit der Schmerz sie ablenke. Zu viele Gedanken. Das hielt sie nicht aus, gleich würde sie zerbrechen, ihr Gesicht war schon schief, brach, erst in zwei Teile, dann in viele, für jedes böse Teil eine Tablette, sie stakste ins Bad, eine Tablette für jedes böse Teil in ihr.

Ein Bekannter, den Georg zufällig im U-Bahnhof Eberswalderstraße, früher Dimitroffstraße, getroffen hatte, hatte ihn, den Nichtstudenten, dem, als er es zu DDR-Zeiten noch wollte, wegen seines Vaters die Aufnahme eines Studiums nicht gestattet worden war, in eine Wohnung mitgenommen, in der einige Studenten über die Schließung bestimmter Fächer an der Humboldt Universität diskutierten. Georg fiel dazu nichts ein und er dachte an etwas anderes, an seine Eltern, die voller Unternehmungslust nach Westen aufgebrochen waren. Onkel Dieter hatte sie zu sich nach Köln eingeladen, und von da aus wollten sie nach Paris. 'Die Stadt der Liebe'. Alles was war und alles was ist, alles ist gleichzeitig da, dachte er, es galt, gegen das Abstrakte zu denken und gegen die Gewalt. Georg wunderte sich, woher die beiden die Energie nahmen. Für ihn war sogar ein Studium zuviel, er fühlte sich zu alt dazu. Er wollte weg von dieser Studentenrunde hier, aber er war weit entfernt vom Stadtteil, in dem er wohnte, die Bahnen fuhren nicht mehr, eine Nachtbuslinie war nicht in der Nähe, und es wusste wohl auch niemand, wann die Busse fuhren. Wie im Wartesaal eines Bahnhofs saß er da und hoffte, dass bald jemand aufbrechen und ihn im Auto mitnehmen würde. Da fiel sie ihm zum ersten Mal auf: Sie nippte geistesabwesend an einem Kirsch-Bananen-Saft, KiBa genannt, wie er später erfuhr. Sie hatte ein schönes Gesicht, mit Punkt-Punkt-Komma-Strich kam man da nicht hin, glänzendes kastanienbraunes Haar, das auf einer Seite in einer gelegentlich unruhig wippenden Sichel ihre Wange streichelte, und ihre großen Augen waren etwas traurig. Jetzt ging sie in die Küche, unter ihrer eleganten weiten Hose ragten Turnschuhe hervor, sie trug einen engen Pulli, aber versteckte ihre Brüste, indem sie die Arme davor verschränkte und kam mit einem Strohhalm wieder, aber nun traute Georg sich nicht mehr, ihr ins Gesicht zu schauen, hörte nur bald das gurgelnde Saugen, als ihr Saftglas leer war.

Endlich ging jemand und bot an, Leute mitzunehmen. Schweigend liefen sie hinter ihm her ins Treppenhaus. Sie hielt beim Gehen den Kopf vor Müdigkeit gesenkt, erst draußen, im pladdernden Regen, schien sie wieder aufzuwachen. Zu dritt liefen sie schnell durch die Tropfenschnüre, durch die Perlenvorhänge des Regens zum Wagen, aus den Pfützen spritzte es in der Schwärze glitzernd ihre Beine hinauf, er hörte ihr Atmen, ihr kurzes lachendes Schnauben, als sie sich an der Autotür vor ihn drängelte. Der Regen prasselte aufs Dach, floss an den Scheiben herab, das leise Schlurren der Scheibenwischer. Sie setzte sich auf den Rücksitz. Gemeinsam starrten sie auf die schnell fallende dichte Schraffur des Regens im Lichtkegel des Scheinwerfers. Der Fahrer fluchte, weil der Motor nicht ansprang und stieg aus. Sie sahen ihn in seiner Regenjacke einen Augenblick im beleuchteten Ausschnitt, bevor er die Kühlerhaube hochstemmte, und nun kam nur noch von den Seiten und von hinten ein wenig silbriges Licht herein. Sie rubbelte sich mit der Innenseite ihrer Jacke die Haare etwas trocken, dann fragte sie, ob er eine Zigarette habe. Er rauche nicht. Sie eigentlich auch nicht, aber man müsse ja irgendwas machen. Unvermindert trommelte der Regen aufs Dach, das Geräusch hüllte sie ein. Es roch nach feuchten Kleidern. Die Scheiben waren inzwischen von innen milchig beschlagen. Sie kurbelte ihr Fenster ein bisschen herunter, Tropfen wurden ihm in den Nacken geweht, und er drehte sich halb herum. Jetzt sah er, dass sie sich auf die Rückbank gelegt hatte. Die Tür klappte auf, der Fahrer war sauer, dass sie ihm nicht geholfen hatten.

Während der Fahrt warfen die Räder von Zeit zu Zeit glitzernde Wasserschwingen zu beiden Seiten aus.

Als der Fahrer hielt, um Jenny abzusetzen, meinte er zu Georg, dass es am besten wäre, wenn er auch gleich mit aussteigen würde, er könne seine Strecke jetzt wirklich nicht mehr fahren.

„Idiot", sagte Jenny, während sie dem durchs Wasser pflügenden Wagen nachsahen. Sie bot Georg an, einen Tee bei ihr zu trinken. Er nickte nur, war zu müde zum Sprechen.

Sie tranken den Tee in der Küche. Sie war in einen Männer-Pyjama geschlüpft. Aus der Tasse stieg ihm der Teedampf ins Gesicht, und obwohl er dagegen ankämpfte, fielen ihm die Augen zu. „Leg dich doch aufs Sofa." Sie führte ihn dorthin, reichte ihm eine Decke. Er zog unter der Decke sein feuchtes Hemd aus und sah noch, wie sie einen Futon ausrollte und sich darauflegte.

Am Morgen stürzten sie schnell einen Kaffee hinunter und streiften dann durch die Stadt. Georg hatte eigentlich seine Oma, die ihm den Lebensunterhalt bezahlte, besuchen wollen, aber verschob das auf später. Sie gingen über den leeren Potsdamer Platz, und Georg stellte sich vor, wie hier vor dem zweiten Weltkrieg im brausenden

Verkehr die Menschen herumgewuselt waren. Sie stiegen auf den Teufelsberg, der Schutt des zerbombten Berlins unter ihnen, später wateten sie immerhin bis zu den Knien in den kalten Wannsee hinein und fuhren dann mit der S-Bahn zum Bahnhof Grunewald. Es war, als kämen sie aus der Sommerfrische, so saßen sie sich auf den hellen hölzernen Bänken gegenüber, und Jennys Ruhelosigkeit wich einer albernen Gelassenheit. Dann gruselten sie sich bei der Vorstellung der Sarkophage von Friedrich Wilhelm I und II in der Gruft von Schloss Sanssouci und malten sich den Ötzi in seiner grasgepolsterten Lederkleidung und mit seinen Tätowierungen aus. Irgendwann fragte Jenny ihn, ob ihm das ganze Leben auch so unwirklich vorkomme, und zeigte auf den Waggon und die Landschaft draußen. „Als wäre das alles hier ein Film."

„Eigentlich nicht." Georg schüttelte den Kopf.

Am S-Bahnhof stand ein neues Mahnmal, das an den Beginn der Judendeportation vor 50 Jahren erinnerte.

Es war spät, als er an der U-Bahn-Haltestelle Mohrenstraße ausstieg, und noch während er der U-Bahn nachschaute, in der sie weiterfuhr, verzweifelte er, denn er sah mit seltsamer Klarheit voraus, dass er ihr nie wieder so nahe kommen würde wie an diesem Tag.

Obwohl Georg sich in der darauffolgenden Zeit ganze Tage in der Nähe ihrer Wohnung herumdrückte und zu ihren Fenstern hinaufblickte, sah er sie erst einmal gar nicht mehr. Als er schließlich sogar den Mut fand zu klingeln, öffnete sie nicht, vielleicht war sie verreist. Georg stellte sich vor, wie sie in Flugzeugen, Zügen und Autos über die Kontinente raste, und überlegte, ob er vor dem Haus, in dem sie wohnte, in einem Zelt leben sollte. Zwischen den Büschen neben dem Kinderspielplatz. Es würde ihr nicht gefallen, sie wollte sicher nicht, dass sich jemand an sie klebte, vielleicht würde sie so tun, als sähe sie ihn nicht, oder schlimmer noch: Sie nähme ihn wirklich nicht wahr. Und wenn: Wie sollten sie zusammenfinden, geschweige denn zusammenleben? Was konnte er ihr geben? Irgendwann würde sie wie ein trauriger Vogel im Käfig sitzen.

Erst kurz vor Weihnachten sah er sie wieder; sie winkte ihm aus einem fahrenden Auto zu. Er erinnerte sich lange in allen Einzelheiten an die Bewegung, an ihre Hand und den Arm. In ihrer Wohnung wohnte schon seit einiger Zeit jemand anderes.

Wenn er sie im nächsten Jahr einmal zu Gesicht bekäme, vermutete er, würde es noch kürzer und nur aus großer Entfernung sein.

War sie noch Lisa? Sie war zerbrochen und falsch wieder zusammengeklebt worden. Es kam ihr vor, als hätte sie Füße an den Armen und Hände an den Beinen. Wieder zerbrechen und neu zusammengesetzt werden. Scherben bringen Glück. Den Kopf weglassen, nicht mehr denken. Denk nicht an Alexander, denk nicht an ihn. Denk an nichts, denk an nichts, denk an nichts. Das Kind neben ihr. Halb er. Sie konnte es jetzt nicht ansehen, es hatte seinen Blick und seinen Mund. Aber sie wollte bei ihm bleiben. Das jüngste. Die beiden älteren hatte sie verloren, gingen eigene Wege, weg von ihr, auch weg voneinander, Geschwister kennen sich nicht, bespitzelten sie sich, bespitzelten sie sie? Immer stellten sie Fragen und sahen sie dann mit kalten Augen an, manchmal hatte sie Angst vor ihren eigenen Kindern. Vor dem Kleinen neben ihr noch nicht, den sie nicht ansehen konnte, weshalb sie bei ihm bleiben musste. Mit zum Kindergeburtstag, Felix wollte das nicht, aber sie musste jetzt bei ihm bleiben, sollten die Gastgebereltern doch denken, was sie wollten. Und sie konnte begründen, warum sie Taxi fuhren, mit dem Bus war es zu gefährlich, deshalb leistete sie sich und ihrem Kind ein Taxi, sie hörte sich sprechen, die Adresse sagen, sie ertrug den Bus nicht mit so vielen Gesichtern, aber im Taxi war es gar nicht schön, der Fahrer guckte unfreundlich und leckte sich den rotverschmierten Mund ab, ein riesiger Bus kam auf sie zugeschossen, sie zwang sich, nicht zu schreien, griff schnell nach Felix' kleiner Hand und drückte sie fest. Er zog seine Hand weg, seine unschuldige Hand, immer noch konnte sie ihn nicht ansehen.

Die Eltern des Geburtstagskinds stellten ihr Fragen, immer mehr Fragen, auf manche wollte sie nicht antworten, und sie sagte ihnen, dass sie darauf jetzt nicht antworten wollte. Die beiden arbeiteten zusammen, um sie auszuhorchen. Sie täuschten etwas vor, vielleicht bestand ihr Lebensentwurf darin, etwas vorzutäuschen? Aber sie konnte das jetzt nicht durchdenken. Es gab viele Modelle, sie brauchte nur an andere Elternpaare an den Elternabenden zu denken. Der Arbeit Freiheit geben, die Leben aufteilen und trennen, das Geld aufhäufen, sie war schuld daran, dass es bei ihnen schiefgegangen war. Dieses Paar wusste, was es wollte, der eine wollte nicht der andere sein, das Leben war ganz natürlich wie eine Körperfunktion, Kinder und Haus entstanden, der Erfolg war messbar. Sie dagegen hatte immer auf etwas gewartet, hatte geschauspielert und geheuchelt. Ohne Lebensentwurf musste ja alles im Chaos enden. Sie dachte an alte Freundschaften zurück. Die Wege liefen auseinander, und nach und nach verschwanden alle. Waren vom Leben verschluckt, aber lebten, nur sie war hiergeblieben. Das Paar bemühte sich vielleicht nur, nett zu ihr zu sein. Aber sie konnte jetzt nicht stillsitzen, sie konnte den Kindern nicht zusehen, nicht bei dem entsetzlichen Lärm, den das Topfschlagen machte, bei dem Schreien, das von irgendwoher, aus der Erde oder der Luft in die Kinder stieg und aus ihnen hervorbrach. Sie sah einen Jungen mit einem Stock schlagen. Als zwergenwüchsige Kopien, Nachahmmaschinen ihrer Eltern fielen sie übereinander her, zankten um Spielzeug, schielten nach der Aufsicht und setzten ihr Weinen berechnend ein. Das Geburtstagskind kniete vor einem aufgeschütteten Berg von Geschenken, beguckte immer wieder eine Goldmünze, die es nicht aus der Hand gab, weil es wusste, dass sie das Wertvollste war.

Aus den Zähnen ermordeter Juden herausgebrochen und zusammengeschmolzen. Sie ertrug es nicht mehr, sie musste sofort fliehen, sie ließ ihr Kind im Stich, es ging nicht anders, sie lief durch den Dampf kochender Knackwürstchen, sie fand die Tür nicht mehr, achtete nicht auf die Rufe hinter ihrem Rücken, aus den Verstecken sahen ihr Spitzel nach, sie konnten jede Form annehmen, ein Spitzel war die Tür, mit letzter Kraft überwand sie sich, zog an seiner Eisenhand, schwang ihn heftig herum, fiel nicht auf die Falle herein, die der offene Aufzug ihr stellte, lief die Treppen hinunter, aus dem Haus, die Straßen voller Neonazis und Ausländerhass hinunter und immer weiter, bis ihr Mund nach Blut schmeckte, blieb aber nicht stehen, ging so schnell sie noch konnte weiter, weinend, weil sie ihr Kind zurückgelassen hatte. Sie war eine schlechte Mutter.

Während die Selbstvorwürfe sich zu immer neuen Schlaufen in ihrem Kopf knüpften, kam sie zu einem Friedhof. Ihr fiel ein, dass hier in Friedenau Marlene Dietrich begraben war. Sie begann zu suchen und fand schließlich das frische Grab. In der Nähe stand ein wunderschöner Engel und sah zu ihr herüber, während sie mit dem Blick in der lockeren dunklen Erde versank. Ihr Herz schlug stärker, der Körper straffte sich, die Beine wurden länger. Sie wirft den Kopf zurück, fährt sich mit der Hand durch die Haare, die Haare werden blond. Sie spürt ihre Kraft und hat Lust, wie ein Balletttänzer in die Luft emporzuschnellen, sich um die eigene Achse drehend. Ihr Blick lässt einen Gefängnishof entstehen, dann eine chinesische Bahnstation. Bei jedem Atemzug fühlt sie ihre Brüste, sie sieht seitlich über ihre geschwungene Schulter, lehnt sich damit gegen die Abteilwand. Sie nimmt eine Zigarette aus einem Etui, fasst sie mit den weichen kirschroten Lippen und lässt sich von einem beflissenen Mann Feuer geben. Die langen Wimpern etwas gesenkt, schaut sie ihn mit einem leicht ironischen Lächeln an. Sie nimmt einen Zug und blickt ruhig den aufsteigenden Rauchschleiern nach. Irgendwann sagt sie ein paar Worte mit ihrer dunkel modulierenden Stimme, und alles wird klar und wunderbar.

93

94

Hatte sie immer noch das Nachthemd an? Irmgard schlurfte den Gehwagen schiebend und sich auf ihn stützend durch die Wohnung. Hatte sie das Nachthemd noch an?

Irgendwann stand sie im Badezimmer, sah sich im Spiegel und erkannte sich erst gar nicht. War das wirklich ihr Gesicht? Sie verfolgte die Frage nicht weiter und schmierte sich stattdessen mit fahriger Hand Seife um den Mund. Bald kam jemand zu ihr, da musste sie die hässlichen Stoppeln abrasieren. Sie wusste nicht mehr, was sie suchte. Hatte sie das Nachthemd noch an? Etwas juckte im Gesicht. Angetrocknete Seife. Wie war die in ihr Gesicht geraten? Irmgard rieb sie mit einem Waschlappen ab.

Nun stand sie zwischen Sofa und Fenster. Wieviel Zeit war vergangen? Sie vergewisserte sich, dass sie das Nachthemd nicht mehr anhatte. Nein, sie trug ihr bestes Kleid. Was hatte sie hier zwischen Sofa und Fernseher gewollt? Sie war ordentlich angezogen und sah durch die Gardine auf die Straße. Sie wusste nicht, wie lange sie dort gestanden hatte, als der Wagen kam. Es hatte für sie keinen Sinn mehr, sich nach der Dauer der verstrichenen Zeit zu fragen. Sie hatte jegliches Gefühl dafür verloren. Es ärgerte sie, dass sie sich dennoch immer wieder fragte. Ein junger Mann stieg aus, er trug ein Tablett in der Hand. Essen auf Rädern. Das Auto stand auf der Straße. Keiner saß drin. Es war weiß. Plötzlich klingelte es an der Tür. Der Gehwagen klemmte, das Sofa klemmte ihn ein.

Sie zog ihn ein Stück zurück, schob ihn nach vorne, aber wieder stieß er gegen das Sofa. Hinter dem Gehwagen kam sie nicht raus, der war so sperrig. Und zwischen dem Gehwagen und dem Sofa war auch kein Platz zum Durchkommen. Also beschloss sie, einfach stehen zu bleiben. Sie sah auf einen Kalender an der Wand. Plötzlich klingelte es an der Tür. Der Gehwagen klemmte. Sie zog ihn ein Stück zurück, schob ihn nach vorne, schlurfte zur Tür und öffnete. Ein junger Mann stand davor. Er trug ein Tablett. War sie ordentlich angezogen? „Ihr Mjam-Mjam", sagte er und fragte, wo sie sich das „reinziehen" wolle. Um Würde bemüht, wendete sie wortlos und ging vor ihm her in Richtung Küche. Dabei bugsierte sie den Wagen so, dass der junge Mann nicht an ihr vorbeihuschen konnte. Während sie vorwärtsschneckte, erzählte sie ihm vom Sohn ihres Neffen, der auch Zivildienstleistender gewesen war. „Der Rüdiger liebt Männer, wissen Sie. Was bereitet der seinen Eltern für Kummer damit. Damals hat es das doch nicht gegeben. Nicht in dem Maße, will ich meinen."

Der Helfer erwähnte Röhm.

„Na, den und seine Freunde hat Hitler ja erschießen lassen."

„Und Sie wollen damit sagen, dass ..."

„Papperlapapp, gar nichts will ich damit sagen, versuchen Sie nicht, mir das Wort im Munde herumzudrehen. Er soll sich sogar die Fußnägel lackieren. Im Beruf hat er ja Erfolg, mir ist gerade entfallen, was er eigentlich macht, ich glaube etwas mit Computern. Sein Vater ist

Ingenieur, aber arbeitet schon einige Zeit nicht mehr in seinem Beruf."

„Das ist ja entsetzlich."

„Nein, er genießt das und hat jetzt mit Mitte fünfzig ..."

„... ein schwieriges Alter ..."

„... seine ersten Ausstellungserfolge als Fotograf."

„Hurrah, ein Künstler!"

„Sie können sich Ihre Kommentare sparen, junger Mann. Und meine Nichte ..."

„Ach, eine Nichte haben Sie auch? Ja wie heißt sie denn?"

„Erika."

„Ein schöner Name."

„Unterbrechen Sie mich doch nicht immer!"

„Wo soll ich Ihr Chappi hinstellen?"

„Chappi?"

„Fresschen."

„Mir gefällt Ihre Sprache nicht. - Auf den Tisch. - Also ..."

„Auf den hier?"

„Es gibt doch nur den Küchentisch hier."

„Ach so. Das ist ja hochinteressant."

„Erika ...“

„...die Ihre Nichte ist ...“

„... Ja, was wollte ich sagen, was wollte ich sagen? Sie ist Dolmetscherin und reist viel.“

„Na sowas.“

„Ja, und ihre Tochter Melanie ...“

„Wie alt? Maße? Telefonnummer?“

„Seien Sie nicht so frech! Die studiert. - Was studiert sie denn nochmal?“

„Vergleichende Astrologie?“

„Nein. - Aber die jungen Leute habens heutzutage schwer.“

„Wem sagen Sie das.“

„Meinem Enkel, dem ..., na, jetzt fällt mir der Name doch nicht ein, dem gebe ich jeden Monat etwas dazu, der ist ein so netter Junge, die Mutter war im Schriftstellerverband, ach ja, Georg heißt er, der wohnt nicht weit, Clara-Zetkin-Straße ...“

„... die heißt jetzt Dorotheenstraße ...“

„ ... und manchmal kommt er mich besuchen. Der macht so hübsche Figuren und verkauft die für gutes Geld. Na, die jungen Leute habens schwer. Worüber soll man sich denn auch heutzutage noch freuen bei all den Problemen? Mein Bruder, der kann sich wenigstens über seine gute

Pension freuen. - Das wollte ich eigentlich gar nicht sagen."

„Haben Sie übrigens schon gehört: Honecker ist tot."

„Ist er also tot." Sie stellte den Gehwagen ordentlich in der Ecke ab, schlurfte zum Küchentisch und ließ sich mühsam auf dem Stuhl nieder. Die letzten Zentimeter ließ sie sich auf die Sitzfläche fallen, stieß einen kleinen, erleichterten Seufzer hervor und lächelte den Helfer an. „Kenne ich Sie eigentlich?"

„Ich war gestern schon mal hier und hab Ihren Sparstrumpf mitgenommen."

„Ich habe gar keinen Sparstrumpf. Ich kann mich nicht an Sie erinnern. Früher habe ich mal einen Sparstrumpf gehabt." Wie ein Kind, das ein Geschenk auspackt, hob sie gespannt den Deckel: Kasseler und Sauerkraut. „Und ein Vanillepudding", murmelte sie beglückt. „Früher hatten wir ja nur Kohlrüben, während des ersten Krieges. Damals haben wir in einer kleinen Hütte gewohnt. Und was haben wir genäht. Bis tief in die Nacht. Mutter und ich. Die Mutter war so fleißig. Kurt war ja noch klein. Zum Glück wohnte der Vater nicht bei uns. Der hat sich zu Tode getrunken. Einmal ..., nein, besser nicht. Ist elend gestorben." Sie sah von ihrem Vanillepudding auf: Der Helfer war nicht mehr da. Wahrscheinlich schon lange nicht mehr. Sie blickte zum leeren Vogelkäfig auf der Fensterbank hinüber und murmelte. „Bis tief in die Nacht haben wir genäht. Die Mutter und ich." Hatte sie das Nachthemd schon an?

95

Seine Freunde verarschten ihn die ganze beschissene Rückfahrt lang. Die paar Tage im leerstehenden Haus von einem Freund seines Vaters waren nervig gewesen. Sie hatten sich nicht besonders verstanden. Stefan und Christoph, sein bester Schulfreund, hatten ein Zweier-Team gebildet und grenzten ihn aus, wie das der Schulpsychologe wohl genannt hätte. Jetzt auf der Zugfahrt ätzte ihn vor allem Christoph an, hatte zum Beispiel gleich zu Anfang, als er etwas über einen Lehrer sagen wollte, geblafft: „Hör mit diesem Scheiß auf, interessiert doch keinen!" Die Kassette, die er mitgebracht hatte, wollten sie nicht hören. Bald darauf spotteten sie über sein Outfit, „einfach nur scheiße. Guck dir mal das Shirt an und erst die Hose. Ich werd porös. Mit so einem wie dem können wir uns nicht blicken lassen, was meinst du, Stefan?" Die beiden waren jetzt immer einer Meinung. Dann fragten sie ihn, warum er nicht ein einziges Mal locker sein könnte, warum er so eine Krampfbacke sei. Jan wusste nichts darauf zu antworten, sie hätten ihn vermutlich auch gar nicht antworten lassen, er hoffte nur, dass es nur eine gewöhnliche Verarschungsroutine war, wie er sie schon öfter überstanden hatte. Irgendwann würde es ihnen schon langweilig, nur auf ihn einzuhacken. Aber sie hörten nicht auf. Während sie mit ihrem Hohn auf neue Schwachstellen losballerten, hatte Jan plötzlich das Bild vor Augen, wie er seine Mutter gefunden hatte, als er die Badezimmertür mit einer Zange von außen geöffnet hatte: nackt und stumm vor sich hinstarrend. Das Bild verfolgte ihn. „Der verdirbt uns noch den ganzen Spaß", sagte Stefan zu Christoph. Sie war inzwischen wieder aus der Nervenklinik raus. Aber gut ging es ihr nicht, sie saß fast nur auf dem Sofa und sagte manchmal seltsame Sachen, die ihm Angst machten. Jan sah zum Fenster hinaus, er traute sich nicht mehr, den beiden Mitschülern ins Gesicht zu sehen.

„Ey, Alter, gleich heult er", meinte Stefan.

„Nee", stöhnte Christoph, „da hab ich jetzt echt keinen Bock drauf, verziehen wir uns in ein anderes Abteil." Sie griffen sich den Ghettoblaster und gingen.

Im Bahnhof Zoo wurde er in der Menschenmasse am nach Urin stinkenden Zug entlang-, dann die Treppen hinunter- und aus einem Ausgang geschoben. Er sah sich nicht nach Christoph und Stefan um: Sie waren nicht mehr seine Freunde. Stefan sowieso nicht, und selbst Christoph war vielleicht nie sein echter Freund gewesen. Der mochte ihn ja gar nicht, das hatte sich gezeigt. Das mit seiner Mutter hatte er ihm nie erzählt. Als hätte er gewusst, dass Christoph nicht zu trauen war. Auf der Straße hatte sie geschrien, dass ihr Vater ihre wirkliche Mutter getötet hätte und dass sie eine Jüdin wäre. Weinend war sie von einem Nachbarn zum anderen gelaufen. Überall junge Leute, überall Techno-Musik. Er wusste nicht genau, wo die Love-Parade war, hätte einfach irgendjemanden fragen können, traute sich aber nicht, weil derjenige auf den ersten Blick sehen würde, dass er nicht wirklich dazugehörte. An seinem deprimierten Gesichtsausdruck, seiner unsicheren Stimme und uncoolen Kleidung konnte das jeder sofort erkennen. Er ging einfach immer weiter. Irgendwann kam er am Reichstag vorbei. Das Reichstagsgebäude war nicht mehr verhüllt. Nackt war sie zwischen Wohn-, Ess-, Schlafzimmer und Korridor umhergelaufen, konnte sich nicht beruhigen, redete von Gräbern, von ihrem Vater, ihrer Schuld. Jan dachte daran, wie es hier zur Nazizeit gewesen war, als sein Großvater die Straßen entlanggegangen war. Er konnte es sich eigentlich nicht vorstellen. Der Reichstag hatte gebrannt. Diesen Mai in Lübeck die Synagoge. Vor dem düsteren Reichstagsgebäude lagen noch Reste der glänzenden Hülle. Er hatte gehört, dass sie komplett recycelt würde. Was war Nadelfilz? Filz aus winzigen Nadeln? Sie hatte über den Vater und Sex gesprochen, etwas sprach aus ihr, das war nicht sie selbst gewesen. Jan wollte sich nicht daran erinnern und folgte einer Gruppe, die zu sehr lauter und, wie er fand, schlechter Musik tanzte, gleichzeitig aber auf ein Ziel zuzusteuern schien. Sie bogen um eine Häuserecke und befanden sich plötzlich mitten im Zug. Die Musik war ohrenbetäubend. Die schwitzende Menge strömte vorwärts, und jemand trat ihm auf die Füße. Panik überfiel ihn: Hier kam er nicht mehr raus! „Das ist nicht meine Luft", hatte die Mutter immer wieder gesagt. Sie hatte die Wohnung nicht mehr verlassen wollen. Sie musste hinausgezerrt werden. Eine Dunstglocke hüllte sie jetzt alle ein. Jan beobachtete ein Girl in bauchfreiem Top. Sie bewegte ihre Hüften wie eine Maschinenfrau, ihr Gesicht war dabei zu einer Grimasse der Lust verzogen, und im Grunde war sie völlig allein. Fast schien es, als wolle etwas aus ihrem Körper hervorbrechen. Jan wandte sich ab, aber nun fielen ihm die weit aufgerissenen Augen eines Tänzers in seiner Nähe auf. Der hatte wohl Ecstasy eingeworfen und zuckte im Takt der Beats. Seine Kiefermuskeln wölbten sich stark hervor, so heftig biss er die Zähne aufeinander.

Plötzlich stieß er hohe juchzende Begeisterungsschreie aus. Seine Mutter sah jetzt viel fern. Sie schrie nicht mehr. Er gehörte hier nicht dazu, trottete nur mit. Aber mit einem Mal gefiel ihm die Musik. Sie passte zu seinen Schritten und kam von einem Wagen, der langsam vor ihm herfuhr. Plötzlich war der Himmel blau wie noch niemals zuvor, so blau, dass es ihn körperlich schmerzte, und das Grün der Bäume, das wunderbar silbrige Grün einiger Pappeln glitzerte. Sie bewegten sich im Wind und schienen ihm zuzuwinken. Erst jetzt merkte er, dass er tanzte. Nichts lieber wollte er, als vor dem Wahnsinn weglaufen, aber rannte er so nicht gerade hinein?, dachte er tanzend und bewunderte im nächsten Augenblick gebannt, wie sich die Umrisslinien eines Mädchens im Tanz zu wunderschönen Arabesken fügten, in der Bewegung konnten sich die Linien ihres Körpers befreien, und während sie alle der Sound umfing und die Peitsche des Rhythmus schlug, sprach etwas in ihm: Du bist jung, und er fühlte seinen Körper, du bist schön, und er umarmte die Luft, du bist frei, und er sah hinauf in den Himmel, du bist jung, du bist schön, du bist frei, du bist jung, du bist schön, du bist frei.

Georg zog eine Nummer aus einem kleinen Gerät, das an der Wand hing. Dann wartete er darauf, dass diese Nummer auf einer elektrischen Anzeigevorrichtung unter der Decke erschien. Zwischen der Nummer, die jetzt dort in roten Leuchtziffern stand, und seiner Nummer waren noch viele Nummern an der Reihe. Er rechnete nicht aus, wie viele. Auf dem Tisch im Wartebereich lag eine Zeitung. Er betrachtete ein Foto, das riesige zottelige Rinder zeigte, die tot auf einer Weide lagen. Im Hintergrund stand eins noch auf den Beinen, aus dem Fell ragte das Ende einer Spritze. Zwei Männer in Gummistiefeln und mit Gummihandschuhen sahen in die Kamera. 'Wegen BSE-Gefahr notgeschlachtet.'

Die Mehrzahl der Wartenden starrte genau wie Georg einfach vor sich hin.

Irgendwann wurde seine Nummer angezeigt. Er betrat ein Büro. Die Sachbearbeiterin ging seine Unterlagen durch. Er verließ das Büro mit der Weisung, er solle warten, er werde vom Arbeitsberater aufgerufen.

Während er auf seine Schuhe sah, dachte er an Oma Irmgard, die ins Altersheim gekommen war und ihn nun nicht mehr unterstützen konnte. Deshalb war er jetzt hier. Als er sie besucht hatte, saß sie in ihrem kleinen Zimmer im Sessel. Mit ihrer Vergesslichkeit war es wieder besser geworden. Sie hatte ihm gleich einen verschrumpelten Apfel und weiß angelaufene Pralinen angeboten, die er gegessen hatte, um sie nicht zu kränken. Sie war dünn geworden. An ihrem Blusenärmel klebte Marmelade. Sie hatte den Gartenblick aus ihrem Fenster gelobt. Er hatte in den Innenhof hinabgesehen und gefragt, auf welcher Bank sie denn für gewöhnlich sitze. Es stellte sich heraus, dass sie nie im Garten gewesen war. Oma Irmgard war dann nach einer Extratasse Kaffee sehr lebhaft geworden. Sie war ihm gerade damit auf den Geist gegangen, dass sie die Aufrichtigkeit der Wehrmachtsausstellung bezweifelte, als seine Cousine Melanie, die Tochter von Tante Erika, hereinstürmte. Melanie hatte der Großtante einen ungestümen Kuss auf die runzligen Hängebäckchen gegeben, die sich gleich röteten. Sie habe eigentlich per Stand-by nach Afrika oder Cuba jetten wollen, aber sich dann einfach in den Flieger nach Berlin gesetzt, Check-In in letzter Sekunde, auf dem Monitor Flughöhe und Geschwindigkeit 780 Stundenkilometer über Grund, dann Werbefilmchen, zwei Zeitungen, zwei Zeitschriften plus Radio über Kopfhörer, das Tantchen kenne das ja - „Ach so? Du kennst das gar nicht, Tantchen?" Per Kreditkarte, Abrechnung erst zum Monatsende, Parfüms duty-free, obwohl man da eigentlich gar nicht so viel spare. Sie war Georg nicht sympathisch gewesen, mit ihrer Sonnenbrille in den golden glänzenden Haaren, aber sie brachte Leben in die Bude. Gemeinsam hakten sie Oma Irmgard unter und führten sie in den Garten. Im Aufzug piepte Melanies Handy eine kleine Melodie, klang wie 'Carmen' - da plapperte sie auch schon in einer fremden Sprache los. Unten auf der Bank war Oma Irmgard etwas entkräftet in sich zusammengesackt, bis sie ein erneutes, aber anderes Piepen hatte auffahren lassen. Melanie kramte in ihrer Tasche herum und holte ein eiförmiges Plastikspielzeug hervor: „Ist gut, Tamagotchi, ich kümmere mich ja schon." Sie beugte sich dicht darüber, so dass es fast unter ihren langen Haaren verschwand, fütterte es und legte es schlafen. Beides per Knopfdruck. Oma Irmgard hatte das Tamagotchi auch niedlich gefunden und es wieder wecken wollen ...

Jemand rief ihn jetzt. Als er ein Kind war, hatte ihn die Mutter zum Abendessen gerufen. Die Arbeitsberaterin schwebte wie eine Fee vor ihm her über den Pfad. Zwischen den Bäumen lichten Mischwalds wogte golden glitzernder Blütenpollen wundersam in der sonnendurchschienenen Luft. Aus Waldesdunkel über bleiche, ein wenig muffelige, doch freundliche Pilze hinweg drang der Ruf des Kuckucks zu ihnen auf die Lichtung voll sanften grünen Grases. Der Duft wilder Veilchen und Erdbeeren umkoste sie, der Geschmack von Waldmeister und Himbeeren lag auf ihren Zungen, und der träumerische Blick der Fee schweifte in die blaue Ferne. Zum Abschied legte sie ihm ein Blatt in die Hände, so weiß wie Lilienweiß, jedoch mit schwarzer Spur.

Nur mit Mühe erkannte er, dass es sich um eine Stellenvermittlung handelte: Firma Schneider, Anstreicharbeiten heute, elf Uhr, Dievenowstraße 36.

Georg wandelte unter seltsamen Bäumen. Sie hatten große blaue Blüten, anmutig geschwungene Äste und handtellergroße herzförmige Blätter. Während er am Rand einer Schrebergartenvereinskolonie entlang Richtung Dievenowstraße latschte, entsann er sich, dass Melanie und er nach dem Besuch im Altersheim in ein Café gegangen waren. Doch außer an ihr Lächeln und daran, wie sie einen Keks in den Milchkaffee getunkt und gegessen hatte, konnte er sich an nichts mehr erinnern.

Die Suche Georgs nach weiteren Erinnerungen an jenen Tag mit Melanie wurde von Meister Schneider durch hartnäckiges Triezen unterbunden, und als letzterer zwischendurch einmal für ein paar Stunden weg war, war Georg schon zu mürbe, um wieder an seine Cousine zu denken. Stattdessen stellte er verwundert fest, dass es ihm Spaß machte, die Wände Quadratmeter für Quadratmeter mit einer Schicht weißer Farbe zu bedecken. Es gefiel ihm, wie alles unter der weißen Decke verschwand. „Gleichmäßig!“, schrie ihn plötzlich der Wohnungseigentümer an, der aufpasste wie ein Schießhund.

Mit Georg arbeitete ein Russlanddeutscher zusammen. Als sie eine kleine Pause machten, erzählte der wettergegerbte Mann, wie sie nach der Verschickung „in die Erd misse baue Haus. Bei die Russ sei ma die Fritz und Faschist gwest. Hier sei ma die Russ.“ Dann sprach er von 'schmeckichte Hingelflaasch' und fragte den entgeisterten Eigentümer: „Bei Euch, derfma brundse?“ Georg fand heraus, dass Johann Wasser lassen wollte.

Auf dem Nachhauseweg schaute ihn von einem Titelblatt das Klonschaf Dolly freundlich an. 'Und so wirds gemacht: Man entfernt die Hülle des Zellkerns und füllt den Inhalt in eine Eizelle. Diese befruchtet und verpflanzt man. Das Klon wird dann von einer Leihmutter ausgetragen.' Georg dachte daran, dass jede seiner Millionen Körperzellen seine komplette Erbinformation enthielt. Genügte also eine einzige lebende Zelle, um ihn zu clonen? Konnte man jemandem unauffällig Gewebe entnehmen und ...? Er stellte sich eine Genforscherin vor, die von ihrem Geliebten verlassen wurde. Sie trifft ihn noch einmal, macht ihm eine fürchterliche Szene, zerkratzt ihm dabei vorsätzlich das Gesicht und läuft mit seinen Zellen unter ihren Fingernägeln sofort ins Labor. Aus diesen Zellen erzeugt sie einen oder besser gleich mehrere Klone. Das sind sozusagen ihre Tamagotchis. Sie zieht sie auf und macht eine kleine Versuchsreihe mit ihnen. Sie behandelt die Klone unterschiedlich, füttert das eine Baby mehr, straft das andere härter. So wird sie am Ende ihren Liebhaber in verschiedenen Varianten besitzen. Vielleicht fühlt sich der eine stark von reiferen Frauen angezogen und verliebt sich von selbst in sie, die dann auf die fünfzig zugehen wird, vielleicht ist der andere für dominantes Verhalten empfänglich. Oder sie klonte sich zusätzlich selbst und zöge wehmütige Freude daraus, mitzuerleben, ob und wie sich die Vertreter der zwei Klonreihen einander näherten. Ihre Klone und seine Klone. Verlaufsformen der Liebe. Aufblühen und Verblühen. Ertrüge sie es, dabei zuzusehen? Die Einsicht in die Wiederkehr des Immergleichen - brächte sie ihr Gelassenheit, Erlösung? Ihrem Klon, ihren Klonen? Nein, sie selbst wollte lieben!

Klon-Love, dachte Georg, Tamagotchi-Love. Warum nicht? Und er hatte wieder Melanie vor Augen, wie sie über Baby-chi gebeugt auf der Gartenbank saß.

Wie ein Engel schweben. Über der Stadt, über den Hochhausdächern, über den Blocks. Sich in die Straßenschluchten stürzen wie ein Selbstmörder. Umspringen des Bilds. Relaxte Soulmusik aus dem Autoradio. Reklameflächen, vanillepuddinggelb und erdbeereisrot, elefantengraue Einkaufszentren, kunstrasengrüne Rasenflächen, Passanten mit comicbuchhellblauen Überziehern oder zigarrenbraunen Mänteln. Polizeisirenen in der Ferne. Sie kommen näher. Sie gelten dir. Du bist schuldig. Die Polizei kreist dich ein. Du trittst das Gaspedal bis zum Anschlag runter. Es muss dir gelingen, den Kopf aus der Schlinge zu ziehen. Raus aus der Stadt! Aber die Stadt ist ein Labyrinth, die Straßen sind alle ähnlich. Mit quietschenden Reifen rast du um Ecken, bei Rot über Kreuzungen, beschleunigst anstatt zu bremsen, und alles geht gut. Du lässt die Polizeisirenen, die sich sehr genähert haben, hinter dir. Du schaffst es! Außerhalb des Stadtzentrums wird der Verkehr geringer, übersichtlicher. Ehe die Autos von rechts starten, hast du die Kreuzung längst überquert. Doch plötzlich taucht aus dem toten Winkel hinter einem langsamen Auto ein Wagen mit hoher Geschwindigkeit auf. Ihr schießt aufeinander zu. Der Zusammenstoß lässt sich nicht vermeiden. Du knallst der Karre ungebremst in die Seite. Der Fahrer hängt als verschwommener Fleck im Gurt. Es geht nicht weiter vorwärts, das Auto blockiert deine Weiterfahrt. Du setzt hastig zurück und fährst mit Vollgas dem Wrack gegen das Heck, kickst es aus der Bahn und rast mit schleifender Karosserie weiter. Du hast Zeit verloren, die Sirenen sind jetzt ganz nahe. Vom Ende der Straße her kommt ein Polizeiwagen auf dich zu! Du biegst links in eine enge Straße ab, verlierst die Kontrolle und schlitterst dich drehend bis zum Bordstein einer Fußgängerzone. Eine Sackgasse. Jetzt ist alles egal! Du durchquerst die Zone mit hohem Tempo und überfährst dabei etliche Passanten. Dumpfer Aufprall, kurzes Rumpeln unter den Rädern. Du erreichst eine Straße. An beiden Enden steht schon Polizei. Sie haben dich eingekesselt. Du rast in eine Tiefgarage, Kurve um Kurve hinunter, du bist zu schnell, rutscht gegen eine Säule, klemmst fest. Vielleicht kannst du die Wand durchbrechen. Die Räder drehen durch. Es hat keinen Zweck. Gleich werden sie da sein.

Es klopfte. Jans Schwester schaute herein und bat ihn, die Musik etwas leiser zu stellen. Das Überfahren der Passanten hatte Extrapunkte gebracht. Die Punktezahl, mit der man in die Zirkel der Unterwelt aufgenommen wurde, hatte er knapp verfehlt. „In der Küche ist noch Rührei für dich. - Und übrigens: Papa hat angerufen. Er schaut heute Abend mal vorbei." Der Ausdruck ihrer großen braunen Augen war immer traurig. Sie schloss die Tür. Sicher setzte sie sich gleich wieder ans Lernen für ihre Leistungskurse. In ihrem ordentlichen Zimmer. Und Felix saß in seinem noch viel ordentlicheren Zimmer. Wie schafften die beiden das nur? Hilflos versuchte Jan, die fürchterliche Unordnung um sich herum nicht zu sehen, aber sein Blick schweifte doch kurz durch den Raum: Schmutzige Kleidungsstücke häuften sich auf zwei Stühlen und in einer Ecke zu Bergen, aus denen er gelegentlich schon Motten hatte aufflattern sehen. Kassetten, Bücher, eingetrocknete Kulis, Zettel, Schuhe und Plastiktüten lagen auf dem Boden. In der Nähe des

Abfalleimers klebten Haare und Fingernägel in einer klebrigen braunen Cola-Lache. Vor ihm auf dem Tisch türmten sich Kekspackungen und Schnipsel. Zwischen faulenden Äpfeln lagen Schnüre, irgendwelches Spielzeug aus Überraschungseiern und eine alte Murmel, mit der er als Kind gespielt hatte. Wie ein Auge in eine andere Welt. Und das alles bedeckte der Staub mit pelziger Schicht, spann es ein und bildete zarte Knäuel auf dem Fensterbrett. Gleich würde der Vater unruhig im Wohnzimmer herumlaufen und sie fragen, wie es denn mit dem Haushalt so liefe und wie es so ginge in der Schule. Fragen, die er immer stellte und auf die er immer die gleichen Antworten von ihnen bekam. Dann würde wie üblich nur noch der Vater reden. Irgendwelche Geschichten ausgraben. Vom Pfarrer, der seine Frau erschlagen hatte und überführt wurde, weil eine schwarze Holzameise an seinem Gummistiefel festklebte. Immer musste es etwas Bizarres, etwas Grässliches sein. Heute vielleicht Kinderpornos in Chat-Servern. Oder er stimmte der Walser-Rede zu, spielte absichtlich den Dummen, um zu sehen, wie seine Kinder reagierten. Wahrscheinlich würde er wie letztes Mal mit 'Ich habe fertig' schließen.

Jan sah auf sein zerwühltes, muffiges Bett. Seit Wochen hatte er es nicht gemacht. Wie war das früher? Abends hatte er die schön gefaltete Decke zurückgeschlagen, sich auf dem wunderbar glatten Laken ausgestreckt und den frischen Wäscheduft eingesogen. Er dachte an die weit entfernte düstere Stimme der Mutter, wenn sie mit ihr im Sanatorium telefonierten, und hätte heulen können. Er schloss die Augen. Wenn man so dasaß, spürte man sich selbst gar nicht mehr, höchstens ein wenig die Lunge, die sich weitete und zusammenzog.

99

Auf der Rückreise von Frankfurt besuchte Rüdiger den Großvater, der mit einem Oberschenkelhalsbruch im Krankenhaus lag. Es war heiß, Hoch Axel trieb die Temperaturen auf Rekordgrade über 35 Grad. Der Großvater schien bester Laune zu sein, hatte keinerlei Schmerzen und hielt ihn mit Anweisungen auf Trab: Rotbäckchen-Saft eingießen, Tablett anders justieren, Stuhl ranziehen usw. Rüdiger, der bis zum Morgen gepartyt hatte, folgte den Kommandos willenlos. Er empfand es als angenehm, ohne nachzudenken einfach nur das zu tun, was der Großvater anordnete: Fenster auf, Krücken und Pantoffeln für den Abmarsch bereitstellen, Morgenmantel holen. Dann gingen sie doch erstmal nicht im Flur spazieren. Stattdessen wurden alte Geschichten erzählt, Rolle mit Drehung, Wasserflugboot DO-X von der Rorschacher Werft, glatte See gefährlich, Wasserflugboot, eine leichte Berührung mit der Tragfläche „pardauz, und schon liegt man im Bach, so hat es den Kameraden Erhardt ...", der erste Hubschrauber mit Hilde unvergesslich, im Kriege unterm Radar zum Engländer rüber, nur zwei von sieben ... Rüdiger hörte nicht zu und ging in die kleine Nasszelle. Er betrachtete sich im Spiegel, schlimm sah er aus, und dachte daran, wie kindlich er noch zu seiner Zivildienstzeit ausgesehen hatte ... Er wusch sich das Gesicht und schmierte sich etwas Gel in die Haare. Die Tube gehörte sicher Opas Zimmergenossen, der zum Röntgen geschoben worden war. Am liebsten hätte Rüdiger sich einfach irgendwo hingelegt. Jetzt klingelte das Telefon. Irmgard rief aus ihrem Altersheim in Berlin an. Der Großvater gab knappe Auskunft. „Alles bestens, gerade Besuch, Rüdiger, auch so heiß, nette Belegschaft, und die Verpflegung? nach wie vor zufriedenstellend, ja, ein Trauerspiel, keine Einstellung, Matthäus zu alt, ja, eine Schande, du, ist das Telefon bei dir auch so teuer? die nehmen es von den Lebenden, unverschämt, jeden Tag werden automatisch sechs Einheiten Mietgebühr von der Karte abgezogen, das macht zwei Mark, du, und wenn man die Karte rauszieht, bevor man aufgelegt hat, ist das ganze Geld futsch, Karte entwertet, wo gibts denn sowas? wie bitte? die machen alle ihren Kram, Erika?, ja, die ist in Urlaub, auf irgendeiner Insel, nächste Woche zurück, die Melanie ist doch schon länger in Berlin, lässt die sich denn mal blicken? das will ich meinen, ja, Dieter ist in Frührente, knipst nur noch, weißt du ja, jetzt hat er seinen Sohn vorgeschickt.“ Rüdiger schüttelte schwach den Kopf, um Protest anzudeuten. Er hatte mit seinem Vater schon einige Zeit nicht mehr gesprochen. Jeder musste sein Leben leben. Er hatte es von Erika erfahren, die ihn leicht beschwipst aus dem Urlaub angerufen hatte. Im Hintergrund war Grillenzirpen zu hören gewesen. Er verstand gut, dass der Vater nicht gern hierher kam. Sicher ertrug er es nur schlecht, von seinem vermeintlich schwachen Vater auch noch an dessen Krankenbett die eigene Schwäche vor Augen geführt zu bekommen. Der Großvater fragte Irmgard nach den Enkeln. „Ach so? Schön, schön.“ In diesem Moment wurde der Bettnachbar in seinem Bett hereingefahren. Ein bleicher Mann mittleren Alters, dessen Kopf von einem Gestell in aufrechter Position gehalten wurde. Der Großvater beendete das Telefongespräch mit seiner Schwester, wandte sich kurz seinem Nachbarn zu und ließ nur das Wort ‘Enkel’ fallen.

Der Mann, der aus seinem Kopfkäfig an die Decke starrte, räusperte sich: „Darf ich fragen, wo Sie beruflich anzutreffen sind?" „In Büros." „Ich hoffe, Sie machen sich nicht über mich lustig, junger Mann", sagte der Patient mit leiser Stimme. Rüdiger sagte, nichts läge ihm ferner und dass er Netzwerk-Administrator sei. Den bewegungslosen Kopf im Gestänge schien dies nicht weiter zu interessieren. Er sei ebenfalls in einem Büro tätig gewesen, aber er habe kündigen müssen, denn man habe ihn dort geschnitten, nicht mehr mit ihm gesprochen, ihn nicht mehr angesehen, seine Topfpflanzen vergiftet, ihm etwas in den Joghurt getan, so dass er sich sofort auf der Toilette hatte erbrechen müssen, Gerüchte über ihn in Umlauf gesetzt, die er jetzt nicht wiederholen wolle, und ihn beim Chef solange mit geschickt ausgedachten Behauptungen angeschwärzt, bis dieser ihn zu sich zitiert und verwarnt habe. Während der Patient erzählte, hantierte der Großvater mit dem Nachttischchen, klappte das Tablett hoch und schien die Schubladenscharniere zu überprüfen. Dann trommelten seine großen, dicken Finger ungeduldig auf das Laken. Wahrscheinlich kannte er die Geschichte seines Nachbarn bereits, außerdem hielt er ihn sicher für einen Schwächling. Rüdiger, der den Großvater beobachtete, stellte fest, dass von der Furcht, die er früher einmal vor ihm gehabt hatte, nichts übriggeblieben war. Da wurschtelte ein alter Mann herum - mehr nicht. Bald, erzählte der Bettnachbar weiter, habe er es nicht mehr aushalten können und habe kündigen müssen. Und er sei zurück in seine Wohnung gegangen, die in der Woche davor seine Waschmaschine überflutet habe. Ein Wochenende lang hatte er allein das Wasser aufwischen, dann die Teppichböden herausreißen und wegschaffen müssen, danach hatte eine Firma große Löcher in den feuchten Boden der Zimmer gebohrt und Schläuche angeschlossen, durch die Tag und Nacht dröhnende Saugmaschinen Wasser und Feuchtigkeit aus dem Beton zogen. Das Geräusch habe ihn verrückt gemacht, er habe nicht mehr schlafen können, sei übermüdet in der Wohnung herumgelaufen, über einen der Schläuche gestolpert, unglücklich gefallen und habe sich mehrere Halswirbel gebrochen.

Rüdiger wusste nicht, was er zu dieser Geschichte sagen sollte. Es wurde still im Zimmer. Der Großvater schien verstimmt. Sein Enkel und er hatten sich noch nie viel zu sagen gehabt, das war ihnen nun wohl beiden eingefallen. Müde und mit Gedanken über das Bild, das er abgab, beschäftigt, stand Rüdiger unvermittelt auf und ging in Richtung der Tür. Der Großvater hatte ihm nachgesehen und schien auf die Abschiedsworte zu lauern. Während Rüdiger noch nach einem Wort suchte, ging die Tür auf, und eine Krankenschwester kam herein, um den Blutdruck zu messen. Sofort hatte der Großvater den Enkel vergessen. Bereitwillig ließ er sich die Manschette um den Oberarm wickeln, die Schwester pumpte, und Rüdiger sah, wie seine große altersfleckige Hand etwas fahrig ihre weiße Hüfte betatschte, woraufhin die Schwester ihm gelangweilt einen Klaps gab und der Großvater frech lächelte. Zischend entwich jetzt Luft, während die Schwester durch das Stethoskop lauschte. Rüdiger murmelte etwas zum Abschied, aber keiner der drei Personen im Raum schien ihn noch wahrzunehmen.

Auf dem Flur kam ihm die Szene, die er gerade gesehen hatte, wie ein eingefrorenes vereinfachtes Bild mit

dunkelgrauen Linien auf hellgrauem Grund vor, Pokémon auf dem Minibildschirm eines Gameboy. Sammeln
und spielen, trainieren und kämpfen. Er sah, wie in Zukunft die menschlichen Hüllen immer mehr fallen und
darunter die Pokémons erscheinen würden, die Pokémons, die sie alle schon waren, Pokémons, immer bunter,
vielfältiger und mit spezifischeren Fähigkeiten, die ihre
Kräfte aneinander maßen, aber sonst nichts miteinander
zu tun hatten. Aber, dachte er, so war es doch auch jetzt
schon. Und was wäre schlecht daran, wenn sich aus ihm,
aus seiner ewig posierenden Hülle mit dem Dreitagebart,
etwa ein Gengar befreien und voller Energie den Krankenhausgang entlangfedern würde?

Auf dem Bürgersteig wurde ein Kleinkind in einem
Buggy an ihm vorbeigeschoben. Das Kind saß vollkommen entspannt in seinem Sitz und sah ihn äußerst genau
mit seinen unschuldigen, selten blinzelnden Augen an.
Sinnlos, diesem Kind etwas vorzumachen.

Vor einer Schranke standen Autos. Ein Zug fuhr vorbei.
Zusammen mit anderen Passanten ging Rüdiger durch
die Unterführung und löste sich in der Menge auf.

Familienübersicht

Oskar Lipsheim + Emilie Lipsheim   Jascha Grüntal + Valeria Grüntal

=> Viktor Lipsheim   +   => Rahel Lipsheim

=> Lea Lipsheim, Emma Lipsheim

Helmut Prensch + Helga Prensch

=> Irmgard Radesoll (geb. Prensch),   Kurt Prensch

  + Walter Radesoll   +Hilde Prensch

=> Werner Radesoll   => Dieter Prensch,   Erika Quant

  + Fritzie Radesoll   +Angelika Prensch   +Wolf Quant

=> Georg und Lukas Radesoll   => Rüdiger Prensch => Melanie Quant

---

Friedhelm Trelow + Helene Trelow

=> Rainer Trelow

+ Marga Trelow

=> Lisa Fortner (geb. Trelow)

+ Alexander Fortner

=> Jan Fortner, Johanna Fortner, Felix Fortner